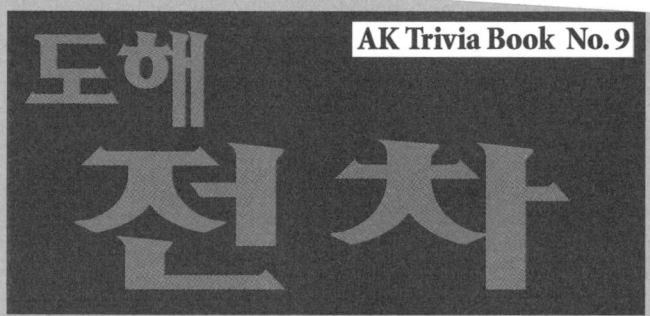

AK Trivia Book No. 9

오나미 아츠시 저

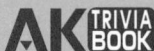

「이번 칼럼인데 말이죠, 의인화 전차 『로지나 땅』이나 『97식 중전차(中戰車) 카이코쨩』이라든가 일러스트로 해서 내보면 어떨까요?」

「그거 여러 가지 의미로 틀려먹었으니까 그만두죠.」

「그럼 그림체를 바꿔서 연설조로 해보는 건요? 『제군들은 전차를 좋아하는가? 나는 전차가 아주 좋다. 경전차가 좋다. 중전차(中戰車)가 좋다. 중전차(重戰車)가 좋다. 순항전차가 좋다. 기병전차가 좋다. 쾌속전차가 좋다. 대공전차가 좋다. 구축전차가 좋다. ~중략~ 백러시아의 초원에서 공군 사관의 양팔이 궤도에 찢겨나가는 모습이 정말로……』」

「……제대로 해주세요.」

「그럼 띠지에 눈에 확 띄게 『전차를 싫어하는 남자 따위 있을……』」

「안.됩.니.다!」

어느 날 참모본부에서 이루어진 작전회의

덩케르크에서 방치되어버린 항목군

No.206 WWⅡ시의 이탈리아 전차와 일본 전차 중 어느 쪽이 강한가?

No.223 열화우라늄장갑은 몸에 해롭나?

No.228 「TKX*¹」에 요구되는 성능이란?

No.244 소련 전차의 방사선 대책

No.250 「사람 잡는 장전장치」란 무엇?

No.251 디셉티콘 리더는 왜 바르사에서 M1으로 갈아탔는가?

No.270 손가락으로 건드리면 거기서부터 썩는 전차가 있다?

No.283 안경 쓴 여교관이 있는 전차학교란?

No.288 싸늘한 바람이 잘 어울리는 9명의 전cha*²

No.291 문명인이 아냐 ~학생 시위를 전차로 진압한 나라~

*1 일본의 신형전차로 90식에 비해 경량 전차.
*2 일본어에서는 전차와 전사의 발음이 같습니다.

여러분은

「전차」라는 말을 들었을 때 어떤 것이 떠오르셨습니까? 지상전의 왕자, 하이테크 기술의 결정체, 무적의 살육머신. 혹은 철의 관, 냉전시대의 유산……. 세대나 입장에 따라 여러가지 인상을 가지고 계시겠지요. 전차는 제1차 세계대전 말에 탄생하여, 제2차 세계대전 특히 유럽의 지상전에서 전장의 주역이 되었습니다. 한국전쟁이나 중동전쟁, 걸프전이나 이라크전쟁에서도 활약하여, 투입된 전차의 「양과 질의 차이」가 전쟁을 좌우하였다고 해도 과언은 아닐 정도로 중요한 역할을 수행하였습니다. 항공기나 미사일 병기가 발달된 현재도 「전쟁의 최종결착」은 보병에 의한 지상전에서 결정되고, 전차는 「지상전에 있어 가장 강력한 병기」로 간주되고 있습니다. 육군을 보유한 나라에서 전차(혹은 그와 비슷한 무기)를 보유하지 않은 국가는 없습니다.

트라비아 시리즈에 『도해 전차』라고 하는 라인업을 추가하며, 구성을 어떠한 것으로 할 것인 것 고민했습니다. 개별적인 전차를 카탈로그처럼 해설하거나 각국 육군에 따른 전차부대 운용 방법의 차이라고 하는 쪽으로도 많은 에피소드가 있어서 재미있을지도 모르겠습니다만, 역시 「전차라고 하는 것은 어떠한 무기일까?」라는 기본적인 부분을 모른다면 이해할 수 없는 부분이 있습니다. 그래서 본서에서는 전차의 하드웨어(공격력·방어력·기동력)를 중심으로 장을 만들었습니다. 트라비아의 모토는 「호기심의 입문」입니다. 우선은 본서로 기초 지식을 이해하는 것이 더욱 높은 레벨업의 준비가 될 것입니다. 이후 자세한 전문서를 입수하게 되어도, 각국의 전차 운용 방법이 다른 이유나, 개량형이나 배리에이션의 의미를 자연스럽게 이해할 수 있을 것입니다.

제2차 세계대전에서는 독일과 소련이, 냉전기에는 소련과 미국이, 그리고 현재는 미국과 독일 전차가 운용적으로도 기술적으로도 중요한 포지션에 있다고 생각합니다. 이런 전차는 부분적이나마 본서 안에서 다루어집니다만 그 이외의, 특히 일본이나 프랑스, 이탈리아 전차의 개요를 다루지 못한 것이 아쉽습니다. 모젤(마우스)이나 라테 등의 엄청난 전차와 함께, 기회가 있다면 어딘가에서 찾아보셨으면 합니다.

그럼 전차라고 하는 무기의 "굉장함"과 "모자람"을 즐겨 주시기 바랍니다.

오나미 아츠시 大波篤司

3

목 차

제 1장 전차의 개념과 역사   7

No.001 전차란 어떤 것인가?   8
No.002 최초의 전차는 「육상전함」이었다?   10
No.003 전차의 시조는 프랑스제?   12
No.004 중전차(重戰車)라고 불리는 것은 몇 톤 정도부터?   14
No.005 보병전차란 어떤 전차?   16
No.006 전차의 성능을 나타내는 「세 가지 요소」란?   18
No.007 전차의 성능은 카탈로그 데이터만이 아니다?   20
No.008 전격전 초기의 독일 전차는 빈약했다?   22
No.009 빠르게 싸우면 「전격전」인가?   24
No.010 「기동 방어」란 어떤 전술인가?   26
No.011 「MBT」란 무엇의 약자인가?   28
No.012 베트남의 정글에서 전차는 쓸만했는가?   30
No.013 제3세대 전차란 어떤 것인가?   32
No.014 현대전에서 전차는 불필요한가?   34
No.015 근대화 개량으로 수정된 것은 어떤 부분?   36
No.016 파생형 차량이란 무엇인가?   38
No.017 전차는 한 사람이 움직일 수 없나?   40
No.018 전차에는 어떤 것이 실려있는가?   42
칼 럼 전차의 「이름」에 대한 미스터리   44

제 2장 전차의 공격력   45

No.019 전차에 탑재된 무장은?   46
No.020 전차포란 어떤 포?   48
No.021 구경과 구경장은 다르다?   50
No.022 포신의 형태로 명중률이 변하는가?   52
No.023 전차는 어떤 탄을 쏘나?   54
No.024 최신 철갑탄은 다트 모양?   56
No.025 성형작약탄의 비밀이란?   58
No.026 강선포와 활강포는 어떤 차이가 있는가?   60
No.027 포탑의 내부는 어떻게 되어 있는가?   62
No.028 전차장의 역할이란?   64
No.029 주포 발사의 절차는?   66

No.030 능선사격이란 어떤 사격 방법인가?   68
No.031 거리측정기는 어떤 장비?   70
No.032 FCS가 포의 명중률을 좌우한다?   72
No.033 달리면서 쏘는 전차는 무섭지 않다?   74
No.034 전차의 교전거리는 어느 정도인가?   76
No.035 포탄의 장전은 인력으로?   78
No.036 다음 탄의 발사까지 필요한 순서는?   80
No.037 자동 장전 장치는 어째서 일반화 되지 않는가?   82
No.038 포탄은 몇 발 정도 실을 수 있나?   84
No.039 빈 탄피의 처리는 어떻게 하나?   86
칼 럼 대전차 라이플은 전차를 격파할 수 있는가?   88

제 3장 전차의 방어력   89

No.040 전차의 장갑은 어떻게 발전해 왔는가?   90
No.041 자주포와 전차는 무엇이 다른가?   92
No.042 강판장갑이란 어떤 것인가?   94
No.043 주물로 만들어진 장갑이란?   96
No.044 리벳이나 볼트는 장갑의 고정에 맞지 않다?   98
No.045 전기 용접은 선진 기술?   100
No.046 장갑의 두께는 장소에 따라 다르다?   102
No.047 피탄경시란 무엇인가?   104
No.048 전차의 주포에는 「방패」가 달려있다?   106
No.049 내부가 텅빈 장갑이 있다?   108
No.050 복합장갑은 모두 「쵸밤 아머」인가?   110
No.051 증가장갑에는 어떤 종류가 있는가?   112
No.052 「반응장갑」이란?   114
No.053 전차의 출입구는 하나가 아니다?   116
No.054 전차에는 「잠망경」이 실려있다?   118
No.055 전차장이 안전하게 외부를 관찰하기 위해서는?   120
No.056 전차는 얼마나 밀폐되어 있는가?   122
No.057 기관총을 싣지 않은 전차는 없다?   124
No.058 적병이 달라붙었다면?   126
No.059 탁 트인 장소의 전차전 중

몸을 숨기기 위해서는? 128

No.060 타고 있던 전차가 파괴되었다면? 130

칼　럼 남자가 전차에 마음을 빼앗기는 과정 132

제 4장 전차의 기동력　133

No.061 궤도를 「무한궤도」라고 하는 것은
어째서인가? 134

No.062 장륜식 전차는 어째서 만들어지지 않는가? 136

No.063 궤도 안의 바퀴에는 차이가 있다? 138

No.064 보기륜은 어째서 많이 있는가? 140

No.065 「토션바・서스펜션」이란 무엇? 142

No.066 전차는 얼마나 빨리 달릴 수 있는가? 144

No.067 궤도는 어떻게 교환하는가? 146

No.068 전차는 물 속으로 잠수할 수 있나? 148

No.069 엔진은 「수냉」「공냉」어느 쪽이 좋은가? 150

No.070 전차의 엔진에는 디젤이 최적? 152

No.071 제트 엔진으로 움직이는 전차가 있다? 154

No.072 전차의 엔진은 어디에 실려있나? 156

No.073 옛날 전차는 어떻게 조종했나? 158

No.074 현대 전차의 조종은 자동차와 똑같다? 160

No.075 차체의 방향을 바꾸기 위해서는 어떻게? 162

No.076 전차는 다리를 건널 수 없다? 164

No.077 전차는 리터당 1km를 달릴 수 없다? 166

No.078 전차로 멀리 나가는 건 금물? 168

No.079 적외선 투광기는 얼마나 유효한가? 170

No.080 전차는 금새 고장난다? 172

No.081 구난전차란 어떤 차량? 174

칼　럼 괴수 영화나 로보트 애니메이션의 전차는
왜 그렇게 약한가? 176

제 5장 대전차 전술과 특수 전차　177

No.082 전차 vs. 전차의 전투 178

No.083 전차부대의 연계 180

No.084 보병부대 비장의 카드 ~대전차포~ 182

No.085 보병호위용 장갑차량 ~돌격포~ 184

No.086 스스로 달리는 대전차병기 ~전차구축차~ 186

No.087 정면에서는 전차보다 강하다? ~구축전차~ 188

No.088 하늘에서의 자객 ~대전차공격기~ 190

No.089 전후 태어난 새로운 적
~대전차 공격헬기~ 192

No.090 탄막을 쳐서 항공기를 격추 ~대공전차~ 194

No.091 보병에 의한 대전차전투 196

No.092 보병용 로켓탄발사기 ~바주카~ 198

No.093 사정거리가 짧지만 대구경 ~무반동포~ 200

No.094 대전차척탄발사기 ~판처 파우스트~ 202

No.095 유도식 장사정 무기 ~대전차 미사일~ 204

No.096 전차를 멈춰라! ~대전차 장해물~ 206

No.097 대전차지뢰와 지뢰처리전차 208

No.098 전차와 보병의 연계 ~수반보병~ 210

No.099 장갑병력수송차와 보병전투차 212

No.100 보병의 육박공격 214

No.101 숨어 있는 보병을……
~화염방사전차~ 216

색인 218

중요 단어와 관련 용어 224

참고문헌 231

※외래어의 표기나 번역, 일부 전차의 분류, 스펙 데이터에 대해서는 저자의 판단으로 "일반적이라고 생각되는 것*" 을 사용했습니다. 자료나 연구자에 따라서는 본서와 다른 표기나 판단도 있습니다만, 그 점은 이해해 주십시오(특히 「대전차자주포」, 「구축전차」, 「전차구축차」 등에 대해서는 자료나 연구자에 따라 해석이 제각각이기 때문에 일부러 「예비지식이 없는 상태에서 익히게 되는 경우에 이해하기 쉽다고 여겨지는」 기준으로 구분해두었습니다.)

*한국어 번역 중 역자의 판단으로 변환된 단어가 있습니다.

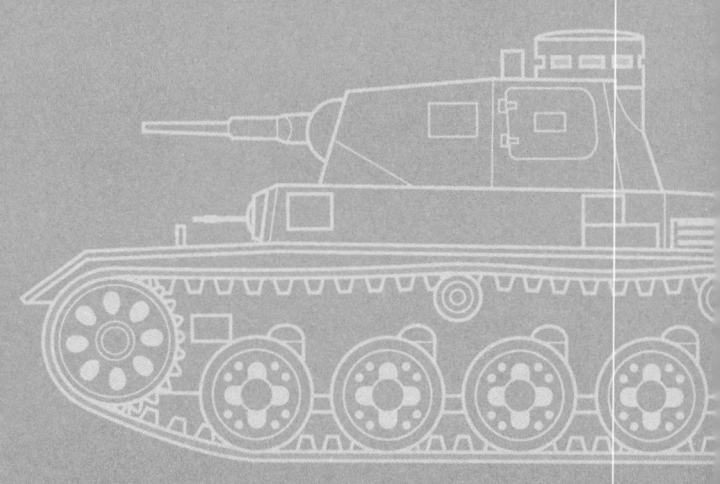

제 1 장
전차의
개념과 역사

전차란 어떤 것인가?

전차란 튼튼한 장갑으로 전체를 감싸고 궤도로 이동하며, 대포를 사용해 적을 공격하는 전투 차량이다. 지상에서 사용되는 병기 중에서도 「공격력·방어력·기동력」의 세 가지 밸런스를 가장 잘 갖추고 있어, 지상전의 왕자라고 불린다.

● 육상부대의 주력 무기

전차란 전쟁을 위한 무기이다. 두 번의 세계대전을 거치며, 각국은 육·해·공을 제압하기 위해 군대를 창설했다. 해전에서 중요시했던 전함, 공중전에서 주역이었던 전투기와 함께, 전차는 지상전에서의 주력 무기로서 사용되었다.

「적국의 국민을 근절시키고 국토를 벌레도 살지 못하도록 초토화 시킨다」는 것을 지고한 목표로 삼았던 광기의 독재자가 나타나지 않는 이상 전쟁이란 근본적으로 진지 뺏기 게임이다. 군대는 적의 영토에 병사를 침공시켜 그 곳을 정복·점령한 뒤에, 조약이나 교섭을 통해서 서로 빼앗은 곳을 인정하는 것이다. 전차는 그 선두에 서서 적의 진지를 쳐부수는 중요한 위치에 있는 무기이다.

적 장갑을 관통하는 장대한 대포에 의한 공격력, 두껍고 튼튼한 장갑에 의한 방어력, 나쁜 길을 전혀 개의치 않는 궤도에 의한 기동력을 갖춘 전차는 지상전 무기 중에서도 최대의 전투력을 자랑한다. 그렇기에 군대가 전차를 장비하는 것은 당연하다. 어떤 강력한 전함이나 항모, 항공기를 갖추더라도 전차를 보유하지 않은 육군으로는 지상전에서 승리할 수 없고, 승리한 뒤에 그 장소를 유지하는 것도 어렵다.

전차의 특성은 신속하고 맹렬한 공격으로 적의 부대나 진지를 돌파하여 무너트리고 유린하는 것이며, 이것은 「돌격력」이나 「충격력」이라고도 평가된다. 그를 위해 필요한 것이 포의 화력과 튼튼한 장갑, 궤도에 의한 험지 주파 능력이며, 각국에서도 전차의 개발에 최첨단 기술을 아낌없이 투입한다.

전차의 개발에는 국가의 성격이나 주위의 상황(예를 들면 두 차례의 세계대전이나 대규모의 분쟁의 발발)에 따라 미완성된 기술이 투입된 경우도 많다. 게다가 첨단 기술을 보유하지 못한 나라나 개발 예산이 부족한 나라에서는 타국이 개발한, 능력이 검증된 전차를 수입하는 경우도 드물지 않다.

전차의 정의

전차라고 부르는 것은 아래의 조건을 「하이레벨로, 조화롭게」 갖춘 전투 차량이다.

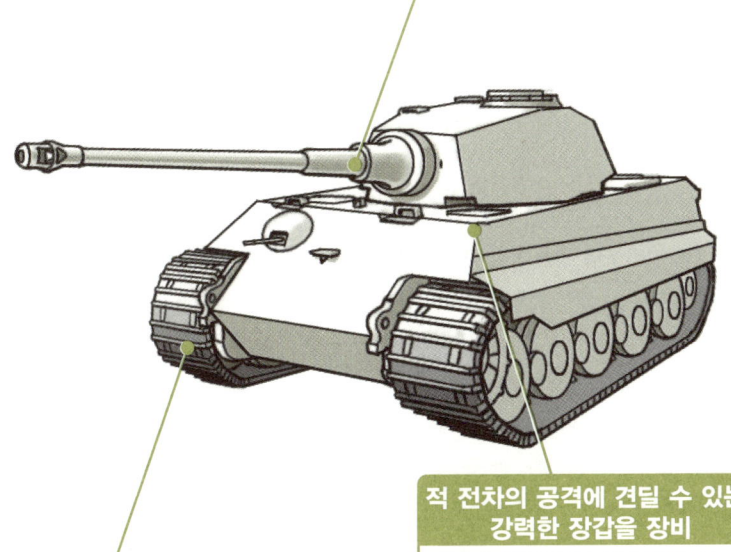

선회포탑에 전차포를 탑재

선회포탑을 갖지 않은 「구축전차」나 전차포를
탑재하지 않은 「공병전차」는, 엄밀히는 전차가 아니다.

**적 전차의 공격에 견딜 수 있는
강력한 장갑을 장비**

장갑이 「적 전차와 직접 전투」에
견뎌내지 못하는 것은 전차라고
부를 수 없다. 천장의 장갑이 없는
「오픈 탑」 차량도 마찬가지.

큰 중량을 지탱할 수 있는 궤도를 장비

궤도가 있다=전차라는 건 아니지만, 전차가
(포와 장갑의 중량을 지탱하기 위해) 궤도를
장비하는 것은 필수적이다.

이러한 조건을 만족시키지 못하는데도 전차라고 불리는 차량은 다수 존재하지만,
이것은 「인간형의 기계는 무엇이든 로봇」이라고 부르는 것과 같은 형식의 호칭으로
편의상의 분류나 관습적인 것, 그게 아니면 전의고양을 위한 것이다.

원포인트 잡학

지상전이란 지상에서 일어나는 전투로, 지상전에서 사용되는 무기는 「지상전 무기」라고 불린다. 지상전 무기는 항공기나
전함과 비교해 구조가 단순하고, 가격이 싸고, 대량생산된다는 장점이 있다.

최초의 전차는 「육상전함」이었다?

전차는 제1차 세계대전 초에 등장한 무기이다. 이 신무기에 요구된 것은 적 부대를 일소할 수 있는 화력이 아니라, 잘 짜여진 참호선이나 포격으로 구멍투성이인 전장을 돌파할 수 있는 힘지 주행 능력과 병사의 방패가 되는 역할이었다.

● 참호전 타개를 위한 비장의 카드

제1차 세계대전은 "기관총"이라는 새로운 무기의 등장에 의해 교착 상태에 빠져들었다. 영국·프랑스군과 독일군은 길게 만들어진 참호진지를 끼고 싸우며 서로 충돌과 기관총 소사를 반복하고 있었던 것이다. 그렇게 사상자만 자꾸 늘어나는 전황을 타개하기 위해 개발된 것이, 참호돌파 무기인 「전차」였다.

이 신무기에 요구된 역할은, 적의 포격이나 기관총 소사를 무시하며 철조망을 짓밟고 참호를 돌파하는 능력이었다. 각국에서는 장갑 처리된 자동차─장갑차를 실용화시켰으나, 포탄이 작렬하여 생긴 구멍투성이가 전장을 달리는 것은 불가능했다.

최초로 전차를 실전에 투입한 것은 영국이었다. 일본에서는 쐐기모양 전차라고 불리는 『마크1』 전차였다. 본래는 충분한 수를 갖추고, 승무원도 제대로 훈련을 받은 뒤에 집중적으로 운용하는 것을 목표로 했지만 전황이 악화됨에 따라 1916년 9월, 프랑스 솜 지구에 시험삼아 투입되었다. 이 전투에서 모인 마크Ⅰ은 50기도 되지 않는 수로, 고장에 의해 탈락하기도 하여 전투에 참가할 수 있었던 것은 그 절반 이하였다. 하지만 참호에서 기다리고 있던 독일 병사들을 패닉 상태로 몰아넣는 효과는 있어서 영국군은 마크Ⅰ을 더욱 쓸만한 무기로 계속해서 개량했다. 그리하여 1917년 11월 캄브레 전투에서는 개량형인 『마크Ⅳ』를 400대 가까운 규모로 투입하여 독일군 방어선에 큰 구멍을 뚫는데 성공했다.

주변 국가들은 영국의 뒤를 이어 곧바로 전차 개발에 혈안이 되었다. 프랑스의 『슈나이더』나 『생샤몽』, 독일의 『A7V』 등이 전장에 보내졌지만 이러한 전차는 전부 「큰 중량, 저속의 대형 차체에 보병지원용 포나 기관총을 장비」한 육상전함이라고 할만한 타입이었다.

참호돌파용 육상전함(랜드쉽)

기관총을 사용한 진지전(참호전)이 일상화

교착된 전국을 타개할 「참호 돌파 병기」는 없는가?

세계 최초의 실용형 전차 『마크 I』의 등장

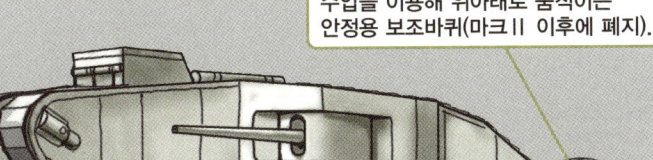

수압을 이용해 위아래로 움직이는
안정용 보조바퀴(마크 II 이후에 폐지).

주행 속도는 시속 5km 정도.
서스펜션이 없어서
진동이 엄청나다.

차체 좌우의 돌출부(스폰손*)에
포나 기관총을 다수 장비.

*sponson 군함이나 전차의 측면포탑

영국이 『마더(빅·윌리)』라고 불린 테스트 차량를 모체로 개발했다.
대포 장비의 남성형(male)과 기관총 장비의 여성형(female)이 있다.

탱크라는 이름의 유래

영국은 독일군에 신병기의 비밀이 알려지지 않도록 「수조」, 즉 「Tank(탱크)」
라고 부르며 전장으로 향하는 전차를 그 이름으로 화물칸에 실어 보내면서
「그것은 러시아 방면의 전장에 식료나 음료수를 운반하는 용기다」라고 선전했다.
오늘날 전차를 「탱크」라고 부르는 것은 이러한 이유에서이다. (중국에서도
한자로 「坦克(탄극—탄커라고 발음)」라고 표기)

원포인트 잡학

독일에서는 자국의 오리지널 『A7V』 이외에 외국의 전차를 포획하여 사용하기도 했다.

전차의 시조는 프랑스제?

제1차 세계대전 말기에 개발된 프랑스의 『르노-FT』는 2인승의 조그만 전차였지만 「선회포탑」의 채용이나 「궤도·조종석·동력부의 레이아웃」 등, 오늘날 전차의 근본이 되는 설계였다.

●육상전함은 돈도 수고도 너무 많이 든다

제1차 세계대전에 투입된 **육상전함**은 개발이나 생산에 대량의 코스트가 필요한 데다가 기술적인 무리가 있어 고장도 많았다. 특히 프랑스에서는 한정된 공업력을 이러한 전차 생산에 나누는 것이 부담이었기 때문에 자동차 회사에서도 생산할 수 있는 소형 전차를 개발하여 전력화했다. 소형의 차체라면 엔진이나 구동계에 걸리는 부담도 적고, 이미 장갑차로 사용되고 있던─신뢰할 수 있는 기술을 활용할 수 있었다. 그 덕분에 차체 무게가 가벼워 규모가 작은 엔진으로도 기동력이 발휘될 수 있었다. 이것은 육상전함과 완전히 다른 설계 사상으로, 자원의 절약이 가능했기에 대량배치하기 쉬운 장점도 있었다.

이리하여 태어난 소형전차 『르노-FT』는 무장을 추가하는 방법에도 특징이 있었다. 육상전함에는 대포나 기관총 등 많은 무장을 탑재했지만, 고슴도치처럼 차체 각 부분에 고정되어 있었기 때문에 지향할 수 있는 각도가 제한되어 있었다. 르노-FT는 차체 중앙에 전 방위 회전이 가능한 『선회포탑』이라는 것을 부착시켜 그 곳에서 모든 방향으로 발포할 수 있게 하였다. 차체 중앙의 선회포탑(무장)을 끼고 앞쪽에 조종석, 뒤쪽에 엔진이라는 레이아웃은 전투병기로서 합리적이었기에 현재의 전차에도 계승되고 있다.

제1차 세계대전의 종결부터 다음 대전까지 약 20년간, 각지에서는 열강에 의한 식민지 전쟁이 계속되었다. 이런 지역전은 전차 개발에 있어 성능평가에도 도움이 되었기에, 열강들은 개발 경쟁에 더욱 열을 올리게 되었다. 그리하여 이러한 지역 분쟁에서 주역이 된 것은 거대한 육상전함 타입이 아니라 르노-FT와 같은 경량, 소형의 전차였다.

프랑스는 전후, 잉여가 된 르노를 지역 분쟁에 투입하거나 제3국에 팔아넘겼다. 각국의 전차 개발에 관련된 자들은 세계에 흩어진 르노를 바탕으로 「전차」란 무엇인가를 연구하게 되었다.

르노의 혁신적인 설계

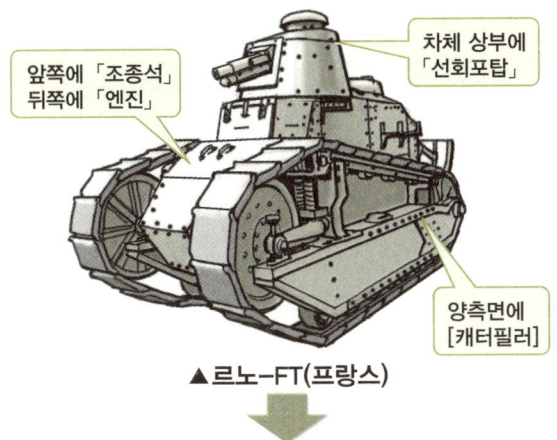

앞쪽에 「조종석」
뒤쪽에 「엔진」

차체 상부에
「선회포탑」

양측면에
[캐터필러]

▲르노-FT(프랑스)

위의 그림과 같은 레이아웃이 이후 전차설계의 기본이 된다

육상전함타입의 전차와 비교하면…

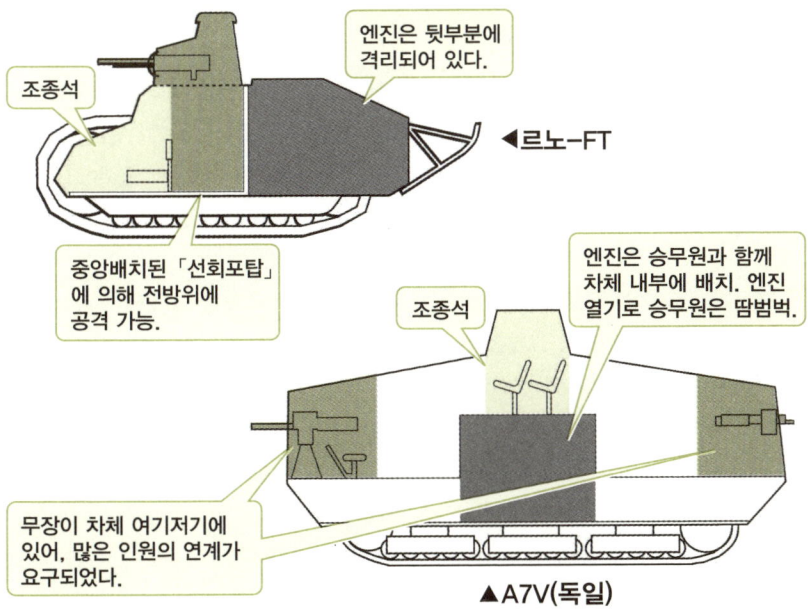

조종석

엔진은 뒷부분에
격리되어 있다.

◀르노-FT

중앙배치된 「선회포탑」
에 의해 전방위에
공격 가능.

조종석

엔진은 승무원과 함께
차체 내부에 배치. 엔진
열기로 승무원은 땀범벅.

무장이 차체 여기저기에
있어, 많은 인원의 연계가
요구되었다.

▲A7V(독일)

원포인트 잡학

『르노-FT』 이외에도 제1차 세계대전의 전차는 설계가 소형화되는 경향이 있었지만, 그것은 대전 후의 군축기에 예산이 압박을 받은 탓도 있었다.

No.004

중전차(重戰車)라고 불리는 것은 몇 톤 정도부터?

제2차 세계대전 후에 MBT(주력전차)라고 하는 개념이 생겨날 때까지, 전차의 분류는 중량에 따라 이루어졌다. 흔히 말하는 「경전차·중전차(中戰車)·중전차(重戰車)」라는 구분법으로, 독일이나 미국, 일본 등에서 이 방법으로 분류하였다.

● 경전차 · 중전차(中戰車) · 중전차(重戰車)의 구별이란?

전차의 분류법에는 시대나 국가에 따라 많은 방법이 있지만, 제1차 세계대전이 끝나고 『르노-FT』 등의 소형전차가 등장한 뒤부터 경전차·중전차中戰車·중전차重戰車 등으로 구분하는 방법이 생겨났다. 이것은 차체의 「중량」에 따른 구분방법이긴 했지만, 전차의 중량은 차체의 사이즈나 장갑의 두께와 밀접한 관련이 있기 때문에 구분에 따른 역할은 필연적으로 차이가 있었다.

우선 중량이 가벼운 「경전차」는 방어력이 장갑차의 강화판 정도에 지나지 않고, 무장도 기관총과 기총, 소구경포 같은 것들뿐이었다. 전력으로서는 그리 믿음직하지 않지만 생산 코스트가 낮고 기동력도 우수했기 때문에 정찰과 소규모 전투에서의 보병 지원, 연락용으로 사용되었다.

그에 비해 「중전차重戰車」가 어째서 무거워지느냐고 하면, 중장갑의 차체에 대구경 대위력의 전차포를 탑재했기 때문이다. 이것은 공격·방어에서 모두 우수하지만, 그 중량으로 인해 기동력이 떨어지는 약점이 있다. 또한 중전차는 개발이나 생산에 높은 코스트가 들고, 연료·탄약의 보급이나 제반부대와의 연계 등 운용면에서도 어려운 점이 있었다.

그렇기에 경전차와 중전차重戰車의 중간적인 특성을 지닌, 기동전에 알맞게 만들어진 전차가 「중전차中戰車」이다. 중전차中戰車는 기갑부대의 주력이 되어 적 전차와의 전투를 담당하고, 중전차重戰車가 그것을 후방에서 포격으로 지원하며 경전차가 적을 혼란시키거나 패주하는 부대의 추격, 격멸을 행한다……는 식으로 역할이 분담되었다.

하지만 이러한 구분이나 운용은 어디까지나 제2차 세계대전기에 있어 일반적인 것이 아니라, 경전차와 중전차中戰車, 중전차中戰車와 중전차重戰車사이에 그다지 중량적인 차이가 없었던 케이스도 많았다. 또한 같은 "중전차中戰車"라도 미국의 『M4 셔먼』과 일본의 『97식 중전차』사이에는 운용 사상이나 기술 레벨에 상당한 차이가 있어, 동급이라고 말할 수 없는 경우도 많았다.

중량에 따른 구분에 명확한 기준은 없다

경전차(라이트 탱크)

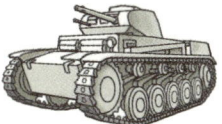

- 중량 5~20톤 클래스의 경무장전차
- 기동력이 높아, 주력부대의 측면 경계나 정찰, 패주하는 적 부대의 추격 등이 주 임무.
- 장갑이 얇아, 대전 중기 이후에는 치열한 전차전의 중심에서 있을 곳이 없어졌다.

제2차 세계대전 당시 독일군에서는 → 「II호 전차」

중전차(中戰車)(미디엄 탱크)

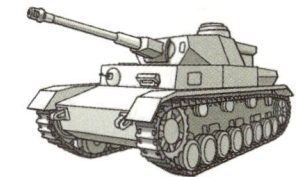

- 중량 15~50톤 클래스의 무장 · 장갑 · 기동력을 밸런스 좋게 갖춘 전차.
- 눈에 띄는 약점이 없기 때문에 기갑부대의 주력으로서 여러가지 전황에 대응 가능.
- 전후에는 「MBT」로 발전

제2차 세계대전 당시 독일군에서는 → 「IV호 전차」

중전차(中戰車)(헤비 탱크)

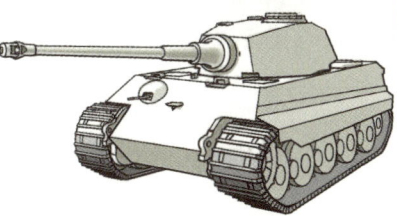

- 중량 40~80톤에 가까운 중장비 · 중장갑전차
- 화력과 방어력을 살려 적진을 돌파하거나, 후방에서 원호 포격 등으로 중전차를 지원한다.
- 기동력을 요구하는 작전에는 맞지 않았지만, 거점돌파나 방어에는 최적.

제2차 세계대전 당시 독일군에서는 → 「티이거 II」

전차의 중량 구분은 분류하는 쪽이 "지금까지의 전차(중전차(中戰車))보다 무거우니 「중전차(重戰車)」라고 부르자"라고 하는 정도였을 뿐이었고, 무기 체계의 정리나 국내외의 사정에 따라 구분이 변경되는 케이스도 있다.

원포인트 잡학

각국에서 중량 100톤을 넘는 클래스의 「초중전차」라는 것도 계획되었지만, 개발이나 생산에 막대한 자원과 초월적인 기술을 요구했기 때문에 설계나 시험 제작 단계에서 끝나고 말았다.

보병전차란 어떤 전차?

보병전차란 제1차 세계대전 시기의 전차를 그대로 업그레이드 한 보병지원용 전차이다. 『르노-FT』와 같은 소형 쾌속전차도 등장했지만, 패전국인 독일 이외에서 전차는 아직 "보병의 종속물" 이었다.

● 보병의 방패로서는 믿음직스럽지만……

제1차 세계대전의 패전국 독일은 조약에 의해 전차의 개발이나 소유를 금지당했기 때문에 소형경량의 장갑차량(후에 『Ⅰ호 전차』나 『Ⅱ호 전차』)에 의한 기동전(**전격전**)의 개념이 구체화되었다. 이런 사고방식은 애초에 영국에서 태어난 것이었지만, 당시에는 어떤 군 상층부에게도 전차를 주력으로 사용한다는 발상은 이해할 수 없는 것이었다. 이러한 배경 속에 만들어진 것이, 보병부대의 선두에 나서 철조망이나 토치카를 파괴하고 참호를 뛰어넘어 보병의 돌파로를 열어주는 역할을 하는 「보병전차」였다.

물론 **쐐기 모양 전차** 시대와는 달리 기계적 결함은 적었지만, 장갑의 두께에 비해 엔진의 출력은 낮고 기동성은 열악했다. 무장으로도 중량과 사이즈에 상응하는 대형 **캐논포**를 장비하고 있었던 것이 아니라 **고폭탄**을 사용하여 기관총좌나 방어진지를 날려버리는 정도였다. 이것은 "보병지원" 이라는 목적에서 본다면 커다란 문제는 아니었지만, 적 전차와의 전투 상황에 들어가게 되면 불리하다고 할 수밖에 없었다. 장점이라면 장갑이 두껍다는 것뿐이지만, 그것도 상대가 장포신·대구경 캐논포를 갖고 있다면 소용없었다. 전차전투에 한해서는 "둔중하고 무기력" 한 것이 보병전차였다.

영국군은 보병전차와 함께, 보병지원 이외의 모든 전투에 참가하는 「순항전차」라는 카테고리를 만들었다. 이것은 예전의 「기병」과 같이 기동력을 살려서 적 부대를 추격하거나, 진지나 전선의 측면·후방으로 돌아가 기습이나 혼란을 일으키는 전차이다. 이름처럼 쾌속과 기동력을 요구받았기 때문에 장갑은 얇았지만, 그다지 소형으로 만들어진 것은 아니었다. 역시 화력이 빈약하였기 때문에 적 전차와의 전투에 쓸만한 것은 아니어서 결국 기동력을 중시하면서도 화력과 장갑을 강화한 『센츄리온』에 의해 보병전차와 순항전차는 통합되었다.

용도에 따른 전차의 분류

제2차 세계대전 당시의 영국군에게는 보병지원용의 「보병전차」와
정찰 · 혼란 임무용의 「순항전차」 두 가지가 있었다.

보병전차(인펜토리 탱크)

「마틸다」

대전차용 포는
붙어있지 않다

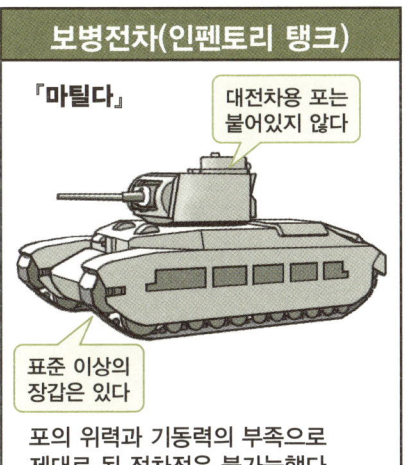

표준 이상의
장갑은 있다

포의 위력과 기동력의 부족으로
제대로 된 전차전은 불가능했다.

순항전차(크루저 탱크)

「크루세이더」

화력은 빈약

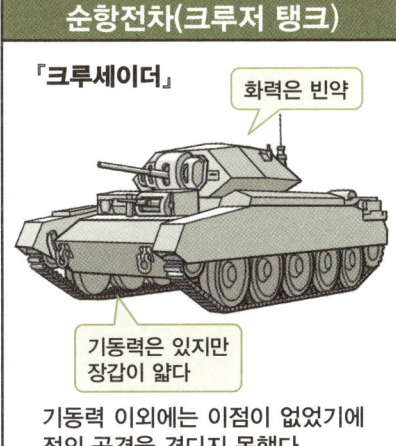

기동력은 있지만
장갑이 얇다

기동력 이외에는 이점이 없었기에
적의 공격을 견디지 못했다.

독일전차의 위협에 대항하자면, 역시 이래서는 위험하겠지?

드디어 등장!

중순항전차 「센츄리온」

분류하자면 순항전차이지만,
중장갑&대화력으로 타국의
중전차(重戰車)에 필적하는
전투력을 갖추었다. 하지만
시험 제작된 6대가 운용
시험되는 단계에서 유럽의
전쟁은 끝나고 말았다.

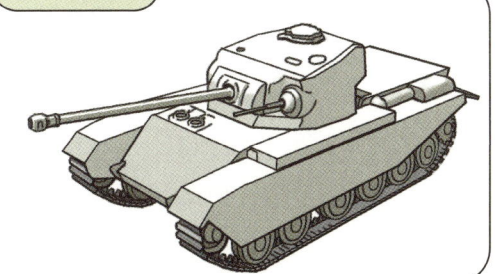

원포인트 잡학

무장이나 장갑을 억제하고 기동력을 중시한 컨셉의 전차로는 그 외에 프랑스의 「기병전차」나 소련의 「쾌속전차」 등이
있다.

전차의 성능을 나타내는 「세 가지 요소」란?

전차의 능력평가에 이용되는 세 가지 요소로서 「공격력·방어력·기동력」을 제창한 것은 독일 전차부대의 아버지로서 전차전의 기초를 세운 그데리안 장군이라고 하는데, 이것은 현대에도 통용되는 기준이다.

● 뛰어난 전차의 조건

전차의 능력을 평가할 때에 우선 「강력한 전차포를 장착하였는가?(공격력)」, 「빠른 속도를 발휘할 수 있는가?(기동력)」, 「중장갑을 사용하였는가?(방어력)」 라는 세 가지 요소가 기준으로 이용되고 있다.

공격력은 전차포의 위력, 방어력은 장갑 재질이나 두께·형상, 기동력은 엔진 성능이나 서스펜션 등의 기능으로 결정되지만, 어느 것 하나를 강력하게 만들려고 하면 필연적으로 다른 요소도 강하게 해야 한다. 공격력을 강화하려고 대형포를 탑재하게 되면 차체 중량이 무거워지기 때문에 기동력을 향상시킬 필요가 생긴다. 제2차 세계대전에서는 이런 이유로 인해 전차가 점점 대형화되어, 거대한 **중전차**重戰車가 출현하게 되었다.

중전차는 강력하였지만, 생산이나 운용에 코스트가 너무 많이 들었기 때문에 세 가지 요소의 밸런스를 무너트려서(다른 요소나 기능을 희생해서) 한 가지 능력에 특화시킨 전차도 탄생하였다. 유명한 것이 공격력을 특화시킨 독일의 「**구축전차**」인데, 이러한 특화형의 전차는 특정 상황하에서는 강하지만 상황이 변화한 경우에는 약해진다는 단점이 있었다. 예를 들면 구축전차는 같은 클래스의 전차보다 강력한 전차포를 가지고 있기 때문에 잠복하고 있거나 기습을 해서 탄을 명중시키게 되면 강하다. 하지만 초탄이 빗나가게 되거나 반격을 당하거나 해서 적과 1:1 전투를 벌이게 되면 기동력이 부족하기 때문에 불리해지고 만다.

육군병력 중에 가장 중요한, 주력이라고 할만한 전차에 이러한 운용상의 약점을 내포하게 둘 수는 없었기에 전후에는 전차의 성능을 강화시킨다고 해도 "세 가지 요소를 적절하게 향상시킨다" 는 흐름이 주류가 되었다. 전차는 어떤 상대, 상황에도 높은 레벨로 유연하게 대처할 수 있는 능력을 갖게 되어, 특정한 상황하에서의 특화된 기능은 「**자주포**」나 「**대전차미사일** 차량」, 「정찰경계 차량」 등 전차 이외의 전투 차량에 맡기는 방식이 되었다.

전차의 세 가지 요소

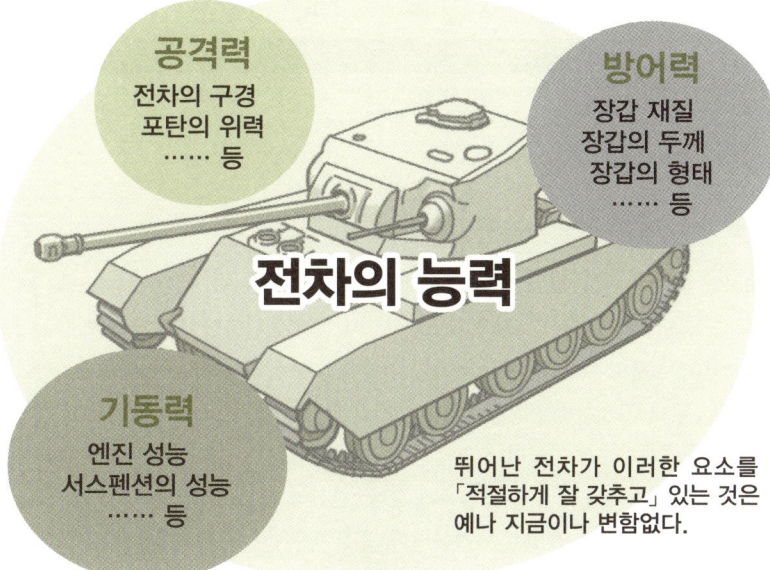

공격력
전차의 구경
포탄의 위력
…… 등

방어력
장갑 재질
장갑의 두께
장갑의 형태
…… 등

전차의 능력

기동력
엔진 성능
서스펜션의 성능
…… 등

뛰어난 전차가 이러한 요소를
「적절하게 잘 갖추고」 있는 것은
예나 지금이나 변함없다.

다만 이러한 요소 전체를 고성능으로 만들려면 엄청난 가격이 되고마는 데다가, 사이즈나 중량이 너무 커져 부대 운용에 부적합해지고 만다.

전차 설계에 있어 각국의 태도

영국 ▶	화력과 방어력을 중시
미국 · 소련 ▶	세 가지 요소가 (어느 정도) 균등할 것을 중시
독일 · 프랑스 ▶	화력과 기동력을 중시

■ 원포인트 잡학

세 가지 요소의 밸런스도 항상 동일한 것이 아니라, 전후 「공격력 중시」 → 「기동력 중시」 → 「방어력 중시」로 중요시되는 요소가 변화하고 있다.

전차의 성능은 카탈로그 데이터만이 아니다?

「공격력·방어력·기동력」의 세 가지는 전차의 우열을 이야기할 때 빼놓을 수 없는 요소이지만, 그것만 굉장하다 해도 뛰어난 전차라고는 말할 수 없다. 생산·사용 현장에서는 데이터에는 나타나지 않는 부분 이야말로 중요한 점일 수도 있다.

● 무기에 요구되는 요소는 여러 가지

전차가 무기인 이상, 코스트 문제는 피해갈 수 없는 것이다. 어떤 성능이 좋은 전차라고 하더라도 만드는 가격이 비싸고, 오랜 시간이 걸리게 된다면 필요한 수가 갖춰지지 않고 부족할 때 보충도 어렵다. 싸고 언제라도 생산할 수 있고 정비나 수리도 편리한 설계가 아니라면 「무기」로서는 2류에 불과하다.

제2차 세계대전에서 미국이나 영국은 이러한 문제를 해결하기 위해서 전차용 엔진의 개발·제조를 자동차나 항공기 공업에 맡겼다. 완전히 새로운 엔진을 0부터 만드는 것이 아니라 자동차의 엔진을 병렬로 연결하거나, 전투기용 엔진을 전차용으로 개량하였다. 이런 방법은 코스트면의 문제뿐 아니라, 이미 실적이 있는 기술을 사용하여 신개발 엔진에 따르는 초기불량이나 결함을 회피하는 것도 가능했다.

물론 엔진만의 이야기가 아니라, 전차포나 장갑기술 등 여러 면에서도 이루어졌다. 당시 독일 전차가 그러했는데, 혁신적인 기술을 투입한 신형전차일수록 전선에서 고장으로 쓸만한 것이 못 되었던 케이스가 많았다고 전해진다. 기술의 신뢰성을 확보하기 위해서는 어느정도 숙성이 필요한 것이다.

그 외에도 스펙(성능재원)에 나타나지 않는 요소는 많다. 예를 들면 각종 탐색 장치나 조준 장치와 연동됨에 따라 나타난 「주포로 노리기 쉬움」, 엔진이나 트랜스미션(변속기) 등의 구조나 배치에서 유래하는 「대쉬력이나 제동 성능, 브레이크시 차체의 동요」등이 있다. 그 중에도 중요시 되는 것이 항속거리나 보급횟수가 적은지, 철도수송이 쉬운지 등의 「전략기동성」이다. 전장에서 아무리 강하더라도, 그 곳까지 도착할 수 없다면 아무 소용이 없다. 독일 전차에 비해 쓰레기 취급을 받은 적이 많았던 미국 전차이지만, 이러한 면이 뛰어났기에 최종적인 승자가 될 수 있었다.

수치에 나타나지 않는 성능이야 말로 중요

· 전차포의 사정거리
· 장갑의 두께 　｝수치상의 데이터가 아무리 있더라도……
· 엔진의 출력

코스트

얼마나 싸게 만들 수 있는가?

필요한 수를 빨리 갖추어야 할 때에 중요

기술적 신뢰성

고장이나 불량이 얼마나 적게 일어나는가?

비전투 손실차량이 많으면 작전을 할 수가 없다

이러한 요소가 함께
하지 않으면 운용상의
문제가 생긴다

그리고 아래와 같은 요소도 무시할 수 없다

전략적 기동성

· 다리를 부수지 않고 건너거나, 철도화차에 실어 나를 수 있는
　중량 · 사이즈인가?
· 보급 없이 어느 정도 갈 수 있는가?
· 소음이나 진동으로 승무원이 필요 이상으로 피로해지지 않는가? ……등

통신 탐색 능력

· 아군과 연계하기 위한 통신 장치나 위치 확인 장치
· 암시 장치나 TV 시찰 장치
· 컴퓨터에 의한 데이터 링크

원포인트 잡학

공격력 · 방어력 · 기동력의 세 가지 요소에 더해 코스트나 기술적 신뢰성 등, 이러한 조건을 전부 겸비하기는 어렵다. 최종적으로 버릴 것을 선택하는 것은 기술자의 능력이 아니라, 국가 전체의 기술력이나 공업력이 문제가 된다.

전격전 초기의 독일 전차는 빈약했다?

제1차 세계대전에 승리한 영국 측은 전차에서 커다란 유효 가치를 발견하지 못 했지만, 패배한 독일은 그 가능성에 크게 착안했다. 대전 초기의 독일군은, 이 전차군단을 사용한 전격전을 통해 유럽을 제패했다.

● 우선할 것은 기동력

제1차 세계대전 후, 독일은 전차의 개발과 그 유효한 운용법을 열심히 연구했다. 조약에 의해 표면상으로는 「무기의 개발이나 군의 재편」이 제한되어 있었지만, 소련과 손을 잡고 국외에서 개발을 계속하거나 후에 『1호 전차』라는 차량을 농업 트렉터라는 명목으로 대량으로 생산하는 등 착착 군비를 진행하였다.

결국 독재자 히틀러의 호령에 의해 재편·확대된 독일군은 1939년 9월, 인접국 폴란드에 침공을 개시했다. 제2차 세계대전의 시작이었다. 독일의 **전격전**에 대항하는데 구태의연한 보병이나 기병이 중심이었던 폴란드군은 1개월만에 패배했다. 기세를 탄 독일은 그 다음으로 벨기에와 네덜란드, 프랑스를 공격하여 승리하였고, 프랑스군과 함께 싸우던 영국군을 덩케르크만으로 몰아넣어 영국 본토로 철수하게 만들었다.

이 대승리에 독일 전차군단이 커다란 역할을 담당한 것은 분명한 사실이다. 하지만 부대를 구성하고 있던 것은 『티이거』나 『판터』와 같은 거대 전차의 무리가 아니라, 장갑차보다 좀 나은 수준의 전차일 뿐이었다. 이것은 "그 정도의 전차로 무장할 수 밖에 없었던" 당시 독일의 사정도 있지만, 그렇더라도 어떻게든 된 것은 공격받는 측이 전격전의 개념을 이해하지 못하고 대응이 늦어졌기 때문이기도 하다. 폴란드는 둘째치고 프랑스나 영국은, 당시의 독일 전차와 동격 이상의 전차를 장비하고 있었지만 그것을 독립된 전력으로 보지 않고 보병부대의 지원으로 나누어 사용하고 있었다. 국지적으로는 빈약한 독일 전차가 영국·프랑스의 **보병전차**에게 고전한 케이스도 많았지만, 무선을 통한 연계나 **대전차포**의 투입을 통해 이것을 극복해냈다. 여러 전투를 봤을 때, 독일의 쾌진격은 전차의 기동력을 전술로 발전시킨 「전격전」이라는 소프트적인 면에 의해 지탱된 것이라고 할 수 있다.

제2차 세계대전 초기의 독일 전차

전격전 초기의 독일 기갑 전력은
하드웨어면에서 독주하고 있는 것이 아니었다.

I 호 전차▶

무장은 포탑부에 기관총이 2정,
애초에 훈련용이므로 장갑도 얇다.

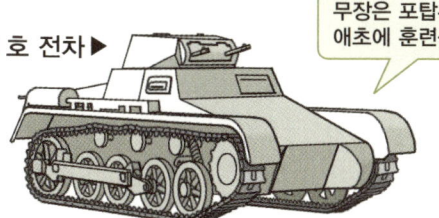

◀II호 전차

무장으로 기관총보다 위력이 큰
「기관포」가 되었지만, 아직 적 전차와
싸우기에는 무력.

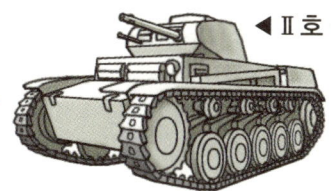

주력전차 「III호 전차」와 「IV호 전차」의 생산이 궤도에 오를 때까지는
이런 전투력이라도 쓸 수밖에 없었다.

더욱이 이런 방법도……

점령한 체코슬로바키아의 전차
「LT.Vz35」나 「LT.Vz38」 등의
전차가 III호 전차와 동급의
성능을 갖고 있었기 때문에,
생산 설비 채로 접수하여
자군 병력으로서 운용하였다.

LT.Vz38(체코슬로바키아) ▶
개칭 「38(t)전차」

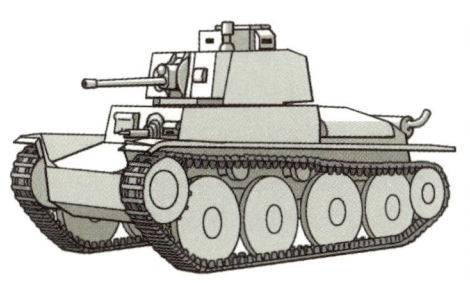

원포인트 잡학

「적을 압도하는 화력」을 갖지 못한 당시의 독일군에서는 무선에 의한 연계가 주축이 될 정도로 중요했기 때문에 무장을
떼어내고 통신장비를 강화한 「지휘전차」가 많이 만들어졌다.

빠르게 싸우면 「전격전」인가?

전격전이라는 것은 「전차의 스피드를 살려서 한번에 적을 격멸하는 전법」이라는 이미지가 강하지만, 이 것만으로는 본질을 알 수가 없다. 중요한 것은 적을 격멸시키는 것이 아니라, 기능을 마비시키는 것이다.

● 그 본질 「돌파」와 「마비」

제2차 세계대전이 시작될 무렵의 전투에서는 진지든 도시든 거점을 둘러싸고 양군이 장시간 싸우는 것이 보통이었다. 승리한 측은 우선 빼앗은 거점에 머물며, 확실히 발판을 굳힌 이후 다음 전장을 향해 진군했다. 패배한 측으로서도 적군이 점령지를 확보하는 틈에 퇴각을 완료하고 다음 전투에 대비했다.

이 상식을 깨트린 것이 전격전이다. 급강하 폭격기에 의한 핀포인트 폭격이나 낙하산부대에 의한 혼란작전으로 거점을 혼란·고립시키고, 전차부대를 중심으로 하는 기동부대로 한번에 돌파하는 전술이다. 이런 것을 보면 확실히 「스피드야 말로 생명」이라고 생각되지만, 열쇠가 되는 것은 이 다음 단계—적군이 전투의 쇼크로부터 회복될 시간을 주지 않고, 지휘 계통에 중대한 타격을 가하는 것이다. 돌파한 거점의 확보(점령)는 뒤이어 들어오는 보병부대에게 맡기고 전차부대는 그대로 전선 후방의 지휘소나 증원부대 등을 공격한다. 우회나 혼란에 의해 적의 통신이나 보급을 마비시켜, 적에게 "무슨 일이 일어나고 있는가"를 파악하지 못하도록 하여 방어의 단초를 주지 않는다. 적은 전선을 재정비할 틈도 없이 급소를 공격당하게 되어 후퇴하든가 항복하든가 하는 선택지밖에 남지 않게 된다.

폴란드나 프랑스에서 전격전을 건 당시의 독일군은 **경전차**급의 전력밖에 없었지만, 항공기의 지원과 무전기의 대량 도입에 따라 부대 사이의 연계를 강화시켜 이 전술을 확실한 것으로 만들었다. 하지만 대전 중반 이후, 미국의 참전과 소련으로 전선을 분할할 수밖에 없었던 독일군의 전황은 눈에 띄게 악화되었다. 제공권을 빼앗겨 상공에서의 지원을 바랄수 없게 되어, 전차부대와 보병부대는 분단되었다. 일부 부대나 전차 에이스가 화려한 전과를 올리는 반면, 피해 하나 없는 미국 대륙에서 계속해서 보내오는 보급물자에 의한 무한대의 회복력을 자랑하는 연합군에 대항하는 독일군은 소모될 뿐이었다.

전격전(Blitzkrieg)의 개념

① 돌파

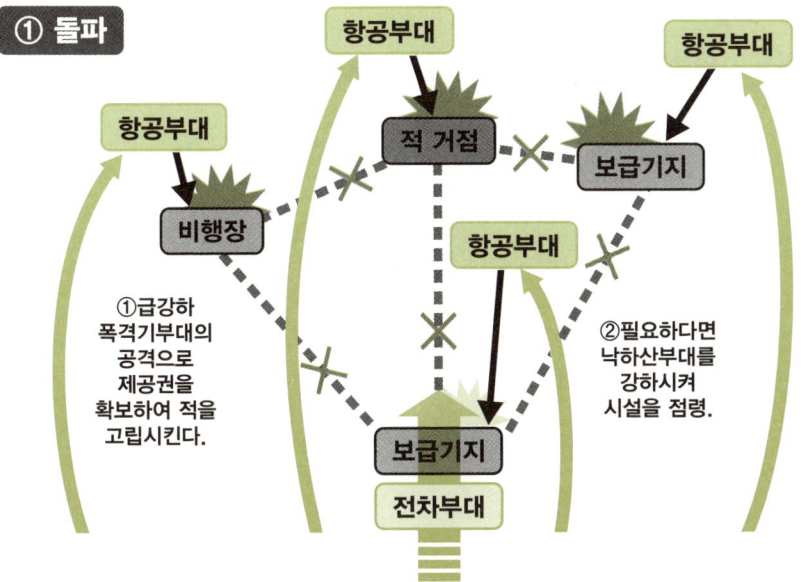

항공부대

적 거점

항공부대

비행장

보급기지

항공부대

①급강하 폭격기부대의 공격으로 제공권을 확보하여 적을 고립시킨다.

②필요하다면 낙하산부대를 강하시켜 시설을 점령.

보급기지

전차부대

③기동력이 있는 경전차를 선두로 고립 · 혼란된 적 부대를 한번에 돌파.

보병부대

② 마비

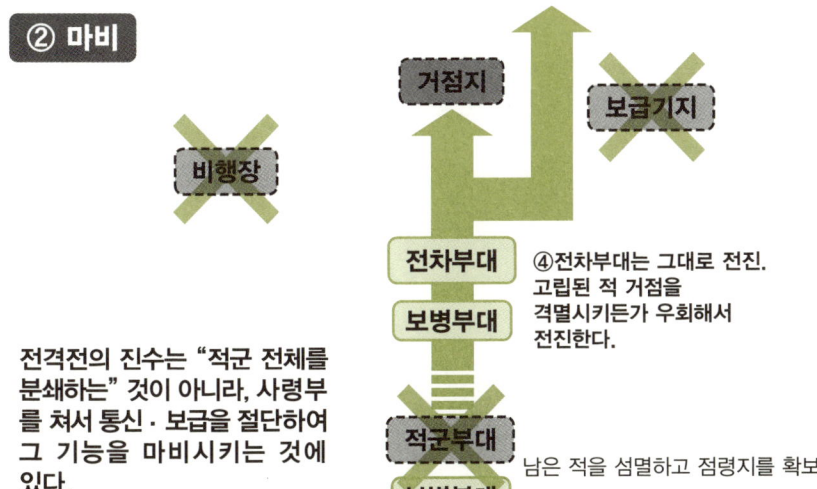

거점지

보급기지

비행장

전차부대

보병부대

④전차부대는 그대로 전진. 고립된 적 거점을 격멸시키든가 우회해서 전진한다.

전격전의 진수는 "적군 전체를 분쇄하는" 것이 아니라, 사령부를 쳐서 통신 · 보급을 절단하여 그 기능을 마비시키는 것에 있다.

적군부대

남은 적을 섬멸하고 점령지를 확보.

보병부대

원포인트 잡학

전격전은 대전 초기에는 독일만의 특기였지만, 말기에는 미국이나 소련도 같은 전술을 채택하게 된다.

「기동 방어」란 어떠한 전술인가?

아군의 방위라인을 돌파한 적 부대에, 라인 후방에 대기하고 있던 전차부대가 단번에 치고나가 반격하는 방어전술. 전차부대를 방어라인상에 분산배치시키지 않고, 기동력을 살려서 「소방수 역할」로 집중 운용 하는 것이 특징이다.

● 공격하는 것만이 전차의 역할이 아니다

전차라는 무기의 가치는 쾌속과 맹렬한 공격으로 적 부대나 진지를 돌파하는—돌파력 에 있는 것은 틀림없지만, 아군의 거점을 방어하는 데에도 중요한 역할을 담당하고 있다. 방어측이 전차를 사용할 경우, 우선 생각하기 쉬운 것이 "바위의 그림자나 구멍 속에 숨 어있는 포대가 되어 공격해 오는 적을 저격"하는 방법이다. 하지만 궤도가 망가져 움직이 지 못하는 전차를 폐기하는 대신 이용하는 것과 같은 케이스가 아니라면 이렇게 「진지 방 어」로 활용할 수 있는 것은 전차의 화력·장갑뿐이라 모처럼 보유한 기동력이 무의미해 지고 만다.

능동적인 의미를 가진 「기동력」과 수동적인 「방어」라는 단어는 이미지적으로 연결되 기 어렵지만, 이 양자를 잘 융합한 것이 「기동 방어」라고 하는 방어전술이다. 기동 방어 에 있어서, 전차는 전선(방위라인)으로부터 조금 떨어진 위치에 배치된다. 전선에서 장갑 과 화력을 가진 전차가 적어지기 때문에 "적에게 돌파당하기 쉽다"고 하지만, 그것은 기 동력을 살려서 달려가는 전차부대가 습격해서 요격·격멸시킨다. 제2차 세계대전에서 소 련에 침공한 독일군은 종종 이 전법을 사용하여, 광대한 러시아 전장에서 부족한 전차 전 력을 유효하게 활용했다.

전차를 방위선에 분산배치하여 적을 기다리는 것이 아니라 전선을 빠져나온 적 만 해치우는 「소방수 역할」로서 집중 운용하는 점이 기동 방어의 진수라고 할 수 있지 만, 먼저 상대에게 공격받고 나서 반격하는 전술이기 때문에 지휘관이 초동 대응을 오판 하면 불이 꺼지지 않고 전체적으로 붕괴되고 말 위험도 있었다. 전차부대를 이용한 방어 전술로서는 기본이긴 하지만, 실제 운용에는 판단력과 경험이 필요하다. 또한 기동 방어 를 행하기 위해서는 "전차가 전장을 종횡으로 움직일 수 있는" 상황이 대전제이기 때문 에, 적에게 제공권을 빼앗겨 전차부대의 이동이 어려운 상황이라면 생각처럼 되지 않는 경우도 많았다.

진지 방어와 기동 방어

진지 방어의 경우

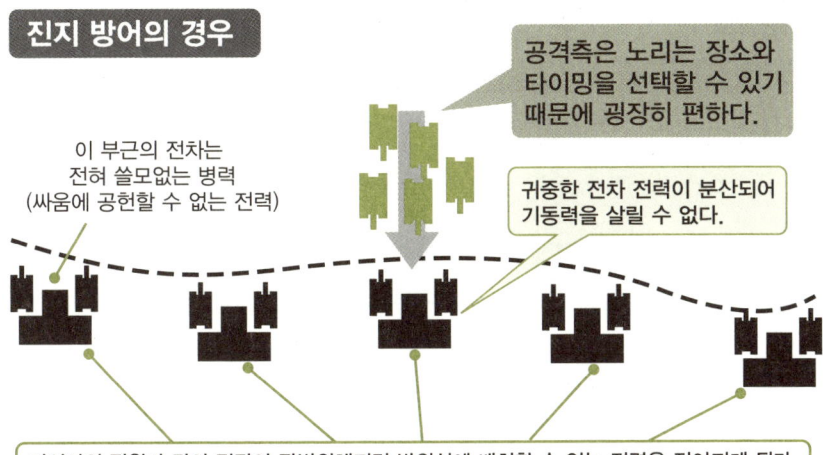

공격측은 노리는 장소와 타이밍을 선택할 수 있기 때문에 굉장히 편하다.

이 부근의 전차는 전혀 쓸모없는 병력 (싸움에 공헌할 수 없는 전력)

귀중한 전차 전력이 분산되어 기동력을 살릴 수 없다.

러시아의 평원과 같이 전장이 광범위해지면 방위선에 배치할 수 있는 전력은 적어지게 된다.

기동 방어의 경우

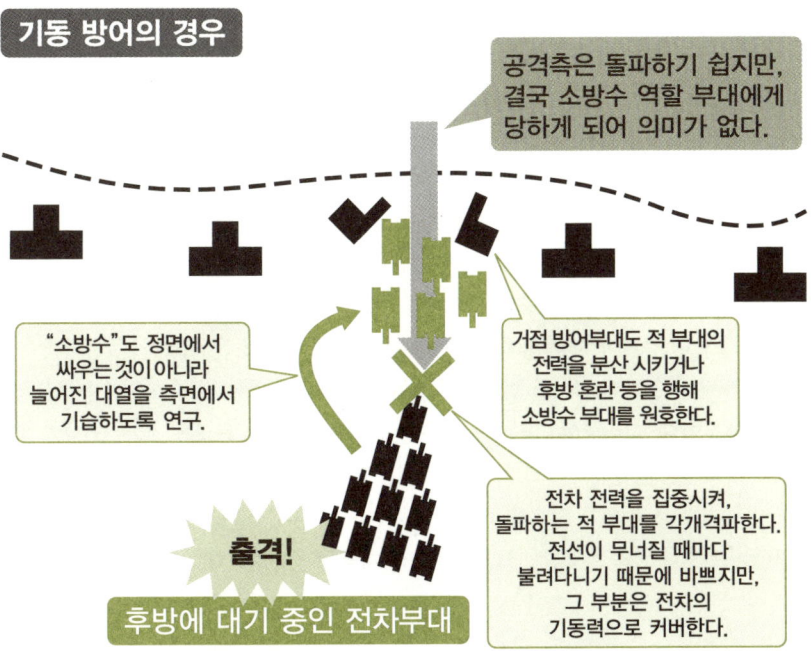

공격측은 돌파하기 쉽지만, 결국 소방수 역할 부대에게 당하게 되어 의미가 없다.

"소방수"도 정면에서 싸우는 것이 아니라 늘어진 대열을 측면에서 기습하도록 연구.

거점 방어부대도 적 부대의 전력을 분산 시키거나 후방 혼란 등을 행해 소방수 부대를 원호한다.

출격!

후방에 대기 중인 전차부대

전차 전력을 집중시켜, 돌파하는 적 부대를 각개격파한다. 전선이 무너질 때마다 불려다니기 때문에 바쁘지만, 그 부분은 전차의 기동력으로 커버한다.

원포인트 잡학

기동 방어의 원리는 「투입 부대의 보급 연결선」이 길어진 타이밍을 노려 그 측면에 일격을 날리는 것으로 1943년 2월~3월의 제3차 하리코프 공방전에서 독일의 만슈타인이 시행한 것이 유명.

「MBT」란 무엇의 약자인가?

MBT란 「Main Battle Tank」의 머릿글자를 딴 것이다. 각국 육군의 주전력이 되는 전차에게 붙이는 용어로, MBT를 보면 그 나라의 전차(장갑 전술)에 대한 사고 방식을 알 수 있다.

●「공격력 · 방어력 · 기동력」을 적절하게

제2차 세계대전의 개전 당초, 독일 등 일부의 예외를 제외하고는 전차라고 하는 무기를 어디까지나 「보병의 지원 병기」로 취급했다. 어느 정도의 장갑과, 참호를 돌파할 수 있는 험지 돌파 능력만 있다면 불만은 없었다.

그 후 독일의 **전격전**으로 대표되는 기동전이나 전차끼리의 포격전이 빈번하게 이루어지자 필요 이상으로 방어력을 중시한 설계의 전차나, 포의 위력에 특화된 **구축전차**와 같은 것들이 개발되었다. 이런 부분에는 「개발 기간의 소멸」이나 「자원 부족에 따른 코스트 절약」 등 전시의 전차 개발 특유의 사정이 관여되어 있지만, 결국 여러 타입의 차량에 "전차" 라고 하는 명칭이 부여되게 되었다.

이러한 「기능 특화형의 전차」는 상정된 국면에서 그 능력을 발휘하는 것이 가능하였지만, 어떠한 국면에서도 그 나름대로 쓸 수 있는—흔히 말하는 범용성이 결여되어 있다는 단점이 있었다. 전선이 방대해지고 여러 환경에서 전차를 투입시키게 되자, 올마이티한 능력을 가진 **중전차**中戰車의 편리한 사용성이 두드러지게 되었다. 특히 소련의 『T-34』나 독일의 『판터』는 그러한 사상을 설계에 반영하고 있었다.

전후, 주요 국가의 전차 운용은 중전차中戰車로 획일화 되어, 새로이 「MBT」로 불리게 되었다. 용도나 능력이 다른 특화형 전차를 여러 종류 보유하는 것보다는, 공격력·기동력·방어력을 적절하게 겸비한 범용형의 전차를 주력으로 하는 편이 효율이 높다고 생각되었기 때문이다. 그리하여 "만능" 을 요구받게 된 MBT는 그 능력을 진화시켜나가, **경전차**의 기동력이나 **중전차**重戰車의 화력·방어력을 겸비하게 되었다. MBT의 개발에는 많은 자금이나 기술·노하우가 필요하기 때문에 지금까지 선진국들밖에 보유할 수 없었지만, 최근에는 인도나 한국 등 많은 나라가 MBT의 개발에 성공하였다.

MBT는 전후에 탄생

MBT(Main Battle Tank)
「적의 주력 전차를 적극적으로, 정면에서 공격하는 능력을 가진 전차」를 말한다.
공격력 · 방어력 · 기동력의 세 가지 요소를 충분히 겸비해야 한다.

제2차 세계대전

보병전차	순항전차	쾌속전차	기병전차
콩전차	대전차자주포	구축전차	
화염방사전차	지뢰처리전차	잠수전차	
돌격포	전차구축차	대공전차	
경전차	중전차(中戰車)	중전차(重戰車)	
교량전차			
구난전차			

여러 타입의 전차가 존재하지만 미국의 『M4 셔먼』이나 소련의 『T-34』 등, 대량으로 생산된 중전차(中戰車)가 가장 쓰기 편리했다.

전후

중전차(中戰車)를 베이스로 각국의 최신 기술이 투입되어 MBT의 개념이 탄생했다

교량전차나 구난전차와 같이 제2차 세계대전 때와 거의 동일하게 운용되는 차량도 있지만, 현재 이런 차량은 「자주교량차량」이나 「구난차량」 등으로 불리며 "전차"에 포함되지 않는다.*

* 우리나라에서는 해당 차량들이 "전차"에 포함되어 있고 호칭도 전차로 사용되며 차량으로 분류되지 않습니다.

현재

MBT는 등장 시기부터 차례대로 「제1세대」, 「제2세대」, 「제3세대」로 분류되었다. 현재의 제3세대 MBT는 이전 중전차(重戰車)급의 중량이면서, 동시에 중전차(中戰車)급의 기동성을 갖추고 있다.

원포인트 잡학

오래 전에는 MBT의 직역으로서 「주전투전차」 등으로 기술했던 자료도 많았지만, 현재는 원어의 의미에 좀더 가까운 뉘앙스로 「주력전차」라는 번역어가 일반화 되어 있다.

베트남의 정글에서 전차는 쓸만했는가?

베트남 전쟁이라고 한다면 정글전의 이미지가 강해, 전차를 보내더라도 쓸만한 도로가 없었을 것이라고 여겨진다. 실제로 남베트남을 지원한 미군의 상층부에서는 베트남에 전차를 투입하는 것에 반대하는 의견도 강했다.

● 의외로 쓸만했던 베트남에서의 전차

제2차 세계대전이 종결되고 일본이 항복하자, 인도차이나가 또다시 프랑스의 식민지가 되었다. 결국 독립전쟁이 일어나 프랑스는 그 지역에서 퇴각했지만, 국토는 북(베트남 민주공화국)과 남(베트남 공화국)으로 분할되었다. 베트남의 공산 세력이 기세를 올리자 위협을 느낀 미국은 친미정권인 남베트남을 지원하기 위해 군사 개입을 개시한다.

베트남전쟁에서 전차의 임무는, 가장 초기에는 「비행장 등의 거점 방위」가 중심이었다. 하지만 보급부대가 게릴라에게 습격당하게 되자 수송차량 행렬(콘보이)의 호위로 이용되고, 결국 게릴라의 지하 참호를 힘으로 파괴하거나 정글 내부의 길을 뚫는데 사용하게 되었다. 전차가 갖는 장갑이나 화력, 차원이 다른 차체 무게는 당초 주력으로 생각했던 **장갑병력수송차**나 **경전차**로는 할 수 없는 작전에도 대응할 수 있었다.

물론 시야가 나쁜 장소에서 전차를 운용하는 데에는 많은 위험이 따른다. 특히 게릴라 복병이나 지뢰(항공기용 폭탄의 불발탄을 손으로 조립한 개조지뢰도 사용되었다)는 위험했다. **보병**이나 공병과의 연계를 밀접하게 유지한 것은 당연하지만, 포대에 기관총을 증설하거나 **적외선 투광기**를 붙여 어둠 속에 숨어있는 게릴라를 발견할 수 있게 하는 등의 대책이 적극적으로 갖추어졌다. 또한 게릴라가 소련에서 공여받아 쏘아대는 『RPG-7』에 대해서도 포탑이나 차체 주변의 손이 닿는 곳에 모래주머니나 예비 궤도를 둘러 대응했다.

전차끼리의 포격전이 발생할 위험은 거의 없었기 때문에 전차포에서 발사되는 포탄은 대진지·대인용 **고폭탄**이었다. 또한 지근거리의 대인전투에는 기관총 외에 「캐니스터탄」, 「비하이브(벌집)」라고 불리는 특수한 포탄이 이용되었다. 이것은 1,280발의 산탄이나 8,500개의 플레셋 탄(금속제 예리한 화살)을 흩뿌리는 것으로, 전차포를 거대한 산탄총(샷건)으로 바꿔놓은 것이었다.

베트남에서 미군의 전차

미군에 의한 군사 개입은, 결국 전차의 투입으로 이어졌다.

적외선 투광기
「적외선 감지기를 가진 적에게 발견되기 쉽다」는 약점이 있었지만, 게릴라는 그러한 장비를 갖추지 않았기 때문에 안심.

보병
게릴라와 전투에서 보병과의 연개는 필수불가결. 전투시에는 산개해서 적병의 발견 · 토벌을 행한다.

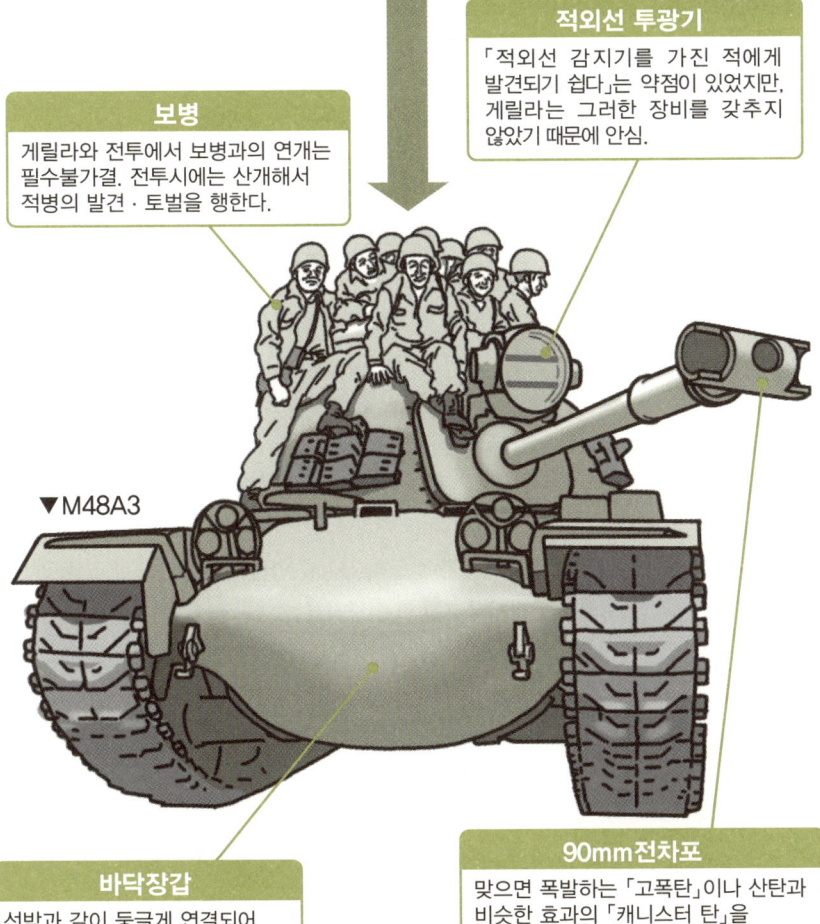

▼M48A3

바닥장갑
선박과 같이 둥글게 연결되어 있어 지뢰에 대한 방어력을 강화.

90mm전차포
맞으면 폭발하는 「고폭탄」이나 산탄과 비슷한 효과의 「캐니스터 탄」을 발사했다.

거기에 개조전차 「M67 화염방사전차」를 투입!
포신에 화염방사기를 탑재하여, 게릴라가 숨어있는 장소를 태워버린다.
시정거리 90~180m. 최대 60초 연속으로 화염방사가 가능.

원포인트 잡학

「M48」은 당초 가솔린 엔진을 탑재했지만, 개조형인 「M48A3」 이후에는 피탄시에도 불이 잘 붙지 않는 디젤 엔진으로 변경되었다.

제3세대 전차란 어떤 것인가?

중량에 의한 구별이 사라지고, MBT라는 개념이 등장한 뒤의 전후 전차는 그 기술적·사상적인 구분에 따라 「제1세대·제2세대·제3세대」로 크게 분류된다. 최근의 전차는 당연히 「제3세대」이다.

● 전차에도 「세대」가 있다

세계대전이 끝나고 장갑전투 차량의 운용이 **MBT**에 집약됨에 따라 전차의 분류는 「세대」에 의해 이루어지게 되었다. 세대라는 것은 군이나 무기, 장비 등의 혁신도를 보여주는 것으로서, 시간적 구분보다도 신기술이나 신사상 등에 의해 "전세대보다 진화한 것"을 가리키는 사고방식이다.

전후 새롭게 개발된 전차군은 「제1세대」라고 불린다. 탑재된 전차포의 구경은 90mm~100mm급으로 강화되었지만, 대부분 제2차 세계대전 중에 운용된 전차의 버전업적인 전차라고 할 수 있다. 그리고 한국전쟁을 거쳐 냉전 한가운데의 시기에 주류가 되었던 것이 「제2세대」 전차였다. 무장은 105~115mm 전차포로 확대되고, **주포 안정화 장치**(포의 흔들림을 안정시키는 장치)나 **적외선 투광기** 등의 신기술이 채용되었다. 또한 적의 포탄이나 대전차병기 대책으로서 **피탄경시**나 기동력을 중시하는 경향도 특징이다.

현대의 선진국에서 사용하는 전차는 그 어느 쪽도 아니라, 1980년대 종반부터 1990년대 초기에 출현한 「제3세대」라고 불리는 것이다. 제2차 세계대전 모델의 재연소·발전형인 구세대 전차에 비해 고도의 **FCS**(사격통제장치)나 **복합장갑**을 채용한 제3세대 전차는, 단순한 전력비로는 2배에서 3배라고 일컬어지며 전차의 세 가지 요소인 「공격력·기동력·방어력」 어느 것 하나도 구세대 전차와는 차원이 다른 성능을 실현시키고 있다.

제3세대 전차는 사이즈도 훨씬 대형화되고 중량도 증가하였지만, 엔진의 성능 향상에 따라 차원이 다른 강력한 마력을 갖게 되었기 때문에 기동력이나 신뢰성이 나빠지기는커녕 향상될 정도이다. 하지만 동시에 FCS로 대표되는 각종 전자장비나 복합장갑의 소재가 굉장히 비싸기 때문에 생산 가격의 상승은 피할 수 없어, 높은 코스트와 정비에 손이 많이 가는 무기가 되어가는 것은 부정할 수 없다.

MBT의 세대 교체

제1세대

주포 구경 : 90mm(동구권은 100mm)
엔진 출력 : 400마력 전후
속도 : 시속 40km 전후
중량 : 35톤 전후

기본적으로 제2차 세계대전 전차의 버전업판.
한국·베트남전쟁이나 중동분쟁 등에 투입된
동서의 모델이 세계 각지로 확산되었다.

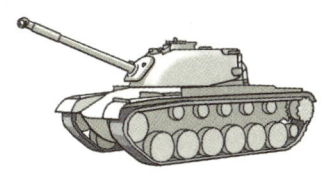

전후 미군에서는 『M48 패튼 III』

제2세대

주포 구경 : 105mm(동구권은 115mm)
엔진 출력 : 700마력 전후
속도 : 시속 50km 전후
중량 : 45톤 전후

피탄경시를 중시한 유선형 장갑. 주포 안정화
장치와 포신피복, 적외선 투광기 등 많은
신기술이 투입되었다. 선진국 이외의 육군에서는
지금도 현역.

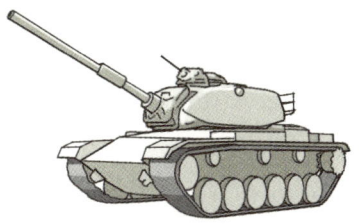

전후 미군에서는 『M60 수퍼 패튼』

 그리고……

제3세대

주포 구경 : 120mm(동구권은 125mm)
엔진 출력 : 1,500마력 전후
속도 : 시속 70km 전후
중량 : 55톤 전후

복합장갑의 채용에 의해 각진 디자인.
굉장히 비싸다. 컴퓨터에 의한 소프트적인
면도 성능 향상이 현저하여 포나 장갑의
변화보다 우선시되는 경우도 많다.

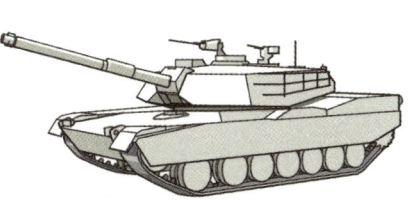

전후 미군에서는 『M1 에이브람스』

원포인트 잡학

『레오파르트 II』 등은 주포의 장포신화나 증가장갑의 채용, 정보통신기기의 하이테크화나 고정밀도의 암시 장치를
탑재하는 등 하드·소프트 양면에서 개량이 계속되고 있어, 3.5세대 전차 등으로 불리기도 한다.

현대전에서 전차는 불필요한가?

최근 미사일이나 항공기의 발달은 놀라운 것이다. 「적을 철저하게 공중폭격하여 전의를 상실시키고 그것으로 전쟁에서 승리할 수 있지 않은가?」라는 사고방식에도 일리는 있지만, 그러한 항공전력만으로는 적국에게서 완전한 항복을 이끌어내기는 어렵다.

● 끝장을 내는 것은 전차뿐

미사일이나 항공기와 같은 "하늘을 나는 무기"는 멀리서 일방적으로 적을 공격하는 데는 편리한 무기이지만, 융단폭격으로 주민과 함께 도시를 불태워버려 끝없이 국력을 깎아내거나 핵무기의 사용이라는 선택지는 생각하기 어려운 현대에 있어, 이라크에서 미군이 행한 것과 같은 「핀포인트 폭격」만으로 상대를 완전히 굴복시키는 것은 불가능하다. 공중폭격과 병행하여 특수부대를 보내어 지도자을 암살하든가 정보전으로 적군을 분열시키는 수단은 영화나 소설의 세계에서는 익숙하지만, 실제로 일국의 군사지도자가 그런 작전에만 의지해서 전략을 짤 수는 없다. 인질을 잡힌 사건이나 하이잭 사건시에는 당국이 범인과 교섭하면서도 최종적인 선택지로서 반드시 「강행돌입」을 상정하듯이, 전쟁이라는 것도 궁극적으로는 「지상전을 통한 적국 영토의 점령」에 의해 결착이 나는 것이다.

최강의 육군 무기인 전차는 지상전에 있어 중요한 역할을 수행하지만, 항공부대를 비롯하여 보병·포병 등 타병과와의 연계가 불가피하다. 전차를 중심으로 그 주변에 위치하여 전차의 나쁜 시계를 커버해줄 수 있는 보병이나, 원거리에서 원호 포격이 가능한 포병·항공부대를 포함해 「병과 연합」으로 편제하는 것이다. 더욱이 지형적인 장해물을 배제하거나 대전차지뢰 등을 처리할 수 있는 공병부대나 수송·보급부대 등과도 연계하여 각 병과가 서로의 약점을 커버하면서 싸우는 것이 중요하다.

방어력과 돌격력이 뛰어난 전차라는 무기는 이러한 전술의 뼈대를 지탱하는 존재라고 할 수 있다. 냉전기 이후에 대전차 헬리콥터의 출현으로 대표되는 하늘에서의 공격이나 적의 보병이 쏘아대는 대전차무기의 위험도가 증가하였으나, 뛰어난 전차와 훈련된 승무원에 의한 기갑부대의 진격은 같은 레벨의 병과 연합을 투입하지 않는 이상 저지하기 매우 곤란하다.

전차와 병과 연합

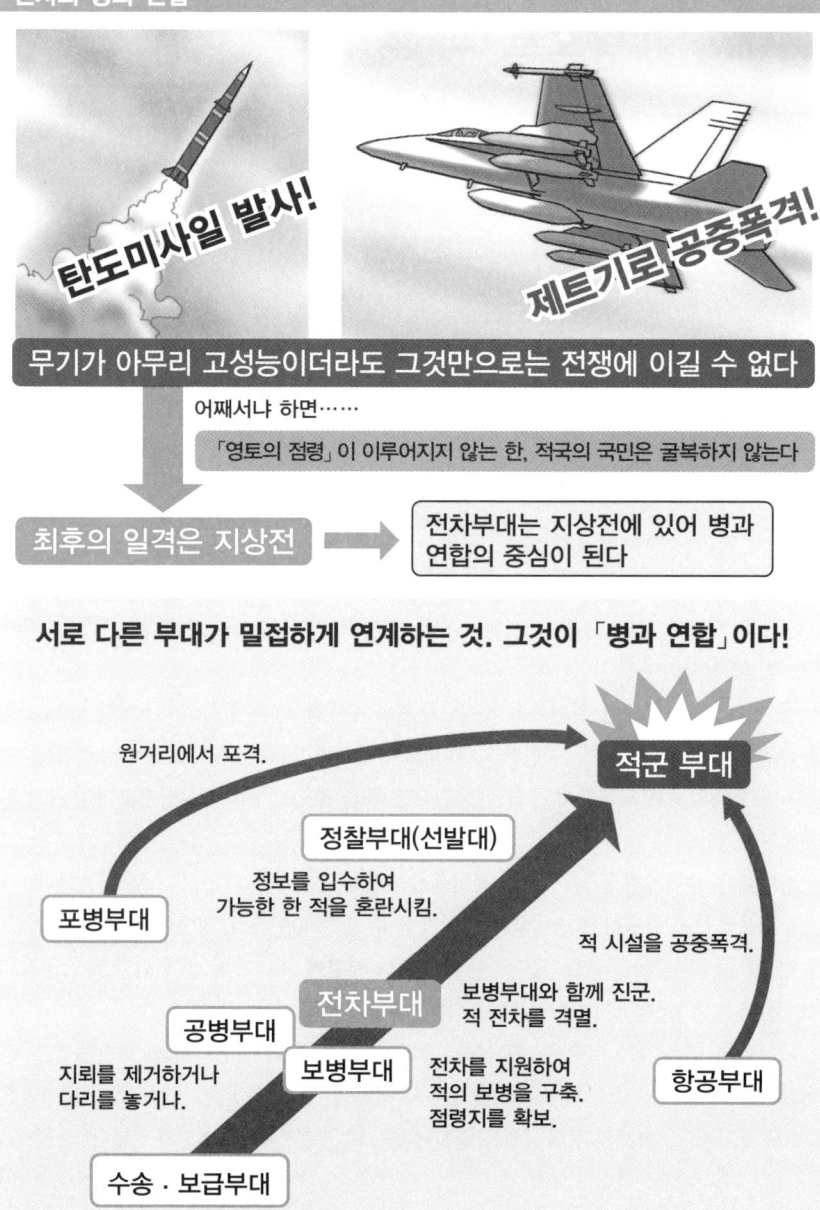

탄도미사일 발사!

제트기로 공중폭격!

무기가 아무리 고성능이더라도 그것만으로는 전쟁에 이길 수 없다

어째서냐 하면……

「영토의 점령」이 이루어지지 않는 한, 적국의 국민은 굴복하지 않는다

최후의 일격은 지상전 ➡ 전차부대는 지상전에 있어 병과 연합의 중심이 된다

서로 다른 부대가 밀접하게 연계하는 것. 그것이 「병과 연합」이다!

적군 부대

원거리에서 포격.

정찰부대(선발대)
정보를 입수하여 가능한 한 적을 혼란시킴.

포병부대

적 시설을 공중폭격.

전차부대

공병부대

보병부대와 함께 진군. 적 전차를 격멸.

보병부대

전차를 지원하여 적의 보병을 구축. 점령지를 확보.

항공부대

지뢰를 제거하거나 다리를 놓거나.

수송 · 보급부대

원포인트 잡학

근대의 전차전에서는 항공지원을 받지 않는 쪽이 압도적으로 불리하여, 숫자에서 이기고 있다고 하더라도 전황을 뒤집을 수 있는 것은 아니다. 이러한 전훈은 특히 구소련계 장비를 안고 있는 중국이나 북한에 충격을 주었다.

근대화 개량으로 수정된 것은 어떤 부분?

현대는 예전처럼 전차의 「대규모로 신속한 움직임」을 대신할 것이 없다. 새로 개발한 전차의 능력을 실전에서 시험해볼 기회가 적어졌기 때문에 혁신적인 것을 만들기도 어렵고, 대전시와 같은 전차의 대량소모도 없기 때문이다.

● 전차의 업그레이드

새로운 전차의 개발에 따라 구식화된 전차는 곧장 폐기처분되는 것이 아니다. 동맹국에게 무상·유상으로 공여되거나, 제3국에 싼값으로 팔리거나, 차세대 전차의 수가 갖춰질 때까지 "계속" 장비되는 경우가 일반적이다. 그렇다고는 하지만 확실히 구식화된 전차를 그대로 사용하는 것은 용납되지 않고, 주변 국가에 대항하기도 어렵다. 신구전차의 능력적 균일을 꾀하는 의도에서도 구식 전차에는 「근대화 개량」라는 이름의 수정이 가해져 최신 전차와의 차이를 메꿀 필요가 있다. 또한 스스로 전차를 개발하지 못하는 전차 후진국의 경우, 선진국의 2선급 전차를 근대화 개량하여 자국의 주력 전차로 사용하는 경우도 많다.

근대화 개량을 통해 손을 보게 되는 것은 전차의 세 가지 요소, 즉 「공격력·방어력·기동력」의 상향이다.

공격력의 상향으로서 일반적인 것은 「주포의 구경을 크게 한다」는 것이다. 90mm포를 싣고 있다면 110mm포로 교환하고, 110mm포였다면 120mm포로 교환하는 것이다. 포탑이 작아 대형포로 교환하지 못하는 경우 FCS 등의 조준장치를 최신식으로 업데이트 하게 된다.

방어력은 **증가장갑**을 붙이거나, **복합장갑**으로의 부분적인 교환 등으로 대응한다. 그 중에 **반응장갑**은 간단하게 방어력을 향상시킬 수 있는 수단으로 정평이 나 있다. 프랑스의 **제3세대** 전차 『르끌레르』 등은, 이후 근대화 개량에 대비하여 설계 단계부터 장갑의 교환을 고려한 「모듈 장갑」이라는 특수한 구조를 채용하였다.

기동력 상향은 가장 어려운 개량이다. 엔진이나 트랜스미션(변속기)의 교환 등은 개량의 효과를 보기 어렵고 포의 교환이나 장갑의 강화에 비해 주변 국가에 크게 선전할만한 요소도 아니지만, 전차의 신뢰성에 직결되는 중요한 부분이라는 것은 틀림없다.

능력의 상향

근대화 개량 = 구세대 전차를 개조하여 파워업 시키는 것

공격력의 근대화
· 주포를 대구경포로 교환
· 특수포탄의 사용
· FCS 등의 능력 상향

방어력의 근대화
· 증가장갑을 용접
· 복합장갑으로의 부분적 교환
· 반응장갑을 장착

기동력의 근대화
· 대출력 엔진으로 교환
· 신식 트랜스미션으로 교환

이스라엘의 미국 구세대 전차 『M60』 근대화 개량

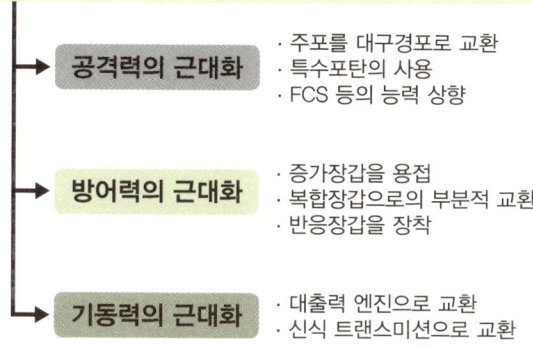

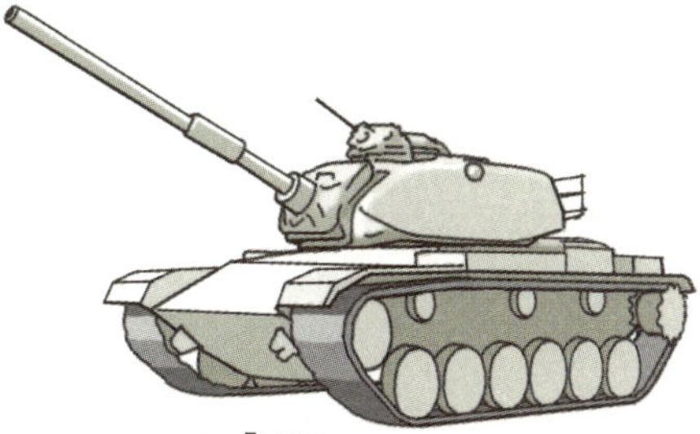

▲ 『M60』

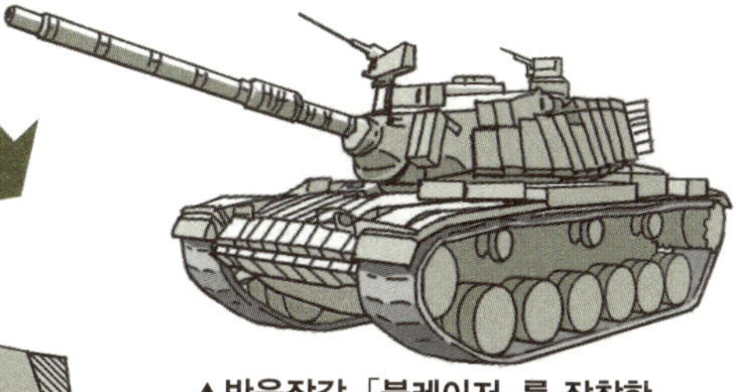

▲반응장갑 「블레이저」를 장착한 『마가프6』

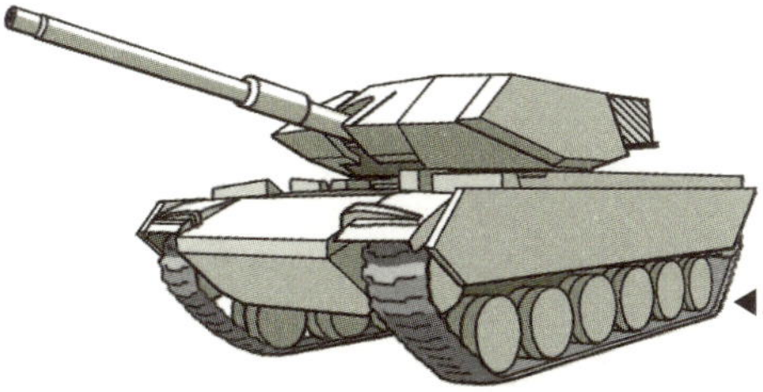

◀포탑부에 쐐기모양 장갑이나 각 부분의 증가장갑으로 M60의 원형을 찾아볼 수조차 없는 『마가프7』

원포인트 잡학

이스라엘은 이전에도 미국의 『M4 셔먼』을 개량하여 『수퍼 셔먼』이나 『아이셔먼』 등의 많은 개량전차를 만들어 냈다.

파생형 차량이란 무엇인가?

파생형이란 전차나 장갑차를 설계·개발할 때에 이용되는 개념이다. 한 가지의 차체를 베이스로 「전차」, 「자주대공차량」, 「구난전차」 등의 다른 무기를 만들어, 기본구조(엔진이나 차체 등)를 공통화 한다.

● 베이스가 되는 것은 MBT나 장갑차

전차만이 아니라 모든 기계 공업 제품은, 부품을 공통화 하여 대량생산하는 쪽이 수고가 덜 들고 코스트도 낮아진다. 게다가 같은 부품을 사용하는 모델이 잔뜩 있으면 정비나 수리를 할 때도 편리하다. 이러한 발상에서 탄생한 것이 「파생형」이라고 불리는 개념이다.

예를 들면 독일의 **MBT**인 『레오파르트 I』의 경우, 포탑을 뺀 차체 부분을 베이스로 대공기관총이나 레이더를 장비한 「대공전차」, 고장난 엔진(파워팩) 교환용 크레인이나 윈치 등을 탑재한 「구난전차」, 예비 파워팩 부분에 각종 공업기재를 실은 「공병작업차」, 전차의 중량을 견딜 수 있는 가동교량을 실은 「교량전차」 등 파생형 차량이 만들어졌다. 이렇게 차체 부분을 공통화 하여 부품이 융통성을 갖게 될 뿐만 아니라, 전차 클래스의 기동력을 가진 덕분에 레오파르트 I이 기동할 수 있는 장소라면 어디든지 갈 수 있다.

또한 전차 이상으로 파생형 차량의 베이스가 되는 것이 병력수송용으로 넓은 공간을 가진 **장갑병력수송차량**이다. 지휘통신차, 탄약보급차, 자주박격포, 의료차 등등 여러가지 차량이 파생형화 되어, 최근에는 증가장갑이나 위력을 증가시킨 기관총·**대전차미사일**을 탑재하여 적극적으로 전투를 벌일 수 있는 차량도 개발되었다.

다만 『판터D형·A형·G형』과 같이 "꼬리에 형식번호만 붙어있는" 경우, 이것을 「판터의 파생형 차량」이라고 하지 않는다. 이것은 처음부터 상정된 것이 아니라 쓰면서 필요에 따라 "개조"된 것이다. 다시말해 **근대화 개량**보다 주기가 짧게, 제2차 세계대전이나 냉전 중의 독일, 소련, 미국 등에서 반년이나 1년 정도 주기로 이러한 개량형이 등장했다.

전차의 베리에이션

서독 MBT 「레오파르트 I」의 경우

파생형 (패밀리)	다른 용도의 모델에 차체나 부품을 공통으로 사용하여, 코스트 다운이나 부대 운용에 효율화를 노린 것.

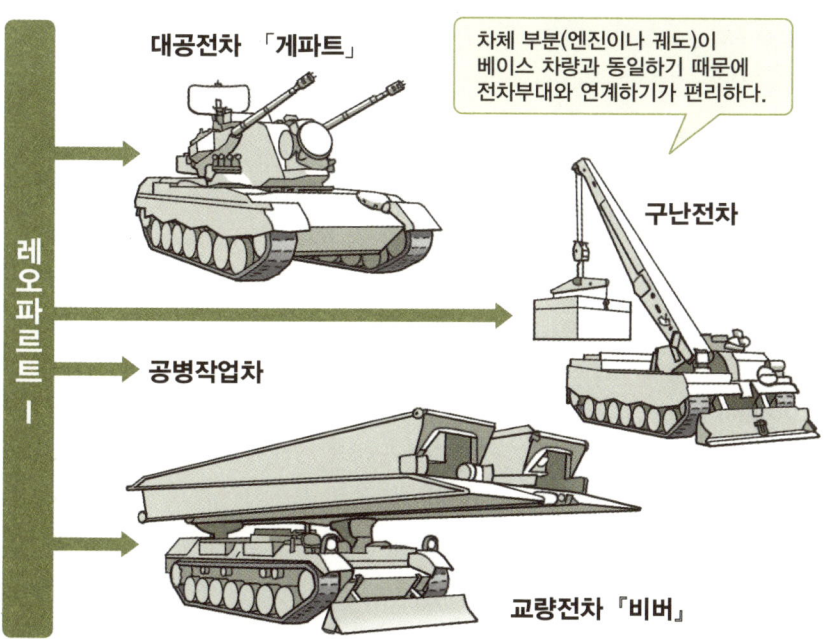

대공전차 「게파트」

차체 부분(엔진이나 궤도)이 베이스 차량과 동일하기 때문에 전차부대와 연계하기가 편리하다.

구난전차

레오파르트 I

공병작업차

교량전차 「비버」

개량형	동일 모델의 차량에 대해 무장 · 엔진의 교환이나 세부의 모델 변경 등을 실시한 것.

레오파르트 I　기본 타입(후에 A2와 같은 개수를 더하게 되어 A1으로 지칭됨).

레오파르트 I A1　A2와 동등한 장비를 가졌지만 방어력은 그대로.

레오파르트 I A1A1　A1의 증가장갑을 붙여서 방어력을 A2와 비슷하게 만든 것.

레오파르트 I A2　방어력 향상이나 주포 안정화 장치 포신 피관의 채용.

레오파르트 I A3　A2에 중공장갑을 채용한 방어력 강화형.

:

원포인트 잡학

전차의 차체를 이용한 「돌격포」나 「구축전차」를 생산하는 수법은 제2차 세계대전 당시의 독일군에서 현저하게 나타났지만, 이것은 전차의 부족에 맞춰서 긴급피난적인 요소가 강해 현대의 「파생형」과는 다소 뉘앙스가 다르다.

전차는 한 사람이 움직일 수 없나?

전차의 규모나 시대·국가에 따라 다소 차이가 있지만, 전차의 승무원은 일반적으로 4명 전후이다. 단지 달리기만 한다면 모르겠지만, 전차라고 하는 병기의 기능을 충분히 발휘하기 위해서는 그 정도의 승무원이 필요한 것이다.

● 전차의 승무원(크루)은 완전분업제

전차는 혼자서는 다룰 수 없다. 수십 톤이나 되는 차체를 도랑이나 진흙탕에 빠트리지 않도록 조종하면서 적 전차와의 거리를 재고, 적절한 포탄을 선택·장전하여 포를 조준해서 발사하고, 대전차무기를 손에 들고 숨어들어오는 적 보병을 기관총으로 격멸하고, 통신기를 조작하여 아군과 연락……하는 등, 이만큼의 일을 혼자서 하기는 무리고 할 수 있다 해도 효율이 좋지 않다.

표준적인 전차의 승무원은 4명—전차장·조종수·탄약수·포수로 구성되어 있다. 「전차장」은 전체를 총괄하는 지휘관, 「조종수」는 조종을 담당, 「탄약수」와 「포수」는 무장 관계의 담당이다. 그 중에서도 전차장은 전차의 진행 방향이나 공격 목표를 결정하는 중요한 역할을 담당하고 있다. 전차장의 지시에 따라 조종수가 전차를 조종하고, 탄약수가 목표에 맞는 종류의 포탄을 고르고, 포수가 포를 발사하는 방아쇠를 당기는 것이다.

제2차 세계대전 초기에는 2명이 타는 경전차가 존재했고, 소련 중전차中戰車 『T-34/76』의 초기 모델도 실질 3명으로 운용할 수 있었다. 독일이 전차에 의한 기동전을 시작할 때까지는 어떤 나라도 전임 포수나 탄약수를 두지 않는 경우가 많아, 그러한 역할은 전차장이 겸임했다. 하지만 승무원이 2명이나 3명밖에 없는 전차는 개인에게 부여된 작업량이 많아져, 완전 분업을 통해 효율적으로 공격하는 4인 승차 전차에 뒤처질 수 밖에 없었다.

또한 이 시절에는 5번째 승무원으로 「전방기관총 사수」라는 승무원이 포함되어 있었다. 당시의 전차에는 대전차무기를 들고 접근하는 적병을 쓰러트리기 위한 기관총이 차체 전방에 장비되어 있어 이를 조작하기 위한 승무원이 필요했던 것이다. 전차에 따라서는 이 승무원이 「무전수」나 「부조종수」를 겸임하는 경우도 많았지만 현대의 전차전에는 보병이 달라붙는 상황이 적어졌기 때문에 전방기관총도 폐지되어 전임 기관총 사수의 모습도 사라졌다.

전차 승무원의 역할 분담

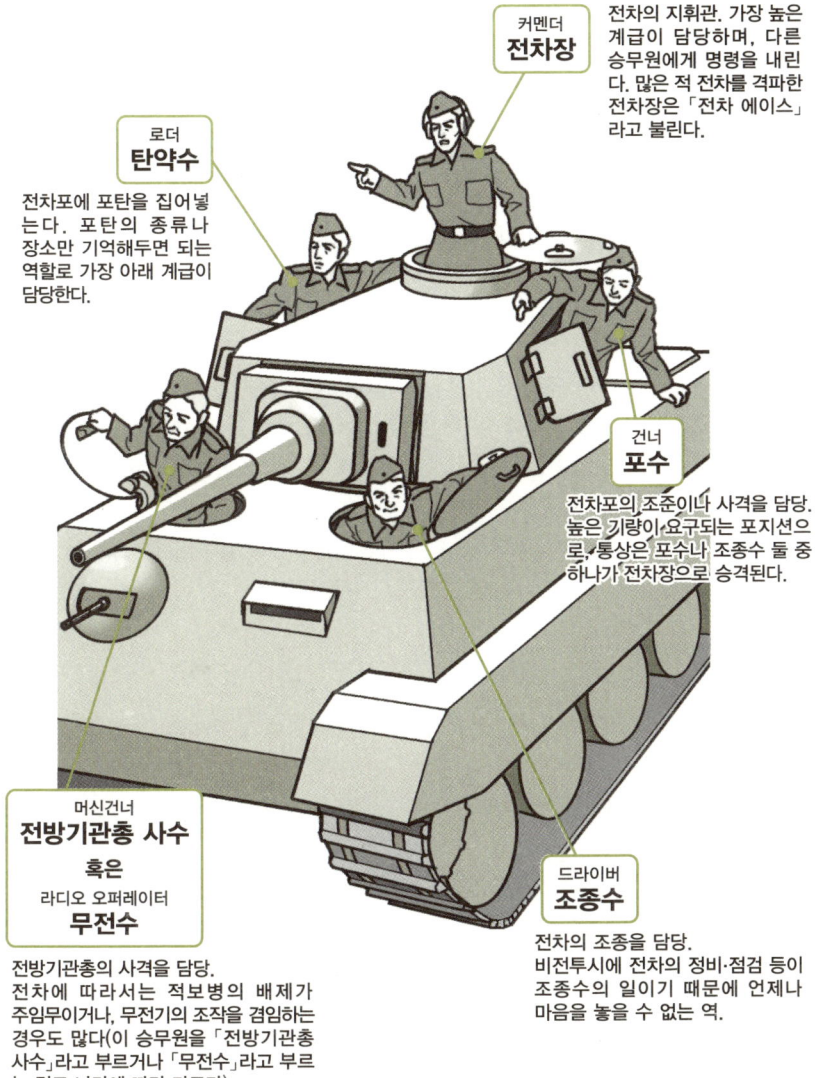

커멘더
전차장

전차의 지휘관. 가장 높은 계급이 담당하며, 다른 승무원에게 명령을 내린다. 많은 적 전차를 격파한 전차장은 「전차 에이스」라고 불린다.

로더
탄약수

전차포에 포탄을 집어넣는다. 포탄의 종류나 장소만 기억해두면 되는 역할로 가장 아래 계급이 담당한다.

건너
포수

전차포의 조준이나 사격을 담당. 높은 기량이 요구되는 포지션으로, 통상은 포수나 조종수 둘 중 하나가 전차장으로 승격된다.

머신건너
전방기관총 사수
혹은
라디오 오퍼레이터
무전수

전방기관총의 사격을 담당. 전차에 따라서는 적보병의 배제가 주임무이거나, 무전기의 조작을 겸임하는 경우도 많다(이 승무원을 「전방기관총 사수」라고 부르거나 「무전수」라고 부르는 것도 나라에 따라 다르다).

드라이버
조종수

전차의 조종을 담당. 비전투시에 전차의 정비·점검 등이 조종수의 일이기 때문에 언제나 마음을 놓을 수 없는 역.

전차장이 전차에서 가장 위(잘 보이는 장소), 조종수가 가장 앞에 배치되어 있는 것이 기본이지만, 그 외의 승무원 배치는 나라나 시기에 따라 각각 다르다.

원포인트 잡학

현재의 MBT에서는 전임전방기관총 사수나 무전수가 폐지되어 전차장, 포수, 탄약수, 조종수의 4명이 되었다. 더욱이 자동장전 장치가 채용된 일부의 전차는 탄약수가 폐지되어 3명이 운용하고 있다.

전차에는 어떤 것이 실려있는가?

전차는 포탄이나 연료 이외에도 여러가지 장비품을 탑재하고 있다. 전함이나 순양함 등에는 미치지 못하지만 전차도 전선에 머무는 동안 자급자족의 측면이 강한 무기로, 어느 정도 「스스로의 컨디션」에 만전을 기할 필요가 있다.

● 「차량정비용 공구」나 「야영용 물품」이 중심

전차의 임무는 "싸우는 것" 이기에, 필요한 수의 「포탄」이나 「기관총탄」이 실려있는 것은 상상하기 어렵지 않다. 또한 탈출시에 사용할 「기관단총(권총용 탄환을 발사하는 소형 기관총)」이나 「수류탄」 등도 실려있다. 하지만 이러한 무기류 이외에도, 전차가 필요로 하는 물품은 잔뜩 있다. 엔진이 완전히 망가지거나 궤도나 **구동륜**이 형태도 없이 날아가버린 경우에는 후방에 연락해서 수리·회수부대를 부르는 수밖에 없지만, 일상적인 정비나 부품 교환 정도라면 전차의 승무원 스스로 행할 필요가 있다.

구동륜을 장비하기 위한 「작은 기중기」나 부드러운 지면에서 기중기가 박히지 않도록 고정하는 「기중기판」, 구동륜 사이에 낀 이물질(동계지에서는 얼어붙은 진흙)을 제거하는 「지레」 등이 그 대표적인 것으로, 독일의 『티이거 I』과 같이 「궤도 교환용 와이어」를 표준 장비로 하는 전차도 많다.

펜치나 스패너와 같은 작은 공구는 공구함이나 주머니에 넣어 차외 전용 박스에 수납되지만(독일 전차에서는 이러한 박스를 「케페크카스텐」이라고 부르며, 포탑의 뒤쪽에 설치했다), 철조망을 절단하는 「절단기」와 같이 자주 사용하는 공구나 야영시에도 중요하게 쓰이는 「도끼」나 「삽」, 그리고 「햄머」와 같은 커다란 공구는 차외에 붙여놓았다. 여러 가지 이유로 엔진 그릴(환기구)에 불이 붙었을 때 사용하는 「소화기」도 불 근처에 있었으면 하는 바람으로 차외에 붙어있다.

두껍고 튼튼한 「견인용 와이어」는 대형 공구 이상으로 차내에 들어가기 어렵기 때문에 엉키지 않도록 묶어서 차체 위쪽이나 뒷면에 붙여놓았다. 이러한 와이어는 스스로 끌려가는 것뿐만 아니라, 아군 전차를 끌어주기 위해서도 사용되었다.

「티이거 I」의 차외 장비품

**전차의 수리나 야영용 도구 등 「전투 중에 필요하지 않은 대형 장비품」은
차내에 쌓아두면 방해가 되기 때문에 차외 여기저기에 고정시켜 두었다.**

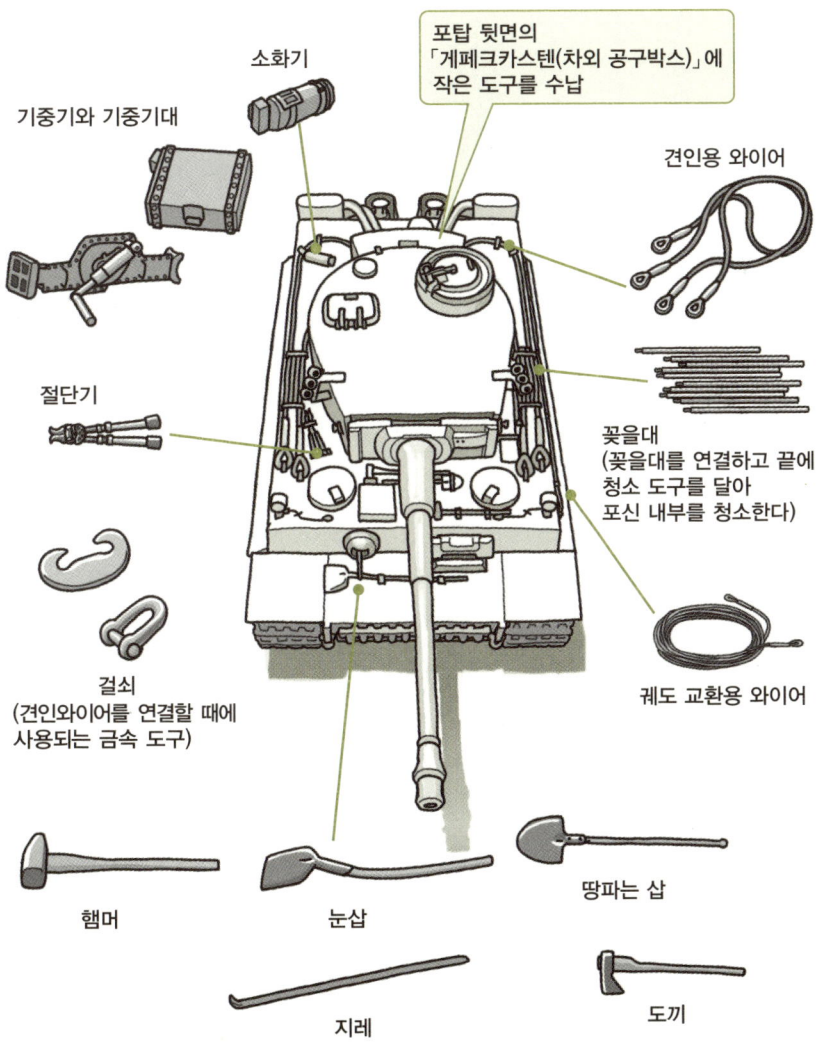

포탑 뒷면의
「게페크카스텐(차외 공구박스)」에
작은 도구를 수납

소화기

기중기와 기중기대

견인용 와이어

절단기

꽂을대
(꽂을대를 연결하고 끝에
청소 도구를 달아
포신 내부를 청소한다)

걸쇠
(견인와이어를 연결할 때에
사용되는 금속 도구)

궤도 교환용 와이어

햄머

눈삽

땅파는 삽

지레

도끼

원포인트 잡학

이러한 차외 장비품을 「OVM(On Vehicle Materials)」이라고 한다. 현대 제3세대 MBT의 경우에는 묶어서 장비하는 것이
아니라, 중공장갑의 틈에 수납공간을 만들어 사용한다.

전차의 「이름」에 대한 미스터리

인류는 유사 이래 여러 가지 이름을 붙였는데, 전차라고 해서 예외는 아니다. 제1차 세계 대전에서 실전 투입된 영국 전차 『마크 I』부터 현재에 이르기까지 세계 각지에서 여러 전차에 다양한 이름을 붙였다.

『티이거』나 『판터』, 『셔먼』 등 우리에게도 익숙한 이름의 전차가 다수 등장하는 것이 제2차 세계대전이다. 대전 초반, 영국이나 프랑스, 독일 같이 많은 종류의 전차를 운용했던 나라들은 순항전차 『마크II』, 『전차(사름)B1』, 『III호 전차』와 같은 기호나 숫자를 조합해서 이름을 붙였는데, 특히 영국은 형식 번호에 추가로 『크루세이더 (십자군 병사)』나 『치프틴(수상의 이름)』, 『센츄리온(로마의 백인대장)』 등과 같은 별명을 함께 사용하는 경우가 많았다.

이러한 경향은 자국의 전차에만 머물지 않고, 렌드리스에 의해 미국에서 공여된 전차에도 이르렀다. 미국 전차에는 군용품(=Military Supply)의 머릿글자 「M」에 1, 2, 3~으로 이어지는 번호를 붙인 명칭이 부여되었지만, 영국 병사들이 『장군(제네럴) 리』, 『장군(제네럴) 그랜트』, 『장군(제네럴) 스튜어트』라고 하는 별명을 붙이기 시작해서 결국 미국 측에서도 그 명칭이 일반화 되었다.

소련 전차의 이름은 이해하기 어렵다. 기본적으로 미국과 마찬가지로 『T-34/76』이나 『T-34/85』라는 식으로 형식 번호=명칭이 되어 있는 경우가 많지만, 일부는 『스탈린』이나 『클리멘트 보로실로프』와 같이 공산당의 권력자 이름을 부여받은 것도 존재했다. 전차의 형식 번호에 대해서는 "그 숫자의 의미 같은 것"이 무질서해서, 제식년을 나타내는 것인지 탑재포의 구경인것인지 개발 순서나 개량 횟수 등이 들어간 모델인지에 따라 제각각이다. 또한 전후의 서방 각국에서 각각 분석 (임시)명명한 이름이나 형식 번호가 혼재하여 일반화된 자료도 많고, 소련 붕괴 후의 정보 공개에 따라 개선된 것도 적지 않다.

독일에서는 전차 이외에도 수많은 전투 차량이 만들어져 각각의 닉네임이 붙어있지만, 개량이나 전의 고양, 총통 각하의 의향 등에 따라 이름이 변경된 것도 많다. 예를 들면 벌새를 의미하는 『호르니세』라는 차량이 어느 시기를 경계로 『나스호른(코뿔소)』이라고 불리거나, 설계자의 이름을 딴 『페르디난트』의 개량형이 『엘리펀트(코끼리)』가 되거나 하는 경우도 있다. 우리에게도 지명도가 높은 차량인 『티이거 I』에도 전문서의 번역에 따라 『티게르』, 『타이거』와 같이 다르게 기술되는 경우가 있다. 또한 독일군 최강의 전차인 『티이거 II』는 현장의 병사들로부터 호랑이의 왕을 의미하는 『쾨히니스 티게르』라고 불리는 경우도 있었지만, 일본의 모형 제조사에서는 이것에 『킹타이거』라는 이름을 붙여 상품화했다. 일본에서는 "소년들의 마음에 닿을 수 있는 임펙트" 야말로 중요해서 원어의 의미나 발음 따위는 그다지 중요시 하지 않는 것이다. 그 외에도 「롬멜」이나 「나폴레옹」이나 「로지너」나 「발칸」 등 수수께끼의 이름을 가진 전차는 많다.

* 한국에서도 이 킹타이거라는 명칭이 종종 쓰이지만 이는 위에 설명한 바대로 잘못된 것이다

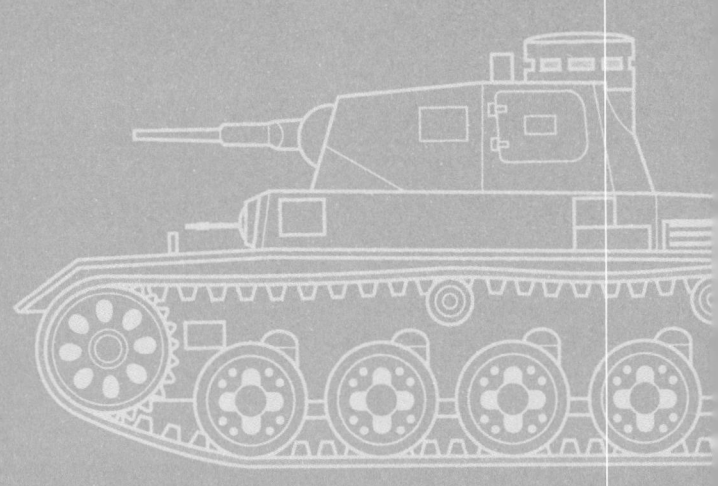

제 2 장

전차의
공격력

전차에 탑재된 무장은?

전차의 무장은 공격용과 방어용으로 크게 구별된다. 공격용으로는 「적의 전차를 파괴하는 전차포」가 있다. 방어용 무장(방어 무기)이라는 건 묘한 단어지만, 즉 「자기의 몸을 지키기 위해」 설치한 무장을 말한다.

● 기본은 「공격용 전차포」 & 「방어용 기관총」 두 종류

전차의 무장 중에서 중요한 것이, 적 전차를 파괴하기 위한 전차포이다. 전차포는 전차의 존재의의 그 자체라고 해도 과언이 아니다. 이것을 탑재하지 않은 전차 따위, 아무리 대형에 중장갑으로 강력하다고 해도 전차라고 부를 수 없다. 그건 그냥 장갑차일뿐이다.

초기의 전차에 탑재된 전차포는 보병을 지원하기 위한 목적의 짧은 포신이었지만, 곧 대전차 전투에 유리한 장포신포로 바뀌었다. 전차포는 「전차라고 하는 전투 시스템」의 중심이 되는 존재로, 장갑이나 궤도 같은 다른 부분은 전부 전차포의 능력을 충분히 발휘시키기 위해 존재하며 발전해왔다고 할 수 있다. 탑재된 포의 수는 통상 1문으로, 조작이나 조준은 전문 훈련을 받은 포수가 담당한다. 제2차 세계대전의 어느 시기에는 차체 등에 복수의 포를 붙인 것도 있었지만, 장점보다도 쓰기 어려운 단점이 눈에 띄어 곧바로 폐지되었다.

방어용 무장은 「부무장」, 「방어무장」 등으로 불린다. 가장 일반적인 것이 포탑에 탑재된 기관총으로, 전차포와 같은 방향으로 향한 것이 1정, 상부 해치 부근에 있는 것이 1정 갖춰져 있다(제2차 세계대전 중의 전차는 이것에 더해 차체 앞부분에도 기관총이 붙어 있었다). 대전차무기를 손에 들고 접근하는 보병에 대항하여 전차포를 쏘는 것은 어렵고, 또한 중요한 포탄이 부족해지면 곤란하다. 기관총으로 노리기 어려운 거리까지 보병이 접근해오게 되는 경우가 많았던 제2차 세계대전 중의 전차에는 파편을 쏘아 보병을 살상하는 **근접방어무기**를 장비한 것이나 차외를 겨냥한 **피스톨 포트**(포탑에 뚫린 구멍)가 설치되어 있는 것도 있었다. 이러한 방어용 무장을 설치하지 않아서 끔찍한 꼴을 당한 경우는 전사에도 많이 남아있으며, 보병의 육박 공격이 거의 일어나지 않는 현대에도 기관총만은 탑재되어 있는 것이 보통이다.

전차의 기본적인 무장

초기의 전차에서는 기관총밖에 탑재되어 있지 않았지만, 제2차 세계대전 중기 이후의 전차는 전차포+2~3정의 기관총을 장비하는 것이 기본이었다.

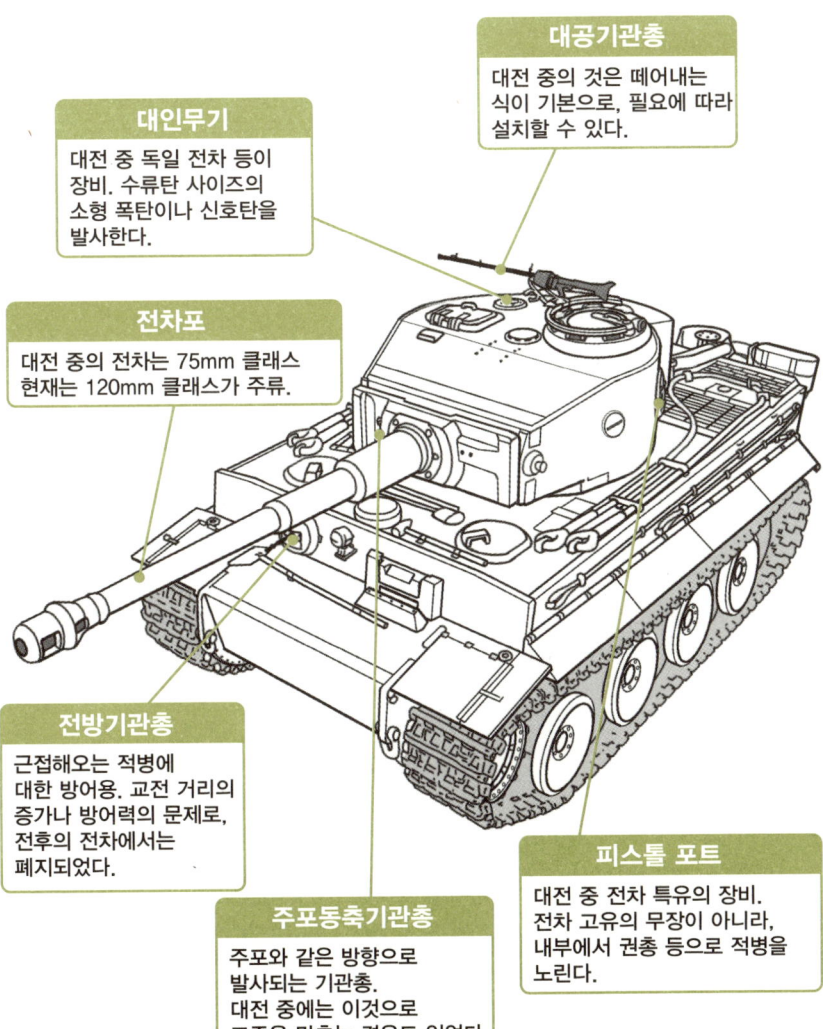

대공기관총

대전 중의 것은 떼어내는 식이 기본으로, 필요에 따라 설치할 수 있다.

대인무기

대전 중 독일 전차 등이 장비. 수류탄 사이즈의 소형 폭탄이나 신호탄을 발사한다.

전차포

대전 중의 전차는 75mm 클래스 현재는 120mm 클래스가 주류.

전방기관총

근접해오는 적병에 대한 방어용. 교전 거리의 증가나 방어력의 문제로, 전후의 전차에서는 폐지되었다.

주포동축기관총

주포와 같은 방향으로 발사되는 기관총. 대전 중에는 이것으로 조준을 맞추는 경우도 있었다.

피스톨 포트

대전 중 전차 특유의 장비. 전차 고유의 무장이 아니라, 내부에서 권총 등으로 적병을 노린다.

원포인트 잡학

전후의 전차 일부에는 대전차미사일을 방해하기 위해 발사되거나 하는 방어병기를 탑재한 전차도 존재한다.

전차포란 어떤 포?

전차포란 전차가 탑재하고 있는 대포를 말한다. 구조적으로는 포병이 사용하는 것과 동일하지만, 목적이 결정적으로 다르다. 포병의 포는 적의 진지나 보병을 살상하기 위해 사용하지만, 전차포는 「적의 전차를 격파하는 것」을 목적으로 한다.

● 전차포는 캐논포

흔히 「대포」라고 부르는 무기의 주류는 「캐논포」와 「유탄포」로 크게 나뉜다. 크고 무거운 포탄을 화약의 힘으로 발사하여 먼거리에 있는 적에게 타격을 준다는 본질은 동일하지만, 캐논포는 목표를 직접 노려 관통시키고 유탄포는 포탄의 폭발에 의해 데미지를 준다는 점이 다르다. 보병이 사용하는 무기로 예를 들자면 저격용 「소총」과 한번에 여럿을 제압할 수 있는 「수류탄」의 차이와 같다고 할 수 있다.

한때 지상전의 꽃이라고 불리던 포병은 두 종류의 포를 나누어 사용했고, 전차도 제2차 세계대전 초기까지는 「보병을 지원하는 이동포대」의 역할을 했기 때문에 대진지·대인용 유탄포대 탑재형이 주류를 이루었다. 하지만 전차가 보급되고 적과 아군이 잔뜩 사용하게 되면서 이번에는 서로 「제일 먼저 방해되는 전차를 정리」하려고 하는 상황이 되어, 전차가 전차를 포로 저격하게 되었다. 유탄포는 파편이나 폭풍으로 광범위하게 피해를 주는 무기이기 때문에 장갑으로 보호받는 전차를 파괴하는 것은 어렵다. 그래서 딱딱한 포탄을 직접 발사하여 장갑을 관통하는 캐논포야말로 전차의 포로 적합했다.

캐논포는 포신이 가늘고, 길고, 튼튼하게 만들어져있기 때문에, 발사에 쓰이는 화약 가스의 압력을 효율적으로 포탄에 전달할 수 있다. 그로 인해 발사되는 포탄에 위력이 있어 장갑관통력이 뛰어난 것이다. 캐논포에서 발사된 포탄은 소총탄과 같이 쭉 멀리까지 날아가(이것을 「직사탄도」라고 한다), 적 전차를 직접 노려 공격하는데 적합하다.

전차포에 의한 사격은 지면에 고정시켜 발사하는 포병의 대포와 달리, 이동하는 전차 내에서 유동적으로 변화하는 조준·발사의 조건(사정 거리나 각도, 목표와의 고저차 등)을 순식간에 판단하여 조준을 완료할 필요가 있다. 그를 위해 포병의 조준과는 또 다른 기량과 경험이 필요하다.

유탄포와 캐논포

유탄포	포탄 내부에 들어있는 작약(화약)의 위력으로 건축물이나 보병을 공격한다.

포신은 두껍고
짧은 것이 일반적

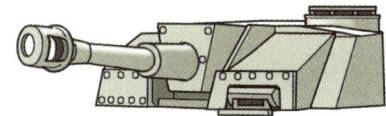

캐논포	긴 포신에 의해 가속되는 포탄으로, 이동하는 목표나 장갑차량을 공격한다.

포신은 가늘고
긴 것이 특징

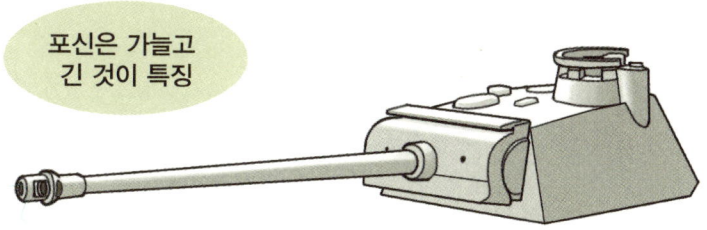

곡사탄도와 직사탄도

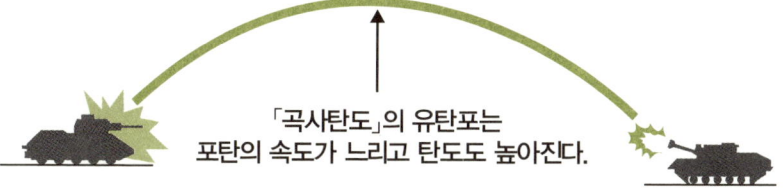

「곡사탄도」의 유탄포는
포탄의 속도가 느리고 탄도도 높아진다.

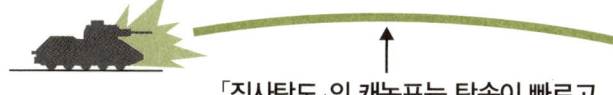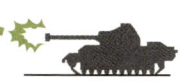

「직사탄도」의 캐논포는 탄속이 빠르고
탄도도 직사에 가깝게 날아간다.

이동하는 목표를 노리기 위해서는 직사탄도 쪽이 좋다.

원포인트 잡학

캐논포를 「加農砲」라고 표기하는 경우도 있지만, 이것은 단순히 발음상의 문제이다.*
* 일본에서의 표기법

No.021

구경과 구경장은 다르다?

「라인메탈 120mm포」라든지 「판터의 70구경장」이라든지, 전차포의 구경을 표시하는 숫자는 제각각이다. 이러한 경우, 단순히 「포신의 안쪽 지름」을 표시하는 경우와 「포신의 길이와 포신 안쪽 지름이 몇 배인가」를 표시하는 두 가지 케이스가 있다.

● 구경장이 큰 포는 길다

전차포의 구경이라고 한다면 「티이거의 8.8cm포」라든지 「90식 전차의 120mm포」 같이 포의 안쪽 지름을 표시하는 것이 머릿속에 떠오른다. 이러한 수치가 커질수록 대형이며 무거운 포탄을 발사할 수 있기 때문에, 일반적으로 대구경=대위력의 포라는 생각은 틀린 것이 아니다.

하지만 대구경 포탄이라도 짧은 포신에서 발사된다면 충분한 위력을 발휘할 수 없다. 크고 무거운 포탄은 그에 맞는 길이의 포신에서 확실히 가속시킬 필요가 있기 때문이다. 포신이 짧으면 포탄을 발사하는 화약 가스의 에너지가 포탄에 전달되기 전에 포신에서 튀어나가고 말지만, 포신이 길어지면 그만큼 많은 에너지가 포탄에 더해지게 된다.

일반적으로는 「단포신의 전차포」보다 「장포신의 전차포」쪽의 초구탄속이 빠르다. 초구탄속이란 포탄이 포구에서 발사될 때의 속도로, 이 수치가 높으면(=고속) 높을수록 강력한 전차포라고 할 수 있다. 즉, 포의 위력이나 명중률을 말할 때, 단순히 포의 안쪽 지름만을 비교하여도 의미가 없는 것이다.

여기서 중요한 것이 「구경장」이라고 불리는 숫자이다. 이것은 「포신의 길이가 포 안쪽 지름의 몇 배인가?」를 표시하는 것으로, 예를 들면 「90mm전차포, 구경장은 60」일 경우, 90×60=5400mm가 된다. 포의 길이를 알고 싶다는 것은 사정거리나 위력이 알고 싶다는 의미로, 포탄이 작다=장약이 적으면 포신 중간에서 위력이 떨어지고 말기 때문에 단순히 「포의 실제 길이」로 표시하는 것이 아니라 일부러 포신 안쪽 직경과 관련지을 필요가 있는 것이다.

일반적으로, 동일구경의 포에서 구경장이 클(포신이 길)수록 위력이나 사정거리가 늘어나지만, 중량이나 밸런스의 문제도 있기 때문에 무조건 긴 것이 좋다고는 할 수 없다.

구경장이란 「포신의 길이」

구경장(Caliber Length)

포신의 길이를 나타내는 단위. 단순히 포신 길이를 표시하는 것이 아니라, 「포신 안쪽 지름의 몇 배인가」를 표시. 자료에 따라서는 「구경」이라고도 표시한다. 71구경(L/71) 8.8cm포의 경우, 포의 안쪽 지름 88mm의 71배=6.248m가 된다.

현대 전차의 표준적인 구경장은 50~60 정도이다.

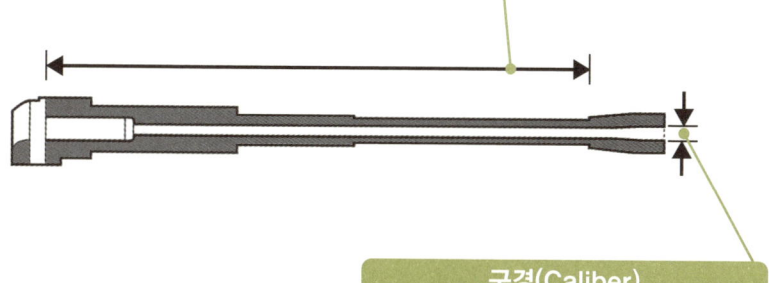

구경(Caliber)

포신의 안쪽 지름을 표시하는 수치.
센티미터ㆍ밀리미터나 인치로 표시한다.

같은 형의 전차라도 다른 포를 싣고 있는 경우가 있다

IV호 전차 E형(단포신 캐논포)

제2차 세계대전 초기의 전차포는
용도에 맞춰서 실려있던 단포신
이었기 때문에 위력이 부족해서,
적의 장갑에 튕겨나가는 일도 많았다.

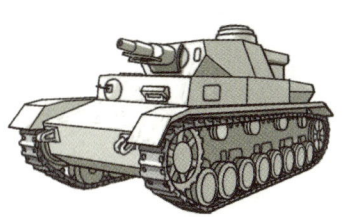

IV호 전차 G형(장포신 캐논포)

대전 후기가 되면 강력한 전차포가
출현하여, 초기의 것들과 비교해
사정거리도 위력도 굉장히 파워업되었다.

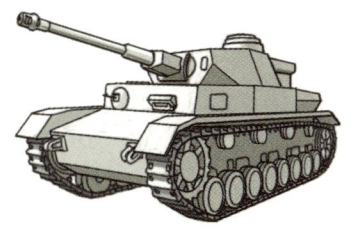

원포인트 잡학

독일의 「III호 전차」도 초기에는 단포신을 탑재하고 있었지만, 전황의 추이에 따라 장포신포를 탑재하게 되었다.

포신의 형태로 명중률이 변하는가?

전차포의 포신은 시대가 흐르며 점차 길어졌지만, 그에 맞춰 끝 부분의 연돌 끝이 낚시바늘 모양의 부품이 되거나 중앙에 한바퀴 두껍게 감긴 것이 나타났다. 이러한 파츠는 전차포의 성능에 어떤 관계가 있는 것일까?

● 포신의 디테일에도 의미가 있다

전차포의 포신이 길어짐에 따라 발사에 필요한 화약(장약)의 양도 많아졌고 필연적으로 발사시의 반동도 커졌다. 이 반동은 포신 자체가 뒤로 후퇴하며 충격을 흡수하는 「후좌」 기능에 의해 어느 정도 제어되었는데, 발사 시점에서 후좌 거리를 적게 하면 그만큼 반동도 줄어들어 탄의 명중률도 올라가는 것이 가능해진다.

이를 위해 생각해낸 것이 「머즐 브레이크」이다. 이것은 포신 끝 부분에 붙은 연돌의 끝과 같은 부품으로, 측면에 뚫린 구멍이 좌우와 기울어진 후방으로 포탄발사시에 생기는 잉여 가스를 뿜어내어 그 작용에 따라 반동을 상쇄하는 구조로 되어 있다. 또한 전후 **제2세대** 전차 이후의 전차포에는 포신 중앙에 조금 굵게 만들어진 부분이 있는데, 이것은 「배연기(에버큐에이터evacuator)」라는 것으로 잉여 가스의 역류를 방지하는 장치이다. 잉여 가스에는 이산화탄소나 질소, 염소화합물과 같은 유독 물질도 포함되어 있기 때문에 포신을 통해 차내로 역류하면 안 된다. 배연기는 이러한 유독 가스를 일시적으로 막아, 포탄이 날아간 뒤 포내 압력이 저하되는 것에 맞춰 가스를 밖으로 배출하는 기능을 갖추고 있다.

전차포의 포신을 감싸고 있는 관이나 천은 「서멀 재킷」이라고 불리는 것으로 포신에 일정한 온도를 유지시키는, 흔히 말하는 단열 커버와 같은 것이다. 태양광이나 눈 등의 영향으로 생기는 포신 내의 온도 차이는 아주 작은 뒤틀림을 발생시켜 명중률을 저하시키는데, 이것을 방지하기 위해 방열 처리를 실시하기 위해 수지 커버나 내부에 물을 채운 피복관을 감싸거나 두꺼운 천을 몇 겹으로 감는 등의 처치를 통해 열을 포신 전체로 균일하게 확산시킨다. 하지만 결국 열은 포신의 상부에 집중되고 말기 때문에 현대에는 뒤틀림을 컴퓨터로 측정해서 조준을 보정하는 편이 효율적이라고 여겨진다.

포의 기능 향상을 위한 여러 가지 연구

머즐 브레이크
제퇴기=가스를 옆이나 뒤로 배출시켜 포신이 덜 후퇴하게 만든다

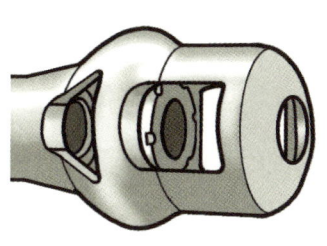

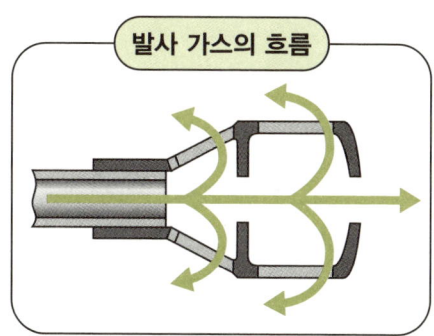

발사 가스의 흐름

에버큐에이터
배연기=가스가 차내로 역류해 들어오지 않게 한다

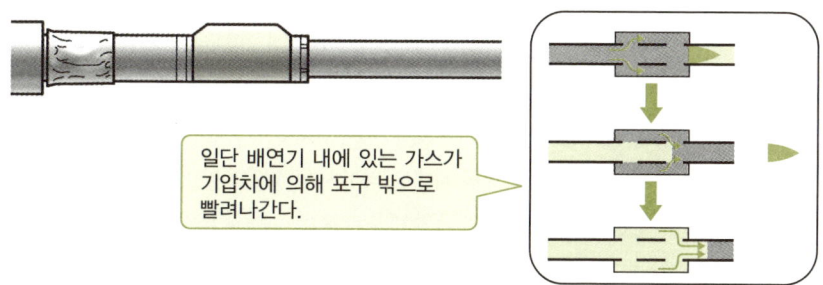

일단 배연기 내에 있는 가스가
기압차에 의해 포구 밖으로
빨려나간다.

서멀 재킷
포신피관=열에 의한 「포신의 뒤틀림」을 방지한다

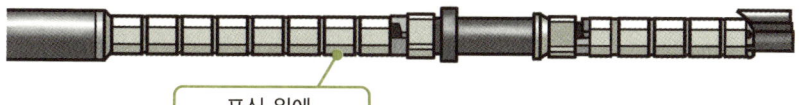

포신 위에
또다른 관을 덮는다

전후 제2세대~제3세대 전차에서 볼 수 있는
특유의 장비로, 써멀 슬리브라고도 한다.

원포인트 잡학

머즐 브레이크는 자신이 뿜어내는 가스와 충격이 주위에 흙먼지를 일으켜 시계가 나빠지는 문제가 있어, 제퇴복좌기의
성능이 향상된 현재는 거의 쓰이지 않는다.

전차는 어떤 탄을 쓰나?

전차가 쏘는 탄은 극단적으로 말하자면 두 종류. 즉, 맞추면 폭발하는 탄(고폭탄)과 폭발하지 않는 탄(철갑탄)이다. 단일 포탄만으로는 상황에 대응하기 어렵기 때문에 차내에는 각각의 포탄이 예상되는 전장에 맞춘 비율로 탑재된다.

● 폭발하는 「고폭탄」과 폭발하지 않는 「철갑탄」

대포의 포탄은 원래 단순한 금속덩어리였지만, 점차 파괴력을 높이기 위해 내부에 화약을 집어넣게 되었다. 당연히 폭발하는 포탄이 성곽이나 병사의 집단을 공격할 때 좋아, 전차포도 최초에는 그러한 포탄을 사용했다. 하지만 전차포가 캐논포가 되고 노리는 상대도 전차라는 단단한 목표가 됨에 따라, 탄도 폭발하지 않고 장갑을 꿰뚫는 금속덩어리=철갑탄으로 되돌아가고 말았다. 철갑탄은 탄두가 단단한 금속덩어리로 되어 있어, 포신에서 가속된 운동에너지가 그대로 위력으로 치환되는 단순한 포탄이다. 전차 등의 「장갑으로 감싸인 목표」를 상대로 이용되는, 전차포탄의 기본이라 할 수 있다.

그리고 폭발하는 탄=고폭탄도 철갑탄에 밀려 모습을 감춘 것이 아니라 제2차 세계대전 말기부터 전후에 이르기까지 장갑 목표에도 유효한 「대전차고폭탄」으로 모습을 모습을 바꾸어 살아남았다. 이 포탄이 명중하게 되면 내부의 작약이 벽처럼 날아가 진흙덩어리처럼 전차 장갑에 달라붙어, 잠시 지연된 후 폭발하게 된다. 폭발의 충격파로 달라붙어 있던 장갑의 뒷면을 파괴하고, 차내에 파편을 비산시켜 승무원을 살상하는 것이다. 또한 독일의 대전차무기 **판처파우스트**나 미국의 **바주카**에 쓰이는 **성형작약탄**도 대전차고폭탄으로 사용되고 있다. 이것은 내부의 작약을 깔때기 모양으로 하여 폭발 에너지가 일점에 집중되는 것을 이용한 포탄으로 초속 8,000m에 달하는 고압 가스가 장갑에 구멍을 뚫고 차내로 들어가 승무원을 살상하고 폭약을 유폭시킨다.

현재의 MBT에 탑재된 탄약은 주로 성형작약탄과 철갑탄 두 종류이다. 특히 현대의 성형작약탄은 「다목적 고폭탄」으로도 불리며, 순수한 고폭탄처럼 강력한 폭발을 일으키지는 않지만 철갑탄보다는 광범위한 데미지를 줄 수 있기 때문에 고폭탄 대신 사용되기도 한다.

일반적인 전차포탄

고폭탄

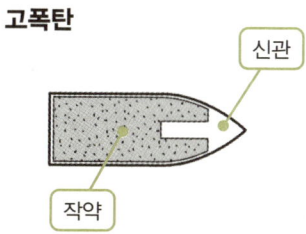

신관

작약

화약(작약)의 폭발에 의한 충격과
파편으로 광범위한 피해를 준다.
장갑 목표에는 부적합.

철갑탄

금속 덩어리

장갑을 관통하는 금속 덩어리.
위력은 크지만 보병 집단 등을
공격하기에는 효율이 나쁘다.

초기의 대전차고폭탄(점착유탄)

폭발의 충격으로 장갑 내부를 분리시키는 포탄

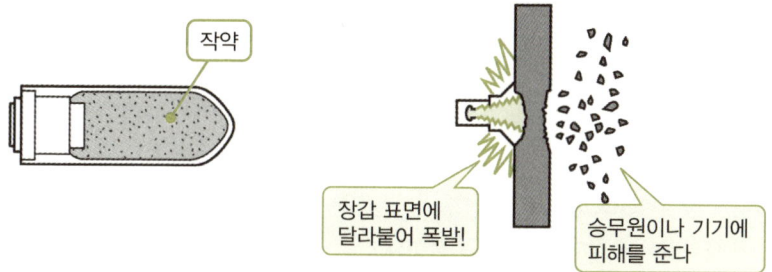

작약

장갑 표면에
달라붙어 폭발!

승무원이나 기기에
피해를 준다

성형작약탄(현재 대전차고폭탄의 주류)

화약의 화학 반응을 이용해 장갑에 구멍을 뚫는 포탄.

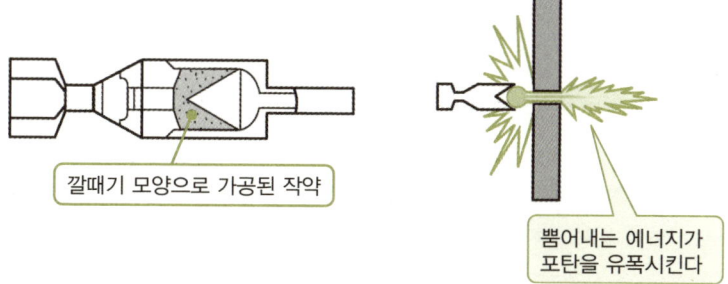

깔때기 모양으로 가공된 작약

뿜어내는 에너지가
포탄을 유폭시킨다

원포인트 잡학

영국군은 현재도 「HESH(High Explosive Squash Head)」 또는 「HEP(High Explosive Plastic)」라고 부르는 점착성
고폭탄을 사용하고 있다.

최신 철갑탄은 다트 모양?

단단하고 무거운 탄체를 고속으로 부딪혀, 힘으로 장갑을 꿰뚫는 포탄을 「철갑탄」이라고 한다. 캐논포에서 발사되는 철갑탄은 날아가는 중에도 속도가 떨어지지 않고 목표에 명중하기 때문에 이동하는 장갑 목표를 명중시키기 좋다.

● 탄의 운동 에너지를 이용해 힘으로 장갑을 꿰뚫는다

철갑탄은 적의 전차를 격파하기 위한 포탄으로서 오래 전부터 이용되었다. 착탄과 동시에 폭발하는 **고폭탄**은 전차를 상대로 할 때에 장갑의 표면에서 폭발하고 말아, 안쪽까지 유효한 피해를 주기 어렵기 때문이다.

무엇보다도 철갑 관통력을 중시한 포탄은, 아머·피어싱의 머릿글자를 따서 「AP」라고 불렸다. 단단하고 무거운 금속제 탄체(텅스텐 합금이나 탄화물)가 이용되어, "발사될 때의 탄체 질량과 날아갈 때의 운동 에너지"를 장갑에 부딪혀 파괴하는 구조이다.

철갑탄은 작약(화약)이 들어가있는 것이 아니라서 명중해도 폭발하지 않지만 관통한 탄체가 차내를 돌아다니며 승무원을 살상하거나, 기재나 포탄에 피해를 주어 유폭시킨다. 철갑탄의 위력은 목표까지의 거리에 반비례하기 때문에 사정거리가 아슬아슬한 곳에서는 장갑에 튕겨나가고 말지만, 적에게 가까울수록 운동 에너지가 많이 남기 때문에 위력이 증가해 확실하게 격파하는 것이 가능하다.

제2차 세계대전 초반에 이용되었던 철갑탄은 그야말로 단순한 금속 덩어리일 뿐이었지만, 대전 말기에는 전차의 장갑이 점점 두꺼워짐에 따라 위력을 증가시키기 위해 여러 연구가 진행되었다.

특히 전후 **MBT**에 탑재된 철갑탄 중에 주류가 된 것이 대전차용으로 개발된 가늘고 긴 철갑탄이다. 제2세대 전차에 많이 사용된 이 포탄은 「장탄관이 붙은 철갑탄」이라는 것으로, 가늘고 긴 탄심을 장탄관^{Sabot}으로 둘러싼 상태로 발사한다. 장탄관은 포구에서 나온 직후에 공기의 저항과 원심력으로 떨어져나가 남은 탄심 부분만이 적을 향해 발사되는 원리이다.

더욱 **제3세대** 전차에서는 탑재된 전차포의 주류가 **활강포**였기 때문에 가늘고 긴 포탄을 똑바로 날아가게 하기 위해서 안정용으로 날개(핀)가 붙은 「장탄관에 들어간 날개 안정 분리 철갑탄」을 사용하게 되었다.

진화하는 철갑탄

철갑탄=AP
(Armor-piercing shot)

기본적으로는 단순한 「단단한 금속 덩어리」.
명중 각도가 얕으면 박살나거나 장갑 표면을 스치고 만다.

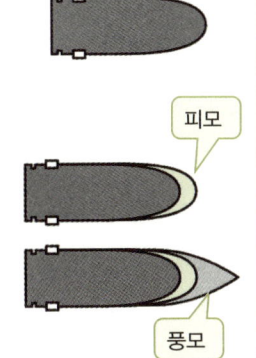

피모

피모가 붙은 철갑탄=APC
(Armor-piercing Capped)

명중시에 장갑 표면을 스치거나 깨지거나 하지 않도록,
끝 부분에 충격 분산용의 강철캡(피모)을 씌운 철갑탄.
피모 위에 「풍모」를 덧붙여 공기 저항을 줄인 것도
있다.

풍모

같은 운동 에너지를 가진 포탄이라면
직경이 작을수록 장갑관통력이 높다!

장탄관이 붙은 철갑탄=APDS
(Armor-Piercing Discarding Sabot)

가는 탄심에 장탄관(Sabot)을 둘러 포의 구경에 맞춘
것. 관통력을 증가시키기 위해 탄심이 점점 가늘고
길어졌다.

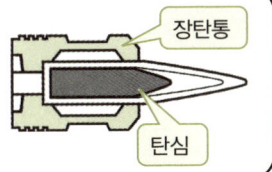

장탄통

탄심

너무 가늘고 길어진 탄심이 흔들리지 않도록
「날개」를 달았다!

장탄관이 붙은 날개 안정 분리 철갑탄 = APFSDS
(Armor-Piercing Fin Stabilised Discarding Sabot)

탄심은 직경 20mm 정도밖에 안 되고, 텅스텐강이나
열화우라늄으로 만들어져있다. 이 타입의 포탄은 일반적으
로 「활강포」에서 발사된다.

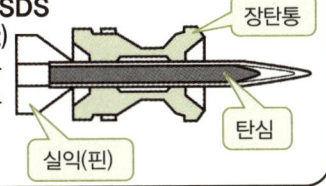

장탄통

탄심

실익(핀)

APDS나 APFSDS의 장탄관(Sabot)은
포탄이 포구에서 나온 순간 분리되어
떨어져나간다.

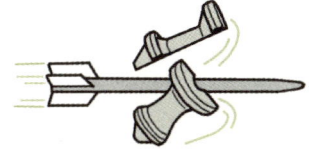

원포인트 잡학

철갑탄은 순수한 금속 덩어리로 일부의 경우를 제외하고 내부에 화약 등이 들어있지 않지만, 차탄 조준조절용으로
꼬리부분이 발광하는 「예광철갑탄」이라는 것이 존재한다.

성형작약탄의 비밀이란?

성형작약탄은 질량이나 관성이 아니라 「화학반응」을 이용해서 피해를 주는 포탄이다. 그래서 사정거리가
아슬아슬한 표적에 대해서도 장갑관통력이 감소하지 않고, 지근거리에서 맞는 것과 동일한 위력을 낸다.

● 폭발 에너지를 집중시켜 장갑에 구멍을 뚫는다

　성형작약탄은 제2차 세계대전 당시에 개발된 대전차용 특수포탄이다. **철갑탄**과 같이
적의 장갑을 운동 에너지로 꿰뚫는 것이 아니라, 폭발시에 생기는 화학반응으로 파괴시
키는 포탄이다. 이론 그 자체는 대전 발발 이전에도 존재했지만, 그것을 가장 빨리 전장
에 투입한 것은 독일군이었다.

　발사된 성형작약탄은 목표에 착탄함과 동시에 탄두 안의 성형작약(깔때기 모양으로 성
형된 작약을 말함)이 점화, 그 연소 에너지가 전방의 한 점으로 집중되어 수천도의 가느다
란 제트류로 변하여 장갑에 구멍을 뚫는다. 성형작약에는 금속이 내장되어있어 작약의 연
소시에 융해된 금속이 분출, 메탈제트화 되어 장갑관통력을 높인다.

　깔때기 모양으로 성형된 작약의 폭발 에너지가 중심축선상의 한점에 집중되는 것
을 「먼로 효과」, 깔때기 안쪽에 금속을 내장하여 집약한 에너지가 메탈제트화 되는 것
을 「노이만 효과」라고 한다. 이 제트의 분사속도는 초속 8,000m로 인공위성에 버금가
는 속도라서, 한순간에 전차의 장갑을 용해시킨다. 장갑에 뚫린 구멍으로 녹은 금속과 가
스가 차내로 뿜어져 승무원을 사상시키고 탄약고에 쌓여있는 포탄을 유폭시킨다. 이 제
트는 장갑뿐만이 아니라 콘크리트나 석재, 통나무나 흙담 등 여러 물질을 관통할 수 있
는 위력이 있다.

　제3세대 MBT의 120mm**활강포**에서 발사되는 「HEAT-MP(히트 엠피)」는 다목적대전
차고폭탄이라고 불리며 "**고폭탄**에 가까운 폭풍과 파편 효과"가 있다고 여겨지지만, 이것
은 한 랭크 아래(105mm)의 점착유탄(HESH(헤시))과 같은 정도의 폭풍·파편 효과가 있
다는 의미이다. 본래 에너지에 지향성이 있는 성형작약탄과 사방으로 확산되는 고폭탄 사이
에는 커다란 차이가 있지만, 120mm활강포를 개발한 라인메탈사는 "부차적으로 사용할
수 있는 정도로는 문제가 없다"고 주장하고 있다.

성형작약탄의 원리

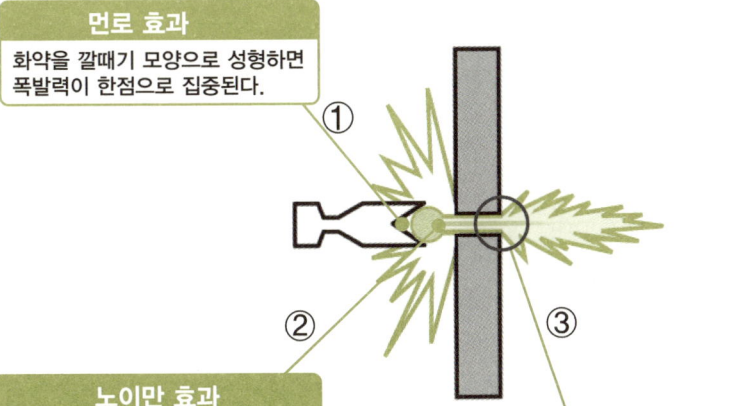

먼로 효과
화약을 깔때기 모양으로 성형하면 폭발력이 한점으로 집중된다.

노이만 효과
깔때기에 금속을 내장하면 집중된 에너지가 메탈제트화 된다.

녹은 금속의 제트=
메탈제트가 장갑을 관통

대전차고폭탄 = HEAT (High Explosive Anti Tank)

성형작약의 효과는 포탄의 발사 속도(초구포속)와는 관계가 없기 때문에 보병용 바주카와 같은 간이포를 사용해도 충분한 위력이 있다.

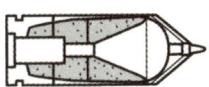

다목적대전차고폭탄 = HEAT-MP (High Explosive Anti Tank-Multi Purpose)

현재 MBT의 대표적인 대전차포탄. 강선이 없는 「활강포」에서 발사되기 때문에 안정익이 붙어있고, 작약의 양이 많아 부차적으로 고폭탄의 기능도 갖고 있다.

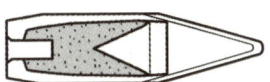

성형작약탄은 전차포에서만 사용되는 것이 아니다.
성형작약은 "깔때기"의 직경이 크면 클수록 효과가 증가하기 때문에, 포신 안쪽 지름에 제한받지 않고 대형 포탄(탄체)을 발사할 수 있는 「대전차 미사일」이나 「보병용 대전차 무기」 더 나아가 「대전차 지뢰」 등 여러가지 무기에 이용되고 있다.

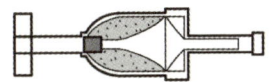

원포인트 잡학

성형작약탄은 「사정거리가 아슬아슬하더라도 일정한 위력을 발휘한다」는 장점이 있는 반면, 철갑탄과 같이 「접근할수록 관통력이 늘어난다」는 기대는 할 수 없다.

강선포와 활강포는 어떤 차이가 있는가?

전차포는 포신의 내부 구조에 따라 「강선포」와 「활강포」로 나뉜다. 권총이나 소총과 같이 총신 내부에 나선형의 홈이 파여있는 것이 강선포, 피리나 쇠파이프처럼 안쪽이 매끄러운 것이 활강포이다.

● 최신 MBT의 주포는 활강포가 주류

아주 옛날 대포의 포신 내부는 쇠파이프처럼 매끄러웠다. 탄이 포신 내부에 걸리는 것을 막기 위해서였다. 그 후 포탄을 더욱 멀리, 정확하게 날려보낼 필요가 생기자, 포탄을 회전시켜서 직진성을 높이는 포가 탄생하였다.

이렇게 등장한 「강선포」는 강선(포신 내부에 경사지게 파인 홈)에 의해 포탄이 발생시키는 자일로 효과로 탄도를 안정화 할 수 있다. 매끄러운 포신보다 명중률이 극단적으로 상승하고 사정거리도 위력도 커진 강선포는 제2차 세계대전 당시에는 전차포뿐만 아니라 포신의 주류가 되었다.

드디어 포탄 측도, 관통력을 증가시키기 위해서 점점 길고 가는 형상으로 진화하였다. 무게(질량)가 같다면, 단면적이 적을 때 피탄 장소에 운동 에너지가 집중되어 관통력이 증가하기 때문이었다. 하지만 너무 가늘고 길면 이번에는 축에 흔들림이 발생해서 명중률이 낮아지고 만다. 또한 강선 포탄은 "회전하면서 바람을 헤치며 나아가기" 때문에 측풍의 영향을 잘 안 받지만, 회전 방향으로 쏠려버리는 특성이 있다.

전차포에서 **성형작약탄**을 발사했을 때, 착탄시에 발생하는 메탈제트가 강선포의 회전(원심력)으로 확산되어버리는 문제점이 지적되었다. 그래서 탄체의 꼬리 부분에 날개를 달아, 회전이 없어도 안정적으로 날아가는 구조가 연구되었다. 회전이 필요없는 포탄을 발사하는데 강선포는 필요가 없다. 그리하여 부활한 것이 강선이 없는 매끄러운 포신의 「활강포」이다. 포신에 홈을 새길 필요가 없기 때문에 강선포보다 대구경포를 만들기 쉽고, 포탄이 홈을 파고들지 않기 때문에 포신 수명도 길다. 반면, 날탄은 장거리사격에 맞지 않아, 2,000m가 넘어가면 급격히 정밀도가 떨어진다는 문제도 있다.

강선포와 활강포

강선포(선조포)

발사시에 포탄에 회전을 걸어 탄도를 안정시켜 직진성을 높인다.

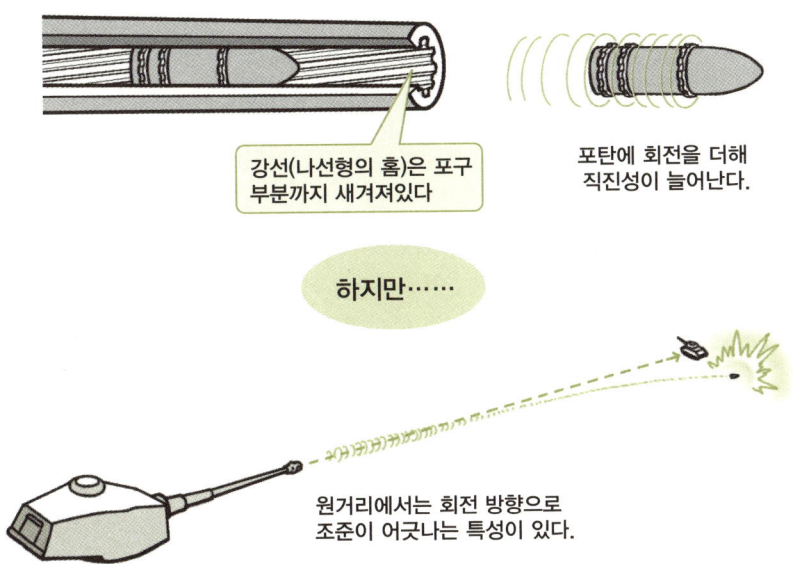

강선(나선형의 홈)은 포구
부분까지 새겨져있다

포탄에 회전을 더해
직진성이 늘어난다.

하지만⋯⋯

원거리에서는 회전 방향으로
조준이 어긋나는 특성이 있다.

활강포(smooth bore)

쇠파이프 같은 포신. 강선포보다 대구경의 포를 만들기 쉽다.

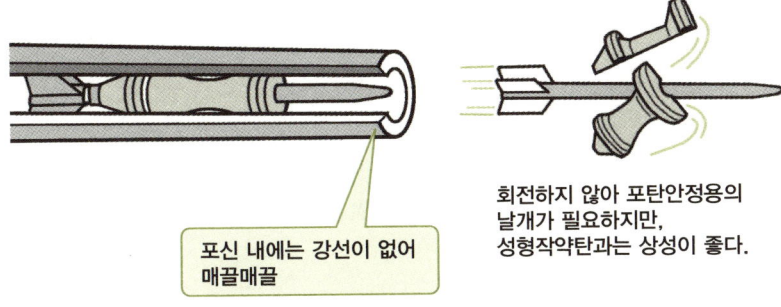

포신 내에는 강선이 없어
매끌매끌

회전하지 않아 포탄안정용의
날개가 필요하지만,
성형작약탄과는 상성이 좋다.

원포인트 잡학

현재 전차포의 주류인 「120mm포」는 강선포를 고집하는 영국 전차 등의 예외를 제외하고, 활강포를 표준으로 사용한다.

포탑의 내부는 어떻게 되어 있는가?

포를 지지하고 360° 선회하여 사격 방향을 결정한다. 포탑은 전차라는 무기의 존재 가치를 결정하는 중요한 부위라고 해도 좋다. 그 구조는 단순히 「주포를 수용하는 상자」가 아니라, 여러가지 기능과 시행 착오의 덩어리이다.

● 전투 능력의 요점=포탑

포탑은 다시말해 회전 가능한 포대를 말하는 것으로 포탑링이라고 부르는 거대한 베어링의 고리에 의해 차체 상부 중앙에 설치되어 있다. 통상, 조종수를 제외한 전투요원의 대부분(전차장, 포수, 탄약수)이 그 내부에 탑승하고 있어, 인원적으로도 기능적으로도 "포탑을 잃으면 전차는 그 전투능력을 완전히 잃어버린다"고 해도 좋다.

한편, 차체와 포탑은 2단으로 연결되어 있는 침목같이 보이지만, 포탑 부분은 아래쪽으로 커다란 기구의 바스켓(바구니) 같이 뻗어있어 차체 내부에 묻혀있다. 이 「포탑 바스켓」은 포탑의 회전 방향을 향해 승무원 채로 함께 돌아가기 때문에 포수나 탄약수가 포의 움직임에 맞춰 몸을 움직일 필요는 없다.

포탑의 회전은 유압이나 전기모터에 의한 기계 구동이 일반적으로 어느쪽을 향해서도 무제한으로 선회가 가능하다. 주포의 위아래는 현재의 MBT에서는 기계식이지만, 제2차 세계대전 중의 전차는 핸들을 돌려 입력을 행하는 것이 많았다(전후에도 포탑이 가벼운 경전차나 일부의 공산권 전차 등은, 포탑의 구동을 전부 인력으로 행하는 것도 존재했다). 선회 속도는 현대 전차라면 10~20초 정도에 1회전이 가능하지만, 대전 중의 전차는 기계적인 문제도 있어 같은 모터 구동이라도 1분 이상 걸렸다. 포탑 후부에는 커다란 상자를 붙여 공구나 부품, 전차에 따라서는 무전기나 포탄 등을 집어넣었지만, 이것은 차내 공간의 유효 이용과 함께 포의 중량으로 인해 전방으로 쏠린 밸런스를 적정화하기 위한 역할도 있었다. 포탑은 가장 눈에 띄는 부분이기 때문에 적 공격의 대부분이 집중된다. 포탑을 작게 하면 적탄에 피탄될 확률이 낮아지지만 그만큼 좁아지기 때문에 커다란 포를 실을 수 없게 되고 장갑도 얇아지고 만다. 전후의 소련 전차는 **피탄경시**를 중시하여 포탑을 작게 하는 동시에 중장갑화와 대형포를 탑재를 진행한 탓에 "최악의 거주성"이라고 놀림받았다.

전차의 포탑 (Turret)

포탑은 긴 포신을 지탱하고, 전차포를 전방향으로 회전시키는 중요한 부위이다.

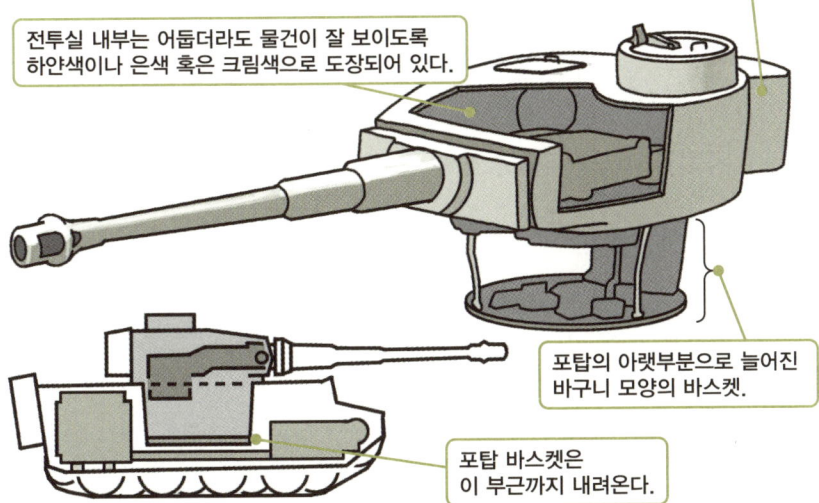

포탑은 앞부분에 중량이 편중되기 때문에, 뒷부분을
밖으로 빼서 예비탄약이나 공구류, 무전기 등을 탑재하여 밸런스를 맞췄다.

전투실 내부는 어둡더라도 물건이 잘 보이도록
하얀색이나 은색 혹은 크림색으로 도장되어 있다.

포탑의 아랫부분으로 늘어진
바구니 모양의 바스켓.

포탑 바스켓은
이 부근까지 내려온다.

포탑이 커다란 전차

용적이 크기 때문에 대구경포를
탑재할 수 있고, 장갑도 두꺼워진다.

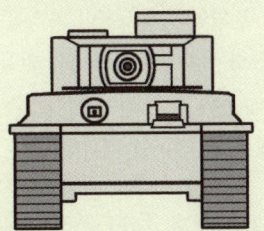

하지만 크기 때문에 눈에 띄고 무겁다.

포탑이 작은 전차

적에게 발견당할 가능성이 줄고,
적의 탄도 잘 맞지 않는다.

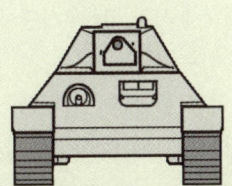

하지만 승무원이 움직이기 어렵고,
포나 장갑의 레벨에도 한계가 있다.

원포인트 잡학

제2차 세계대전 당시의 소련 전차 『T-34』는 소형 포탑을 장비하고 있었지만 바스켓이 없었다. 그렇기 때문에 포탄을
장전할 때 좁은 차내에서 몸을 부딪히면서 움직여 돌아서는 수밖에 없었다.

전차장의 역할이란?

전차장은 가장 바쁜 역할을 맡는다. 조종사를 유도하여 진로를 결정하고, 목표를 발견하고 위험도를 판단하여 승무원에게 명령을 내린다. 더욱이 부대로 행동할 경우, 대장차를 주시하며 대형을 유지하는 것에도 신경써야 한다.

● 전차의 두뇌, 팀의 중심

전차병은 팀으로 싸운다. 팀인 이상 전체를 총괄할 리더가 필요하며 전차의 행동은 모두 전차의 두뇌―최고 책임자인 전차장의 지시에 의해 결정된다.

전차장은 전차의 행동 모두를 결정하며, 그 책임을 진다. 전차를 움직이는 것이 완전한 팀 분업제가 아니었던 시대에 전차장은 포수나 탄약수 어느 쪽이 겸업하는 경우가 많았고, 차종에 따라 조종 이외의 모든 것을 해야만 하는 케이스도 있었다. 하지만 제2차 세계대전 중기 이후, 전차를 둘러싼 환경이 복잡·고도화 되면서, 전차장에 의한 독립된 종합적인 판단이 필수가 되었다.

특히 전차포의 위력이 강력해진 뒤로는 전투에서 「먼저 상대에게 명중탄을 날린다」는 것이 중요해졌다. 그를 위해 전차장은 시계가 좋은 **커맨더스 큐폴라**에서 밖의 상황을 확인하고 조종수에게는 이동할 방향을, 포수에게는 적의 위치와 방향·거리 등을, 탄약수에게는 어떤 포탄을 장전해야 하는지를 빠르게, 그리고 정확하게 지시할 필요가 있다. 지시가 늦어지거나 틀리게 되면 아무리 뛰어난 포수나 조종수도 그 능력을 발휘할 수 없다.

팀이 아닌 개인으로 조종하는 전투기의 경우에도, 파일럿은 이런 고도의 판단이 요구되기 때문에 장교나 사관이 임명된다. 전차의 경우도 두뇌역의 전차장이 자질을 겸비해야 하기 때문에 사관이나 부사관이 전차장이 된다(이등병 전차장은 존재하지 않는다).

제2차 세계대전의 독일은 「비트만」이나 「카리우스」 등의 많은 전차 에이스를 배출했는데 그들은 모두 전차장이었다. 실제로 포를 조준해서 적 전차를 격파한 것은 포수였지만, 전차를 하나의 팀으로 볼 경우 칭찬받아야 하는 것은 그 두뇌인 전차장인 것이다.

전차장이 멍청하면 살아남을 수 없다

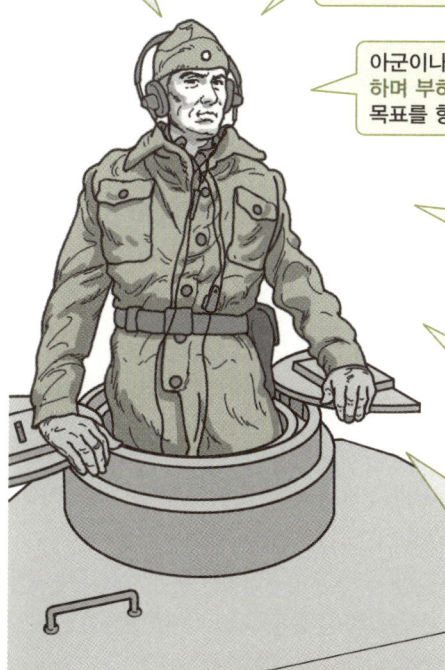

나는 리더다.
내 명령은 절대적.

정위치는 커맨더즈 큐폴라다. 높은 위치에서 주위를 방심하지 않고 관찰하여 먼저 상대를 발견한다.

아군이나 상급 지휘관과의 연락을 밀접하게 하며 부하를 지휘하고, 전차를 소정의 목표를 향해 행동시켜야 한다.

조종수에게는 진행 방향을, 포수에게는 적의 위치와 방향을, 탄약수에게는 사용탄약을… 아아 바쁘다.

무전기는 탄약수나 기관총 사수가 소지하는 경우도 있지만, 정보의 통합이라는 의미에서라도 맡겨두기만 할 수는 없다.

전체의 상황을 종합적으로 판단하여 적합한 지시를 신속하게 내리지 않으면 나의 대원들은 전멸이다!

제2차 세계대전 당시 독일군
이른 시기부터 전차장을 지휘에 전념시켰기 때문에, 소련 전차 등에게 전차 각각의 능력은 열세였지만 전투를 유리하게 진행시킬 수 있었다.

독일 이외의 나라에서는……
전차장이 포수나 탄약수를 겸임한 경우가 대부분이라 전투 지휘에 전념할 수 없었다.

원포인트 잡학

전투기 파일럿이 「장교 · 사관」이고 전차장이 「사관 · 부사관」으로 계급차가 있는 것은 1기 · 1량당 단가와 총 인원수에 차이가 있기 때문이다.

주포 발사의 절차는?

전차포의 발사는 「포탑에 타고 있는 승무원」이 공동으로 행한다. 목표로 접근하거나 회피 행동 등 전투 전반에 있어서는 조종수도 포함되어 연계하지만, "노려서 쏜다"고 하는 부분에 있어서는 전차장·포수·탄약수의 팀워크가 중요하다.

● 적의 발견에서 초탄을 발사할 때까지

전차의 전투가 팀으로 이루어지는 이상, 가장 중요한 주포의 발사에 대해서도 포수가 자신의 판단으로 마구 뻥뻥 쏴대도 괜찮을 리가 없다.

우선 최초에 필요한 것은 「목표를 확인」하는 것이다. 포수의 시계는 기본적으로 포의 조준 방향으로 한정되어 있기 때문에, 그것은 포탑 가운데 가장 시계 좋은 장소에 위치하고 있는 전차장의 역할이다.

목표의 방향과 목표까지의 거리가 파악되면, 전차장은 탄약수에게 「장전할 탄약을 지시」한다. 전차는 **철갑탄**이나 **고폭탄** 같은 여러 종류의 탄약을 싣고 있기 때문에 목표에 적합한 탄종을 지정할 필요가 있는 것이다. 탄약수는 차내의 포탄 래크(탄약고)에서 지시받은 종류의 탄약을 끄집어내, 전차포의 포미(포의 뒤쪽 끝 부분)에 집어넣는다.

탄약수의 작업과 병행하듯, 전차장은 포수에게 공격 목표를 지시한다. 제2차 세계대전 중의 독일 전차에서는 "1시 방향·거리300·전차"와 같이 방향·거리·종류의 순으로 지시가 이루어졌다. 「방향」이라는 것은 자신의 전차에서 보았을 때 목표가 어느 방향에 있는가, 「거리」는 목표가 어느 정도 떨어져있는가, 「종류」란 목표가 전차인가 장갑차인가 그게 아니면 토치카 같은 고정물인가 하는 것이다. 움직이는 목표에 대해서 예측 사격(적의 움직임을 예측하고 조금 앞을 노리는 것)을 실시할 필요가 있을 때는 그 거리를 지시한다.

포수는 전차장의 지시에 따라 포탑을 목표 방향으로 회전시키고 전차포의 각도를 조절하여 조준한다. 최종적으로 전차장의 「쏴」하는 명령으로 발사된다. 혹시 경전차를 노리고 있는 순간 옆에 갑자기 중전차重戰車가 나타날 경우, 경전차 따위는 내버려두고 위험도가 높은 **중전차**重戰車를 노릴 필요가 있다. 이러한 판단은 많은 경우 정보와 권한을 갖고 있는 전차장에 의해 이루어진다. 포수와 탄약수는 완전히 전차장의 손발이 되어 움직일 것이 요구된다.

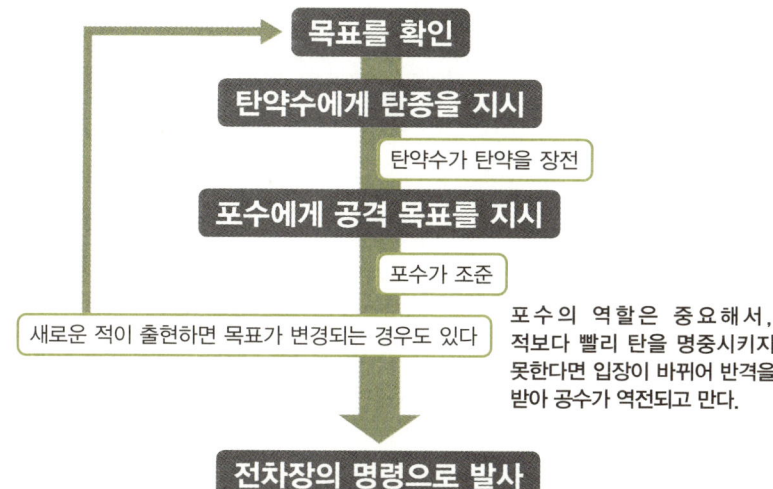

제2차 세계대전 중 독일 전차병의 경우

목표를 확인

탄약수에게 탄종을 지시

탄약수가 탄약을 장전

포수에게 공격 목표를 지시

포수가 조준

새로운 적이 출현하면 목표가 변경되는 경우도 있다

포수의 역할은 중요해서, 적보다 빨리 탄을 명중시키지 못한다면 입장이 바뀌어 반격을 받아 공수가 역전되고 만다.

전차장의 명령으로 발사

사격 후에 전차장은 발사한 포탄이 적에게 명중했는지, 명중하였지만 피해를 주지 못했는지 등을 판단하여, 포수나 탄약수에게 새로운 지시를 내린다.

방향의 개념

전장에서의 방향 지시는 자신을 시계의 문자판이라 생각하여 판단한다.

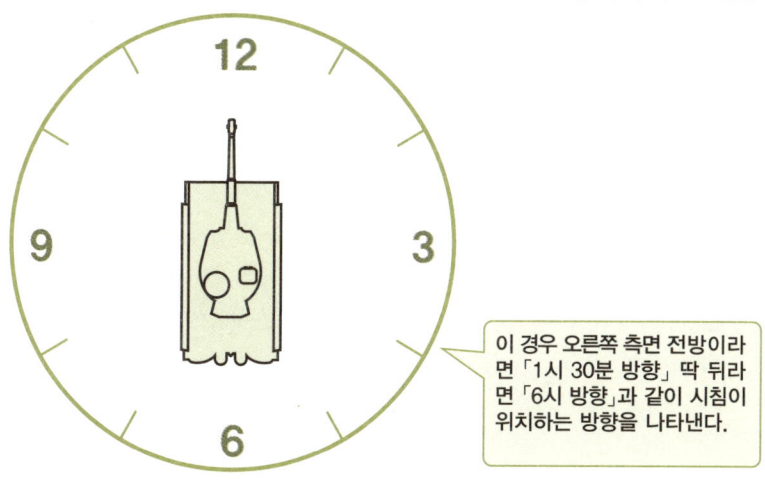

이 경우 오른쪽 측면 전방이라면 「1시 30분 방향」 딱 뒤라면 「6시 방향」과 같이 시침이 위치하는 방향을 나타낸다.

원포인트 잡학

전차 전투에 있어서, 적을 발견해서 초탄을 발사할 때까지의 시간을 「일어서는 속도」라고 한다.

능선사격이란 어떤 사격 방법인가?

능선사격이란 적에게 발견되기 전에 초탄을 명중시켜, 발견되어도 반격을 받을 위험을 줄이는 사격 방법이다. 잠복 공격에 많이 이용되는 사격 방법으로 차체를 언덕 등의 능선(튀어나온 부분) 앞에 두고, 포탑만으로 목표를 노린다.

● 자신의 차체는 숨긴 채, 포만을 이용해서 쏜다

능선(기복이 있는 지형의 튀어나온 부분)에 차체를 숨기고, 포탑 부분만을 내밀어 사격하는 것이 능선사격이다. 전쟁 영화 등에서는 언덕 위에 진지를 설치한 보병이 몸을 숨기고 눈아래 적을 공격하는 장면이 있는데 발상적으로는 그것에 가깝다.

다만 전차포는 포미가 포탑 내부에 들어가기 때문에 크게 아래 쪽으로 돌리면(부각을 잡으면) 포탑의 천정에 부딪히고 말지만, 자위대의 『90식 전차』나 『74식 전차』는 궤도의 높이를 조절하여 차체의 앞뒤 각도 그 자체를 변화시킬 수 있어 포의 부각 이상으로 능선사격이 가능하다. 이것은 산이 많은 일본의 지형에서 가상적이었던 소련 전차에 대한 잠복공격을 행하기 위해 탑재된 기능이라고 할 수 있다.*

능선을 이용하지 않더라도, 자연의 언덕이나 아군이 판 구덩이(전차호)에 차체를 숨기는 것을 「헐다운hulldown」이라고 한다. 차체hull를 숨겨 노출 면적을 작게, 적의 공격에 잘 안 맞도록 하는 전차전술의 기본이다. 거대한 전차를 숨기는 전차호를 파는 것은 꽤나 큰일이라 일반적으로는 공병부대에 지원을 요청하여 불도저 등으로 한번에 파낸다.

헐다운한 전차는 위장망(네트)으로 차체를 감싸고, 나뭇잎이나 진흙을 이용해 잘 식별이 되지 않도록 만든다. 전차의 색상을 주변과 같은 색(설원이라면 흰색, 삼림이라면 녹색)으로 "줄무늬 모양"을 만드는 미채도장도 유효하다.

하지만 아무리 전차를 감추려고 고심해도 완전히 은폐하는 것은 어렵다. 그 사이즈와 소음으로 인해 어떠한 미채도장이나 위장을 실시해도 포를 발사하거나 움직이거나 하면 날아다니는 흙먼지나 눈안개, 진동 등으로 순식간에 존재를 들키고 만다. 또한 밀림 속이 아니라면 정찰기의 눈을 피하는 것이 어렵고, 궤도자국은 상공에서 발각되기 쉽다.

*같은 이유로 한국의 K-1 / K-1A1 전차는 그 이상으로 차체를 기울일 수 있게 되어있다

언덕이나 지면은 천연적인 방어물

능선사격
언덕의 그림자(능선)에서 포탑만을 내놓고 노리는 사격법

가장 장갑이 두터운 「포탑의 정면(주포탑 방패)」가 적의 정면에 위치

상대에게는 이렇게 보인다

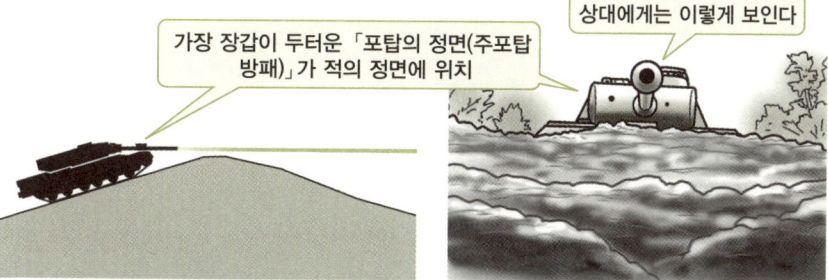

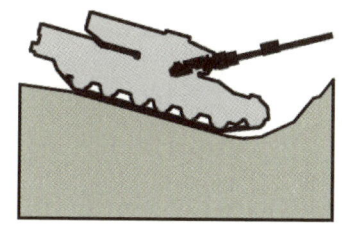 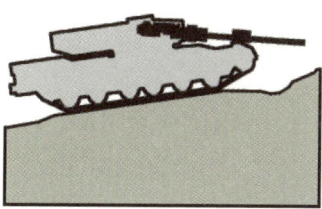

전차포는 구조상, 위로 올리는 각도(앙각)보다도 아래로 내리는 각도(부각)로 하는 것이 어렵다. 포탑이 작은 전차는 더더욱 그렇다.

더그인

전차의 방어 전법 중 하나. 전차호를 파서 차체를 감추고 (헐다운하여) 피탄면적을 줄인다.

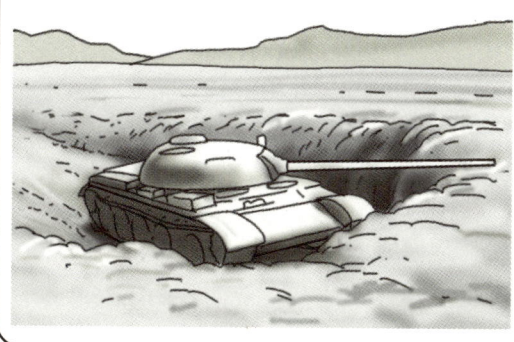

원포인트 잡학

공병부대의 지원을 받지 않는 경우, 전차에 실려있는 곡괭이를 이용해서 승무원이 직접 열심히 땅을 파내야만 한다.

거리측정기는 어떤 장비?

사격에는 「조준」이 필수이다. 전차포=캐논포는 직사탄도이기 때문에 교전거리가 짧을 때는 직접 쏘면 되지만, 전차포의 성능이 향상되면서 원거리 포격전이 일반화되어 그것도 힘들어졌다.

● 목표와의 거리가 중요

옛날의 대포는 한번 쏴서 착탄점을 확인하여, 목표의 오른쪽으로 쏠리면 포를 왼쪽으로…… 같이 방향과 각도를 수정하여 착탄점을 목표에 가깝게 하는 「간접 조준(간접 사격)」으로 조준했다. 하지만 스스로 이동하는 전차가 상대인 경우, 이 방법은 아무리 해도 명중탄을 낼 수 없다. 그래서 권총이나 소총과 같이 직접 노리는 「직접 조준(직접 사격)」으로 목표를 포착할 필요가 있었다.

직접 사격에 이용되는 것 중 가장 단순한 조준기는 소총의 스코프와 같은 망원경식이었다. 조준기를 보면 눈가에 붙이는 선이 보이고 목표를 그것으로 조준해 방아쇠를 당기는 단순한 시스템이다. 제2차 세계대전 무렵의 전차는 거의 이 방식으로, 포의 습성이나 옆 바람 등 외적 요인에 따른 조준 보정은 포수의 경험과 감에 의존했다.

하지만 포의 성능이 향상되어 사정거리가 늘어남에 따라, 포에 각도를 주어야만 했다. 캐치볼에서도 먼 거리에서는 공을 높게 던지지 않으면 상대에게 닿지 않는 것과 마찬가지이다. 1km 이상 먼 거리의 목표를 맞추는 데에는 감에 의한 보정만으로는 한계가 있다. 어느 정도 각도가 필요한지 정확히 계산해야 하지만, 상대와의 거리를 모르면 계산을 할 수가 없다. 그를 위해 이용되는 것이 「거리측정기」라고 불리는 계측 장치이다.

전후의 전차에서는 삼각측량의 원리로 거리를 계산하는 「스테레오식 거리측정기」가 탑재되었고, 이후 제2세대의 일부와 **제3세대** 전차에는 더욱 진화한 「레이저 거리측정기」가 장비되었다. 이것은 레이저 광선을 목표에 비추고 그 반사에 걸리는 시간으로 거리를 측정하는 것으로 안개나 연기 속에서도 정확하게 측정할 수 있다. 레이저는 직진성이 높은 데다가 주포의 사정거리를 훨씬 넘어서도 높은 정밀도로 측정할 수 있기 때문에, 현재 MBT의 주류가 되었다.

거리의 측정 방법 。

초기에는 포수의 경험에 의한 눈대중

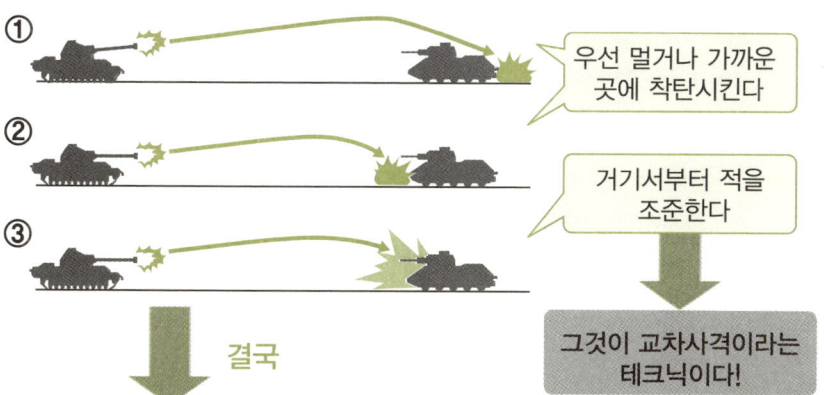

① 우선 멀거나 가까운 곳에 착탄시킨다

② 거기서부터 적을 조준한다

③ 그것이 교차사격이라는 테크닉이다!

결국

목표와의 거리를 정확히 측정하는 장치=「거리측정기」가 등장

스테레오 거리측정기 = 좌우 관측치의 오차로부터 목표까지의 거리를 계산한다.

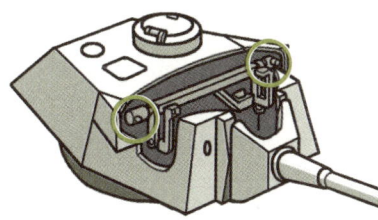

· 보병이나 군함의 포에도 이용되고 있던 거리측정 장치의 원리를 전차에 적용한 것.

· 제2차 세계대전 당시 일부 전차에 장비될 예정이었지만, 일반화된 것은 전후가 되어서였다.

레이저 거리측정기 = 레이저광선의 반사에 의해 거리를 계측한다.

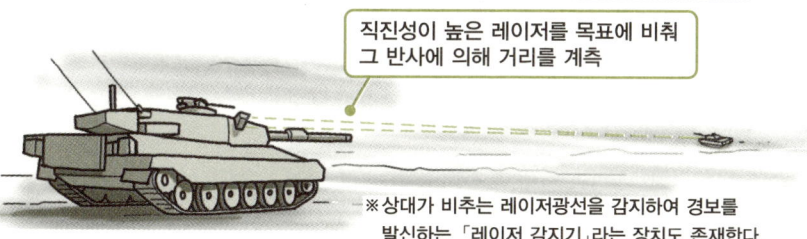

직진성이 높은 레이저를 목표에 비춰 그 반사에 의해 거리를 계측

※상대가 비추는 레이저광선을 감지하여 경보를 발신하는 「레이저 감지기」라는 장치도 존재한다.

원포인트 잡학

『M1A1 에이브럼스』의 레이저 조준장치는 최대 8km 거리를 오차 10m 정도로 측정할 수 있다.

FCS가 포의 명중률을 좌우한다?

FCS란 「Fire Control System」의 약자로 전차가 목표를 포착하고 거리를 계산하여 세세한 사격 데이터를 수정, 빠르고 정확하게 조준하기 위한 시스템이다. 근대형 전차의 주포 명중율은 대부분 이 시스템에 의존하고 있다.

● 사격 전반을 컨트롤하는 시스템

뛰어난 **거리측정기**의 발달에 의해 전차는 장거리 포격이 가능해졌다. 하지만 먼 목표를 노리면 노릴수록 탄도에 있어 옆 바람이나 중력 등의 영향이 비례해서 늘어나, 그러한 요소를 생각하면서 조준할 필요가 있다.

그를 위해 태어난 것이 「FCS」이다. 사격통제장치라고도 불리는데, "단일기계장치"가 아니라 목표의 거리를 측정하는 거리측정기와 주위의 환경데이터 및 차체의 상태를 체크하는 복수의 관측장치를, 컴퓨터를 이용해 연동시킨 시스템 전체를 지칭하는 용어이다. 이 시스템의 좋고 나쁨이야말로 현대 전차의 전투 능력을 좌우한다고 해도 과언이 아니다.

FCS는 포탄의 종류에서 바깥 기온, 풍향 등에 이르는 수십 종류 이상의 데이터를 종합하여, 최적의 사격 데이터를 추려낸다. 포수는 전차장의 지시를 기본으로 FCS의 데이터 수정을 더해 주포를 발사한다. 제2차 세계대전 무렵에는 교전거리가 짧았기 때문에 대부분 사수의 기량(다시말해 감)에 의한 수정이 이루어졌지만, 엄청난 원거리에서의 포격전도 드물지 않게 된 현대에는, 그런 감으로는 컴퓨터를 이용한 막대한 데이터 해석을 따라가지 못하게 되고 말았다.

그래서 FCS의 중심이 되는 컴퓨터도, 소위 "고성능의 계산기"에서 시작되어 결국 복수의 시스템으로 분산 처리를 수행하는 방향으로 진화하였다. 당초에는 수동으로 입력하게 되어 있었던 각종 데이터도, 현재는 입력이나 수정까지 자동으로 이루어지는 것이 등장했다. 더욱이 전차의 완결이라고 하는 FCS 시스템은 데이터 통신을 사용한 네트워크화에 의해 부대 단위의 데이터를 함께 이용할 수 있게 되었다. 이것은 개개의 컴퓨터가 네트워크에 접속하여 정보를 주고받을 수 있도록 됨과 동시에 더욱 고도의 처리 능력을 보유하게 되었다는 것이다.

조준의 수정은 기계에 맡겨라

FCS (Fire Control System)
조준에 필요한 데이터를 관리 · 제어하는 시스템

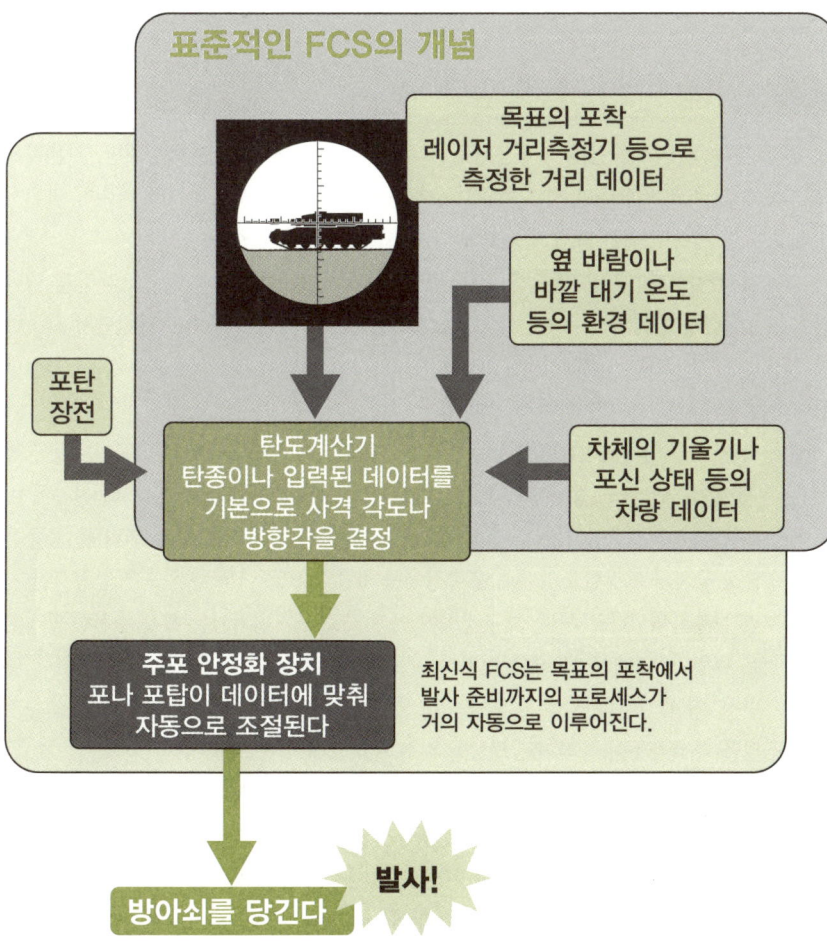

표준적인 FCS의 개념

목표의 포착
레이저 거리측정기 등으로
측정한 거리 데이터

옆 바람이나
바깥 대기 온도
등의 환경 데이터

포탄
장전

탄도계산기
탄종이나 입력된 데이터를
기본으로 사격 각도나
방향각을 결정

차체의 기울기나
포신 상태 등의
차량 데이터

주포 안정화 장치
포나 포탑이 데이터에 맞춰
자동으로 조절된다

최신식 FCS는 목표의 포착에서
발사 준비까지의 프로세스가
거의 자동으로 이루어진다.

방아쇠를 당긴다

발사!

전후 제3세대(특히 구서방 진영에 속한) 전차는 고도의 FCS를 탑재하고 있어, 걸프전이나 이라크전쟁에서는 FCS의 차이가 전차전의 결과에 커다란 영향을 끼쳤다고 한다.

원포인트 잡학

FCS는 해군에서 「사격지휘 시스템」, 공군에서 「화기관제 시스템」으로 불리지만, 이것은 관습적인 호칭에 불과하며 본질적으로는 모두 같은 시스템이다.

달리면서 쏘는 전차는 무섭지 않다?

전차는 상당히 울퉁불퉁한 길이라도 달릴 수 있지만, 길고 무거운 "빨랫대" 같은 전차포는 차체의 영향을 크게 받아 달리면서는 도저히 조준을 할 수가 없다. 그로 인해 제2차 세계대전의 전차전에서는 「정차해서 사격」이 기본이었다.

● 포는 안정시키기 쉽지 않다

전쟁 영화 등에서는 전차가 거친 땅을 질주하면서 포격하는 장면이 있지만, 기본적으로 적에게 맞추고자 한다면 사격시에는 정차하는 것이 정석이다. 하지만 단순히 멈춰서 쏜다고 하면 이쪽이 좋은 표적이 되고 만다.

그래서 전차는 달린다→멈춰서 적을 확실히 조준→쏘고 나면 바로 그 자리를 떠난다……는 패턴을 반복하면서 싸운다. 그렇다고는 하지만 역시 아무래도 달리면서 사격하지 않으면 안 될 상황이 존재하며, 그것이 가능하다면 적탄에 잘 안 맞는다=방어력의 향상이라는 점에서도 커다란 의미가 있다.

흔들리는 포를 안정시키는 장치는 「주포 안정화 장치」라고 불리며 제2차 세계대전 경에 나온 발상이지만 어느 정도 쓸만한 물건이 나온 것은 전후, 그것도 제2세대 전차에 이르러서이다. 기본적으로는 자이로 효과(회전하는 팽이가 쓰러지지 않는 원리)를 응용한 복수의 안정 장치와 고정밀도의 뒤틀림 측정계를 묶은 것으로 이를 통해 포를 안정시킨다.

하지만 실용화되었다고 해도, 대구경화에 의해 길고 무거워지는 포를 완전히 안정시키는 것은 어렵다. 그래서 **제3세대** 전차에 이르면 포가 아니라 조준기를 안정시키는 「다이렉터 방식」이 추가된다. 다소의 흔들림이 있어도 조준기 쪽에서 보정하고 포는 조준기의 움직임을 따라가듯이 움직이면 명중률을 유지할 수 있다는 발상이다.

결과적으로는 이 실험은 성공하여, 현재의 **MBT**는 이동하면서도 상당한 정밀도로 사격할 수 있게 되었다. 또한 현대의 주포 안정화 장치는 포의 흔들림을 억누르는 것뿐만 아니라, 일단 전차포가 조준을 한 뒤 포탄이 발사될 때까지 포탑의 지향이나 포신의 위아래 각도(부양각)가 자동적으로 목표를 향하도록 하는 기능도 가지고 있다.

차체는 흔들려도 포는 일정

주행 중에는 포가 흔들려서 명중률이 떨어진다

흔들리는 포를 안정시키는 「주포 안정화 장치」의 실용화

주포 안정화 장치에 의해 안정된 포의 움직임

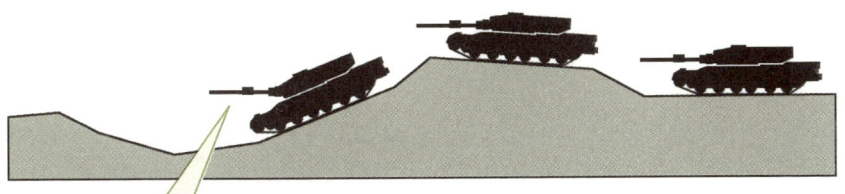

포탑의 지향점이나 포신의 각도가 항상 결정된 표적을 벗어나지 않고,
포탄이 발사될 때까지 자동적으로 목표를 향한다.

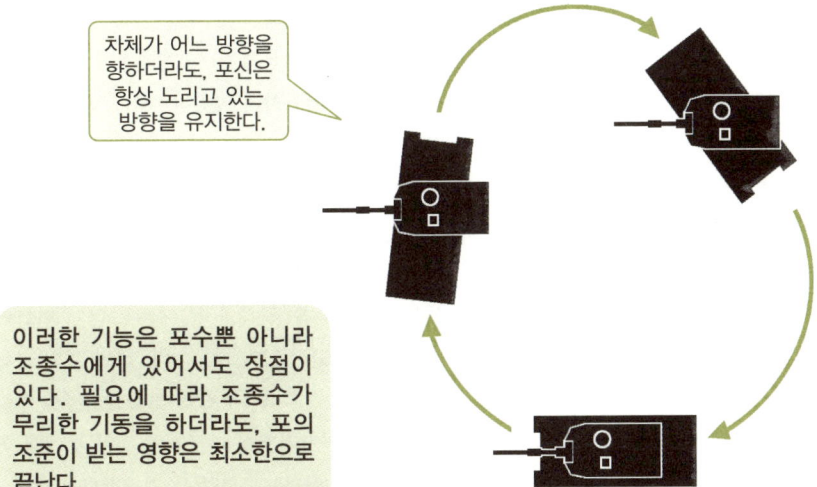

차체가 어느 방향을
향하더라도, 포신은
항상 노리고 있는
방향을 유지한다.

이러한 기능은 포수뿐 아니라
조종수에게 있어서도 장점이
있다. 필요에 따라 조종수가
무리한 기동을 하더라도, 포의
조준이 받는 영향은 최소한으로
끝난다.

아무리 뛰어난 주포 안정화 장치를 싣고 있어도, 정차시에 비해 명중률은 저하된다.
그렇다고는 하지만 「달리면서 쏘아대는 전차라도 꽤 맞출 수 있잖아!」라고 상대가 생각하게
만들 수 있는 것은 커다란 어드벤티지가 된다.

원포인트 잡학

달리면서 쏘는 것을 「기동간사격」이라고 한다.

전차의 교전거리는 어느 정도인가?

일반적으로 교전거리는 1,500m~2,000m 정도이지만, 지형의 기복이나 장해물에 의해 수 백m 정도의 거리에서 싸우게 되는 사태도 벌어진다. 성능이 떨어지는 전차는 이러한 상황을 잘 이용해서 싸우는 것이 살아남는 지름길이다.

● 1, 2km는 당연하다

전차전의 여명기였던 제2차 세계대전 초기에 전차포의 구경은 37mm 정도가 일반적이었다. 당시(1940년 전후)의 교전거리는 200~300m(멀어도 500m 전후)로, 전차의 장갑도 그 거리에서 발사되는 37mm포탄을 방어할 수 있는 정도가 표준이었다. 하지만 **철갑탄**의 성능 향상이나 **성형작약탄**의 등장에 의해 장갑도 진화해서 37mm포탄 정도로는 뚫을 수가 없게 되었다. 그리하여 전차포도 50~57mm 클래스의 대구경·장포신화 되고, 전차의 교전거리는 점점 멀어지기 시작했다. 76.2mm포를 탑재한 소련의 『T-34/76』은 거리 800~1,000m에서 당시의 독일 전차를 격파할 수 있다고 했으며, 독일도 8.8cm포를 탑재한 『티이거 I』이나 7.5cm 장포신포를 장비한 『판터』를 투입하여 대항했다.

그리하여 교전거리는 1,500m~2,000m로 확대되었지만 제2차 세계대전에서는 각 진영에 따라 전차의 성능차가 컸기 때문에 교전거리는 평등하지 않았다. 위력·사정거리가 부족한 포를 가진 격이 떨어지는 전차는 적의 포탄을 피하며 700~500m 이내로 접근하지 않으면 상대가 되지 않았고, 연합군의 『크롬웰』이나 『M4 셔먼(A2형)』(단포신 75mm포 장비) 등은 아무리 접근해도 티이거의 정면장갑을 관통시킬 수 없었다.

전후, 전차포의 구경은 확대일변도를 달렸지만, 교전거리 자체는 2,000m 전후로 변화하지 않았다. 당시도 지금도 전장의 지형(기복이나 차폐·장해물 등)에는 그다지 변화가 없어서 그 이상의 원거리 포격이 가능한 상황은 한정되어 있기 때문이다. 다만 포의 성능 자체는 차원이 다르게 진보하여, 예외적인 케이스의 경우에는 3,000~5,000m에서 명중탄을 내는 것도 가능하다. 그 실례로 걸프전이나 이라크전쟁의 다국적군 전차 중에서 미국이나 영국의 **제3세대 MBT**는 아주 먼 저편에 있는 이라크군 전차를 격파했다.

제2차 세계대전 중 전차의 교전거리

Ⅲ호 전차A형(독일)

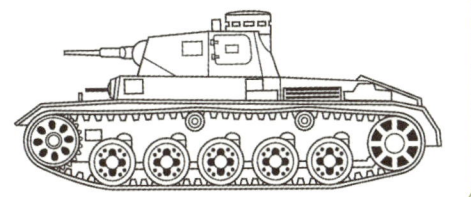

●37mm포 장비

제2차 세계대전 초기의 표준적인 전차포를 탑재. 교전거리는 200~300m 정도.

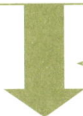

소련이 대구경(76mm급)의 강력한 포를 탑재한 새로운 전차를 개발!

T-34/76 1940년형(소련)

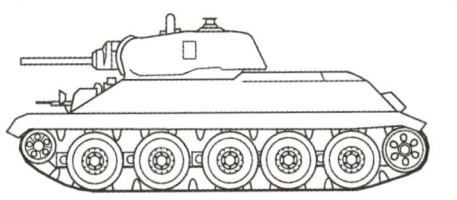

●76.2mm포 장비

교전거리 800~1,000m의 전차포와 강력한 장갑으로 독일군 전차를 괴롭혔다.

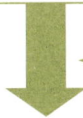

독일도 대구경을 탑재한 전차를 차례차례 실전 투입!

독일군

연합군

8.8cm포나 7.5cm 장포신포에 의한 일방적인 공격

1,500~2,000m

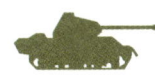

티이거Ⅰ

판터

정면에서는 아무리 다가가도 장갑을 뚫을 수 없었다.

크롬웰

M4 셔먼(A2형)

티이거나 판터에 비해 포의 성능에서 약세였던 크롬웰이나 셔먼은 상대가 되지 않았다.

현대 전차의 교전거리도 지형 등에 의해 2,000m 전후. 다만, 차폐물이 없다면 3,000~5,000m 원거리 포격도 가능.

원포인트잡학

제2차 세계대전 중에는 대전차고폭탄(성형작약탄)이 현재 정도로 주류가 아니었기 때문에, 사정거리가 아슬아슬한 거리에서의 포격은 장갑을 관통하지 못하는 경우도 있었다.

포탄의 장전은 인력으로?

제2차 세계대전 당시부터 현대에 이르기까지, 전차포의 탄약 장전은 탄약수의 인력으로 이루어졌다. 현재 MBT가 발사하는 120mm포탄의 무게는 대략 20kg 전후이기 때문에, 꽤나 중노동이라고 할 수 있다.

● 탄약수의 일

탄약수는 흔들리는 차내에서 전차장이 지시하는 포탄을 탄약래크에서 끌어내서 전차포의 포미(포신의 뒷부분)에 집어넣는 역할을 하는 사람이다. 탄약래크는 차내의 여러 장소에 분산 배치되어 있기 때문에(포탑 뒷부분, 전투실 내부의 측면, 바스켓 바닥 등) 지시받은 탄약과 탄약수의 위치 관계에 따라 어떻게 손을 뻗어 탄을 넣는지가 변한다.

탄약수는 이런 중노동을 하는 관계로, 포탑 안에서 가장 많은 공간을 점유하고 있는 존재이다. 다른 승무원은 그다지 몸을 움직이지 않고도 전투에 종사할 수 있는 한편, 탄약수만은 흔들리는 차내에서 무거운 포탄을 안고 중노동을 해야만 한다. 그것도 일의 속도와 확실성이 「전차의 전투능력에 직결된다」고 한다면 필사적으로 할 수밖에 없다.

제2차 세계대전 무렵이었다면 모르겠지만 21세기의 하이테크 무기인 현재의 MBT까지도 포탄을 장전하는 건 사람 손으로 하고 있다는 것은 신기하다고 생각할지도 모른다. 확실히 탄약수를 폐지하게 되면 포탑을 대폭 축소시킬 수 있다는 생각이 들 것이다. 소련의 『T-80』이나 프랑스의 『르끌레르』, 일본의 『90식 전차』에는 장전 작업을 기계화한 자동 장전 장치가 탑재되어 있다. 확실히 자동 조종 장치(조종수 대용) 등과 비교해서, 탄약의 장전 작업은 가장 기계화가 용이한 분야라는 것은 틀림없다. 하지만 **자동 장전 장치**를 탑재한 전차는 전체에서 본다면 별난 케이스로, 지금도 대부분의 육군에서 포탄의 장전은 사람의 손으로 하고 있다.

이것은 자동 장전 장치의 기계적인 신뢰성 이상으로 탄약수를 뺀 경우에 운용면에서의 문제가 현장에서 지적되고 있는 것이 크다. 「전차 한 량에 해당하는 맨파워」, 「전투 중 포탄 보급의 필요」 등을 종합적으로 생각하여, 전문적인 탄약수를 한 명 두는 편이 더욱 합리적이라는 것이 각국 육군의 판단이라는 것이다.

거대한 포탄을 빠르게 장전

> 제2차 세계대전 당시부터 현재의 전차까지 포탄은 사람 손으로 장전된다

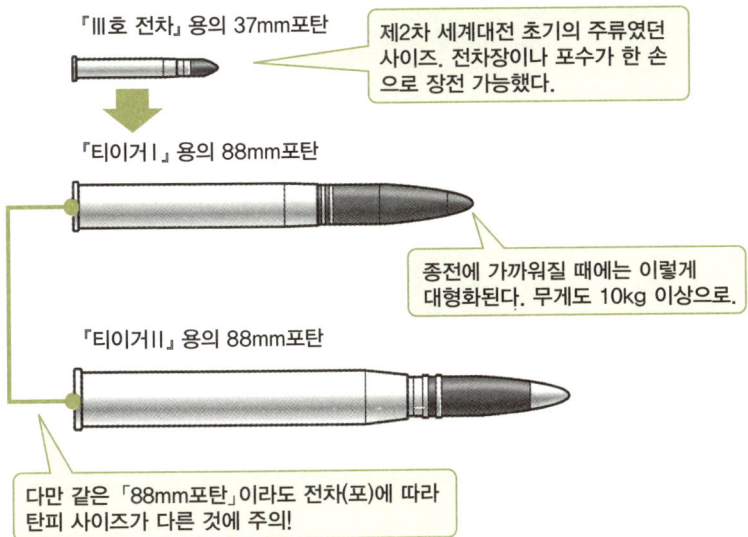

『III호 전차』용의 37mm포탄

제2차 세계대전 초기의 주류였던 사이즈. 전차장이나 포수가 한 손으로 장전 가능했다.

『티이거I』용의 88mm포탄

종전에 가까워질 때에는 이렇게 대형화된다. 무게도 10kg 이상으로.

『티이거II』용의 88mm포탄

다만 같은 「88mm포탄」이라도 전차(포)에 따라 탄피 사이즈가 다른 것에 주의!

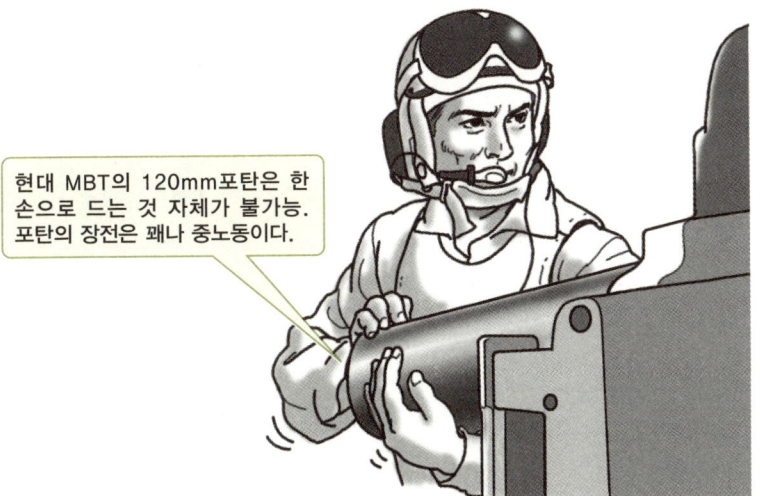

현대 MBT의 120mm포탄은 한 손으로 드는 것 자체가 불가능. 포탄의 장전은 꽤나 중노동이다.

원포인트 잡학

소구경의 전차포는 사정거리가 짧고 파괴력이 약하지만, 탄약이 가볍기 때문에 탄약수가 빨리 장전할 수 있다. 그렇기 때문에 접근전이나 추격전에서는 연사가 가능해서 유리한 경우가 있다.

다음 탄의 발사까지 필요한 순서는?

전차포는 권총이나 기관총과 같은 연사가 불가능하여, 예전 대포처럼 「1발씩」 탄을 집어넣는 단발포이다.
발사 후 전차포가 다음 탄을 장전하기 위해서는 어떤 단계를 밟아야 하는 것일까?

● 발사 사이클은 탄약수의 "솜씨" 나름

　　전차포가 발사되면 우선 포탄 발사의 반동에 의해 포신이 뒤로 밀리게 된다. 이 운동을 「후좌」라고 하는데, 물론 포신이 그대로 뒤로 밀려버리면 포탑 내의 승무원이 말려들고 만다. 그래서 유기압을 이용한 「주퇴기」라는 장치로 반동을 흡수하여, 포의 후좌를 될 수 있는 한 작게 한다. 야외에 설치된 대포의 경우 후좌 거리가 1m 정도지만, 주퇴기와 포구에 장치된 제퇴기의 효과에 의해 전차포의 후좌거리는 30~40cm 정도가 되었다.

　　포는 레일에 걸쳐 후좌된 뒤, 주퇴기 뚜껑이 자동적으로 열려 빈 탄피를 배출한다. 배출된 탄피를 탄피를 두는 곳에 굴려넣고, 탄약수가 새로운 포탄을 집어넣으면 자동적으로 뚜껑이 닫히고 주퇴기에 의해 레일을 움직여 원래 위치로 돌아가 다음 탄의 발사 준비가 완료된다(낡은 설계의 전차에서는 빈 탄피 배출을 수동 레버 조작으로 행하는 경우도 있다).

　　전차포는 1발 발사 후, 다음 탄을 쏠 때까지 이 정도의 수고가 필요하다. 연속으로 발사하기 위해서는 「탄약수가 포탄을 장전하여 발사→빈 탄피 배출→다음 탄의 장전」이 반복되는데, 뭐라 해도 장전 작업은 "인력"으로 한다. 대전 중의 75mm~88mm포탄이라도 10~12kg, 현대 전차의 포탄이 되면 20kg 이상의 중량을 가지고 있어서, 발사 속도는 1분간 5~6발 정도가 한계이다. 그것도 발사 속도 중시로 잘 노려서 쏠 때의 이야기이고, 거리나 옆 바람 등을 계산하면서 조준하는 시간까지 더하게 되면 연속으로 발사할 수 있는 수에는 한도가 있다.

　　하지만 최신식의 FCS를 탑재하고 있는 전차라면 정밀 조준에 필요한 데이터 보정은 순식간에 끝나기 때문에, **자동 장전 장치**를 가진 차량은 포탄의 무게나 취급의 어려움 따위와는 관계가 없다. **제3세대** 전차로 대표되는 이러한 장비를 가진 전차는 가지고 있지 않은 전차에 비교해 압도적인 어드벤티지를 가졌다고 할 수 있다.

포탄 장전의 순서

포탄 발사에는 이하의 사이클이 반복된다.

포미가 레일 위를 후퇴(후좌)

> 주퇴기를 통해 후좌 거리를 억제

주퇴기 뚜껑이 자동적으로 열린다

빈 탄피를 배출

탄약수가 다음 탄을 장전

다음 탄 준비 완료

주퇴기란?
탄의 발사로 생기는 반동을, 포신을 뒤로 미는 것으로 완충(주퇴)시키며, 또한 후좌된 포신을 원래자리로 돌리는(복좌) 장치를 말한다.

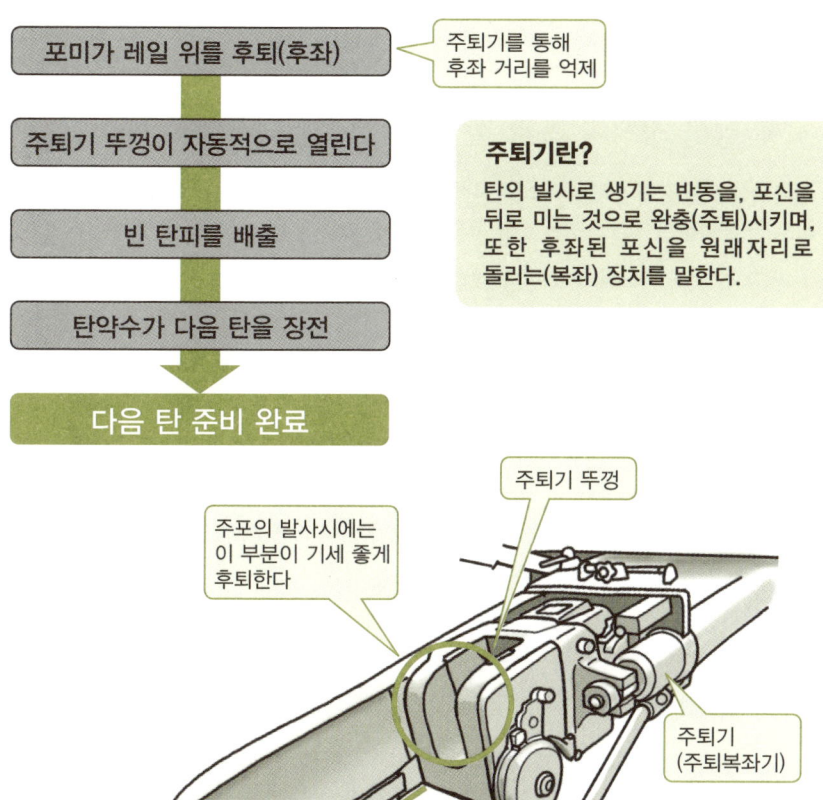

주포의 발사시에는 이 부분이 기세 좋게 후퇴한다

주퇴기 뚜껑

주퇴기 (주퇴복좌기)

후퇴한 포미나 배출시의 가스로부터 승무원을 보호하는 커버

빈 탄피가 들어가는 빈 탄피받이

원 포인트 잡학

신병 탄약수는 기세 좋게 후퇴되는 포미에 손을 끼이거나, 가슴을 부딪히는 경우가 많다.*   * 장전 중에 손이 끼이는 경우도 많다.

자동 장전 장치는 어째서 일반화 되지 않는가?

자동 장전 장치란 주포를 발사한 후, 다음에 쏠 포탄을 자동으로 장전하는 장치이다. 일본의 『90식 전차』나 프랑스의 『르끌레르』, 소련의 『T-64』, 『T-72』, 『T-80』 등에서 채용하고 있다.

● 자동 장전 장치의 득과 실

전차포의 포탄을 장전하는 작업은 인력으로 이루어진다. 포탑의 공간 대부분을 차지하고 있는 것은 탄약수가 움직이기 위한 공간으로, 이것만 없으면 꽤나 소형 포탑을 만들 수 있다. 또한 점차 대형화 되고 있는 포탄을 인력으로 장전하는 것은 어려워지고 있다. 그래서 생각한 것이 포탄의 「자동 장전 장치」이다.

소련의 『T-64』나 『T-72』에 탑재될 때에는 장전 속도나 신뢰성(확실성) 면에서 문제가 있었다고 하지만, 포탑의 소형화를 지상 과제로 하는 소련이나 체격의 문제로 커다란 120mm포탄 취급에 고생을 하고 있는 일본 등에서 개발을 진행, 현재는 "그 정도로 문제는 없다" 레벨로 진화했다. 그래도 「기울어진 포를 일단 수평으로 돌리지 않으면 장전이 안 된다」라든가, 「장전 장치의 장탄수에 한계가 있어 쏴댄 후에는 예비탄을 사람 손으로 집어넣을 필요가 있다」 등, 아직 불안정 요소는 많다.

설령 이러한 결함이 해결되었다고 해도, 용병상의 문제가 남아있다. 예를 들면 전투 사이의 각종 정비·점검이나 탄약의 적재, 전차의 위장, 주위의 정찰·경계 등이 필요한데, 탄약수가 없는 전차에서는 4명이서 분담해야 할 일을 3명이서 해야만 한다. 야간의 경계나 식사 등의 휴식에도 4명이면 2명씩 교대로 할 수 있으나 3명이라면 아무래도 1명에게 부담이 증가한다. 더욱이 승무원 중에 사상자가 나온 경우, 4명이라면 1명이 전투불능이 되었다고 해도 어떻게든 할 수 있다. 하지만 3명밖에 없는 상태에서 2명이 된다면 전력을 유지하기가 어렵다. 전차가 전투기와 같이 「만전의 상태로 발진하여, 전투 종료 후에 기지로 귀환하고 승무원은 쉰다」는 무기라면 상관없지만, 전차는 점령지에 멈춰 그 장소를 확보해야만 한다. 승무원이 줄어들면 이러한 전투 계속 기능에 영향을 준다는 점이, 용병 측면에서는 문제시 될 수 밖에 없다.

동서의 자동 장전 장치

기계적인 신뢰성은 향상 되었지만 아직은
그다지 보급되지 않는 자동 장전 장치

『90식 전차』의 자동 장전 장치

컨베이어 벨트의 포탄이 포미 위치에 온 상태에서 장전되는 방식.
스위치 하나로 탄종을 선택할 수 있어, 다음 탄의 발사까지는 4〜5초.

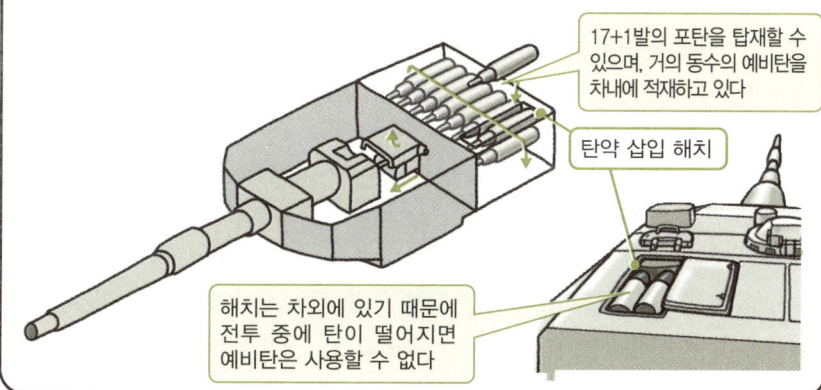

17+1발의 포탄을 탑재할 수
있으며, 거의 동수의 예비탄을
차내에 적재하고 있다

탄약 삽입 해치

해치는 차외에 있기 때문에
전투 중에 탄이 떨어지면
예비탄은 사용할 수 없다

『T-72』의 자동 장전 장치

차체 바닥면에 포탄이 원반형으로 늘어서, 암에 의해 포미까지 끌려가는 방식.
서방측보다 조금 복잡하지만 『T-80』에도 같은 장치가 사용되고 있다.

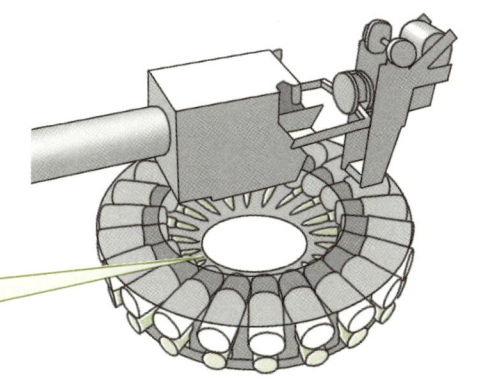

사용 포탄이 구경 125mm
라서 탄두 부분과 장약(화약)
부분이 분리되어 있다

원포인트 잡학

자동 장전 장치의 장점 중에는 「장시간의 연속하여 장전이 가능」 하다는 것이 있지만, 인간 탄약수에게 지지 않는 장전
속도로 싸우지 않으면 안 될 경우 장치의 탄약 탑재량이 아무래도 부족하다.

포탄은 몇 발 정도 실을 수 있나?

제2차 세계대전 중의 중전차(重戰車)는 내부에 70~90발에 가까운 포탄을 탑재했지만, 현재 제3세대 MBT에서는 40발 전후가 표준이다. 전후에는 전차포의 구경이 확대됨에 따라 포탄 사이즈도 커져, 많은 양을 탑재할 수 없게 되었다.

● 탄약 탑재수는 차체나 포의 사이즈에 좌우된다

탄약의 탑재수는 전차의 전투력을 좌우하는 중요한 요소이다. 아무리 명중률이 높고 맞추면 적을 문제 없이 날려버릴 수 있는 위력의 전차포를 싣고 있더라도, 쏠 탄이 없으면 아무 의미가 없다.

특히 전차의 경우, 점령지를 확보하기 위해 장시간 기지에 돌아가지 않는 경우가 많다. 물론 보급선이 확보되어 있다면 문제는 없지만, 적은 아군을 고립시키기 위해 필사적으로 보급부대 습격을 노릴 것이다. 전차병 입장에서는 보급이 두절되어도(한동안은) 싸울 수 있도록 한 발이라도 많은 탄을 탑재하는 편이 좋지만, 아무래도 차내의 공간은 한정되어 있다. 특히 대구경포를 탑재한 전차라면 그만큼 탄의 사이즈도 커지고, 필연적으로 적재 수량도 적어지게 된다.

제2차 세계대전 초기의 전차에서는 전차포 구경이 37mm~50mm 정도였기 때문에 도합 100발에 가까운 포탄을 탑재한 전차가 많았다. 그 후 단포신 7.5cm포를 실은 독일의 『IV호 전차(D형)』나 76mm포를 탑재한 소련의 『T-34/76』에서는 80발 전후밖에 탑재할 수 없게 되었고, 거기에 T-34/76을 85mm포로 대구경화한 『T-34/85』에서는 56발까지 감소했다. 하지만 대구경포를 탑재하더라도 『티이거 II』와 같이 대형 차체를 가진 전차는 공간에 여유가 있었기 때문에 70~80발의 포탄을 적재할 수 있었다.

전후의 **MBT**는 전차포의 대구경화에 의해 포탄 탑재량은 감소 일변도. 서방 전차는 제1·제2세대의 90mm포나 105mm포에서 50~60발 전후. **제3세대**의 120mm포 전차가 되면서 40~45발 정도밖에 되지 않는다. 동구권의 전차는 서방보다 소형임에도 포탑에 대구경전차포를 탑재했기 때문에 탄약 탑재량이 적어, 제1·제2세대에 해당하는 『T-54/55』나 『T-62』에서 이미 40발 전후, 125mm포의 『T-80』에서는 36발밖에 싣지 못한다.

포탄의 탑재 장소

> **현재의 제3세대 MBT라면 45발 전후, 제2차 세계대전 당시의**
> **중전차(重戰車)라면 70~80발 정도의 포탄을 탑재할 수 있다**

그 탄약을 어떻게
싣는가하면……

즉시 사용하는 탄약

탄약수의 손이 닿는 부분에
둔다. 통상 탑재된 포탄수의
절반~1/3 정도가 즉시
사용하는 탄약.

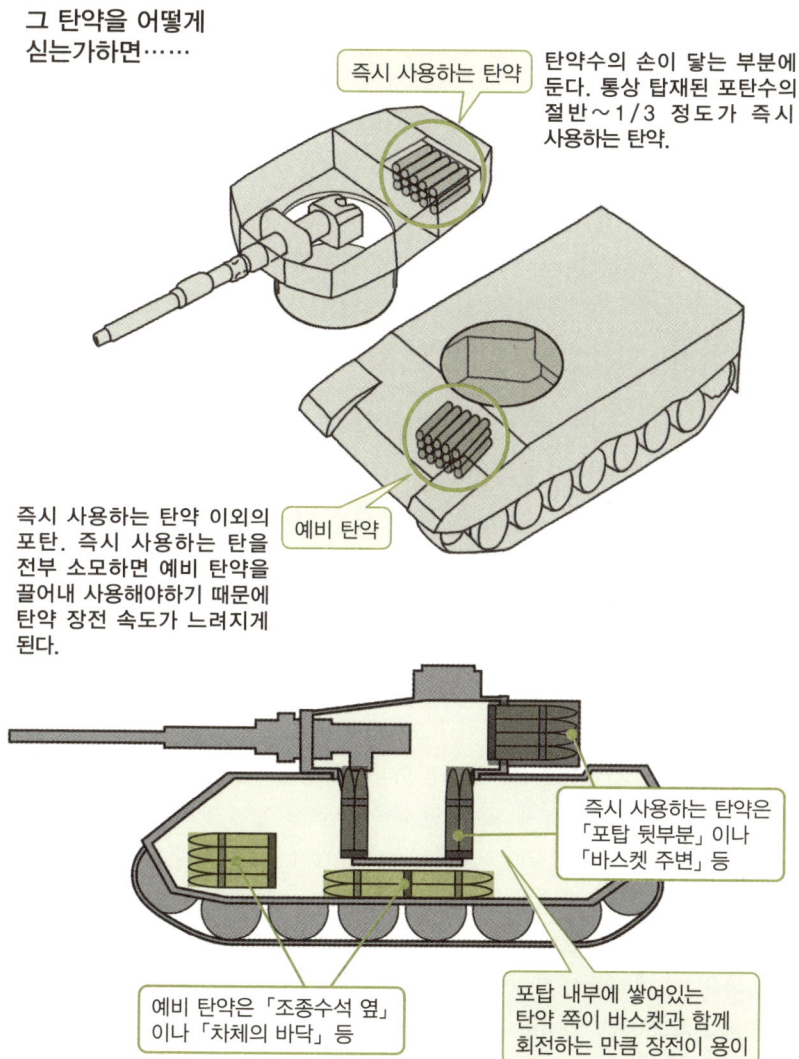

즉시 사용하는 탄약 이외의
포탄. 즉시 사용하는 탄을
전부 소모하면 예비 탄약을
끌어내 사용해야하기 때문에
탄약 장전 속도가 느려지게
된다.

예비 탄약

즉시 사용하는 탄약은
「포탑 뒷부분」이나
「바스켓 주변」등

예비 탄약은 「조종수석 옆」
이나 「차체의 바닥」등

포탑 내부에 쌓여있는
탄약 쪽이 바스켓과 함께
회전하는 만큼 장전이 용이

원포인트 잡학

주포탄 이외의 탄약으로는 「기관총용 탄약(기관총탄)」을 탄약 상자나 탄띠 주머니에 넣어, 도합 2,000~6,000발 단위로
적재한다.

빈 탄피의 처리는 어떻게 하나?

사격 후에 빈 탄피는 포 뒷부분의 탄피받이에 모으지만, 받침대는 수십발이나 되는 빈 탄피를 넣을 만큼 크지 않다. 내버려두면 빈 탄피로 차내가 가득차버리고, 전투 중의 차내를 굴러다니게 되고 만다.

● 차내에서 공간을 차지하는 귀찮은 것

탄약은 화약(장약)의 연소 에너지에 의해 포신 내부를 가속하여 발사되는데, 쏘고난 후에는 화약을 담기 위해 필요한 것=탄피가 남는다. 이 빈 탄피(정확히는 「발사용 약협」)는 쏘고난 후의 껍데기─즉 내용물이 텅빈 탄피를 말하는 것으로 차내 포탄뿐 아니라 권총이나 소총 등에도 탄약은 모두 「탄환(탄두)+탄피」가 세트로 되어 있다. 보병이 사용하는 총의 탄피는 아무리 커도 건전지 사이즈지만, 전차포탄의 탄피는 맥주병이나 간장병 중 가장 큰 사이즈보다도 커다란 것이 대부분이다. 더욱이 발사 후의 빈 탄피는 상당히 뜨겁기 때문에 방해가 될 뿐만 아니라 위험하기도 하다. 전투 중, 이 빈 탄피를 어떻게 처리할 것인지가 의외로 골치아픈 문제이다.

제2차 세계대전 무렵에는 승무원이 탄약수 해치(로더스 해치)나 가까운 작은 해치에서 차 밖으로 던져버렸다. 이것은 냉전기의 전차에서도 마찬가지였지만, 현재의 **제3세대 MBT**는 사정이 다르다.

독일의 『레오파르트 II』를 비롯해 미국이나 일본에서도 사용되고 있는 「라인메탈 120mm활강포」 전차포에서는 탄피가 발사와 동시에 밑부분만을 남기고 연소해버리는 「소진탄피」가 사용되고 있다. 보통, 총이나 포탄에서는 황동같은 얇은 금속으로 되어 있는 탄피가 쓰이지만, 소진탄피의 경우 발사용 화약의 특정 종류를 굳힌 것을 사용하고 있다. 그렇기 때문에 점화되면 내부에 모여있던 화약의 연소와 함께 포 내부에서 타버리게 되어, 차내에 빈 탄피가 데굴데굴 굴러다니는 일은 거의 없어진 것이다.

하지만 연소시의 가스를 포미에서 빠지지 않도록 하기 위해서 탄피의 바닥 부분만큼은 지금과 동일하게 황동제로 되어 있다. 하지만 이 부분은 직경 15cm, 높이 8cm 정도의 그야말로 바닥 부분만 남은 접시 모양이기 때문에, 탄피 전체가 남는 것보다 훨씬 적은 공간을 차지하고 처리하기도 간편하다.

방해되는 것은 얼른 버리자

냉전기까지의 전차는 탄약수 해치 등으로 재빨리 버렸다

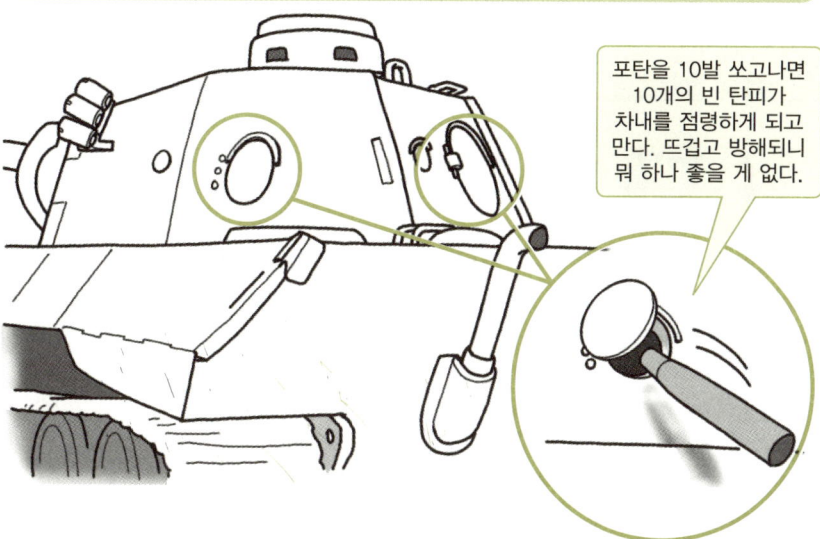

포탄을 10발 쏘고나면 10개의 빈 탄피가 차내를 점령하게 되고 만다. 뜨겁고 방해되니 뭐 하나 좋을 게 없다.

현재 120mm포탄에 쓰는 「소진탄피」의 경우……

탄피는 발사용 화약의 일종으로 만들어져있기 때문에 발사시에 타서 없어진다.

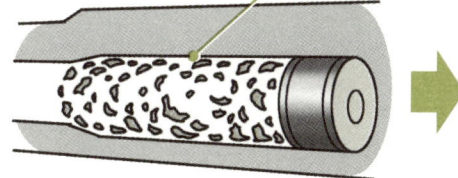
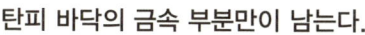
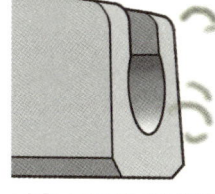
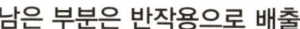

탄피 바닥의 금속 부분만이 남는다.

남은 부분은 반작용으로 배출.

공간을 차지하지 않고 나중에 정리하기도 편하다.

원포인트 잡학

독일의 「티이거Ⅱ」, 「야크트 티이거」, 「엘레펀트」 등 대형포탄을 사용하는 전차는 포탑이나 전투실 뒤쪽에 탄약을 쌓아두는 곳과 빈 탄피 배출용의 해치를 지니고 있다.

대전차 라이플은 전차를 격파할 수 있는가?

제1차 세계대전에서 영국의 신병기 「전차」가 등장하였을 때, 참호를 넘어 철조망을 돌파하며 달리는 괴물에 독일 병사들은 패닉에 빠졌다. 하지만 일시적인 혼란에서 정신을 차리자 병사들은 긴 총신의 대형 소총을 들고 전차를 노리기 시작했다.

텅스텐 탄심의 탄을 빠른 초구탄속으로 발사하는 이 「대전차 라이플」은 구경이 7.92mm로 보병용의 소총과 같은 사이즈였지만, 발사용 화약을 넣은 탄피 사이즈가 크게 만들어져 있어 초구탄속과 관통력이 높았다. 당시의 전차는 장갑의 두께도 강도도 충분하지 않았기 때문에 명중각이 30도 정도라면 "거리 300mm에서 25mm 장갑을 관통" 할 수 있었다.

제2차 세계대전 초반 독일에서는 대전차 라이플이 대량으로 편제되어있었지만, 대전 초반에 이미 「대전차 라이플의 위력 부족」이 지적되었다. 프랑스나 영국은 현상 인식을 제대로 하지 못하고 용병에 구멍이 있었기 때문에 전격전에 패배했지만, 전차의 장갑 등 하드웨어면에 있어서는 제1차 세계대전 무렵보다 몇 단계나 진화했기에 소총 따위로 관통을 노리는 것은 어려워져 있었다.

그리하여 전장에는 성형작약탄을 발사하는 「로켓 런쳐」가 등장하였고 독일이나 영국, 폴란드 등에서는 전선부대에서 대전차 라이플의 모습이 사라졌다. 즉, 상당히 이른 단계에서 대전차 라이플은 2선급 장비가 되었던 것이다. 그렇지만 이 무기를 종전 직전까지 열심히 사용하던 나라가 있었다. 전차대국 소련이었다.

소련 병사의 대전차 라이플은 구경 14.5mm에 전장은 2m에 가까운 것으로, 중량도 17~20kg 가까이 되었다(타국의 일반적인 모델은 전장 1.5m 정도에 중량도 9~16kg 정도). 운용은 기본적으로 2인1조로 이루어져, 시가전의 지원화기로서 독일 전차병을 곤혹스럽게 했다. 관측용 구멍과 큐폴라와 무방비한 전차장의 머리를 노린 소련의 저격병은 치명적이지는 않았지만 귀찮은 존재라 『III호 전차』나 『IV호 전차』에는 「슐첸」이라고 하는 대전차 라이플 대책의 증가장갑이 장착된 것도 있다.

하지만 아무리 초구탄속이나 관통력이 큰 대전차 라이플이라도, 로켓런쳐와 같이 「직격부터 폭발화염까지의 콤보」로 이어지는 파괴력을 발휘할 수 있었던 것은 아니고 결국은 「격파」보다도 「무력화」를 노리는 무기로 생각되었다. 물론 「무력화」에는 적의 전력을 줄인다는 중요한 의미가 있어, 대전시의 소련군은 격파할 수 없는 상대에 대해서 "지혜를 사용해서" 잘 회피하였다. 하지만 그것이 통용된 것은 세계대전까지이고, 소련제 무기를 공여받은 북한군이 한국전쟁에서 사용한 대전차 라이플은 전후를 맞이해 더욱 진화한 전차에 대항하기에는 역부족이었다.

현대판 대전차 라이플이라고 할 수 있는 것으로 「대물저격총(안티 마테리얼 라이플)」이 있다. 노리는 것은 전차가 아니라 장갑차나 트럭, 헬리콥터 등의 경장갑 목표로, 소이제를 가득 채운 고비중 금속 텅스텐 탄심을 가진 철갑소이탄 등을 사용하는 것도 가능하다. 표준적인 구경은 12.7mm로 개인 휴대장비로서는 의심할 것 없이 최대급 위력을 가지고 있다.

제 3 장
전차의
방어력

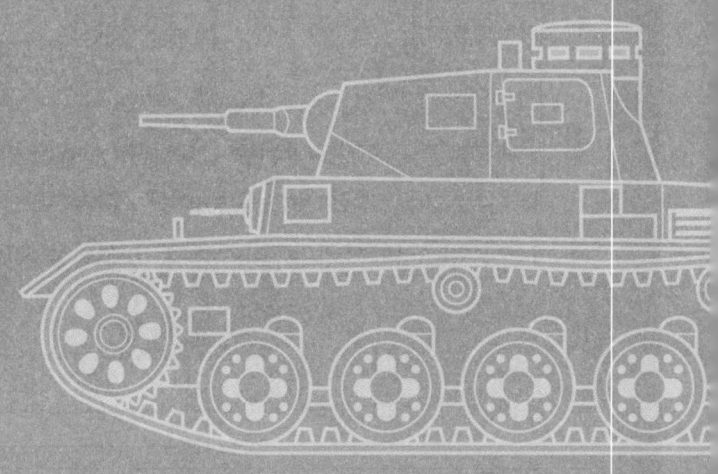

전차의 장갑은 어떻게 발전해 왔는가?

장갑이란 적의 공격에서 무기나 승무원을 지키는 방어 장비이다. 전차라는 최전선 병기가 스스로 튼튼한 장갑을 갖추는 것은 전투력을 유지하는 데에도 중요하기에, 전차포의 능력 향상과 경쟁하듯 발전해왔다.

● 최초에는 단순한 철판이었지만……

　제1차 세계대전 무렵의 전차는 가장 두꺼운 부분도 12mm 정도의 장갑밖에 없었다. 이 것은 당시의 전차가 기관총이나 포탄 파편을 막을 수 있는 정도의 방어력 정도만을 필요로 했기 때문이나, 제2차 세계대전에서 전차끼리의 싸움이 많아지면서 적 전차의 포탄에 견딜 수 있도록 장갑을 강화할 필요가 생겼다.

　전차의 방어력을 향상시키기 위한 수단으로는 우선 단순히 「장갑을 두껍게 한다」는 방법이 고안되었다. 장갑은 전차포나 **대전차포**의 구경이 커짐에 따라 두꺼워졌고, 결국 독일의 『티이거 I』과 같이 100mm급의 장갑까지도 나타났다. 하지만 장갑을 두껍게 하면 중량이 증가하기 때문에 이동 속도가 느려질 뿐 아니라 진흙탕이나 설원에서 움직일 수 없게 되는 등, 기동력까지 제한당하고 만다. 중량 60톤의 티이거가 기동에 사용한 도로는 포장이 벗겨지거나 커다란 궤적이 생기거나 해서, 뒤이어 오는 수송부대가 곤란한 적이 많았다고 한다.

　방어력을 증가시키기 위해 적탄에 잘 맞는 형태가 되어버려서는 본말전도이다. 이러한 장갑의 두께가 한계에 달하자, 이번에는 재질이나 형상을 중요시하게 되었다. 열 처리를 가하거나 특수한 소재를 섞는 등의 방법으로 얇으면서 튼튼한 장갑을 만들거나, 경사를 준 디자인을 채용하여 포탄을 빗겨나가게 하는 것도 한 가지 방법이었다. 이렇게 장갑 두께 이외의 부분에서 방어력을 향상시키려는 방법을 「**피탄경시**」라고 하며, 제2차 세계대전 말기부터 냉전기에 걸쳐 특히 중요시되었다. 녹인 금속을 주형에 흘려넣어 만드는 **주조장갑**은 피탄경시에 뛰어난 장갑을 대량으로 생산할 수 있어 피탄율이 높은 포탑이나 차체 전면에 많이 사용되었다.

　현대의 장갑은 강판에 세라믹이나 수지 등을 섞어 만든 복합장갑이 주류를 이루고 있다. 비싸고 무겁다는 단점이 있지만, **철갑탄**과 **성형작약탄** 양쪽 모두에 대해 방어 효율이 높아졌기 때문에 **제3세대 MBT**의 기본 장비가 되었다.

장갑의 역사

제1차 세계대전

역사상 첫 전차전(육상전함 타입의 전차)

기관총이나 포탄 파편을 막을 수 있는 정도 이상의 두꺼운 장갑은 필요 없었다.

제2차 세계대전

| 압연강판 | 주조장갑 | 용접 기술 |

피탄경시의 개념

「전차의 적은 전차」라고 하는 개념이 널리 퍼져, 장갑 강화를 위해 여러가지 기술이 고안되었다.

전 후

MBT의 일반화

중공(中空)장갑

진화하는 전차포나 대전차무기에 대항하기 위해 새로운 장갑 기술의 개발이 계속되었다.

폭발반응장갑

대전차무기에 대항하는 장갑 기술의 진보가 두드러지고, 전차설계시에 방어력보다 기동력을 우선하는 경향이 강해졌다.

제3세대 전차의 등장

복합장갑

복합장갑의 등장에 의해 또다시 전차의 방어력이 증대되었지만, 비용이나 중량 문제로 이 장갑을 채용한 국가는 한정적이다.

현 재

원포인트 잡학

제3세대 전차에 주조포탑을 사용하는 것은 러시아 정도지만, 이것도 주조장갑 안에 복합장갑을 삽입하였다는 이야기가 있기 때문에 방심할 수 없다.

자주포와 전차는 무엇이 다른가?

자주포는 「대포」에 궤도를 탑재하여 자주화시킨 것으로, 멀리서 적진에 포탄을 발사하여 전차부대의 진격을 돕는다. 사용포탄은 대전차용(대장갑용) 철갑탄이 아니라, 비장갑 목표(보병이나 진지)용 고폭탄이다.

● 자주포의 적은 보병이나 진지

자주포는 문자 그대로 「스스로 움직이는 대포」를 말한다. 대부분의 자주포는 전차와 마찬가지로 장궤식이기 때문에 전차로 오인되는 경우가 많다. 하지만 전차와 자주포에서는 차량에 요구되는 역할이 다르다. 전차가 상대하는 것은 「전차」지만, 자주포가 노리는 것은 「보병이나 포병·진지」이다.

그렇기 때문에 자주포는 장갑이 얇거나, 처음부터 없는 경우도 있다. 이것은 대형포를 탑재하기 위한 중량적인 문제도 있지만, 후방에서 사용되는 것을 전제로 한 무기이기 때문에 장갑을 두를 필요가 없다고 생각한 결과이기도 하다. 자주포가 사용하는 포탄도, 비장갑 목표에 대해 파편이나 폭풍으로 피해를 주는 「고폭탄」이 기본이다.

「자주유탄포」는 자주포의 기본형이다. 원래, 포병은 요새 등을 공격하는 것이 주임무였기 때문에 기동성이 필요없어, 대포를 말이나 트럭에 견인시키는 "견인포" 였다. 하지만 전차가 전장의 주역이 되고 그것을 중심으로 부대가 편성됨에 따라, 전차를 지원하는 포병도 기동력을 가질 필요가 생겼다. 또한 제2차 세계대전 당시에는, 「자주포」라는 같은 이름을 단 무기이지만 장갑방어면에서 전차에 필적하는 차량도 만들어졌다. 이것들은 **대전차포**나 **유탄포**를 전차와 같은 급의 차량에 붙인 것으로, 장갑을 두르고 있었기 때문에 회전포탑을 사용하지 않아서 차내 공간이 넓어서 같은 사이즈의 전차보다 한층 큰 포를 탑재할 수 있었다. 차체와 포가 일체화되어 있어 구조도 튼튼하고 장갑 역시 두꺼운 경우가 많았다.

장갑화된 자주포는 개발국이나 소속(포병부대나 대전차부대, 보병부대 등)에 따라 「대전차자주포」, **「구축전차」**, **「돌격포」**, 「포전차」 등 여러 이름으로 불렸지만, 전후에는 다시 비장갑식의 차량이 주류가 되었다. 현재의 자주포는 전용 차체의 개발이나 사정거리의 연장 등, 여러 가지 개량이 계속되고 있다.

자주포와 전차

> ### 자주포와 전차의 차이는……?
> ### =상대하는 목표(적)가 다르다.

자주포 (Self Propelled Gun)	요새 · 진지 · 집결 중인 적 집단 등 「움직이지 않는 목표」를 공격하기 위한 포.

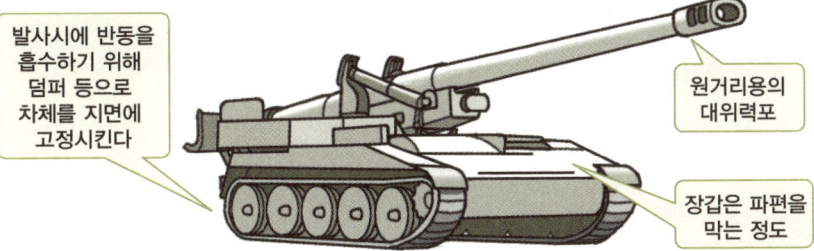

발사시에 반동을
흡수하기 위해
덤퍼 등으로
차체를 지면에
고정시킨다

원거리용의
대위력포

장갑은 파편을
막는 정도

전차 (Tank)	적의 전차에 대해 「적극적으로 전투를 실시하고 격파한다」는 성능을 겸비한 전투 차량.

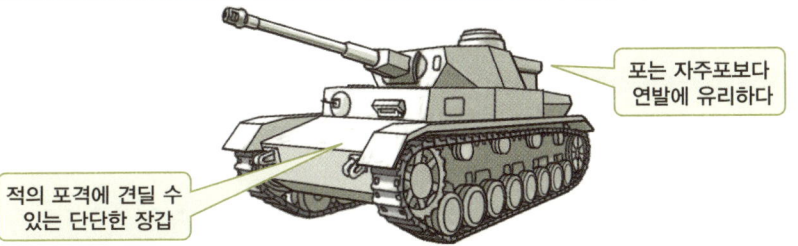

포는 자주포보다
연발에 유리하다

적의 포격에 견딜 수
있는 단단한 장갑

장갑을 두른 자주포도 있다

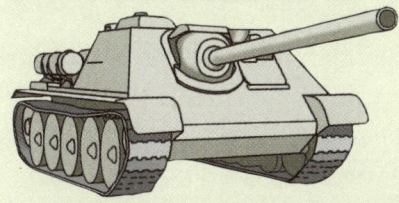

장점
전차에 필적하는 장갑 방어력을 획득.

단점
포탑이 없기 때문에 포를 목표 방향으로
돌리는 속도가 느리고, 차체 전체를
선회시켜야 한다.

이런 차량이 적의 전차와 만나게 될 경우, 대전차고폭탄을 사용하여 반격하던지
어떻게든 몸을 숨겨 기습을 가하는 전법밖에 없다.

원포인트 잡학

장갑을 두른 자주포의 대부분은 「대전차자주포」, 「구축전차」 등의 명칭으로 한정적인 대전차전투에 나섰다.

강판장갑이란 어떤것인가?

전차의 장갑은 강판(탄소강)에 니켈, 크롬, 몰리브덴 등 각종 합금 원소를 더하고, 열 처리를 실시해서 만들어진다. 합금 비율이나 가공 방법은 여러 가지로, 같은 두께의 장갑이라도 강도가 다른 케이스는 많다.

● 얇고 단단한 장갑과, 두껍고 부드러운 장갑

전차뿐 아니라, 전투 차량의 장갑으로서 많이 이용되는 것이 「강철의 판」을 조합한 것이다. 철은 비교적 입수가 쉽고, 튼튼하고 가공이 쉽기 때문에 장갑 소재로서 많이 쓰이고 있다.

초기 전차의 장갑에는 일반 공업 기계용의 「압연강판」이 사용되었다. 이것은 반고체 상태의 철을 거대 롤러로 눌러서 늘여, 단단하게 변질시킨 것이다(이 현상을 "가공경화"라고 한다). 압연강판의 장갑은 간단히 제조되며, 소재의 단계에서 가공도 쉽고 코스트도 낮다는 장점이 있었다.

하지만 전차포의 위력이 증가함에 따라 단순한 압연강판으로는 방어력이 부족해졌다. 최초에는 장갑의 두께를 늘려 대항하였지만, 적의 공격력에 맞춰 무한히 장갑을 두껍게 하다보면 전차가 무거워져 움직이지 못하게 될 수밖에 없었다. 그래서 강판의 표면에 탄소를 입혀 강화시키는 「표면경화 처리」라는 방법이 고안되었다. 장갑의 두께는 그대로 두고, 강판의 경도를 올려서 대항하려 한 것이다.

하지만 단단한 장갑도 장점만 있는 것이 아니었다. 경도가 올라가면 강한 충격에 대해서는 강해지지만 반대로 깨지기 쉬워지는 경향도 있었다. 표면경화 처리를 실시한 딱딱한 장갑은 구경이 작은 포탄이나 기관총 등을 튕겨내는 것은 가능하지만, 대구경의 포탄에 직격되면 깨지고 마는 위험이 있었다. 즉 「크고 무거운, 명중했을 때의 충격이 큰 대구경 포탄」에 대해서는 아예 경화 처리를 실시하지 않고, 장갑의 두께로 에너지를 받아넘기는 편이 나은 것이었다.

전차의 어느 부분에 어떤 소재의 장갑을 이용하느냐는 부분은 어려운 문제지만, 두껍게 할 수 없는 부분의 장갑에는 경화 처리를 실시하고 포탑 둘레나 포 방패 등에는(다소 중량 증가는 피할 수 없겠지만) 두꺼운 장갑을 사용하는 것이 좋다고 할 수 있다.

늘이고 단련해서 강해진다

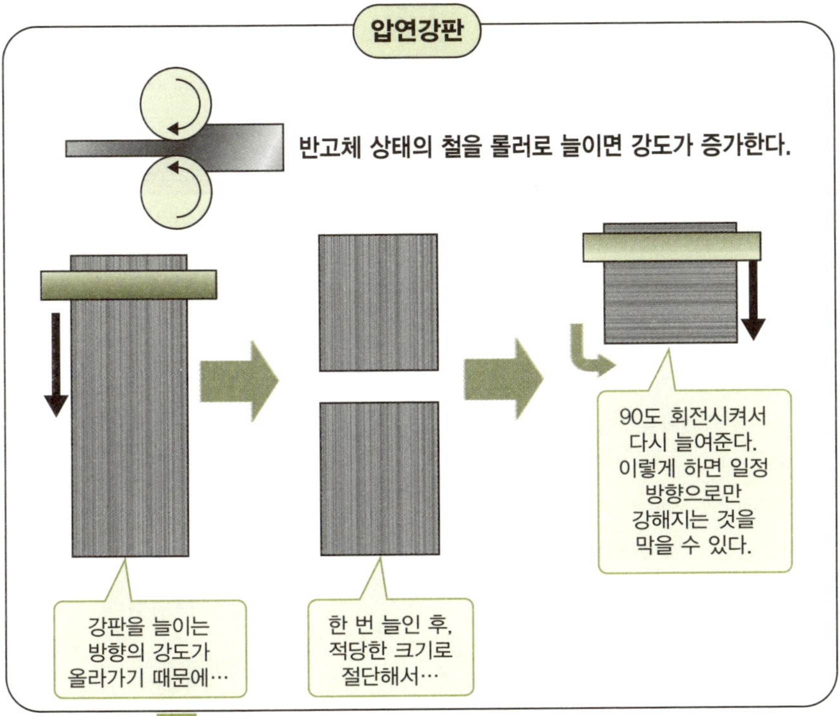

압연강판

반고체 상태의 철을 롤러로 늘이면 강도가 증가한다.

90도 회전시켜서 다시 늘여준다. 이렇게 하면 일정 방향으로만 강해지는 것을 막을 수 있다.

강판을 늘이는 방향의 강도가 올라가기 때문에…

한 번 늘인 후, 적당한 크기로 절단해서…

압연강판을 더욱 강화시키기 위해

강판의 표면경화 처리

표면에 탄소를 입혀 강도를 올리는 방법.

경화 처리된 표면 부분

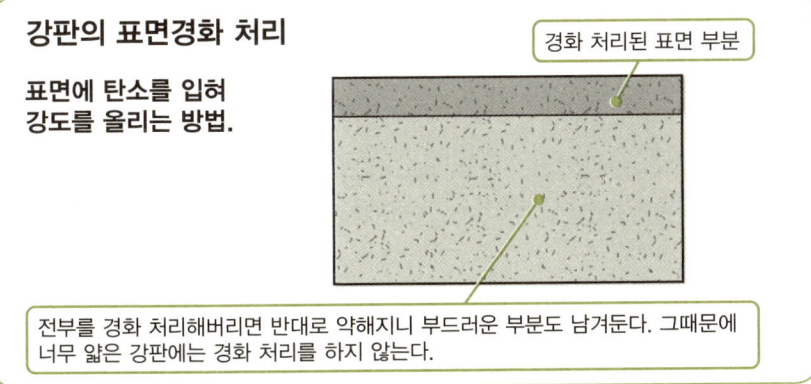

전부를 경화 처리해버리면 반대로 약해지니 부드러운 부분도 남겨둔다. 그때문에 너무 얇은 강판에는 경화 처리를 하지 않는다.

원포인트 잡학

전체적으로 경전차 클래스였던 일본 전차의 장갑에도 표면경화 처리를 실시한 강판을 많이 사용했지만, 기술적인 문제로 충분한 방어력을 발휘할 수 없었다.

주물로 만들어진 장갑이란?

전골 냄비, 철병, 맨홀 뚜껑……. 녹인 철을 틀에 부어 만들어진 물건을 「주물」이라고 한다. 옛날 전차는 포탑이나 차체의 일부 부품을 주조(캐스트) 방식으로 양산했다.

● 생산성은 높……지만, 중요한 품질은 엉망

틀에 금속을 흘려넣어 굳혀서(흔히 말하는 주물) 만들어진 장갑을 「주조장갑」이라고 하는데, 이 장갑의 장점은 일단 생산성이 높다는 것에 있다. 평면 강판을 조합해서 장갑을 만드는 것은 수고가 많이 들고 기술을 필요로 하지만, 주조방식이라면 공정수를 크게 단축할 수 있다. 프라모델이나 바비인형 등은 주조장갑과 같은―플라스틱 페릿이나 합성수지를 틀에 부어서―방식으로 틀이 만들어져있는데, 함석판을 자르고 굽히고 붙여서 같은 물건을 만드는 과정을 상상해보길 바란다. 제2차 세계대전에서는 미국이나 소련이 『M4 셔먼』이나 『T-34』와 같은 주조장갑을 가진 전차를 대량으로 생산했는데, 이것은 "단기간에 필요한 수의 전력을 갖춘다"는 전략상의 요구에 합치되었기 때문이다. 포탑이나 차체라고 하는 커다란 파츠를 주조하는 기술은 당시까지 확립되어있지 않았지만, 한 번 노하우를 쌓은 후 대국의 국력을 바탕으로 대규모 양산이 가능해진 것이다.

전후가 되자 주조가 가진 또 하나의 장점―강판을 조합하는 것보다 복잡한 곡선의 장갑을 만들기 쉽다는 점이 주목받았다. 곡면으로 구성된 장갑은 날아드는 적탄을 잘 튕겨냈고, **피탄경시**에 뛰어난 장갑을 만들 수 있었다. 녹인 금속을 흘려넣어 만드는 주조장갑은 틀 만들기만 연구하면 장갑의 두께를 변화시키는 것도 어렵지 않았고, 미묘한 곡선을 가진 복잡한 틀이라도 한 번만 만들면 되었다. **용접 접합** 기술이 일반화 되었어도, 제2세대 MBT 즈음까지는 차체는 용접하고 포탑은 주조로 만드는 것이 일반적이었다.

반면, 주조로 만들어낸 강판은 열 처리(표면경화 처리 등) 하기 어렵다거나, 흘려넣는 공정상 장갑의 두께가 엉망이라는 특징이 있었다. 그렇기 때문에 여유를 가진 차체나 장갑의 설계가 필요해져, 같은 사이즈의 강판장갑에 비교해 중량이 커지고 말았다.

수고가 많이 필요한 틀도 한 번에 만든다

주조장갑

녹인 철을 주형에 흘려넣어 포탑이나
차체를 형성한다.

장점 · 생산성이 높다
　　　· 복잡한 곡면의 장갑을 만들 수 있다

단점 · 중량이 무겁다
　　　· 장갑의 두께가 제각각이다

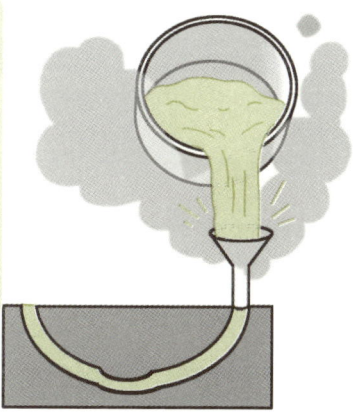

소련 전차에서 모습을 보인
「밥그릇을 뒤집어놓은 듯한 모양」의 포탑

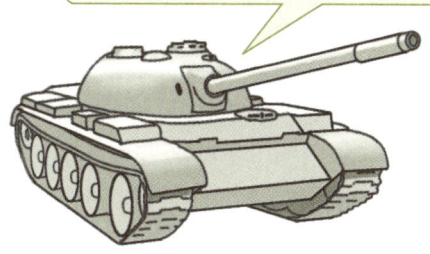

주조 포탑은
피탄경시에 뛰어나다

강판을 조합하여 둥근 틀이나
경사면을 만들기는 어렵다.
전후의 제2세대 즈음까지는
주조 포탑이 일반적이었다.

미국의 「M4 셔먼」은 조급히 대량생산을 달성하기 위해, 자동차나 철도 등 각 제조사에
생산 방법을 선택하게 했다. 그 결과, 주조 차체와 압연강판을 이용한 차체가 혼재하고
있다.

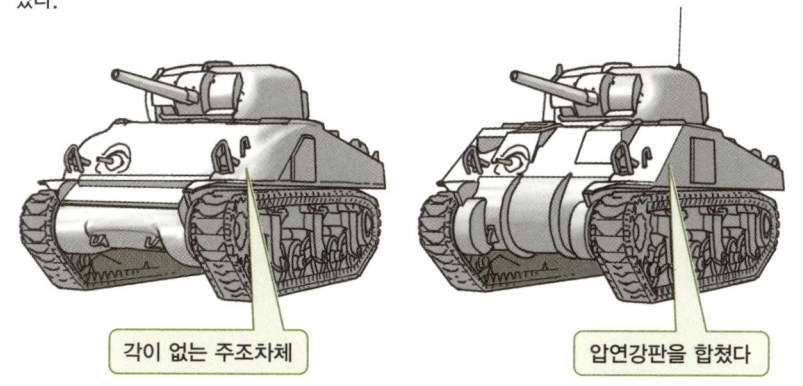

각이 없는 주조차체

압연강판을 합쳤다

원포인트 잡학

주조장갑의 "품질이 제각각"인 점에 대해 소련에서는 「포탑이나 차체 전면의 방어력 기준을 클리어한다면 다른 건
차이가 있더라도 상관 없다」는 사고 방식이 있었다.

리벳이나 볼트는 장갑의 고정에 맞지 않다?

아무리 튼튼한 장갑이라도, 그것을 연결하는 방법이 나쁘면 강도를 충분히 발휘할 수 없다. 용접기술이 일반화 되기 전, 전차의 장갑은 금속 리벳으로 연결되어 볼트와 너트로 고정되어 있었다.

● 낡은 전차의 장갑은 구멍뚫고 조이기

제2차 세계대전이 시작될 무렵의 전차는, 장갑을 고정할 때 리벳이나 볼트를 사용하는 것이 일반적이었다. 리벳이란 장갑 표면에 늘어선 "둥근 물건들"을 가리키는 것으로, 제1차 세계대전 당시의 육상전함 『마크 I』도 두께 6~12mm의 강판을 리벳에 의해 고정시켰다. 병접이라고도 불리는 이 방법은, 강판에 구멍을 뚫고, 끝에 열을 가해 붉어진 리벳을 꽂아넣고 끝을 눌러 미끄러지지 않도록 고정하는 방법이다.

주조장갑을 채용하고 있던 프랑스 전차는, 볼트와 너트를 조합하여 장갑을 고정시켰다. 강판의 구멍을 뚫는 공정까지는 리벳 접합과 동일했지만, 꽂아넣는 것이 리벳이 아니라 육각형 머리의 「볼트」였다. 볼트에는 나사선이 파여있어 너트에 돌려끼워 고정시킨다.

리벳 접합과 볼트(&너트) 접합을 비교할 경우, 접합부의 곡면이 적다는 측면에서는 리벳이 좋지만 볼트식이 설계나 제조가 간단하고 파손된 경우의 수리도 간편하다는 장점이 있었다. 하지만 어느쪽 방법도 조합된 장갑을 겹치는 「점」으로 고정시킬 뿐이라 접합 부분의 강도가 낮았고, 적탄이 명중하면 충격에 의해 리벳이나 볼트가 튕겨나가 차내를 돌아다니며 승무원이나 기기에 손상을 주는 경우가 있었다.

또한 전차의 장갑 자체가 꽤나 중량인데 거기에 고정용 리벳이나 볼트의 중량까지 더해져 더욱 무거워지는 것도 안 좋은 점이었고, 경도를 높인 강판에는 구멍이 잘 뚫리지 않는다는 문제도 있었다. 전차의 장갑은 애초에 뼈대 조합 주변에 장갑을 붙이는 방식이었지만, 중량 경감을 위해 "튼튼한 장갑 자체를 뼈대로 만들자"는 방법이 고안되었다. 이렇게 장갑 자체가 구조재를 겸하는 구조를 「모노코크」라고 하며, 이후의 전차는 이 방식으로 만들어지게 되었다.

리벳 접합과 볼트 접합

리벳 접합

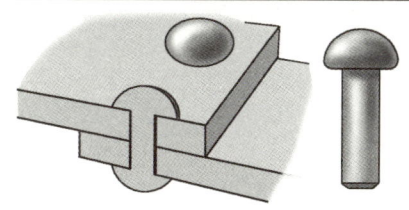

구멍을 뚫은 장갑에 리벳을 끼워넣고 끝부분을 빠지지 않도록 하여 고정한다.

볼트(&너트) 접합

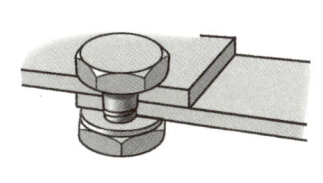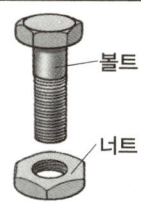

볼트

너트

흔히 말하는 나사. 리벳 접합과 달리 몇 번이라도 뗐다 붙이는 것이 가능.

제2차 세계대전 당시 미국의 중전차(中戰車) 「M3 리」는 볼트와 리벳으로 조합되어 있다.

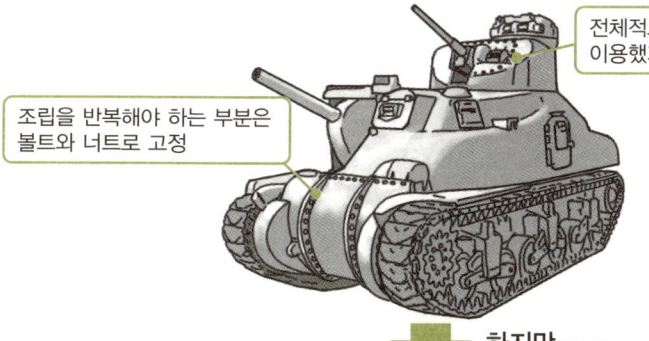

전체적으로 리벳 접합을 이용했지만…

조립을 반복해야 하는 부분은 볼트와 너트로 고정

 하지만……

리벳도 볼트도 적탄이 명중했을 때 충격으로 「대가리」부분이 튕겨나가 차내의 인원 · 기재를 손상시킬 위험이 있었다.

리벳이나 볼트를 폐지하고 「용접」을 중심으로 하게 되었다.

원포인트 잡학

볼트 접합은 현재도 증가장갑 등을 붙이는 방법에 이용되고 있다.

전기 용접은 선진 기술?

독일에서는 제2차 세계대전 당시부터 전기 용접으로 장갑판을 조립하는 방식을 채용하고 있었다. 용접이란 장갑판의 이어진 부분을 녹여서 접착된 듯한 상태로 접합하는 기술로, 점이 아니라 「선」으로 결합하기 때문에 튼튼한 구조가 가능하다.

● 현대에도 주류인 방법

롤러로 늘리거나 탄소를 입혀서 경화시키는 등 전차에 이용되는 장갑은 점차 강화되었는데, 그로 인해 리벳이나 볼트로 고정하기 위해 「구멍」을 뚫는 것이 곤란해졌다. 거기에 구멍을 뚫어 버리면 강도가 떨어지기 때문에, 모처럼 튼튼한 장갑을 만들어도 소용이 없어지고 만다.

거기서 등장한 것이 장갑끼리 용접해 버린다는 접합 방법이다. 이 방법으로 장갑을 조립하면 단단한 강판이라도 그대로 사용할 수 있고, 피탄시의 충격에도 강하다. 리벳이나 볼트와 같이 여분의 부품을 사용할 필요가 없기 때문에 방어력에 관계가 없는 부분의 중량 증가를 고려할 필요도 없다. 다만, 제2차 세계대전 무렵엔 아직 용접 기술이 일반적이 아니었기에, 높은 강도를 유지한 채 균일하게 용접하는 것이 어려웠다. 서툴게 용접하면 피탄 당했을 때 접합 부분부터 금이 가서 장갑이 떨어져버릴 위험이 있었다. 또한 당시의 공업 레벨에서는 용접으로 복잡한 곡면을 만들어내는 것도 어려웠기 때문에 타국에 앞서 접합 장갑을 많이 채용한 독일의 전차는 많은 부분에서 직선이 주체인 디자인이 되어있었다.

미국이나 소련에서도 용접이 불가능한 것은 아니었지만, 당시의 전황은 두 나라 모두 급박한 상황이라 주력 전차인 『M4 셔먼』이나 『T-34』를 시급히 한 대라도 많이 생산하는 것이 급선무였다. 그래서 모두 용접한다는 손이 많이 가는 방법을 피해서 포탑이나 차체 전면과 같이 강도가 필요한 부분을 주조로 한 번에 뽑아내고, 용접은 부분적으로만 이용하는 방법을 취했다.

이 방법은 표면경화 처리된 강판을 용접하여 조립한 독일 전차에 비교해 큰 폭으로 수고와 코스트가 절약되었지만, 역시 퀄리티 면에서는 용접장갑에 이길 수가 없었다. 현대의 전차는 이후의 장갑 교환을 예상해서 볼트로 접합하는 경우를 빼고는 대부분 용접으로 조립되어 있다.

연결 부분을 용접으로 붙인다

전기 용접(아크 접합)

금속봉(=용접봉)의 끝과 장갑의 사이에 아크 방전을 발생시켜, 거기서 발생한 고열로 장갑을 녹여 용접한다.

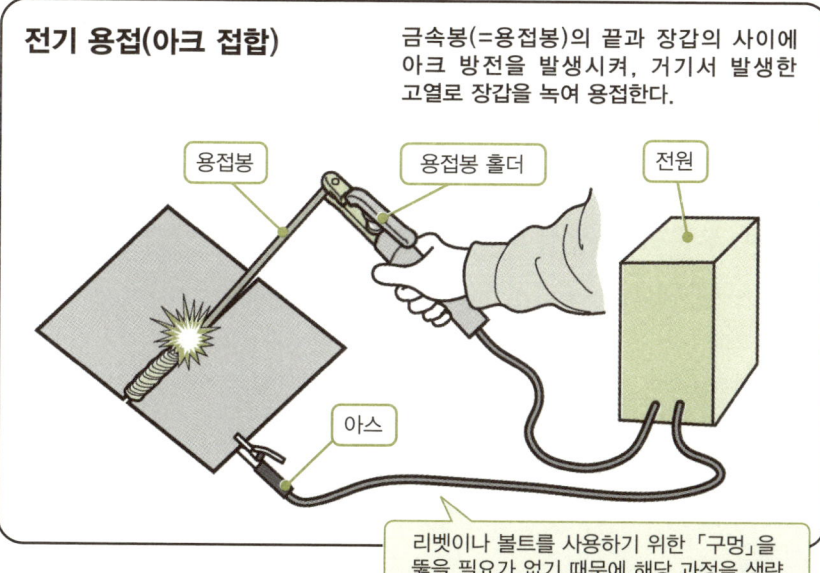

용접봉

용접봉 홀더

전원

아스

리벳이나 볼트를 사용하기 위한 「구멍」을 뚫을 필요가 없기 때문에 해당 과정을 생략할 수 있지만, 작업을 시행하기 위해서는 고도의 기술을 가진 기능인=용접공이 필요했다

제2차 세계대전 당시의 독일 전차에서 보이는 특징적인 연결 부분의 구조

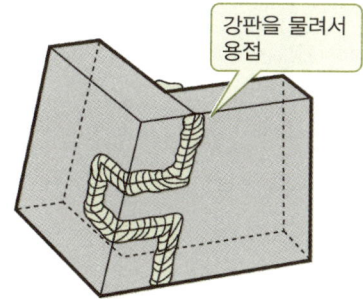

강판을 물려서 용접

요철을 만들어 물려서 접합부의 강도를 높일 수 있었다.

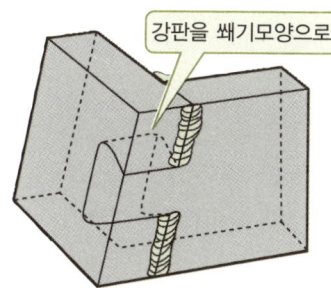

강판을 쐐기모양으로

요철 부분을 "쐐기모양"으로 가공하여, 접합장소를 적게 하면서도 강도를 유지하는 것이 가능해졌다.

원포인트 잡학

제2차 세계대전 중의 독일 용접공은, 사용한 용접봉의 양으로 임금이 결정되는 보합제였다. 그 때문에 기계의 전류를 가해서 용접봉을 빨리 녹이는 자가 많이 등장했다.

장갑의 두께는 장소에 따라 다르다?

전차의 장갑은 모든 부분이 같은 두께로 만들어지는 것은 아니다. 적의 공격이 집중되기 쉬운 부분을 두껍게 만드는 것은 당연하지만, 그 부분의 두께로 전체를 덮게 되면 엄청난 중량이 되고 말기 때문이다.

● 모든 부분을 중장갑으로 할 수는 없다

일반적으로, 전차에서 가장 장갑이 두꺼운 곳은 정면(전면) 부분이다. 포탑이나 차체 전면은 적의 공격에 가장 취약한 부분으로, 이 부분에 중장갑을 두르는 것은 당연하다. 차체의 경우는 같은 전면이라도 위 절반과 아래 절반의 장갑 두께가 달라서, 위쪽이 아래보다 두껍다.

다음으로 두꺼운 것이 포탑의 측면·뒷면이다. 포탑은 전투 중 빙글빙글 원을 그리며 회전하기 때문에 어디에 적탄이 맞더라도 어느 정도의 방어력을 발휘할 필요가 있기 때문이다.

차체 측면의 장갑은 그럭저럭 두껍지만, 전면이나 포탑 부분 정도는 아니다. 다만 측면부는 승무원의 시각이 제한되는 방향이고 궤도 등의 주향 장치가 밖으로 드러난 부분이기도 하기에, 각종 **중가장갑**이 씌워져있는 경우도 많다. 또한 측면 장갑도 전면부와 마찬가지로, 차체 위쪽의 피탄율이 높은만큼 아래 절반보다 튼튼하게 만들어져있다. 아래 절반은 낮은 위치이기 때문에 적탄이 명중할 가능성이 낮고, 최악의 경우 명중해도 **구동륜**이나 주향장치가 방탄 역할을 해주게 된다(물론 궤도는 파괴되어 이동 불능이 되지만).

공격 받을 가능성이 낮은 차체 후부의 장갑은 꽤나 얇으며, 약한 장갑만으로 지켜지고 있는 엔진의 흡배기장치(그림) 등이 존재하기 때문에 방어상 약점이라 할 수 있다. 이러한 부분에도 중장갑을 설치하면 문제가 없지만, 엔진의 출력에는 한계가 있기 때문에 너무 무겁게=장갑을 두껍게 할 경우 기동력이 저하되어 반대로 피탄율이 높아지고 만다. 할 수 없이 중요도가 낮은 부분에는 장갑을 얇게 하고, 전차로서 허용할 수 있는 중량 내에서 정리하는 것이다. 마찬가지 이유로, 포탑이나 차체 윗면 장갑, 전차의 배(밑면 장갑)도 굉장히 얇다. 이것은 전차와 같은 지상 차량과 싸울 때에는 문제가 없지만, 지상공격기나 공격 헬리콥터와 같은 항공무기와 싸울 경우 전차에게는 커다란 약점이 된다.

탄에 맞기 쉬운 부분은 장갑을 두껍게

정면 부분의 장갑이 가장 두껍다

서로 정면에서 공격할 경우, 적탄도 정면에서 보이는 부분에 집중된다.
어느 부분의 장갑을 강화할지는 중요하다.

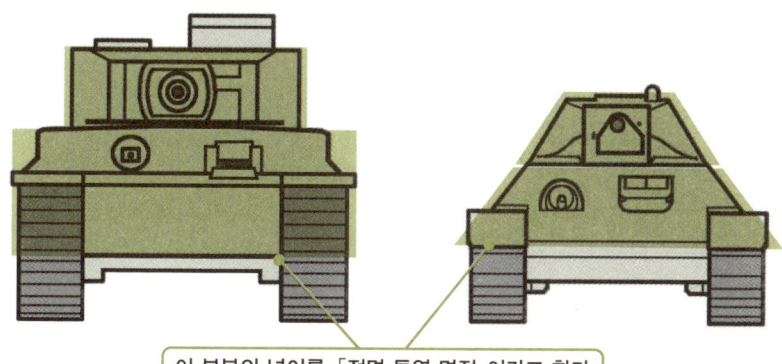

이 부분의 넓이를 「정면 투영 면적」이라고 한다

측면 장갑은 정면 장갑보다 얇다

정면→측면→뒷면의 순서로 장갑이 얇아진다.
전차 전투에는 될 수 있는 한 적의 측면이나 후방으로 돌아가듯이 이동한다.

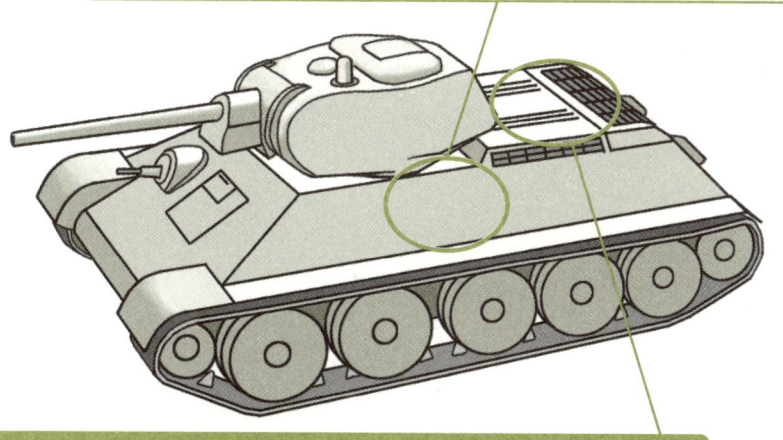

윗면 · 바닥면 장갑은 가장 빈약

전차포의 공격을 거의 받지 않는 윗면은 정면 장갑에 비하자면 종이나 마찬가지.
특히 차체 윗면의 엔진부는 상공에서 습격해오는 전차공격기의 목표가 된다.

원포인트 잡학

제2차 세계대전 당시의 미군이나 중동전쟁 당시 이스라엘군의 보고에 의하면, 전차에게 명중한 포탄의 80%가 포탑에
집중되어 있다고 한다.

피탄경시란 무엇인가?

포탄은 장갑에 직각으로 맞은 경우에 관통력이 강하다. 제2차 세계대전 초기의 전차가 「수직에 가까운 상자형 장갑 형상」 이었던 것에 비해, 후기의 전차는 포탑이나 차체 전면의 장갑에 비스듬히 각도가 들어가 있는 것이 주류가 되었다.

● 장갑에 각도를 주어 방어력을 향상시킨다

날아드는 적 포탄에 대해 경사면의 효과를 이용하여 방어력을 올리는 방법이 있다. 이쪽의 장갑이 수직으로 세워져있을 경우 100mm의 장갑은 100mm만큼의 방어력밖에 없지만, 각도를 주어 눕히게 되면 적의 포탄은 장갑에 기울어진 면을 관통해야 한다. 계산상, 100mm의 장갑을 30° 각도로 붙이게 되면, 직각(90°)일 때보다 2배의 두께(200mm)를 지니는 것과 같다.

이러한 형상의 장갑을 「경사장갑」이라고 하며, 장갑의 두께를 늘리지 않고(=중량의 증가 없이) 실질적인 두께를 증가시키는 것이다. 게다가, 경사를 준 장갑은 날아오는 포탄을 표면에서 미끄러지게 하거나 튕겨내는 효과를 기대할 수 있다. 스포츠카나 고속열차의 앞부분이 공기를 가르듯한 형상을 하고 있는 것과 비슷하게, 날아드는 포탄의 기세를 정면에서 받아넘기는 것이 아니라 주변으로 흘려넘긴다는 발상이다. 당연히 효과는 90°보다 60°, 30°로 기울어질수록 강해진다. 이렇듯, 적의 포탄이 경사면에 맞도록 차체나 포탑의 장갑을 유선형으로 하거나 경사를 주는 사고방식을 「피탄경시」라고 한다. 종종 전문지 등에서 「피탄경시에 뛰어난 형상」이라고 하는 것은 「저자세」, 「곡면화」, 「수직면을 줄였다」는 등의 조건을 만족시켜 포탄이 명중하기 어렵도록, 또한 명중해도 튕겨나가거나 흘러내리도록 하는 모양이나 각도에 대한 연구가 되어 있음을 지적하는 것이다. 특히 **주조장갑**의 기술은, 각도 없이 전체가 경사면이라고 할 수 있는 유선형의 차체나 포탑을 비교적 쉽게 양산할 수 있다.

제2차 세계대전 중의 독일은 곡면으로 가공하는 데에는 맞지 않는 **용접장갑**을 사용했기 때문에, 피탄경시에 뛰어난 소련의 『T-34』에 대항하기 위해 경사장갑을 다용했다. 또한 경사장갑을 가지고 있지 않은 전차라도 포격전시에 차체를 기울이는 등, 피탄경시의 개념을 잘 적용하여 소련 전차와 싸웠다.

경사장갑과 피탄경시

> ## 피탄경시
> 포탄의 위력을 줄이고, 잘 맞지 않도록 만든 장갑 형상.

기반은 경사장갑

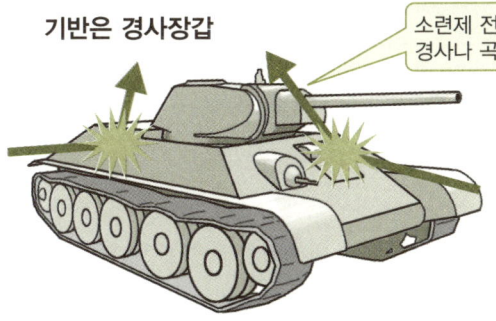

소련제 전차는 포탑을 작게 만들거나, 경사나 곡면을 주로 사용한 전차가 많다.

소련은 제2차 세계대전 무렵부터 포탑의 소형화나 장갑의 경사를 중요시하였다. 차체의 강도가 적보다 떨어지더라도, 양호한 피탄경시의 설계로 만회할 수 있다고 생각했다.

수직 장갑

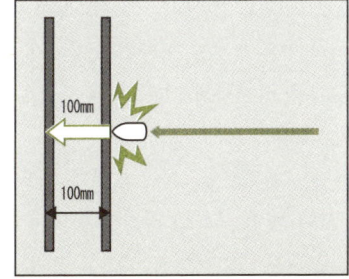

100mm

100mm

기울어진 장갑

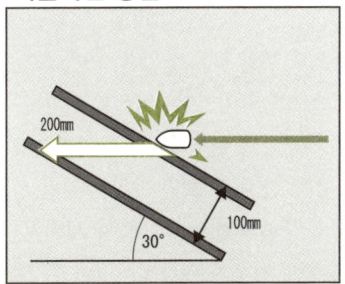

200mm

100mm

30°

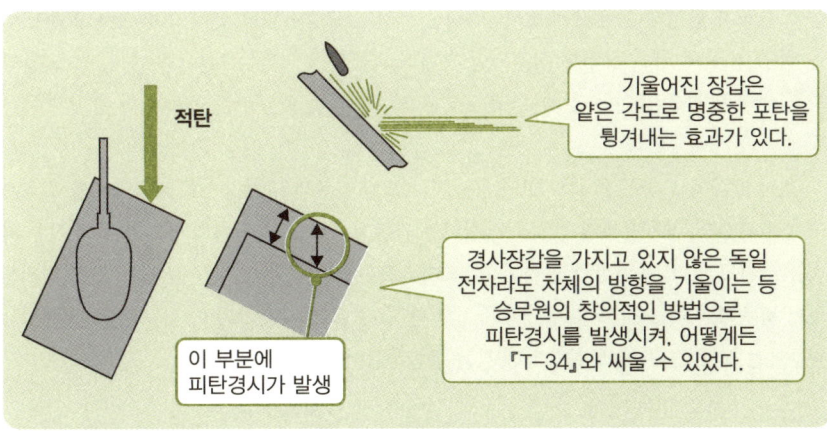

적탄

기울어진 장갑은 얕은 각도로 명중한 포탄을 튕겨내는 효과가 있다.

이 부분에 피탄경시가 발생

경사장갑을 가지고 있지 않은 독일 전차라도 차체의 방향을 기울이는 등 승무원의 창의적인 방법으로 피탄경시를 발생시켜, 어떻게든 『T-34』와 싸울 수 있었다.

원포인트 잡학

피탄경시에 지나치게 구애받다보면 포탑이나 차내의 공간이 좁아져, 승무원의 작업 효율에 영향을 미친다.

전차의 주포에는 「방패」가 달려있다?

전차의 장갑 중 가장 두꺼운 부분이 차체와 포탑의 정면이다. 그 중에서도 포탑 전면의 「방패」는 주포가 붙어있는 부분의 판이나 원추형의 장갑으로 포와 함께 위아래로 움직이며 직격탄이나 파편이 튀는 것을 막는 기능을 갖고 있다.

● 가장 장갑이 두꺼운 부분 중 하나

포탑은 적탄이 가장 집중되는 장소이다. **능선사격** 등과 같이 차체를 감춘 채 사격하는 방법은 있지만, 전차포로 적을 노리는 이상 어떻게 하더라도 포탑 부분을 노출시킬 필요는 있는 것이다. 하지만 포탑 전부의 장갑을 무제한 두껍게 하는 것은 불가능하다. 무거운 포탑은 차체와 접속된 링 부분에 무리한 힘을 가해 회전에 지장을 발생시키고, 차체 중량 그 자체의 증가로 이어지고 만다.

포탑 전체를 중장갑화 할 수 없는 이상, 아무래도 적탄이 집중되는 전면의 방호를 중점적으로 행할 필요가 있다. 또한 포를 붙인 부분이나 가동 부분도 적탄의 직격이나 포탄 파편으로부터 지켜야만 한다. 전차뿐 아니라, 자동차나 비행기에서도 「가동 부분」은 어떻게 하더라도 구조적으로 약해질 수밖에 없는 부분이다.

「방패」란 이런 포의 가동 부분을 감싸듯이 붙어있는 장갑으로, 포의 위아래 움직임에 맞춰서 함께 움직인다. 제2차 세계대전 무렵에는 포탑 개방 부분의 바깥쪽을 크게 감싸는 모양의 방패가 일반적이었지만, 『판터』의 방패 등에서 「쇼트 트랩」이라고 불리는 현상이 현저히 발생해 문제가 되었다. 이것은 네모난 모양이었던 판터의 방패에 포탄이 맞을 경우, 도탄이 차체 상부에 직격되어 차내의 피해를 일으키는 사례로서 나중에 도탄 방지를 위해 받침을 붙이는 설계로 「자우코프(돼지코라는 뜻)」라는 원추형의 방패가 채용됨에 따라 해결되었다.

결국 방패의 모양은 차체의 전면 장갑이나 포탑 부분과 마찬가지로 **피탄경시**를 고려하여 설계되었다. 제2차 세계대전 후의 전차는 기본적으로 포신과 거의 동일한 폭의 작은 방패를 가지고 있다. **복합장갑**을 붙인 **제3세대 MBT**에서는 『티이거Ⅰ』과 같이 포탑 정면의 폭이 넓은 실루엣을 하고 있는 경우가 많지만 방패 그 자체는 소형이며, 좌우로 퍼져있는 경우에는 포탑 그 자체에 설계되어 있는 복합장갑이다.

전차포를 지키는 「방패」

어째서 방패를 붙이는가?
· 포탑 전면의 방어력 상승을 위해
· 포의 가동부에서 포탄 파편 등이 차내로 들어오는 것을 막기 위해

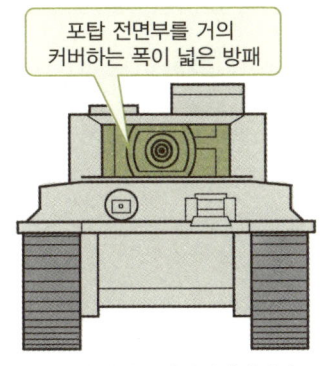

포탑 전면부를 거의
커버하는 폭이 넓은 방패

▲제2차 세계대전 시기의 『티이거 I』

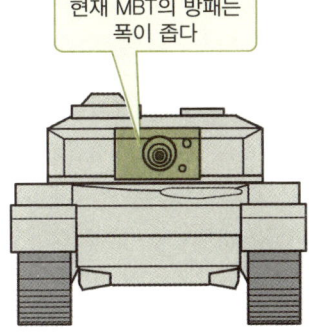

현재 MBT의 방패는
폭이 좁다

▲현역 MBT 『레오파르트 II』

『판터』의 쇼트 트랩 현상

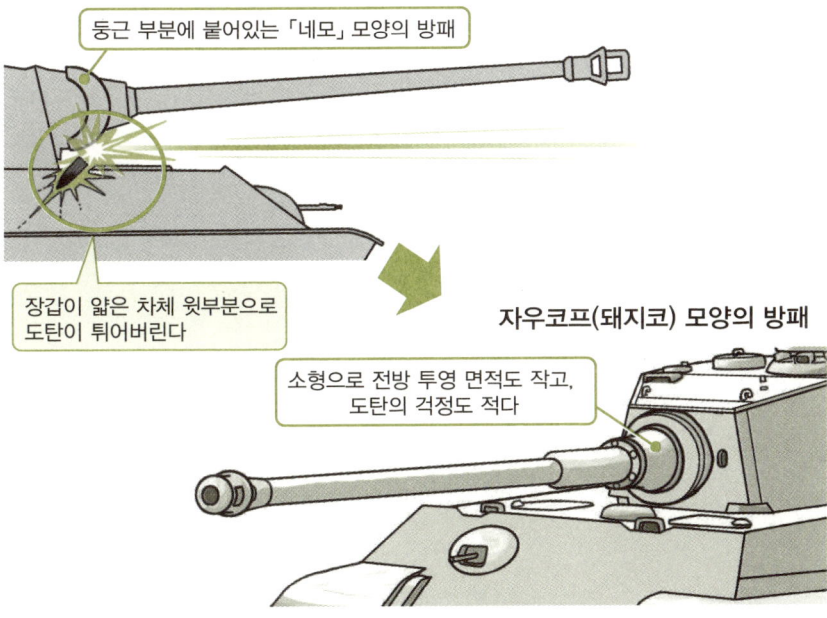

둥근 부분에 붙어있는 「네모」 모양의 방패

장갑이 얇은 차체 윗부분으로
도탄이 튀어버린다

자우코프(돼지코) 모양의 방패

소형으로 전방 투영 면적도 작고,
도탄의 걱정도 적다

내부가 텅빈 장갑이 있다?

중공장갑이란 「두 장의 장갑판을, 간격을 두고 배치」하는 장갑으로, 특히 성형작약탄에 대한 방어 효율이 높다고 알려져있다. 바깥쪽의 장갑으로 성형작약탄을 폭발시키고, 차체와 벌어진 틈으로 연소가스를 확산시키는 것이다.

●두 장 겹치는 것의 의미는 강도의 상승만 가리키는 게 아니다

제2차 세계대전에서는 급속도로 대전차공격 무기가 발달했다. 그 중에서도 **성형작약탄**과 같이 작약의 연소 에너지(화학 반응)를 이용하여 장갑을 파괴하는 무기는 보병용의 간이 발사기로도 발사할 수 있기 때문에 폭발적으로 증가했다.

동시에 성형작약탄에 대항할 방어 수단도 각국에서 검증되었다. 그 중에서도 효과가 높다고 여겨진 것이, 차체에 어느 정도 간격을 두고 **증가장갑**을 설치하는 방법이었다. 성형작약탄이 장갑을 용해시키기 위해서는 「돋보기로 종이를 태우듯」이 "탄두와 장갑 표면 사이에 적절한 거리"가 필요하였지만, 이 거리가 변화하면 녹은 금속제트(메탈제트)가 집속되지 않아 제대로 장갑을 관통할 수 없게 되고 만다.

중공장갑이란 이 발상을 역전하여 발전시킨 장갑으로, 한랭지의 단열유리와 같이 장갑을 2중으로 중공복층구조를 만드는 것이다. 이 장갑에 성형작약탄이 명중하면, 우선 바깥층의 장갑 부분이 폭발한다. 그러면 성형작약탄의 효과에 의해 바깥쪽 장갑에 구멍이 뚫리지만, 사이에 있는 공간에 의해 뿜어나온 메탈제트가 확산되며 안쪽의 장갑을 뚫지 못한 채 에너지를 잃고 만다.

이 장치는 성형작약탄의 원리에 대해서만 유효한 것으로, 지근거리에서 발사되는 **철갑탄**에 대해서는 장갑의 두께에 상응하는 방어 능력밖에 발휘할 수 없다. 그림자 속에 숨어서 발사되는 **RPG**(휴대식 대전차로켓 발사관)와 같은 무기에 대해서는 유효한 장갑으로, 이러한 전법을 많이 사용하는 게릴라를 상대할 경우가 많은 이스라엘의 『메르카바』와 같은 전차에 채용되어 있다. 그렇다고는 하지만 장갑을 전부 중공장갑으로 만드는 것이 아니라, 기본적으로는 **복합장갑** 등을 조합하고 부분적으로 이용하는 것이다.

중공장갑의 개념

중공장갑(Spaced armor)
장갑을 관통하여 차내에 뿜어지는 「제트 분류」를
장갑의 틈으로 확산시킨다.

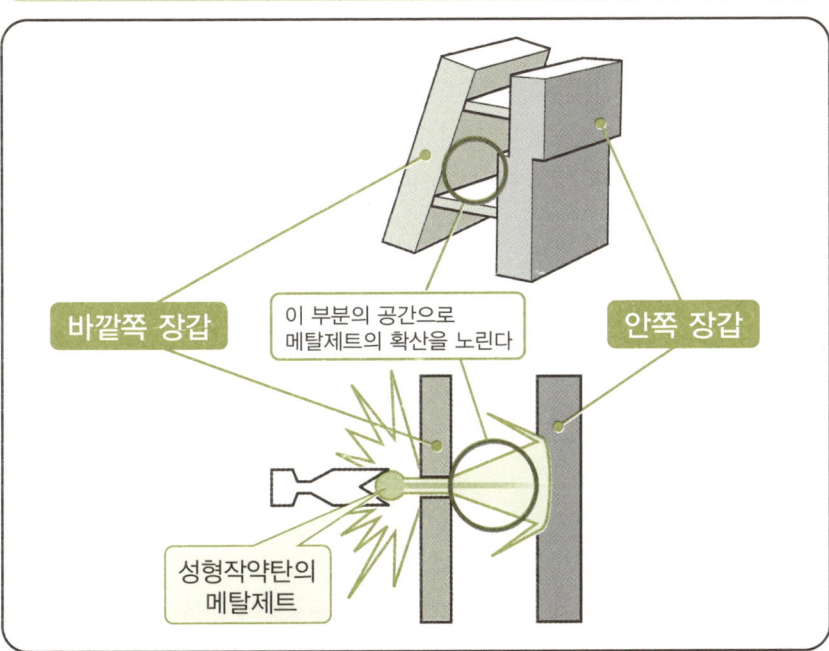

바깥쪽 장갑

이 부분의 공간으로
메탈제트의 확산을 노린다

안쪽 장갑

성형작약탄의
메탈제트

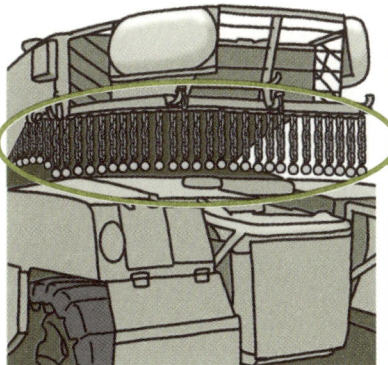

두꺼운 쇠사슬을 연결하는 방법도 있다

『메르카바』의 틴 커튼
쇠사슬에 명중한 성형작약탄은 실제
장갑 직전에서 작동한다. 메탈제트를
확산시킨다고 하는 의미에서는 일종의
중공장갑.

원포인트 잡학

궤도 등 주행 장치의 보호나 포탄 파편의 방호 등에 사용되는 사이드스커트의 경우에도 간이 중공장갑으로서의 기능을
기대할 수 있다.

복합장갑은 모두 「쵸밤 아머」인가?

복합장갑은 현재 그 소재·구조·제조 방법 등 많은 부분이 수수께끼에 쌓인 비밀의 장갑이다. 현대 전차의 대부분은, 포탑이나 차체 전면 등 중요한 부분의 방어에 이 장갑을 채용하고 있다.

● 현역 MBT의 최고 기밀

복합장갑은 강판의 틈에 세라믹이나 티타늄, 산화알루미늄, 나일론 메시, 탄소섬유, 각종 수지 등을 조합한 복합구조를 가진 특수장갑이다. 이것이 어째서 「쵸밤 아머」라는 이름으로 알려졌는가 하면, 영국의 쵸밤이라고 하는 곳에 있는, 육군 군용 차량기술연구소 MVEE 에서 최초로 세계에 공개되었기 때문이다.

복합장갑의 개념은, 성질이 다른 복수의 소재를 두꺼운 샌드위치처럼 겹쳐 그것에 의해 **성형작약탄**의 메탈제트를 감쇄시키는 것이다. 발상은 **중공장갑**에 가깝지만 내부가 공동이 아니기 때문에 **철갑탄**과 같이 운동에너지탄에 대해서도 효과를 갖는다. 하지만 굉장히 무겁고 비싸기 때문에, 전차 전체에 복합장갑을 두르는 것은 현실적이지 않다. 그렇기 때문에 차체 중에서도 피탄율이 높은 포탑이나 차체의 전면부에 집중적으로 이용된다.

제4차 중동전쟁 이후, 전차의 방어력을 다시 보게 되는 움직임이 일어나 각국의 전차 개발자들이 이 분야의 연구에 혈안이 되어서 만들어낸 복합장갑은 **제3세대** 전차의 표준 장비가 되었다. 하지만 「어떤 소재를 어떤 구성으로 조합했는가」라는 자세한 사항에 대해서는 방어력의 근간에 관계되는 최대급 군사기밀인 것이다. 개념 자체는 같은 것이지만 역시 각국의 복합장갑은 영국의 쵸밤아머 그 자체는 아니라고 생각되며, 현재는 단순히 복합장갑을 의미하는 「컴퍼지트 아머」라는 용어가 일반화 되어있다.

복합장갑을 가진 전차는 주요 구성재인 세라믹 등의 곡면 가공이 어렵기 때문에 각진 모양의 외견을 갖는 경우가 많다. 막 등장한 『레오파르트II』 등은 『티이거 I』과 같이 상자 모양의 포탑을 갖고 있었지만, 개량형인 A5 등이 되면서 포탑 전면이 쐐기꼴로 커다랗게 경사져 **피탄경시**를 고려한 디자인으로 변경되어 있다.

성형작약탄에 유효하면서 운동 에너지 탄에도 효과를 발휘

> ## 복합장갑
> 성질이 다른 복수의 소재를 몇 층으로 겹친 특수장갑
>
> ## 쵸밤 아머
> 영국이 개발한 복합장갑

복합장갑의 구조

세라믹이나 탄소섬유 등
열에 강한 소재를 겹쳐넣은
샌드위치 구조

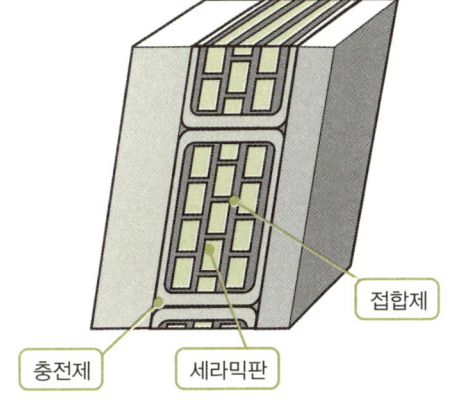

접합제

충전제

세라믹판

※소재에 열화우라늄을
　사용한 복합장갑도 존재한다.

※위 그림은 어디까지나 개념도로, 복합장갑 내부에 어떤 재질을
　어떻게 배치했는지는 최고 기밀이다.

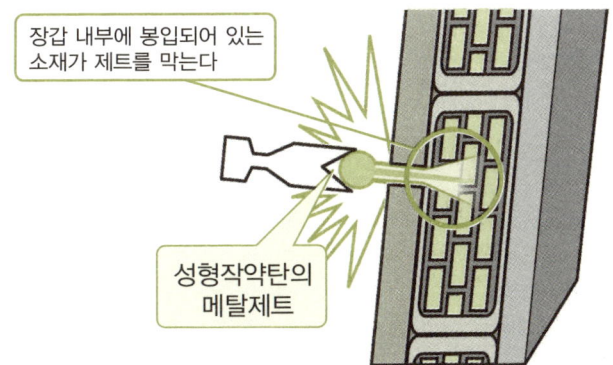

장갑 내부에 봉입되어 있는
소재가 제트를 막는다

성형작약탄의
메탈제트

> 복합장갑은 곡면 가공이 어렵다. 현재의 MBT는 장갑에 경사를 주거나 쐐기꼴로 만들어
> 피탄경시를 발생시키고 있다.

원포인트 잡학

쵸밤 아머는 복합장갑의 대명사이지만, 로켓발사기가 모두 바주카가 아닌 것처럼 뭐든지 쵸밤 아머라고 부르는 것은
적절하지 않다.

증가장갑에는 어떤 종류가 있는가?

증가장갑에는 두 가지 발상이 있다. 통상의 장갑 위에 새로운 별개의 장갑을 더해 종합적으로 두꺼워지고 강도를 올리는 철갑탄 대책과, 강도는 기대하기 어렵더라도 성형작약탄의 메탈제트를 감소시키기 위한 성형작약탄 대책이 그것이다.

● 재래식 전차의 방어력 강화 수단

전차의 구조는 「모노코크(장갑이 프레임을 겸하는 구조)」이기 때문에 나중에 장갑의 두께나 모양을 변경하는 것은 "설계의 상당히 근본적인 부분부터 다시 만든다는 것"과 마찬가지다. 그렇다고는 하지만, 적이 포의 위력을 올리거나 신형 포탄을 개발했을 때 손가락을 빨면서 보고 있을 수만은 없다. 그렇기 때문에 이용되는 수단 중 하나가 증가장갑이다. 이것은 설계의 변경이나 생산 라인의 수정이 끝난 신형 전차가 나올 때까지의 사이, 종래형의 전차에 추가 장갑을 붙이는 것으로 대응하고자 하는 사고방식이다.

가장 단순하면서도 알기 쉬운 것이 「종래의 장갑 위에 새로운 장갑을 덧입힌다」는 패턴이다. 15~20mm 정도의 **압연강판**을 용접시켜 장갑을 두껍게 하는 경우가 일반적이다. 초기에는 리벳이나 볼트로 고정시켰지만, 본래의 장갑판에 일부러 구멍을 뚫어야 했기에 충격에 약해지는 등의 문제가 있었다.

예비 **보기륜**이나 **궤도**도 훌륭한 증가장갑의 역할을 수행한다. 전차의 궤도는 튼튼해서 실질적으로 10mm의 장갑판에 필적하는 방어력을 갖는다. 물론 탄에 맞거나 하면 예비 부품이 무용지물이 되어버리지만, 역시 죽는 것보다는 낫다고 할 수 있다. 대전 말기의 독일에서는 구형 전차의 방어력 부족을 커버하기 위해서 차체 각 부분에 예비궤도를 달고 다녔으며 『티이거』나 『판터』 등의 신형 전차에도 예비 궤도 고정용의 후크를 포탑 측면에 장착시켰다.

성형작약탄에 대항하는 증가장갑으로 독일 전차의 「슈르첸」이 유명하다. 이것은 포탑이나 차체 측면에 고정된 얇은 금속판으로, 성형작약탄의 작렬 타이밍을 어긋나게 하여 장갑에 대한 피해를 확산시키지 않는 효과가 있다. 판터나 현대 전차에도 궤도 주변의 보호와 성형작약탄 대책으로써 이것과 비슷한 「사이드 스커트(아머 스커트)」가 장비되어 있다.

독일의 『IV호 전차』에 채용된 증가장갑

장갑 두께의 증가

적 전차의 철갑탄에 견딜 수 있도록 두껍게 하기 위해서 30mm 정도의 강판을 볼트로 고정시키거나 용접했다.

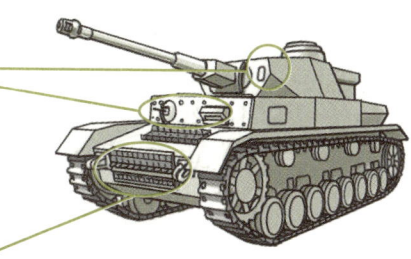

예비궤도

예비궤도를 간이 중공장갑 대신으로 사용. 전차만이 아니라 포탑에도 붙였다. 『T-34』 등 소련 전차의 궤도를 빼앗아 붙인 예도 있다.

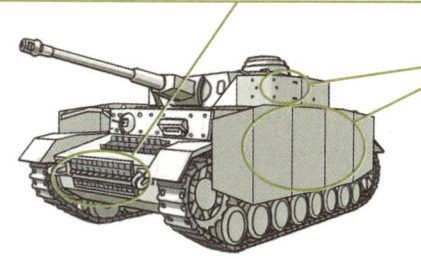

슈르첸(앞에 붙인다는 뜻)

포탑이나 차체 바깥쪽에 장착한 경장갑. 관측용 구멍이나 궤도 주변을 노리는 소련의 대전차 라이플 대책으로서 생겨났지만, 뒤에 등장한 성형작약탄에 대한 방어수단으로서도 유효했다.

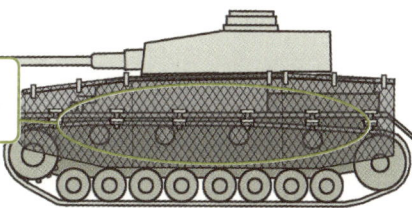

대전 말기에 자재가 부족할 때에는 대전차 라이플 대책보다도 성형작약탄에 대한 방어력을 중시하여, 쇠그물로 만들어진 슈르첸도 장비되었다.

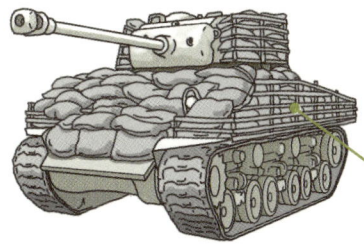

「증가장갑」이라고 할만한 물건은 아니지만, 흙주머니나 콘크리트 등 현장에서 입수할 수 있는 물건을 이용해 방어력을 올린 예도 많이 발견된다.

▲흙주머니를 차체에 쌓아올린 『M4 셔먼』

원포인트 잡학

배낭이나 헬멧 등 병사 개인장비, 음료수캔, 예비 보기륜, 도구상자 등의 장비를 증가장갑 대용으로 사용하는 것은 어느 나라에서나 이루어진 일이었다. 소련 전차 등은 목재나 고무매트, 침대를 둘러 성형작약탄 대책으로 삼았다.

「반응장갑」이란?

반응장갑은 이스라엘이나 소련 등의 전차에서 자주 보이는 증가장갑이다. 포탑이나 차체에 벽돌처럼 생긴 블록을 그대로 붙여놓은 것 같은 스타일로, 성형작약탄에 대한 방어능력을 갖는다.

● 맞으면 폭발하는「폭발반응장갑」

반응장갑ERA = Explosive Reactive Armor이란 상자 모양의 블록 내부에 폭약이 충전되어 있는 일종의 **증가장갑**이다. **성형작약탄**이 반응장갑에 명중하면, 그것에 반응하여 내부의 폭약이 유폭된다. 폭발에는 지향성이 부여되어 있기 때문에 블록 표면이 바깥으로 뿜어져 날아가 그 파편이 성형작약탄의 메탈제트를 약화시켜 장갑관통력을 감쇄시키는 구조이다.

그 성질상, 반응장갑은 본래 장갑에 내장되어있는 것이 아니라, 증가장갑으로서 포탑 표면이나 차체에 볼트로 고정되어 있는 것이 일반적이다. 물론 폭발하는 것은 한 번뿐이기 때문에 같은 장소에 한 번 더 성형작약탄이 명중하면 방어할 수 없지만, 확률적으로 그럴 가능성은 적다고 할 수 있다. 물론 작동이 끝난 반응장갑은 전투 후에 떼어내서 새로 교환이 가능하다.

이 장갑은 **복합장갑**을 가지지 않는 구식 전차의 방어력을 향상시키는 수단으로써 이용되는 경우가 많다. 특히 대전차무기로서 일반화된 성형작약탄에 대항할 수 있는 방어력을 싼값에 대폭 향상시킬 수 있다는 커다란 장점이 있다(반면, 단단한 탄심의 힘으로 뚫는 **철갑탄**에 대해서는 효과를 기대하기 어렵다). 레바논 침공시(1982년)의 이스라엘 전차에 장비되어 있었던 것을 계기로 보급되었지만, 이스라엘의 전용 기술인 것은 아니었다. 이론상으로는 구식 전차뿐 아니라 어떤 전차에도 장착할 수 있기 때문에 냉전시의 이스라엘이나 소련 전차 등에 덕지덕지 붙이게 되었다.

반응장갑의 구조 자체는 단순하지만, 성형작약탄의 메탈제트에 확실히 반응하는 감도를 갖는 동시에 옆의 블록이 폭발해도 유폭되거나 소총탄, 포탄 파편 정도로는 폭발하지 않도록 하는 안정성을 양립시킬 필요가 있다.

블록의 파편으로 메탈제트를 약화

리액티브 아머(ERA = Explosive Reactive Armor)
상자 모양 블록 내부에 폭약이 충전된 증가장갑

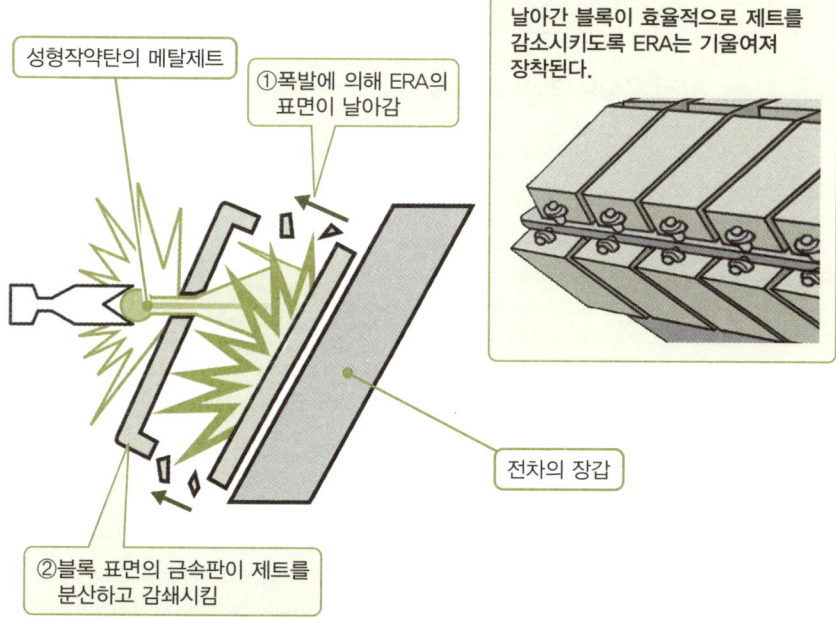

성형작약탄의 메탈제트

①폭발에 의해 ERA의 표면이 날아감

날아간 블록이 효율적으로 제트를 감소시키도록 ERA는 기울여져 장착된다.

전차의 장갑

②블록 표면의 금속판이 제트를 분산하고 감쇄시킴

폭발력 자체는 그 정도로 대단하지 않고, 당연히 장소나 각도에 따라 100%의 방어 효율이 있을 수도 없지만, 장비하지 않았을 때에 비해 피해는 크게 감소.

대 반응장갑용 「탠덤 탄두」

2단계로 겹쳐진 성형작약탄이 시간차로 작동하는, 「탠덤 탄두」라는 대 반응장갑용 탄두도 등장했다.

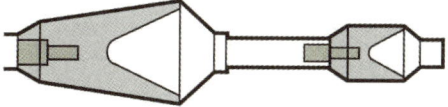

원포인트 잡학

반응장갑의 폭발은 주위에 아군 병사가 있는 경우에도 위험하기 때문에 주의해야 한다.

전차의 출입구는 하나가 아니다?

전차의 출입구는 자동차처럼 문이 아니라 해치라고 하는 작은 개폐식 뚜껑이다. 해치는 한 곳만 아니라, 차 내의 승무원 배치에 맞춰 「탄약수 해치」, 「조종수 해치」로 분산하여 설치되어 있다.

●해치는 피탄율이 낮은 「윗면」에

전차의 해치는 장갑의 일부이기도 하기 때문에 굉장히 튼튼하게 만들어져 있다. 하지만 아무리 튼튼한 해치라도 "장갑에 구멍을 뚫는" 이상, 그 부분의 방어력은 낮아진다.

또한 전차의 역할이 보병 지원을 중심으로 하는 목가적인 것이었던 무렵이라면 차체 측면이나 전면에 커다란 문과 같은 승강구를 갖고 있어도 문제는 없었지만, 제2차 세계대전이 시작되어 관통력이 높은 **캐논포**가 펑펑 날아오게 되면서 이러한 설계의 전차는 문제가 되었다.

영국이나 미국, 소련은 대전 말기까지 측면이나 전면에 해치를 가진 전차를 사용하였지만, 독일 전차의 경우에는 꽤나 빠른 시기부터 이 문제를 중요시여겨 해치의 위치를 피탄율이 낮은 윗면이나 후방에 집중시켰다.

해치는 설치된 위치에 따라 각각 「탄약수 해치(로더스 해치)」 「조종사 해치(드라이버스 해치)」 등의 이름이 붙어있다. 전차의 내부는 이어져 있기 때문에 승무원마다 해치가 필요하지는 않지만, 해치가 한 곳뿐이라면 피탄이나 엔진 트러블, 화염병 공격 등으로 전차에 불이 붙었을 경우 승무원이 탈출하지 못해 목숨을 잃고 만다.

포탑 윗면에 가장 시야가 좋은 부분에는 「전차장 해치(커맨더스 해치)」가 설치되어 있다. 전차장이 외부를 시찰하거나 적의 저격병에게서 공격받지 않도록 다른 해치보다 엄폐성이 뛰어나게 만들어진 것이 많으며, 독일의 『판터』나 『티이거II』 등의 해치는 그 전형이라 할 수 있다. 젖혀서 여는 방식의 평범한 해치는 적에게 해치를 열고 있는=전차장이 밖을 보고 있는 것이 들켜버릴 수 있기 때문에, 축을 중심으로 회전시켜 여는 장치가 되어 있다. 현재의 **MBT** 중에서도 미국의 『M1 에이브람스』의 전차장 해치는, 한 번 위로 올리고 나서 그대로 수평으로 슬라이드 되는 구조로 되어 있다.

전차 각 부분의 해치

해치는 방어상의 약점이다보니 가능한 소형으로 설계되어, 승무원도 타고 내린다기보다 "숨어든다"는 느낌이다.

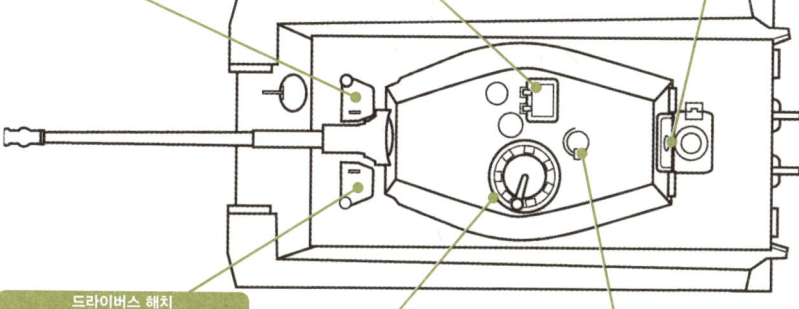

머신거너스 해치
기관총 사수 해치
전방기관총의 폐지와 함께 이 해치도 사라졌다.

로더스 해치
탄약수 해치
포탑 요원의 출입이나 탄약 탑재용으로 사용된다. 포탑 측면이나 뒷면에 있는 경우도 있다.

에스케이프 해치
탈출 해치
포탑이나 차체의 측면, 바닥 등에 설치되어있는 탈출구. 장소에 따라서는 통상의 승강구나 탄약 탑재에도 사용된다.

드라이버스 해치
조종사 해치
전투 중일 경우 이외에는 해치를 열어두고 머리를 밖으로 내밀어 눈으로 보면서 조종한다.

빈 탄피를 배출하는 해치. 전용 해치가 없는 전차는 탄약수 해치 등을 열고 버린다.

커맨더스 해치
전차장 해치
포탑 위 가장 높은 부분에 붙어있다. 멀리서 "해치를 연 상태"라는 것을 알 수 없도록, 수평회전하여 여는 방식이다.

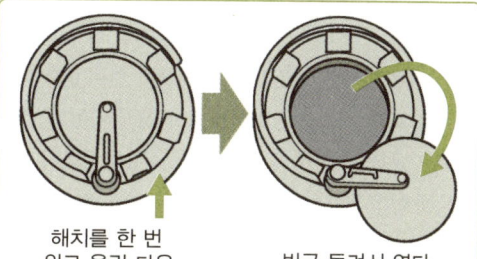

해치를 한 번 위로 올린 다음

빙글 돌려서 연다.

기계의 점검·정비용 해치는 「메인테넌스 해치」, 「엑세스 도어」 등으로 불린다. 자주 사용되는 장소 이외에는 볼트 등으로 고정시켜 둔다.

원포인트 잡학

전차의 차내는 시인성과 쾌적성의 관점에서 흰색이나 아이보리 일색의 밝은 색으로 도색되어 있지만 해치의 뒷면이 이런 색이라면 열었을 때 눈에 띄기 때문에 차체의 색과 같도록 칠해 둔다.

전차에는「잠망경」이 실려있다?

전차는 장갑으로 방어할 필요가 있어서 자동차와 같이 커다란 앞유리로 시계를 확보할 수는 없다. 승무원은 가늘고 긴 슬리트로 밖을 봐야만 하기 때문에, 격렬하게 움직이는 차내에서 밖의 상황을 파악하기 위해서는 뛰어난 동체시력이 요구된다.

● 방탄유리만으로는 충분치 않다

적탄이 날아오고 있는 상황에서 전진하는 전차의 승무원(특히 조종수)이 밖을 보기 위한「창」은 커다란 약점 중 하나이다. 전시창은 "장갑에 뚫린 구멍" 이라고 할 수 있어, 튼튼한 강판에 둘러쌓인 다른 부분에 비해 방어력은 떨어지며 대전차무기를 손에 들고 다가오는 보병에게는 절호의 표적이다.

이런 전시창은「조시공」이라고도 불리며, 오래전에는 장갑에 구멍이 뚫려있는 슬릿일 뿐이었다. 적의 보병이나 저격병은 당연히 이 슬릿을 노렸기 때문에, 곧 방탄유리를 붙이거나 장갑셔터를 붙인다는 방식으로 방어력을 강화할 대책이 만들어졌지만 유리는 어차피 유리. 특히 당시의 기술력으로 충분한 강도의 방탄유리 따위는 바랄 수 없었고, 장갑셔터를 달더라도 강도적인 문제가 있어 근본적인 해결책이 되지 못했다.

그래서 등장한 것이 프리즘의 굴절을 이용하여 외부를 보는「페리스코프」이다. 구조는 꽤나 단순하게 되어 있긴 하지만, 흔히 말하는 잠수함의 잠망경과 같은 구조이다. 독일 전차는 어느 시기에 장갑셔터를 붙인 전시창과 페리스코프를 함께 사용하는 보호용 전시창을 탑재하기도 했지만『판터』의 후기양산형(G형)이나『티이거II』등은 방어력의 향상과 생산성의 문제로 외부시찰을 모두를 페리스코프에 의존하게 되었다.

이러한 기술은 독일의 전매특허가 아니었기에, 미국이나 영국, 소련의 전차도 대전 말기에는 페리스코프식 시찰 장치를 싣게 되었다. 하지만 생산면에서는 카메라의 렌즈 기술 등이 발달한 독일이 한 걸음 앞서고 있어, 밖을 보았을 때의 밝기나 굴절의 대소에 상당한 차이가 있었다고 한다. 특히 소련 전차의 방탄유리나 페리스코프의 정밀도는 최악으로 조종이나 조준에 지장을 줄 정도였다고 하지만, 이것은 생산성을 우선한 상태의 설계 측면에서 본다면 "어쩔 수 없는" 것이었다고 한다.

외부시찰 방식

조시공을 통해서

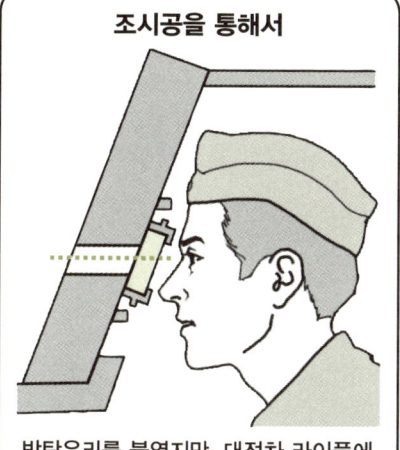

방탄유리를 붙였지만, 대전차 라이플에 의한 저격이나 적탄의 직격에는 견딜 수 없다.

페리스코프를 통해서

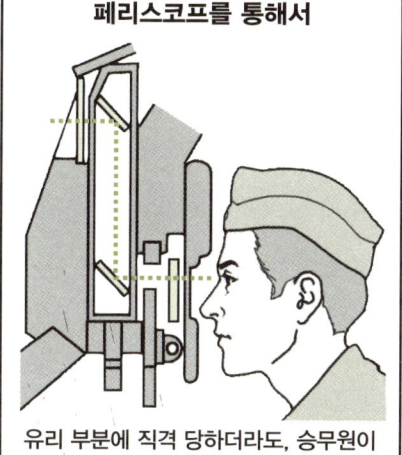

유리 부분에 직격 당하더라도, 승무원이 피해를 입지는 않는다.

조시공과 페리스코프를 조합한 방법

전투시에는 장갑셔터를 닫고, 페리스코프로 시찰 방법을 바꾼다.

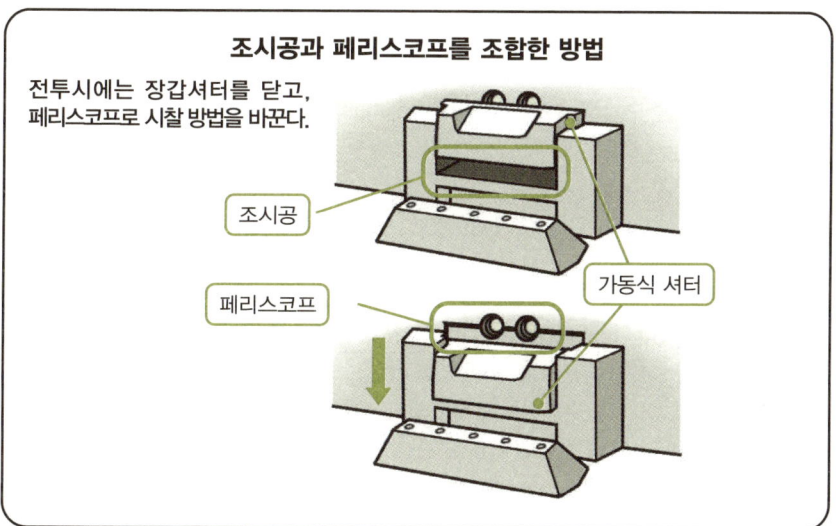

조시공

페리스코프

가동식 셔터

장갑셔터는 구조가 복잡해지기 때문에 결국 외부의 시찰은 페리스코프만으로 하는 것이 일반적이 되었다.

원포인트 잡학

광각렌즈를 응용한 현역 MBT의 페리스코프는 꽤나 넓은 시계로 외부를 볼 수 있게 되었다. 그렇다고는 하지만 「간접적인 시계」인 것에는 변함이 없어, 자신의 눈으로 밖을 보고 싶어하는 승무원은 많다.

전차장이 안전하게 외부를 관찰하기 위해서는?

조종수의 시계 확보와 마찬가지로 중요한 것이, 전차장의 시계를 확보하는 것이다. 전차장은 모든 승무원에게 지시를 내려 전차의 행동을 관리하는, 문자 그대로 두뇌의 역할을 하기 위해 조금이라도 많은 정보를 필요로 하기 때문이다.

● 전차장 해치는 관찰 장치의 집합체

전차장의 정위치는 포탑의 윗부분, 가장 시계가 좋은 곳이었다. 전투가 없을 때 전차장은 해치에서 몸을 내밀고 주위를 관찰하였는데, 이 장소는 적의 보병이나 저격병에게도 일목요연하게 보이는 표적이었다. 한동안은 포탑 윗부분의 해치에서 조금만 얼굴을 내밀거나 특수한 쌍안경을 이용해서 밖의 상황을 확인했지만, 이래서는 「외부의 상황을 확인해서 전차 전체에 지시를 내리는」 전차장의 역할을 수행하는데 지장이 있었다. 그래서 포탑에 설치된 전차장 해치를 탑처럼 높게 하고 외부 바깥둘레 부분에 방탄유리를 장착해 해치를 열지 않더라도 많은 정보를 얻을 수 있도록 했다.

이 「전차장이 외부를 보기 위한 전망경(사령탑)」을 커맨더스 큐폴라라고 하며, 전차장 해치(커맨더스 해치)와 겸용되어있다. 큐폴라는 장갑으로 둘러져있고, 차체나 포탑의 방향을 바꾸지 않고도 주위를 확인할 수 있도록 360° 모두 방탄유리로 보호되는 전시창이나 페리스코프가 설치되어 있다. 장갑이나 전방위 페리스코프를 설치하기 위해 다른 해치보다 대형화 되어있는 것이 대부분으로, 방탄 성능이나 해치를 여는 방법(구조) 하나에도 주의를 기울여 설계되어있다. 전차의 배리에이션마다 개량되는 부위이기도 하다.

전후의 전차, 특히 제3세대 전차에서는 보병이나 저격병과 싸우는 케이스는 적어졌다는 이유도 있어 대전 중과 같이 「탑과 같은 외견」은 아니게 되었지만, 그래도 외부시찰 장비의 집합체인 큐폴라는 다른 해치와 쉽게 구별할 수 있다. 현재는 저광량 TV나 적외선 영상 장치를 붙인 전자식 시찰 장치가 도입되어, 전차장이 차내에서 선회·확대하여 외부를 인식할 수 있다. 이러한 장치는 아직 해상도나 신뢰성 등에서 해결해야 할 문제가 많이 있긴 하지만, 어디든지 설치할 수 있고 야간이나 모래 폭풍, 안개 등의 악천후에서도 사용할 수 있어 앞으로 많이 발전할 가능성이 있다.

커맨더스 큐폴라

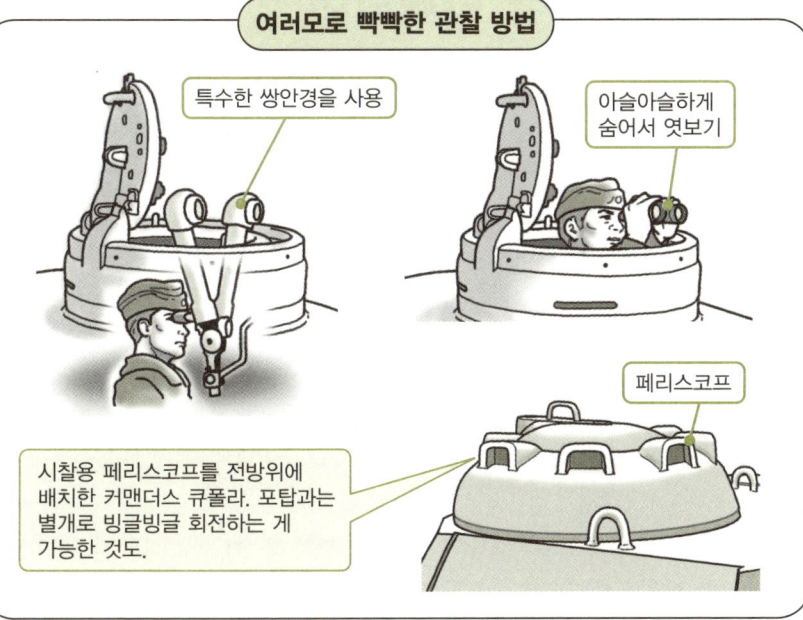

여러모로 빡빡한 관찰 방법

특수한 쌍안경을 사용

아슬아슬하게 숨어서 엿보기

페리스코프

시찰용 페리스코프를 전방위에 배치한 커맨더스 큐폴라. 포탑과는 별개로 빙글빙글 회전하는 게 가능한 것도.

**여러 가지로 연구가 되긴 했지만 역시
관찰시에는 적의 표적이 될 위험이 크다.**

현역 MBT의 영상식 시찰 장치(CATV)

제3세대 이후의 MBT에는 주위의 시찰이나 조준의 보조용으로 저광량 TV나 적외선 영상 장치라는 기재가 탑재되어 있는 것도 존재한다.
해상도의 문제가 있지만, 설치 위치를 가리지 않는 점이나 FCS와의 연동, 선회나 줌 기능 등 많은 장점을 갖고 있다.

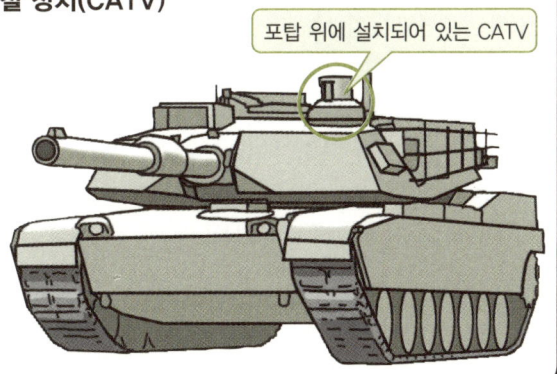

포탑 위에 설치되어 있는 CATV

원포인트 잡학

「큐폴라」는 형상이 용광로의 윗부분과 닮아서 그렇게 이름이 붙었다고 한다.

전차는 얼마나 밀폐되어 있는가?

거대한 포나 엔진, 장갑으로 압박 받는 전차의 차내는 상상 이상으로 좁고 괴롭다. 특히 제2차 세계대전 중의 전차는 환기 장치도 미덥지 못한 것밖에 갖추지 못했기 때문에 「강철의 관짝」 등으로 표현되는 것도 과장은 아니었다.

● 환기는 전투 능력에도 관련되는 중대사

전차의 밀폐도는 꽤나 높다. 물론 안의 승무원이 산소 결핍으로 정신을 잃게 되어버리는 레벨은 아니지만, 장갑의 틈=방어력상의 약점이라고 할 수 있기 때문에 가능한 한 확실히, 틈이 없도록 조립되어있다. 전차의 조립에 **용접 접합**이 많이 이용될수록 이 경향이 강해지지만, 밀폐도의 향상은 또한 별개의 문제를 발생시켰다. 그것은 전차포나 기관총을 발사했을 때 생기는 연기를 어떻게 빼느냐는 것이다. 포의 기관부는 장갑의 안쪽에 있기 때문에, 발사연이 차내에서 맴돌게 된다.

제2차 세계대전 중의 전차는 포탑이나 차체에 「벤치 레이더」라고 하는 환기장치를 설치했지만, 몇 발을 쏘게 되면 배기가 따라가지 못하는 수준이었다. 배기구가 1개밖에 없는 좁은 방에서 계속 꽁치를 굽는 것이나 마찬가지 상황으로, 승무원에게 있어서는 도저히 전투에 집중을 할 수가 없는 상태가 되어버린다. 수류탄이나 화염병에 직격당하지 않도록 벤치 레이더의 바깥쪽에 장갑 커버가 달려 있거나, 폭발이나 불꽃이 직접 차내에 들어오지 못하도록 환기경로가 복잡하게 되어있는 구조는 배연 능력을 저하시키는 원인이 되었다.

현대의 전차에서는 환기 장치의 성능도 향상되고, 무엇보다 포에서 연기를 역류하는 것을 막는 배연기가 일반화 되어 차내의 배연 문제는 해결되었다. 하지만 현대에는 현대 나름의 문제가 있었다. 바로 NBC(방사능·생물·화학) 무기에 대한 방어 대책이다. N=방사능(핵무기)은 둘째치고, BC(생물학·화학) 무기에 대해서는 「전쟁이 일어나면 사용에 주저하지 않을 것이다. 특히 후진국에서」라고 여기며 위험시하게 되었다. 주요 대책으로는 오염된 바깥 공기를 NBC 방호 필터에 의해 깨끗한 공기로 바꾸고, 가압 장치를 이용해 차내로 들여보내는 방식이 일반적이다. 여압된 차내의 공기는 작은 틈을 통해 밖으로 배출되어 그곳으로 오염된 공기가 들어오는 것을 막는 효과도 있다.

방탄과 환기 성능을 양립

제2차 세계대전 당시 독일 전차의 환기 장치

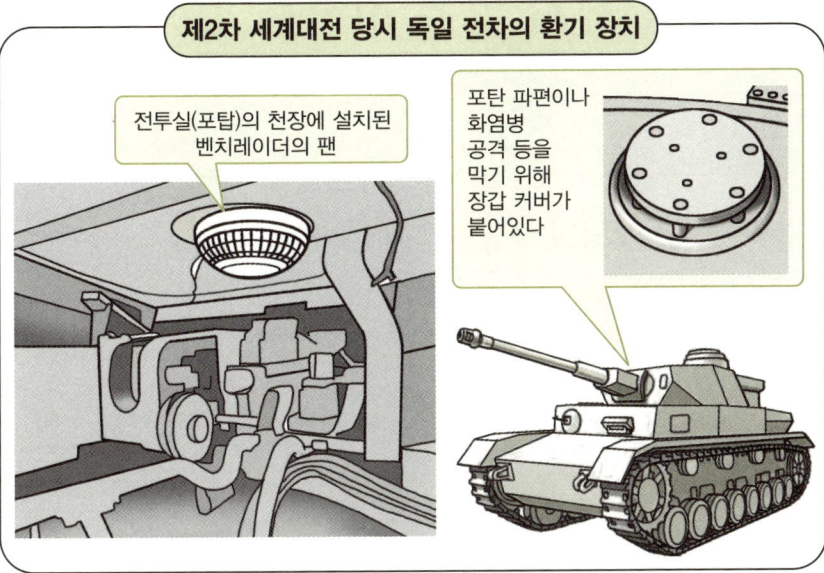

전투실(포탑)의 천장에 설치된 벤치레이더의 팬

포탄 파편이나 화염병 공격 등을 막기 위해 장갑 커버가 붙어있다

현대 전차의 NBC(방사능·생물·화학) 방호 원리

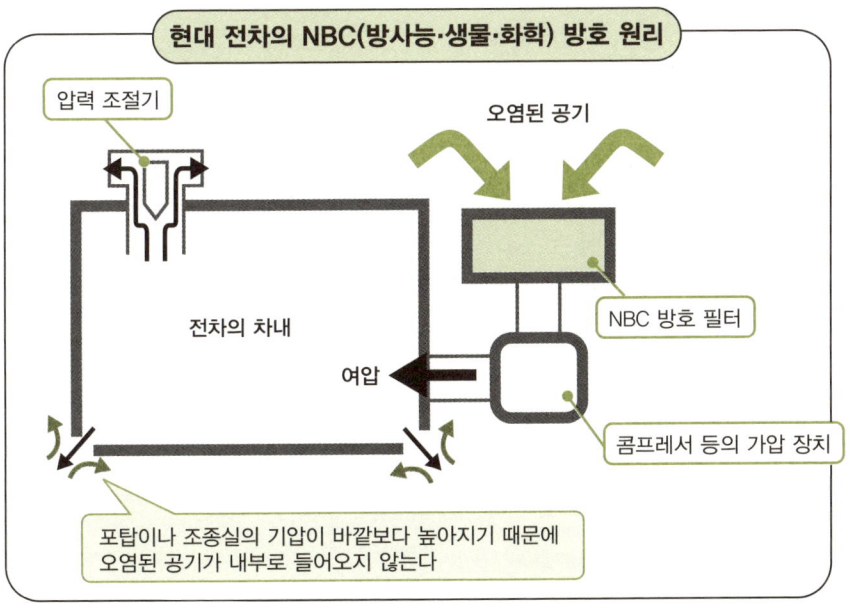

압력 조절기

오염된 공기

전차의 차내

여압

NBC 방호 필터

콤프레서 등의 가압 장치

포탑이나 조종실의 기압이 바깥보다 높아지기 때문에 오염된 공기가 내부로 들어오지 않는다

원포인트 잡학

미국의 『M1 에이브럼스』나 일본의 『90식 전차』에는 전투실의 여압에 더해, 필터를 투과한 공기를 승무원의 마스크에 직접 공급하는 「독립(개인) 흡기식 NBC 방호 시스템」을 채용하고 있다.

기관총을 싣지 않은 전차는 없다?

전차의 무장이라고 한다면, 주무장으로서 전차포, 부무장으로서 몇 개의 기관총이 탑재되어 있는 것이 일반적이다. 전차포는 둘째치고, 어째서 기관총이 필요한 것일까? 그것은 대전차무기를 들고 숨어드는 보병을 쓰러트리기 위해서이다.

● 육박해오는 보병에 대응하기 위한 방어 무기

제1차 세계대전 당시의 전차는 기관총이나 기관포로 고슴도치처럼 무장하고 있었다.

그리고 제2차 세계대전 이후, 전차가 거대한 전차포를 탑재하게 되었지만 기관총도 부무장으로서 남게 되었다. 이것은 전차포의 탄이 떨어졌을 때 최후의 무기……는 아니다. 장갑을 두르지 않은 지프나 트럭과 같은 차량이나 보병을 공격하기에는, 주포를 발사하는 것보다 기관총을 쏘는 것이 효율적이기 때문이다.

전차의 기관총은 포탑 주변에 붙어있는 것이 일반적이다. 주포와 같은 방향으로 탄환을 발사하도록 설치된 「동축기관총」은 포탑의 회전에 따라 360°의 적을 공격할 수 있기 때문에 사방에서 몰려드는 보병에 대응하기 쉽다. 또한 경계시나 시가지 행동시, 항공기에 대한 방어는 포탑 위의 해치에 별도로 붙어있는 기관총(대공기관총)을 이용해 대응하는 것이 가능하지만, 포탑 내부에서 조작가능한 동축기관총과 달리 해치에서 몸을 내밀고 발사해야만 했다.

제2차 세계대전 당시의 전차는 현대보다도 대인방어의 필요성이 높았기 때문에, 포탑의 기관총에 더해 차체 전면에도 「전방기관총」을 장비하고 있었다. 전방 기관총은 조종수의 옆에 위치하고 있는 전문 기관총 사수에 의해 조작되었는데, 이 요원은 무전기의 조작이나 부조종수를 겸임하는 경우가 많았다.

기관총은 볼마운트라고 하는 「방패를 겸하는 가동식 조인트」에 의해 고정되어 있어서, 상하좌우로 어느정도 움직일 수 있었다. 대부분의 기관총은 잠금을 해제하고 안쪽에서 끌어당기면 빠지게 되어있어서, 전차를 포기해야만 할 때는 떼내어 들고가는 것도 가능하다.

전방기관총을 설치하면 정면 장갑의 방어력이 저하된다는 문제가 있어 현재의 **MBT** 중에 전방기관총을 장착하는 것은 없지만, 동축기관총의 경우 **방패** 안에 내장할 수 있어서 사용이 편리하여 현재도 남아있다.

전차에 탑재된 기관총

귀중한 고폭탄을 사용하지 않고, 다가오는 보병이나
경차량에 대처하기 위해 기관총은 절대적으로 필요한 장비였다.

대공기관총
· 「대공」이라는 의미와는 달리, 기본 용도는 지상의 보병을 섬멸하기 위함.
· 가장 사용하기 쉬운 위치에 있어 경계 등에 많이 사용된다.
· 일부의 전차에서는 리모컨으로 조작이 가능한 것도 있다.

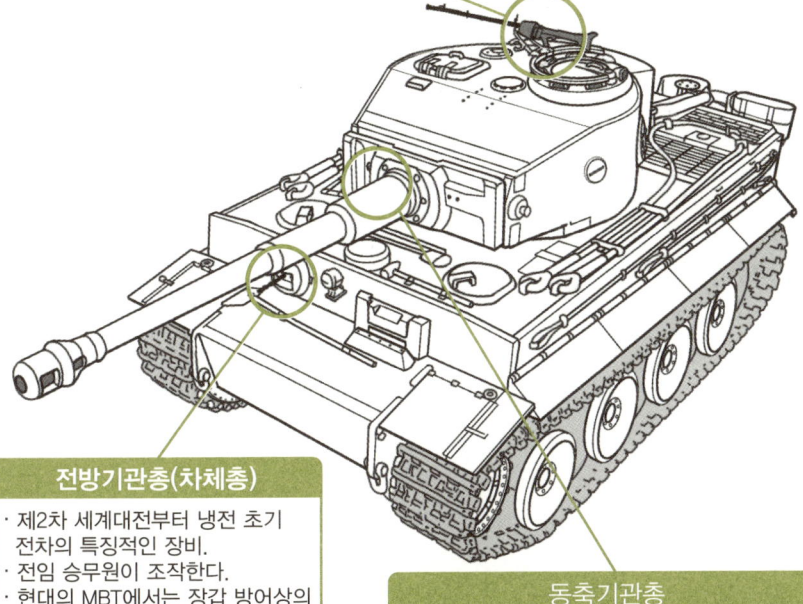

전방기관총(차체총)
· 제2차 세계대전부터 냉전 초기
  전차의 특징적인 장비.
· 전임 승무원이 조작한다.
· 현대의 MBT에서는 장갑 방어상의
  약점이 되는 탓에 폐지되었다.

동축기관총
· 포탑의 회전에 맞춰 전방위 사계를 얻을 수
  있어 정확한 사격이 쉽다.
· 주로 탄약수가 조작을 담당하지만, 포수가
  원격조작 가능한 것도 있다.
· 전방 기총의 폐지에 따라 전후에는, 대공
  기관총과 함께 「보병에 대한 방어무기」로서
  큰 비중을 점하고 있다.

세 종류의 기관총은 구경이나 모델이 다른 것이 일반적이지만, 독일 전차는 보급이나
정비의 관점에서 모두를 「MG34(구경 7.92mm) 기관총」으로 통일하고 있다.

원포인트 잡학
「M4 셔먼」의 대공기관총으로 이용된 「브라우닝 50구경(12.7mm) 중기관총」은 보병뿐 아니라 경장갑차에 대해서도
유효했기 때문에 현재의 전차에도 거의 같은 설계의 물건이 탑재되어 있다.

적병이 달라붙었다면?

기관총은 접근해오는 적병을 쓰러트리는데는 편리한 장비이지만, 장비된 위치 때문에 「차체에 달라붙은 적을 겨누는 것은 불가능하다」는 단점이 있었다. 이러한 적을 쓰러트리는데에 유효한 것이, 피스톨 포트나 접근 방지 무기이다.

● 기관총 이외의 대인장비

기관총은 전차에 접근하는 보병을 쓰러트리기 위해 필수적인 장비이지만 한번에 잔뜩 몰려올 경우에는 처리할 수 없고, 눈치채지 못한 사이에 전차에 접근해서 기관총의 사각에 들어가버리면 두 손을 들 수밖에 없다. 현대에는 보병이 사용하는 대전차무기의 사정거리도 늘어났고, 또한 전차의 측면에는 반드시 보병부대가 동행하게 되어 있기 때문에 「보병이 전차에 다가와 육박 공격을 가하는」 상황은 생각하기 어렵지만, 제2차 세계대전 무렵에는 종종 이러한 케이스가 발생하였다.

아군의 전차가 가까이에 있는 경우에는, 가까이 붙은 적 보병에게 기관총을 쏴서 정리하면 된다. 하지만 그런 기대를 할 수 없는 경우에는 스스로 어떻게든 해야만 한다. 장갑에 뚫려있는 「피스톨 포트」라는 작은 구멍을 통해 적병을 겨냥해 사격하는 방법은 오래 전부터 이용되었지만 역시 한번에 잔뜩 몰려온 적을 쓰러트릴 수는 없고, 장갑 표면에 구멍을 뚫는 것은 아무래도 피하고 싶었기에 기관총과 같이 발사 범위나 시계가 한정되고 만다.

독일의 『티이거Ⅰ』은 이러한 문제를 한 번에 해결하여, 효과적으로 적병을 퇴치할 수 있는 대인무기를 탑재하고 있다. 이것은 S마인이라고 하는 도약식 대인지뢰(산탄·유탄)를 차체 주변에서 작렬시키는 것으로, 점화 후 1~2m 정도 점프하여 불꽃놀이처럼 유탄을 흩뿌린다. 이것이라면 기관총이나 피스톨 포트에서 발사할 때처럼 "조준"할 필요도 없고, 산탄은 전차의 장갑을 관통할 수도 없기 때문에 달라붙은 적병만을 한 번에 섬멸 가능하다.

S마인은 티이거의 차체 주변에 5기, **발연탄 발사기**와 같은 단발로 설치되어 있었으며, 결국 포탑 천장에 설치되는 「근접방어무기^{Nahver teidigungs waffe}」로 발전했다. 이것은 S마인 외에도 신호탄이나 발연통을 발사하는 다목적 포트로, 전차 이외에 **돌격포**나 **구축전차** 등 대전 말기 대부분의 독일 장갑차량에 붙어있었다.

기관총도 쏠 수 없는 거리라면……

권총으로 노리거나, 대인지뢰를 던져서 대처한다.

피스톨포트(건 포트, MP 포트 등)

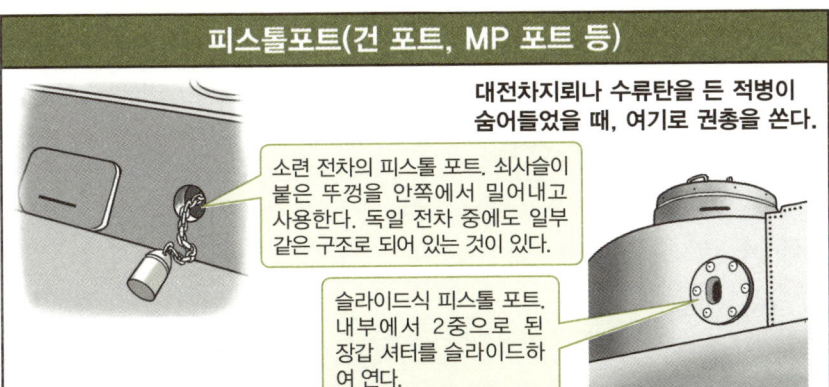

대전차지뢰나 수류탄을 든 적병이
숨어들었을 때, 여기로 권총을 쏜다.

소련 전차의 피스톨 포트. 쇠사슬이
붙은 뚜껑을 안쪽에서 밀어내고
사용한다. 독일 전차 중에도 일부
같은 구조로 되어 있는 것이 있다.

슬라이드식 피스톨 포트.
내부에서 2중으로 된
장갑 셔터를 슬라이드하
여 연다.

『티이거 I 』의 S마인

대인지뢰의 발사기. 고정식 「관」이기 때문에
정해진 방향으로밖에 발사할 수 없다.
발사는 차내에서 가능하지만, 다음 탄을
장전하기 위해서는 차외로 나가야 했다.

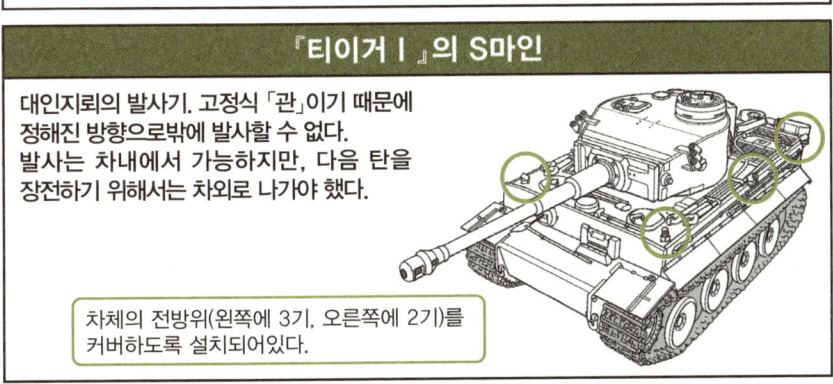

차체의 전방위(왼쪽에 3기, 오른쪽에 2기)를
커버하도록 설치되어있다.

독일의 「근접방어무기(Nahver teidigungs waffe)」

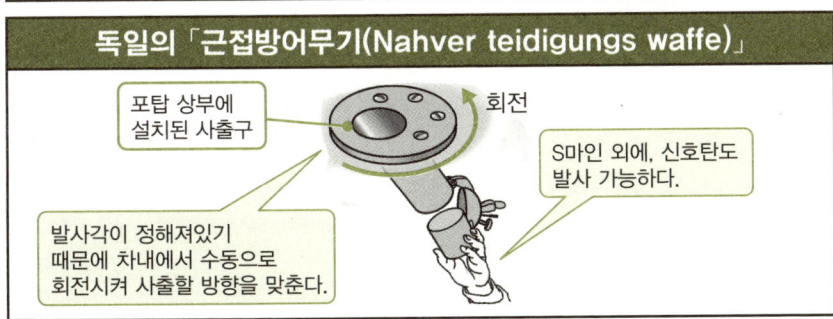

포탑 상부에
설치된 사출구

회전

S마인 외에, 신호탄도
발사 가능하다.

발사각이 정해져있기
때문에 차내에서 수동으로
회전시켜 사출할 방향을 맞춘다.

원포인트 잡학

근접방어무기는 장치 그 자체의 생산이 차체의 생산에 따라가지 못했기 때문에, 장갑판에 뚫린 설치용 구멍을 뚜껑으로
막고 있던 차체도 많았다.

탁 트인 장소의 전차전 중 몸을 숨기기 위해서는?

전차전에서 중요한 것은 「적에게 발견당하지 않는 것」이다. 가령 적 전차를 격파하더라도, 발견당하게 되면 가까운 적의 동료에게 반격당한다. 연막은 몸을 숨기는 엄폐물이 가깝지 않은 경우에 적의 공격을 회피하는 중요한 장치이다.

● 최후에 믿을 것은 연막

전차는 장갑의 소재나 형상을 연구함으로써 방어력을 향상시켰다. 하지만 이것은 포의 위력과 일종의 시소게임에 가까운 것이라, 궁극적으로는 「적의 탄에 맞지 않는」 것이 가장 좋다. 전차가 지면을 밟고 달리는 무기인 이상, 적의 공격을 피하는 데는 한계가 있다. 하지만 상대 공격의 명중률을 저하시키면 탄을 맞을 일도 없으니, 상대적으로 방어력이 향상되는 것이다.

그러한 목적으로 사용되는 것이 연막 장치이다. 적을 겨냥하여 재빨리 연막을 발사해, 탄을 맞지 않도록 몸을 감춘다는 발상이다. 제2차 세계대전 당시의 독일 전차 『Ⅲ호 전차』나 『Ⅳ호 전차』에는 이러한 연막 장치가 차체 후부에 붙어있었다. 커버 내부에 몇 발의 연막탄(스모크 캔들)을 늘어세운 간단한 것으로, 장치가 작동함과 동시에 후진하여 연막 속으로 도망치는 것이다. 물론 장치는 차내 조작으로 언제라도 점화 가능하다.

또한 소련의 전차는 방어용의 연막발연통이 없고 엔진배기를 이용했다. 작렬하는 엔진배기관에 기름을 부어 무리하게 백색 연기를 발생시키는 억지스러운 장치였지만, 발연통과 달리 사용횟수에 제한이 없는 점이 뛰어났다.

하지만 발연통이나 엔진 연막에는 연기가 뒤에서 발생하는 관계로 「차체를 뒤로 후진시켜야 한다」는 문제가 있었다. 이것으로는 차체가 연기에 숨어들 때까지의 시간차가 발생하며, 무엇보다 후진에는(자동차도 그렇지만) 위험이 따른다. 이것을 해결한 것이 발연통 발사 장치(스모크 디스차저)이다. 이것은 소형의 박격포와 같은 장치로, 포탄 대신 발연탄을 발사한다. 발사 방향은 전방으로 고정되어 있어, 자신과 적 사이에 재빨리 연막을 펼칠 수 있다. 3~4발의 발사기가 세트로 되어있지만 일반적으로 조금씩 각도를 바꿔 설치되어 있기 때문에, 필요할 때 전탄을 한 번에 발사하여 광범위하게 연막을 펴는 것도 가능하다.

연막 발생 장치

> 연막을 펼쳐 적의 시야에서 달아난다
> = 적탄에 잘 맞지 않는만큼, 생명이 연장된다.

독일 전차의 스모크 캔들

간단하고 효과적인 장치였지만, 연막으로 숨기 위해서는 차체를 후진시킬 필요가 있었다.

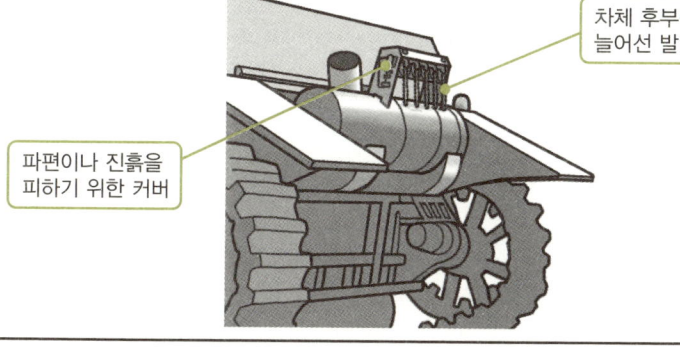

차체 후부에 늘어선 발연통

파편이나 진흙을 피하기 위한 커버

스모크 디스차저

발연탄의 대부분은 백린을 발연제로 사용하고 있어, 공중에서 폭발하면 순간적으로 흰 연기를 발생시킨다.

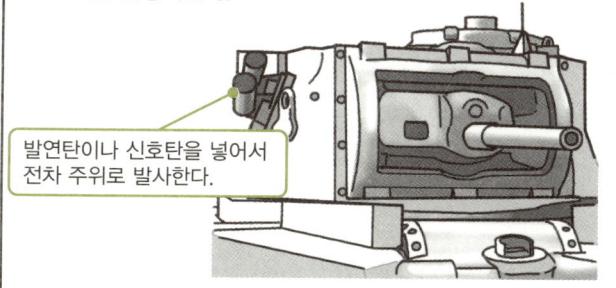

발연탄이나 신호탄을 넣어서 전차 주위로 발사한다.

영국의 전차는 이른 시기부터 이러한 장비를 탑재했다.

※전후에는 이러한 연막이 「눈으로 유도하는 대전차 미사일」의 대응에도 유효하다고 여겨졌다.

자위대에서는 「초탄 발사 후에 연막을 펴고 대피」하는 전술을 중요시하고 있다.
공개 훈련에서도 이 전술이 메인으로, 클라이맥스에서는 주포 발사 후 일제히 발연탄을 사출하고 연막에 숨어 후퇴한다.

원포인트 잡학

소련(러시아)의 경우 냉전기에는 발연 장치만으로도 충분하다고 생각했지만, 최근의 전차에는 발연탄 발사기를 장비하게 되었다. 반대로 서방 측에서는 엔진배기식 발연 장치를 표준 장비로 하는 전차가 늘어나고 있다.

타고 있던 전차가 파괴되었다면?

불행하게도 전차가 전투 불능이 되었지만 그래도 운 좋게 적탄의 유폭이나 엔진의 화재로 승무원을 잃기 전에 빠져나갈 기회를 얻은 경우, 승무원은 재빨리 전차를 포기하고 탈출해야 한다.

● 승무원의 탈출

기본적으로 "탈출"이라는 것은 일각을 다투는 사태이기 때문에, 될 수 있는 한 커맨더스 큐폴라나 탄약수 해치(로더스 해치), 조종수 해치(드라이버스 해치) 등 가까운 출입구로 재빨리 나가고 싶어진다. 하지만 전장에서 탈출한(혹은 탈출하려고 하는) 승무원을 공격하는 것 자체는 절대 주저할 필요가 없는 적법한 행위이기에 해치에서 빠져나온 순간, 기다리고 있던 적의 보병이나 전차의 공격이 집중되는 것은 뻔한 일이다.

제2차 세계대전 당시 전차의 경우 밖에서 보이지 않는 바닥 부분에, **보기륜** 사이 약간의 공간에 탈출용 해치를 갖고 있었다. 윗부분의 해치로 탈출하면 주위의 적에게 발각되기 쉽지만, 바닥이나 측면에서 탈출할 때는 격파당한 전차를 엄폐물로 삼을 수가 있었다.

전차의 차내에는 전차병의 자위용으로 1~2정의 기관단총이나 몇 개의 수류탄이 실려 있기 때문에, 가능한 한 들고 탈출을 꾀한다. 거기에 여유가 있을 경우, **전방기관총**이나 **대공기관총**을 떼어낼 수 있는 전차도 있으니 소중히 챙겨들고 아군과 합류한다. 제2차 세계대전 무렵에는 전차병의 표준 장비로 권총을 휴대했기 때문에, 차에 적재된 무기를 가지고 올 수 없었던 경우에는 최후의 무기로 사용했다.

큐폴라 깊숙한 곳의 측면 탈출 해치는 피탄율의 문제나 보기륜의 대형화에 따라 제2차 세계대전 후기에는 용접하여 막거나 폐지하거나 했다. 또한 포탑 측면이나 바닥의 탈출 해치도 포탄이나 지뢰에 대응하기 부적절하다는 이유로 모습을 감추었다. "진화한 전차 포탄에 직격당하면 탈출할 틈도 없이 승무원 전원 전사한다"는 사고 방식도 이런 경향을 부추겼다. 그러나 윗면에만 해치가 존재하는 전차는 행군 중의 사고 등으로 차체가 뒤집히는 경우에 어떻게 할 수가 없는 경우도 많아, 폐지한 바닥 해치를 복원하는 케이스도 있다.

탈출 해치의 위치

탈출 해치는 어떤 장소에 설치되어 있는가?

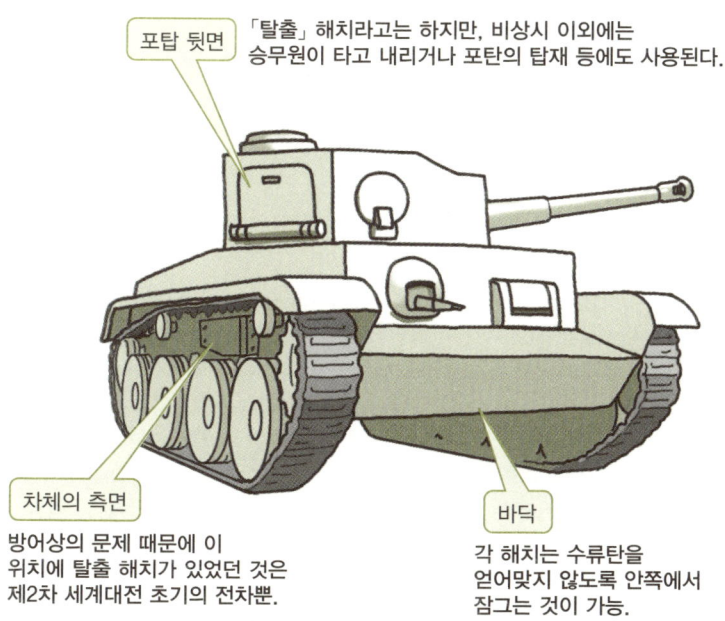

포탑 뒷면

「탈출」해치라고는 하지만, 비상시 이외에는
승무원이 타고 내리거나 포탄의 탑재 등에도 사용된다.

차체의 측면

방어상의 문제 때문에 이
위치에 탈출 해치가 있었던 것은
제2차 세계대전 초기의 전차뿐.

바닥

각 해치는 수류탄을
얻어맞지 않도록 안쪽에서
잠그는 것이 가능.

해치를 늘리면 장갑의 강도(전차의 방어력)가 저하되기 때문에 일부러 탈출 해치를
설치하지 않는다는 사고방식도 있다.

승무원의 자위용 무장

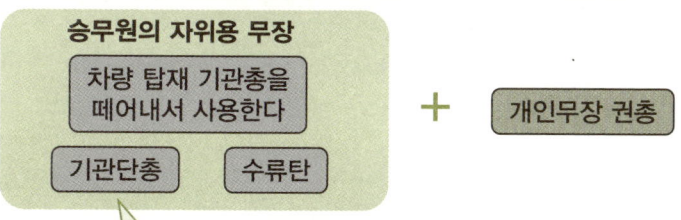

승무원의 자위용 무장

차량 탑재 기관총을
떼어내서 사용한다

기관단총   수류탄

＋

개인무장 권총

기관단총이란 권총과 같은 탄약을 사용하는 소형 기관총으로, 차량 탑재 기관총의 사각을
지원함과 동시에 전차가 움직일 수 없게 되었을 때 승무원의 자위용으로 사용된다.

원포인트 잡학

현대의 전차병은 권총과 기관단총이 아니라, 접철식 개머리판이 붙어 소형화된 자동소총(어썰트 라이플)을 차내에
배치하고 있다.

남자가 전차에 마음을 빼앗기는 과정

　현대 일본은 전쟁을 하지 않는 국가이다. 유럽과 같이 「공공도로에서 훈련 전차가 달리는」 일도 없고, 미국과 같이 전차가 「아이들 장난감 중 최고」인 것도 아니다. 애초에 "군사라고 하는 장르에 흥미를 갖는 사람"을 색안경을 끼고 바라보는 경우가 많은 환경이지만, 부모가 밀리터리 팬이라는 특수한 상황에 한정하지 않더라도 「전차」라는 아이템은 남자의 혼에 울리는 무언가를 가지고 있는 모양이다. 무선조종RC 매장에 가면 스포츠카나 버기카와 함께 반드시 전차가 있고, 초로Q와 같은 태엽식 미니카에서도 전차 시리즈는 정석이다.

　이 "만남"의 단계에서 아이들의 눈에 들어오는 것은 전차가 갖는 특징의 하나, 전차의 「단단함」이라는 것을 상상할 수 있다. 대포나 미사일은 전차포 이상의 위력을 갖고 있지만, 이러한 무기는 「적과 정면으로 싸우는」 남자다운 싸움을 하는 것이 불가능하다. 튼튼한 장갑으로 적의 공격을 튕겨내거나, 주포의 일격으로 상대를 산산조각, 도망치지 못한 적을 궤도로 짓밟는다. 이 「뭐라 말할 필요 없는 압도적인 힘으로 적을 유린하는 쾌감」을 마음 속으로 상상하며 그리고 마는 남자는 후에 전차의 종류나 도구적인 성능을 알고 싶어진다.

　호기심을 갖게 된 한창 때의 남자아이는 그 욕망에 충실해서 "전차의 비밀"을 조사하게 된다. 그리고 전차가 생각했던 것처럼 무적의 존재가 아니라는 것을 알게 된다. 포격당해도 여유롭게 버틸 수 있는 것도 상대가 급이 낮은 전차일 때뿐이고, 주포로 겨냥하는 것도 수고가 필요하다. 보병이나 지뢰에 신경 쓸 수밖에 없고, 항공기가 노리게 되면 절망적이다. 하지만 재미있는 것은 이 "사귀는" 기간에 다다른 남자가 「전차 따위 촌스러워」라고 흥미를 잃게 되는 케이스는 거의 들어본 적이 없다. 왜냐하면 "조금 지혜를 얻은 한창 때의 남자아이"는 이런 「강하지만 약점이 있다」는 것이 의미도 없이 멋있게 보이는 생물인 것이다. 물론 모든 남자가 그런 것은 아니(「스마트하게 하늘을 나는 전투기」가 좋다는 사람도 많을 것이다)지만 전차에 대해 여러 가지를 조사해보기 시작한 시점에서 그들의 마음은 전차포로 발사된 것과 같다. 전차가 지상전 최강의 무기인 것은 움직일 수 없는 사실이기 때문에, 다소의 약점이 있지만 「그게 또 좋다」고 호의적인 해석을 내리게 된다.

　그리하여 전차와의 만남을 진행해나가 "원숙기"에 접어들게 되면, 이미 전차팬 이외의 사람과는 이야기가 통하지 않게 된다. 형식번호나 배리에이션 기호는 서로가 알고 있는 것이 당연. 「독일 전차라고 한다면 III 돌격이나 IV 구축이지」, 「슈트롬디거 최고」라는 대사가 자연스럽게 입에 붙고, 궤도를 캐터필러라고 누군가가 말하면 「캐터필러는 등록상표다!」라고 외치고 만다. 단순히 성능이 높은 전차에는 매력을 느끼지 않게 되어, 다포탑 전차나 중량 100톤의 초중전차, 대전 중의 모델에 현대 기술을 무절제하게 불어넣은 「이스라엘의 마개조전차」에 낭만을 갖게 되는 것이, 전차에 혼을 빼앗긴 남자의 특징이다. 본서가 소개할 수 있는 것은 어디까지나 이 "죄 많은 전차의 매력" 중 일부에 지나지 않는 것이 안타까울 뿐이다.

제 4 장
전차의
기동력

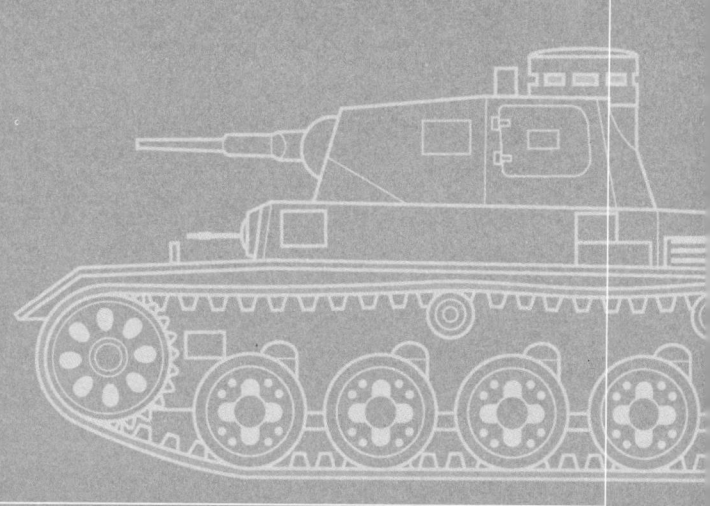

궤도를 「무한궤도」라고 하는 것은 어째서인가?

최근에는 「궤도」라는 단어 쪽이 일반적이지만 오래 전 자료에는 캐터필러의 일본어 번역으로 「무한궤도」라는 단어를 붙인 경우도 많다. 글자만 봐서는 무슨 의미인지 잘 알 수 없지만, 이것은 궤도의 기능이나 특성을 잘 표현하고 있다.

● 전차는 레일을 달린다?

무한궤도란 「금속을 띠 모양으로 연결하여 바퀴를 감싸도록 설치한 장치」를 말한다. 여기서 말하는 "궤도"란 철도의 레일(궤도식)과 마찬가지, 그 이름대로 전차의 궤도는 「무한히 연결된 레일」을 말한다.

영화 등에서 활약하는 전차를 보면, 궤도는 장해물을 뛰어넘어 짓밟으며 달리기 위해 있는 것처럼 보인다. 확실히 그것은 궤도의 기능 중 하나라고 해도 틀린 건 아니지만, 사실 궤도는 전차가 달리기 위한 레일(길)이다.

궤도의 재질은 **증가장갑** 대용으로 사용될 정도로 단단하고 튼튼한 금속으로 만들어져 있다. 궤도는 띠 모양으로 연속되어 있으며, 전차가 밟아도 끊어지거나 휘지 않는 「튼튼한 레일」로써 차의 하중을 지지하는 역할을 수행하고 있다. 전차는 그 위를 달림으로써, 어떤 지형이라도 멈추지 않고 나아갈 수 있다. 레일=궤도는 축과 같이 연결되어있기 때문에 전차가 통과한 후에는 한 바퀴를 돌아 다시 차체의 앞으로 돌아온다. 이렇게 전차가 진행하는 한 "무한"히 레일이 나타나는 것이다.

무한궤도란 단어는 사실 궤도를 구성하는 「철제로 연결한 폭이 넓은 띠」라는 부품을 가리키는 것이 아니라, 이 「무한히 레일을 반복하여 달리는 주행 방법」의 의미로 사용되고 있다. 이 구조는 애초에 중량물의 견인차를 진창이나 도로밖에서도 달릴 수 있도록 개발된 것으로, 군용품은 아니었다.

캐터필러라고 하는 명칭은 그 트랙터를 만든 회사에서 붙인 제품명으로 영어에서 털벌레나 애벌레를 가리키는 말이었다. 관절의 심이 들어간 긴 무한궤도의 띠가 마치 털벌레나 애벌레와 같이 보였다고 해서 붙인 이름이라고 한다.

궤도는 무한히 이어지는 레일

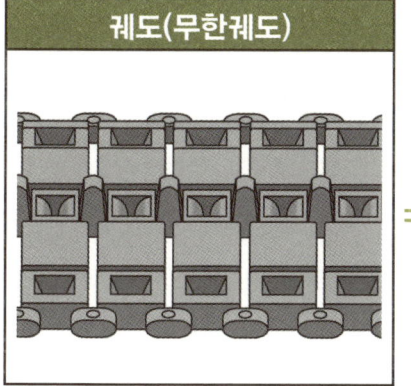

궤도(무한궤도)

=

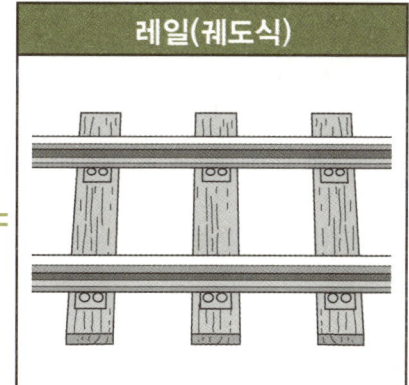

레일(궤도식)

요구되는 기능은 동일

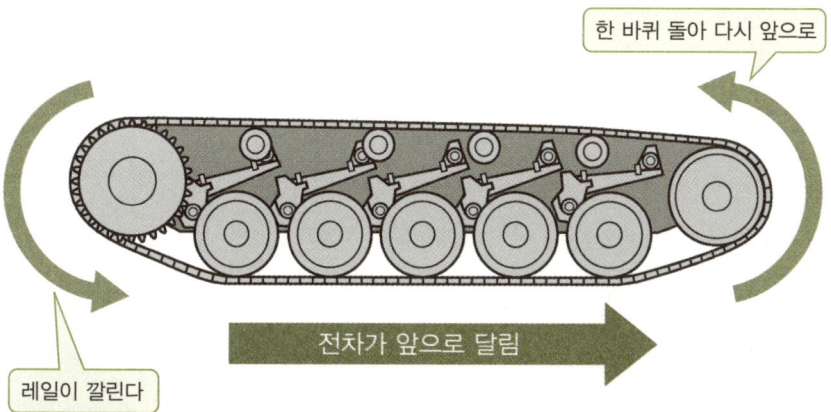

한 바퀴 돌아 다시 앞으로

전차가 앞으로 달림

레일이 깔린다

「캐터필러」는 트랙터 주향 장치의 등록 상표

캐터필러는 전차용으로 개발된 것은 아니다. 영국의 리차드 에즈워드가 1770년에 고안한 『포터블 레일웨이』가 기원으로, 그것을 1906년에 미국인 홀트가 만든 농업용 트랙터에 붙인 것이었다.

원포인트 잡학

캐터필러는 등록상표이기 때문에 영어로는 트래크(track)이나 크롤러(Crawler) 등으로 불린다.

장륜식 전차는 어째서 만들어지지 않는가?

제2차 세계대전 무렵이라면 몰라도, 현재는 사륜구동차 등 자동차의 성능도 극단적으로 향상되었다. 시대에 늦은 궤도 따위 그만두고 장륜식의 고성능 전차가 만들어질 것도 같지만, 아직까지는 어느 나라의 MBT도 궤도식을 유지하고 있다.

● 전차가 궤도식인 이유

전차가 궤도로 달리는 이유 중 하나는 「험지 주행 성능」이라고 한다. 전장은 포장 도로뿐만이 아니라 거친 땅이나 사막, 눈밭 등일 경우도 많다. 이런 "길이 아닌 길"을 종횡으로 주파하는 데에, 궤도를 장비하는 의미가 있다고 생각된다. 하지만 현대의 자동차나 RV카 등을 보면 알 수 있지만, 그런 성능을 극단적으로 향상시킨 자동차는 궤도 차량과 비교해도 손색이 없을 정도이다. 또한 차륜의 약점으로 떠올릴 수 있는 것은 「펑크」지만, 그러한 위험성도 사소한 문제에 불과하다. 군용 타이어 차량에 사용되는 것은 펑크 대책을 완비한 튜브레스식으로, 승용차와는 달리 찔린 정도로는 끄떡도 하지 않는다. 물론 적탄의 직격을 받으면 바퀴 그 자체가 날아가버릴 수도 있지만 이것은 궤도도 마찬가지이다. 그것도 궤도는 간단히 잘리거나 떨어지거나 해서 움직일 수 없지만, 6륜이나 8륜 차량은 타이어가 한두 개 없어지더라도 계속 달릴 수 있다.

그렇다면 어째서 타이어 전차는 만들어지지 않는가? 그것은 전차의 「중량」에 관계가 있다. 전차는 포나 장갑에 의해 꽤나 중량이 있을 수밖에 없다. 그러나 장륜식이라면 차체 중량을 타이어의—기껏해야 큰 엽서 정도의 면적으로밖에 지탱하지 못한다. 그래서 전차와 같은 대중량의 차량을 만들면, 그 부분에 중량이 집중되고 말아 지면에 가라앉아 버린다.

궤도식의 경우, 눈 위를 달리는 스키나 썰매처럼 둘러쌓인 중량을 분산시키는 것이 가능하다. 공사 현장의 크레인이나 포크레인이 궤도인 것도 그러한 이유이다. 혹시 타이어 전차를 만들었다고 해도, 그것은 「적 전차의 공격에 견딜 수 있는 장갑」을 얻을 수 없든지, 어쨌든 MBT로서는 반쪽짜리 물건밖에 되지 않는다.

장륜 차량과 장궤 차량

장륜 차량

장륜의 「륜」은 타이어를 의미한다.

· 타이어를 장비한 차량
· 포장로의 주행이나 장거리 이동에 적합
· 가격이나 유지비가 장궤 차량보다 싸다
· 험지에서의 기동성이 그럭저럭

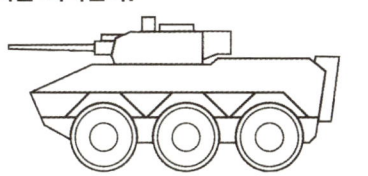

장궤 차량

장궤의 「궤」는 무한궤도(궤도)의 궤.

· 궤도를 장비한 차량
· 험로 주행성이 높다
· 연비가 나쁘고 장거리 이동은 힘들다
· 정비가 힘들고 고장도 많다

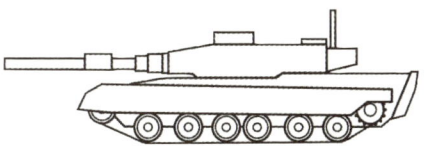

장륜 차량과 장궤 차량의 접지압 차이

접지압　지면에 대해 「1cm²당 몇 kg의 중량이 가해지는가」라는 수치

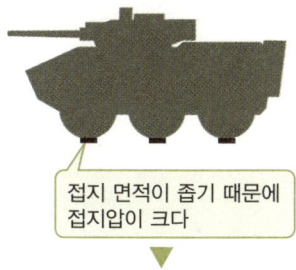

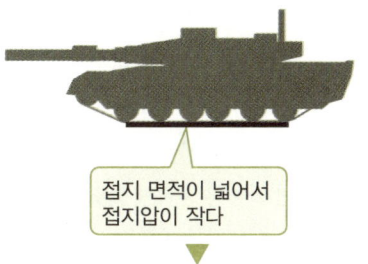

접지 면적이 좁기 때문에
접지압이 크다

접지 면적이 넓어서
접지압이 작다

차체 중량이 좁은 면적에 집중되어,
진흙탕이나 설원 등에서 바퀴가 빠지게 된다.

차체 중량을 광범위하게 분산시키기
때문에 큰 중량의 차체를 지지할 수 있다.

포나 장갑의 큰 중량을 지지하기 위해서는
접지압을 줄일 수 있는 「궤도」의 존재는 필수불가결

원포인트 잡학

전차는 접지압이 0.8~0.9kg/cm² 정도로, 보병(접지압 0.7kg/cm²)이 움직일 수 있는 정도와 거의 동일한 진흙탕을 달릴 수 있다.

궤도 안의 바퀴에는 차이가 있다?

전차의 궤도 안에 들어가있는 것은, 전문 용어로는 바퀴가 아니라 「보기륜」이라고 부른다. 자동차의 바퀴보다는 오히려 톱니바퀴에 가까운 것으로, 다수의 바퀴로 차체 중량을 지지하며 레일=궤도 위를 달리는 것이다.

● 똑같이 보이지만 각각의 역할이 있다

궤도의 안쪽에 늘어서있는 바퀴는 「보기륜」이라고 한다. 보기륜의 바깥쪽에는 충격 흡수와 소음 방지를 위해 고무가 둘러져있고, 서스펜션 등의 완충장치에 의해 주행시의 진동을 승무원이나 포에 전달하지 않는다. 저연령을 위한 만화 등에는 데포르메되어 "모두 똑같은 크기와 같은 모양"으로 그려져있는 경우가 많지만, 궤도의 가장 앞과 가장 뒤, 그리고 위쪽에 배치되어 있는 보기륜은 형태·용도가 다른 특별한 보기륜이다.

궤도의 앞뒤로 배치된 것이 「기동륜」, 「유동륜」이라고 불리는 중요한 보기륜이다. 다른 보기륜이 한두 개 부서지더라도 문제가 없지만, 기동륜이나 유동륜이 잘못되면 전차는 달릴 수 없게 된다.

기동륜은 엔진에서 궤도로 동력을 전달하는 역할을 하는 보기륜으로, 톱니바퀴처럼 생긴 모양을 하고 있다. 전차는 깔리는 레일(궤도)의 위를 달리고 있지만, 그 구동력은 증기기관차와 같이 동륜이 회전함에 따라 생기는 것이 아니라 기동륜의 톱니를 궤도의 틈이나 핀에 끼워넣어 돌리는 것으로 발생한다. 자동차의 경우에도 사륜구동과 같은 예외를 제외하고는 모든 바퀴에 동력이 전달되는 것이 아니라지만, 전차의 보기륜도 기본적으로는 차체의 무게를 지지하며 차체를 안정시키는 역할을 하고 있을 뿐이다.

유동륜은 기동륜의 반대쪽(기동륜이 궤도의 앞에 있는 전차라면 뒤쪽)에 배치되어 있어, 말하자면 끝까지 움직인 궤도를 접어넣는 부분에 있다. 유동륜은 그 위치를 움직여 궤도의 장력張力을 조절하는 역할도 하고 있어, 이것이 불충분할 경우 궤도가 벗겨지고 만다.

궤도의 윗부분을 지지하는 것이 「보조보기륜」이다. 유동륜으로 접혀들어간 궤도가 스무스하게 돌아가도록 지지해주는 것으로 다른 보기륜보다 작게 도는데, 큰 직경의 보기륜을 가진 전차에서는 생략되는 경우도 있다.

보기륜의 종류

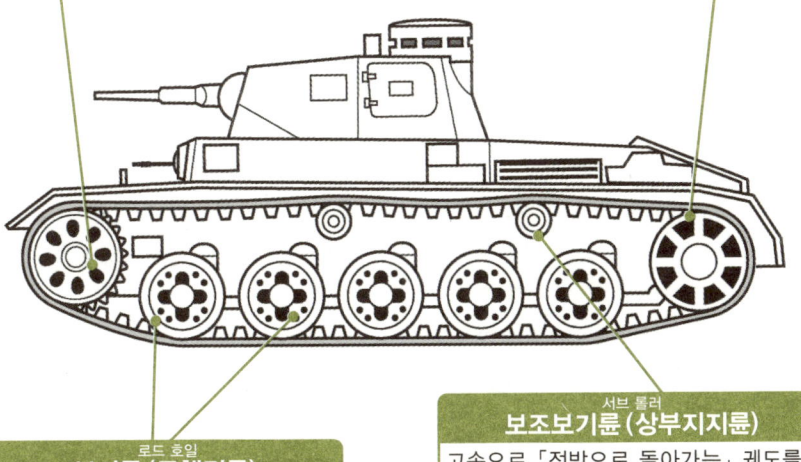

드라이브 스프로켓 호일
기동륜 (구동륜)
엔진에서 동력을 궤도에 전달하는 중요한 보기륜. 궤도를 끼워넣는 「이」를 가지고 있다.

아이들러 호일
유동륜 (수동륜)
기동륜의 반대측에 있는, 궤도를 접어넣는 부분. 궤도의 장력을 조절하는 역할도 있다.

로드 호일
보기륜 (주행전륜)
전차의 차체 무게를 지지하는 역할을 한다. 서스펜션에 의해 앞뒤, 위아래로 움직여 충격을 흡수하지만, 엔진에서 동력을 전달받지는 않는다.

서브 롤러
보조보기륜 (상부지지륜)
고속으로 「전방으로 돌아가는」 궤도를 지지하는 작은 보기륜. 통상, 다른 보기륜보다 작고 수도 적다. 리턴 롤러라고도 한다.

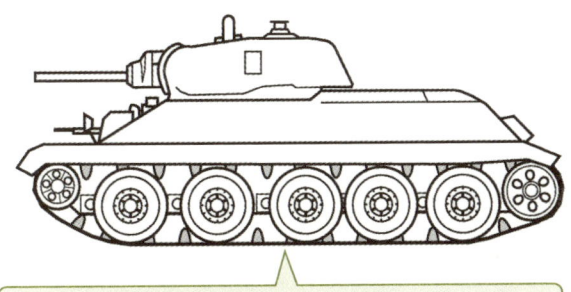

궤도의 상하폭과 같은 대직경의 보기륜을 가진 전차에서는 보조보기륜이 생략되기도 한다.

원포인트 잡학

보기륜은 과거에 강철제로 중량은 1개당 100kg을 넘었지만, 현재의 수지제 보기륜은 30kg 정도로 억제되고 있다. 또한 대전시의 독일 등에서는, 물자 부족으로 인해 부분적으로밖에 사용되지 못했던 강성보기륜도 있었다.

보기륜은 어째서 많이 있는가?

전차에는 그 자체 무게를 지지하기 위해 궤도로 지면에 대한 압력(접지압)을 분산시키고 있지만, 보기륜의 수가 적으면 지지하는 축에 차체 무게가 집중되고 만다. 그 때문에, 대형 전차는 축의 수=보기륜의 수를 늘려서 대응한다.

● 많은 보기륜으로 차체의 무게를 분산시킨다

전차의 바퀴=**보기륜**이 그렇게 많은 것은 대형 트럭이나 트레일러에 바퀴가 잔뜩 있는 것과 같은 이유이다. 전차나 대형 트럭의 차체 중량은 **궤도**나 바퀴에 의해 지탱되는데, 그것은 차체에 고정되어있는 차축에 의해 전달된다. 축의 수가 증가하게 되면 한 개의 축에 걸리는 중량이 경감되기 때문에, 그만큼 큰 중량의 차량을 만들 수 있는 것이다.

예를 들어 20톤의 차체가 있다고 한다면, 자동차처럼 2축 4륜만 있을 경우 축은 앞뒤로 10톤씩, 각 바퀴당 5톤의 중량이 걸린다. 이것을 4축 8륜으로 한다면 축에 걸리는 부담은 5톤, 바퀴에는 2.5톤밖에 되지 않는다. 전차의 보기륜은 적어도 한쪽에 4~5개, 많으면 15개 이상도 있어, 그것에 의해 큰 차체 무게를 분산시켜 지지하게 된다.

초기의 **육상전함**형 전차는 궤도 내에 지네처럼 보기륜을 늘어세워, 포나 장갑으로 인한 중량의 분산을 꾀하였다. 하지만 이러한 소형 보기륜을 많이 배치하는 방식은 차체 중량을 분산하여 궤도의 움직임이 원만하게 되어 지면이 울퉁불퉁하더라도 세밀하게 따라갈 수 있는 반면, 어떻게 하더라도 부품수가 많아지기 때문에 정비하기 어려워지고 고장도 자주 발생하는 단점이 있었다.

제2차 세계대전 시기의 소련 전차 『T-34』처럼 「큰 직경의 보기륜」을 사용한 경우, 심플하며 튼튼하고 고장이 잘 나지 않는다는 장점이 있지만 많은 보기륜을 늘어세울 수가 없다. 그래서 T-34를 넘는 중전차重戰車를 개발할 필요가 있었던 독일은 차체 중량을 지지하는 축을 확보하기 위해 대형 보기륜을 이용하면서도 보기륜을 서로 다르게 배치하는 방법을 고안해냈다. 이것이 『티이거 I』이나 『판터』 등에 사용된 「지그재그식 보기륜」, 「끼워넣기 보기륜」이라고 불리는 보기륜 배치로, 2단 3단으로 겹쳐서 보기륜을 증가시켜 차체 무게를 효과적으로 분산시킬 수 있었다.

차축수와 보기륜의 직경

축수가 많아질수록, 더욱 큰 중량을 지지할 수 있다

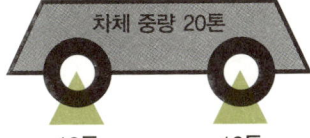

2축의 경우

차체 중량 20톤

10톤　　　10톤
앞뒤의 차축에 10톤씩 하중

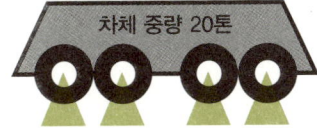

4축의 경우

차체 중량 20톤

5톤　5톤　　5톤　5톤
한 개의 차축에 5톤씩의 하중

소형 보기륜을 복수 배치

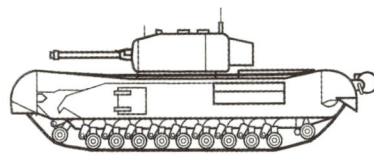

· 지면의 요철에 대응하기 쉽다
· 작은 부품이 증가하여 내구성이 저하

대형 보기륜을 소수 배치

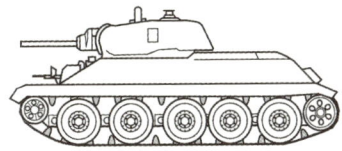

· 튼튼하게 만들어져 고장이 잘 일어나지 않는다
· 보기륜의 수(축의 수)에 한계가 있다

대형 보기륜을 채용한 독일 전차는 보기륜을 서로 달리 배치하여 축을 증가시켰다

지그재그식 보기륜

『티이거Ⅰ』의 초기형 등에 이용되었다. 겹쳐진 부분의 정비나 교환이 귀찮고 틈에 눈이나 진흙이 끼기도 했다.

←진행 방향

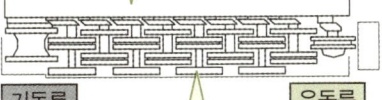

기동륜　　　　　유동륜

철도 수송시에는 가장 바깥쪽의 보기륜을 떼어내 차폭을 줄였다.

끼워넣기식 보기륜

『티이거Ⅰ』의 후기형이나 『판터』 등의 보기륜 배치는 안·밖의 단순한 조합이 되었다.

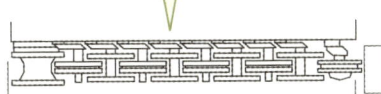

원포인트 잡학

대형 보기륜을 서로 다른 조합으로 한 독일식 보기륜 배치는 전후 프랑스 전차에 일부 채용되는 정도로 모습을 감추었다.

「토션바·서스펜션」이란 무엇?

「코일 스프링·서스펜션」은 용수철을 이용한 충격 완충 장치. 「리프 스프링·서스펜션」은 판 스프링을 겹친 것. 그럼 현대에도 많은 전차가 채용하고 있는 「토션바」란 어떤 것인가.

● 토션바=「뒤틀린 봉」

자동차 중에도 험지를 달리는 오프로드카에는 고성능의 충격 완충 장치=서스펜션이 장착되어있지만, 제1차 세계대전에서 등장한 영국의 비밀병기 「쐐기꼴 전차」에는 이러한 것이 없었기 때문에 고장이 속출하고 무기를 조준하는 것조차 어려웠다. 프랑스나 독일이 흉내내어 만든 전차에는, 화물 열차의 화차에 사용된 기술인 「코일 스프링」이나 「리프 스프링」을 이용한 서스펜션이 채용되었지만, 역시 무기로 사용하기에는 내구성이나 파손되기 쉬운 점이 문제가 되었다.

현재, 서스펜션의 주류가 되어 있는 것은 「토션바」라고 불리는 방식이다. 이것은 탄력이 있는 금속봉으로, 스윙 암에 붙어있는 **보기륜**의 상하 움직임을 「봉이 뒤틀림에 견디는 힘과 그 복원력」을 이용하여 완충시켜주는 것이다. 바는 차체의 아랫부분을 횡으로 관통하는 모양으로 내장되어있기 때문에, 폭발의 파편으로 부서지거나 눈이나 진흙이 끼어 작동 불량을 일으키는 일은 없지만, 내장식이라 수리나 교환시에는 손이 많이 간다.

이것과 겉 모습이 유사한 「크리스티식」이라는 서스펜션이 있다. 애초에 존 W. 크리스티라고 하는 미국인이 고안해낸 것이지만 모국보다도 라이벌인 소련에서 높은 평가를 받아, 개량된 시스템이 『T-34』 계열 전차 등에 채용되었다. 큰 직경의 보기륜을 스윙암으로 지지한다는 점은 똑같지만, 완충 장치에 코일 스프링을 사용하는 점이 다르다. 어느 쪽의 방식도 대형 보기륜을 사용하기 때문에, 보기륜이 위아래로 움직일 여지(트라벨)를 크게 잡는 것이 가능하다. 이것이 크다면 그만큼 차체의 위아래 움직임을 상쇄시킬 수 있어, 울퉁불퉁한 길을 달리기 용이해진다. 제2차 세계대전 말기에 큰 직경의 보기륜이 주류가 된 것은 정비성의 향상이라는 것뿐만 아니라, 이런 새로운 방식의 서스펜션이 등장했기 때문이라는 면도 크게 작용했다.

서스펜션(현가장치)

서스펜션은 스프링이나 유압의 점성저항을 이용하여 차체에 전달되는 충격을 흡수하거나, 진동이나 동요를 억누르는 장치이다.

코일 스프링 방식

둥글게 말린 스프링으로 쇼크를 흡수.

리프 스프링 방식

판스프링을 조합하여 충격을 약화시킴.

이것들은 철도의 화차에도 이용되는 기존의 기술.

새로운 기축 · 토션바 방식

금속봉의 「뒤틀림에 견디는 복원력」을 이용하여 쇼크를 흡수하는 서스펜션.

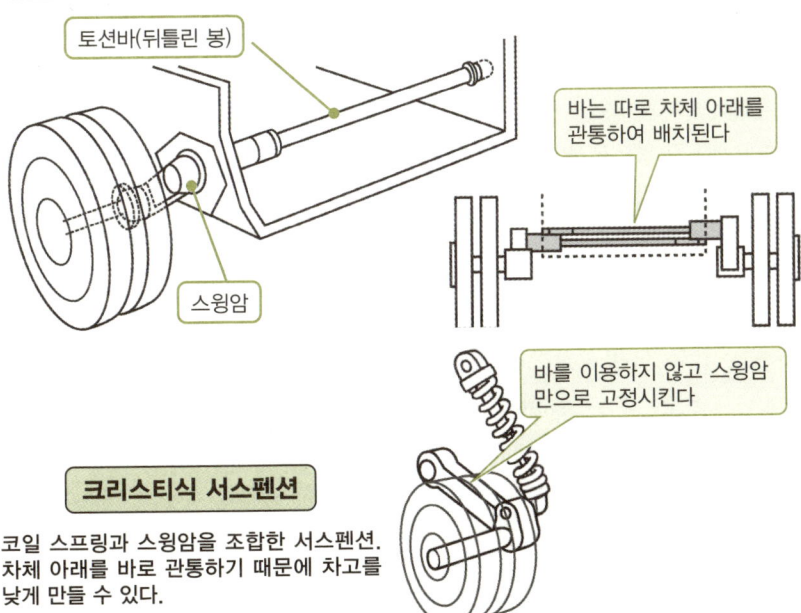

토션바(뒤틀린 봉)

스윙암

바는 따로 차체 아래를 관통하여 배치된다

바를 이용하지 않고 스윙암 만으로 고정시킨다

크리스티식 서스펜션

코일 스프링과 스윙암을 조합한 서스펜션. 차체 아래를 바로 관통하기 때문에 차고를 낮게 만들 수 있다.

원포인트 잡학

트라벨이 크기 때문에 차체가 배와 같이 요동치게 되어버려, 통상적으로는 보기륜에 완충 장치(흔들림을 억제하는 댐퍼나 충격을 흡수하는 쇼크업소버를 조합한)를 붙여 충격을 흡수한다.

전차는 얼마나 빨리 달릴 수 있는가?

전차가 속도를 낼 수 없는 것은 아니다. 확실히 제2차 세계대전 당시의 전차는 시속 20~40km 정도였지만, 차체 무게를 고려한다면 상당한 속도라고 할 수 있다. 게다가 엔진 기술이 진보한 현대에는 50~70km 정도의 속도로 달리는 것도 가능해졌다.

● 그러나 풀스피드로 달리는 경우는 거의 없다

궤도 차량에는 "속도를 내지 않고 천천히 달릴 수 밖에 없다" 는 이미지가 있다. 공사 현장에서 보이는 불도저나 포크레인 등은 시속 10km 정도의 속도고, 영화에 나오는 전차도 커다란 장해물을 밟아부수기만 할 뿐 천천히 전진한다. 하지만 전차=속도가 느리다고 생각하는 것은 옳지 않다. 제2차 세계대전 중의 독일 『IV호 전차』나 연합군의 『M4 셔먼』 등은 시속 40km 전후의 속도로 달릴 수 있었다. 숫자만 본다면 미니바이크 정도의 속도밖에 안되지만, 사이즈도 중량도 차원이 다르다. 전속력으로 달리는 전차에 가까이 가면 상당히 위험하다.

설계상으로는 이 정도의 속도를 낼 수 있는 전차지만, 실제 풀스피드로 전장을 달리는 케이스는 적다. 왜냐하면 전투 중 해치를 열고 주위를 확인할 수 없는 탓에 조종수의 시계가 극단적으로 좁아져, 전차가 구멍에 빠지거나 진창에 빠지거나 할 수 있으니 신중하게 조종할 필요가 있기 때문이다. 또한 당시는 보병이 전차에 육탄 공격을 거는 경우가 많아, 그것을 격퇴하기 위해서 아군의 보병과 보조를 맞춰야할 필요가 있었다. 전투가 개시되면 보병은 트럭이나 장갑차에서 내려서 도보로 진격하기 때문에, 그들을 두고 가지 않도록 무의미하게 속도를 내서는 안 된다.

이러한 점도 고려하여, 전차의 기동성을 객관적으로 나타내는 수치로 「출력 중량비」 라는 것을 사용한다. 이것은 엔진의 마력을 차체 중량으로 나눈 것으로 "1톤당 엔진의 출력이 어느 정도인가" 를 표시한다. 예를 들면 엔진이 1,500마력인 전차가 있다치고 차체 중량 50톤이라면 「출력 중량비 30」 이라고 한다. 장갑이 증가한 **중전차**重戰車는 엔진 파워를 향상시키는 것으로 중전차中戰車와 비등한 출력 중량비를 얻을 수 있고, 전후 **제3세대 MBT**는 엔진 출력을 더욱 강화하여 수치를 향상시켰다.

전차의 속도

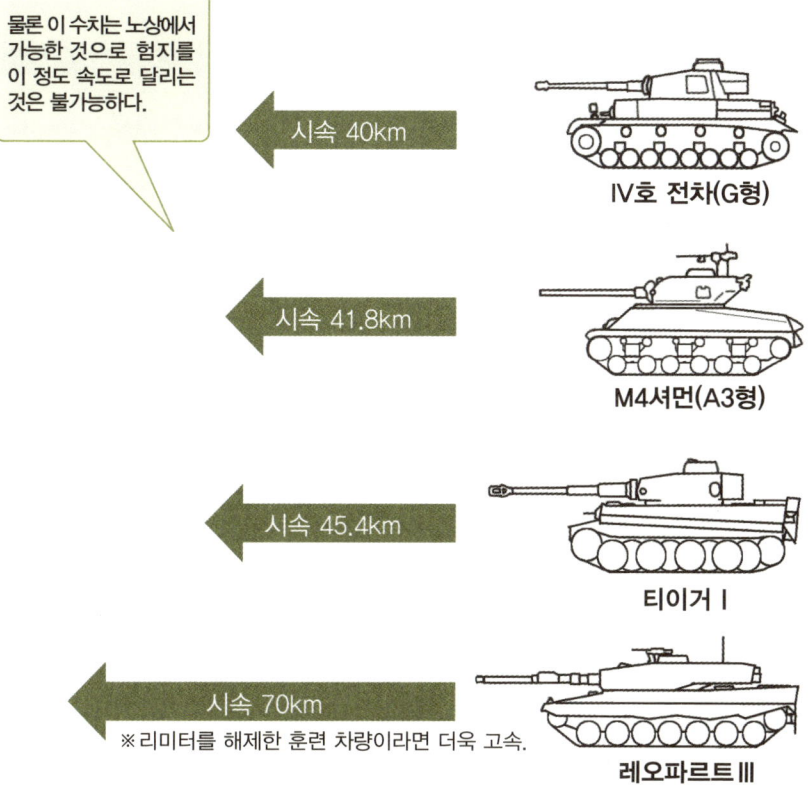

물론 이 수치는 노상에서 가능한 것으로 험지를 이 정도 속도로 달리는 것은 불가능하다.

시속 40km

IV호 전차(G형)

시속 41.8km

M4셔먼(A3형)

시속 45.4km

티이거 I

시속 70km

※리미터를 해제한 훈련 차량이라면 더욱 고속.

레오파르트 III

파워웨이트 레이쇼
출력 중량비

※hp는 마력, t는 톤을 나타냄.

제2차 세계대전 중의 전차

IV호 전차=엔진 출력 265hp÷총 중량 23.5t=11.3hp/t

티이거 I =엔진 출력 650hp÷총 중량 56.9t=11.4hp/t

전후 제3세대 MBT

레오파르트 III =엔진 출력 1,500hp÷총 중량 55.2t=27.2hp/t

중량이 증가한만큼 엔진도 강화하여 기동력을 유지해야 한다.

원포인트 잡학

전차가 풀 스피드로 싸우지 않는 것은 「연비가 나쁜 것에 기인하는 보급 문제」나 「궤도 등 주행 장치 약화」와 같은 이유도 있다.

No.067
궤도는 어떻게 교환하는가?

궤도는 한 곳이라도 파손·절단되면 전부 쓸 수 없게 된다. 하지만 전차라는 무기가 궤도를 장비하는 것은 어쩔 수 없는 이상, 이미 「궤도는 끊어지는 것」이라고 미리 생각하면서 운용할 수밖에 없다.

● 수작업으로 궤도를 늘어세우고 교환

궤도는 미끄러지는 것을 막기 위한 홈이 파여있는 튼튼한 판을 띠 모양으로 연결하여 핀으로 접합하는 구조로 되어있다. 강도와 유연성을 양립시키기 위한 고육지책이지만, 역시 아무리 튼튼한 소재를 사용해도 「절대 끊어지지 않는 궤도」는 만들 수 없다.

궤도가 끊어지는 것은 딱히 전투만이 원인인 것도 아니기에, 그때마다 후방의 수리부대로 보내는 것은 효율이 나쁘다. 그래서 전차는 예비궤도를 싣고 출격하게 된다. 그렇다고는 하지만, 그 긴 궤도를 전부 싣고 다닐 수는 없다. 궤도가 끊어졌을 때는 접합 부분인 핀이 뽑히거나 2~3개의 이판履板(블록이라고도 부름)이 찌그러져 망가진 경우가 대부분이기 때문에, 그 부분만을 교환하면 된다. 예비로 가지고 다니는 것은 1m 가량의 몇 블록 정도로, **증가장갑** 대용으로 차체나 포탑에 붙여놓는 경우도 있다.

잘린 궤도를 교환할 때는, 우선 예비 궤도를 가져와서 잘못된 부분과 교환한다. 그리고 원래대로 고쳐진 궤도를 레일처럼 쭉 펼치고, 그 위에 전차를 이동시킨다. 마지막에 기동륜의 이와 궤도를 맞추고, 윈치로 감아올리거나 해서 궤도를 돌려 **보기륜**을 한 바퀴 감아 연결하는 것이다.

통상, 궤도를 정비하는 것은 잘리거나 벗겨지거나 했기 때문이지만, 이 작업을 일상적으로 시행한 케이스가 있다. 제2차 세계대전 중의 독일 전차 『티이거 I』이다. 티이거 I 의 궤도는 장거리 이동용 화물차의 폭에 들어가지 않았기 때문에, 전투용 광궤 궤도와 철도 수송용의 협궤 궤도가 둘다 준비되어 있었다. 철도 수송시에 교환할 필요가 있었기 때문에 차체에는 그를 위한 와이어가 장비되어 있었다.

튼튼한 것인가 약한 것인가

궤도→이판을 늘어세워 핀으로 고정

싱글핀 방식

궤도의 블록을 이어서 긴 핀으로 연결.

더블핀 방식

블록의 양쪽 끝을 고정핀으로 연결

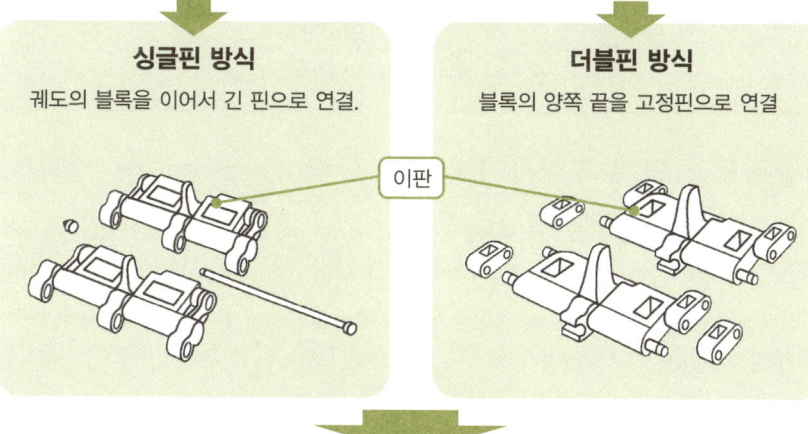

이판

핀이 끊어지거나 이판이 뒤틀렸을 때 수리

예비궤도를 싣고 있다가 끊어지면 교환한다

『티이거 I』의 궤도 교환 작업

교환 작업은 재빠르게, 철저히 반복 훈련한다.

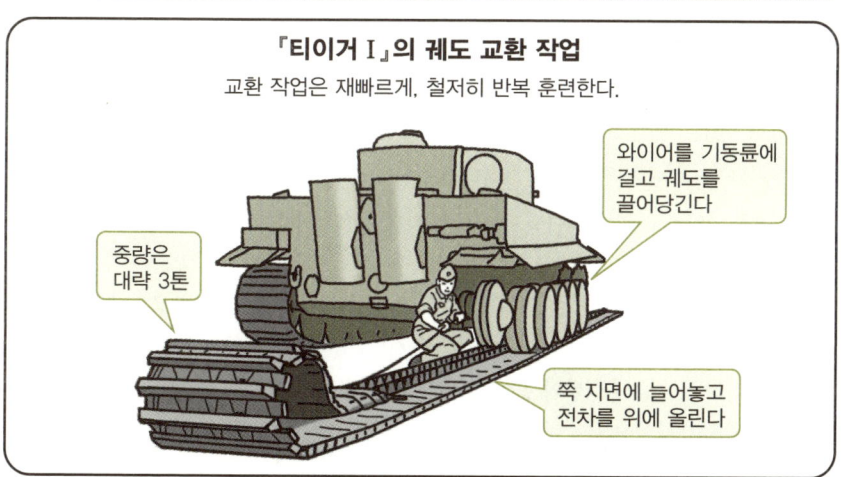

와이어를 기동륜에 걸고 궤도를 끌어당긴다

중량은 대략 3톤

쭉 지면에 늘어놓고 전차를 위에 올린다

원포인트 잡학

고장인 경우는 괜찮지만 피탄 당해 궤도가 끊어진 경우에는 보기륜의 교환이나 수리도 해야만 하기 때문에 꽤나 큰 작업이 되어, 수고도 시간도 많이 든다.

전차는 물 속으로 잠수할 수 있나?

전차는 궤도 부분보다 아래로는 큰 틈이 없기 때문에, 깊이 50cm~1.5m 정도라면 그대로 건널 수 있다. 하지만 차체 전부가 잠기는 깊이인 경우, 기밀 처리나 엔진의 흡배기 등 사전에 준비할 필요가 있다.

● 실제로는 역시 무리가 있다

전차의 차체는 수밀 구조로 되어있다. 다소의 물이 새어들어올지도 모르지만, 자동차처럼 "반쯤 물에 잠긴 것" 만으로 움직이지 못하게 되는 근성이 없는 물건은 아니다. 이것은 엔진룸의 구조에 의한 것으로, 엔진의 연소에 필요한 공기를 흡기할 수만 있다면 물 속에서도 문제 없이 기동할 수 있다.

제2차 세계대전 당시의 독일은, 바다를 건너 영국을 침공하는 「잠수 전차」의 실험을 행하여 성공시켰다. 전차의 포신이나 기관총, 흡기 장치 등의 틈을 밀폐하고, 포탑 해치에서 물에 뜨는 부이를 뻗어 공기를 흡수하는 입구를 만들고, 파이프를 통해 차내에 전달하는 방식. 결국 영국 본토 침공은 실현되지 않았지만 소련 침공시의 도하 작전에서 이용되었다.

또한 엔진의 흡배기관이 수몰되지 않도록 길고 높은 관을 연결하는 「스노켈」도 유효한 방법으로, 무거워서 다리를 건널 수 없는 『티이거 I』의 초기형에서도 채용되었다. 현대에는 수중작업용 불도저 등에 유사한 장치가 탑재되어, 항만의 준설이나 항만 공사에서 활약하고 있다.

전후의 **MBT**, 특히 레오파르트 시리즈나 소련 전차에는 스노켈이라는 발상에서 발전한 「커닝 타워」라는 거대한 관이 **커멘더스 큐폴라**에 장비된다. 타워의 높이는 얕은 강이라면 1단만, 깊은 강이라면 3단을 연결하여 수면까지의 높이에 맞춰 적절하게 만들어져 있어, 거기서부터 차내로 공기를 빨아들인다. 타워의 꼭대기에는 전차장이 자리잡고, 조종사에게 진로를 지시하도록 되어있다. 궤도 차량은 장륜 차량보다 **접지압**이 낮아 수중에서 물 속의 진창에 잘 빠지지 않는다고는 하지만, 종래까지의 방법으로는 눈을 가린 상태나 마찬가지인 수중 주행밖에 할 수 없었다. 전차장에 의한 유도는 저격의 위험이 따른다고는 하지만 수중에서 움직이지 않게 되는 사태를 피하기 위해서는 할 수 없는 것이다.

전차의 도하장비

궤도가 잠기는 정도의 깊이라면 특별한 장비 없이 달릴 수 있지만……

그 이상의 깊이라면 엔진이 공기를 빨아들일 필요가 있다

부이와 호스로 공기를 확보하는 방법

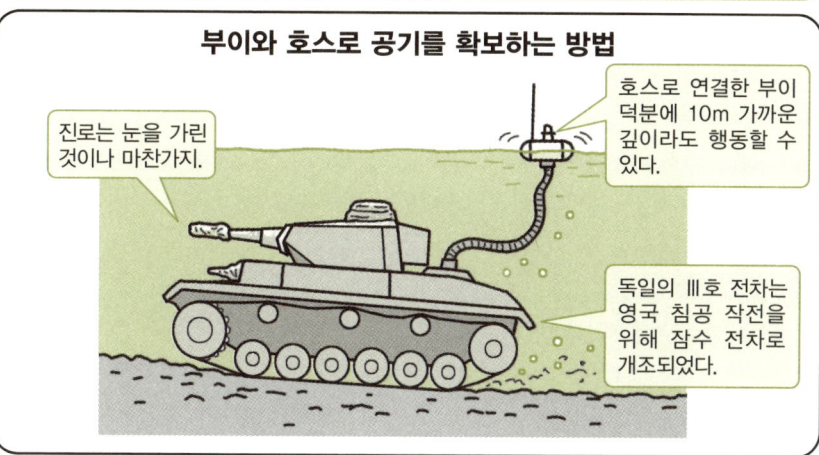

진로는 눈을 가린 것이나 마찬가지.

호스로 연결한 부이 덕분에 10m 가까운 깊이라도 행동할 수 있다.

독일의 Ⅲ호 전차는 영국 침공 작전을 위해 잠수 전차로 개조되었다.

커닝 타워나 스노켈을 장비하는 방법

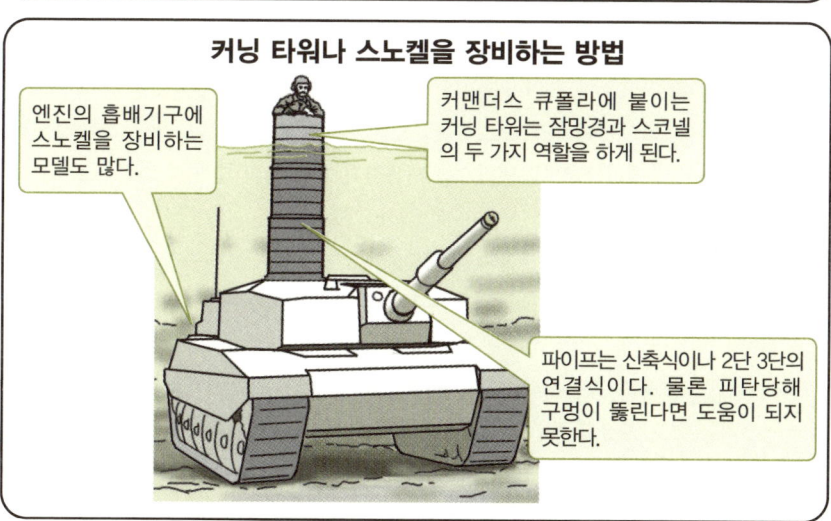

엔진의 흡배기구에 스노켈을 장비하는 모델도 많다.

커맨더스 큐폴라에 붙이는 커닝 타워는 잠망경과 스코넬의 두 가지 역할을 하게 된다.

파이프는 신축식이나 2단 3단의 연결식이다. 물론 피탄당해 구멍이 뚫린다면 도움이 되지 못한다.

원포인트 잡학

미국은 전차의 잠수도하에 적극적이지 않고 가교나 부교를 이용하는 방법을 좋아한다. 그에 비해 소련은 적의 항공 병력에 의한 후속 공병부대가 공격받을 가능성을 위험시하여, 전차에 서방 이상의 잠수 능력을 요구한다.

엔진은 「수냉」「공냉」 어느 쪽이 좋은가?

엔진은 열을 동력으로 변환하는 「내연기관」이다. 하지만 엔진이 과열되면 고장나거나 화재가 발생하는 원인이 된다. 특히 전차의 엔진은 장갑에 둘러쌓여 통풍이 나쁘기 때문에 효율이 좋은 냉각 방법을 찾기 위해 시행착오를 거쳐왔다.

● 물로 식힐 것인가 바람을 통하게 할 것인가

엔진의 냉각 방법은 전차 설계자에게 있어 생각해야만 할 부분이다. 여러 국면에서 혹사당하는 전차의 엔진은, 방심하면 바로 오버히트 되고 만다. 엔진의 열을 효율적으로 빼앗기 위해서는 어떻게 하면 좋은가. 쉽게 생각할 수 있는 것은 "물"을 사용하는 방법이다. 뜨거워진 커피는 내버려두면 식는다지만, 컵을 얼음물에 담가두면 식는 것이 빨라지는 것과 같은 이유이다.

물(액체)을 이용해 엔진을 식히는 방법을 「수냉(액냉)식」이라고 한다. 물론 엔진을 물에 잠기게 하는 것은 아니고 엔진 주변에 냉각수가 통하는 관을 붙여서 그 부분으로 열을 빼앗는다. 관을 통해(엔진의 열을 흡수하여) 따뜻해진 냉각수는 「라디에이터」라는 장치를 통과하며 송풍팬에서 뿜어져나오는 외부 대기에 의해 온도가 내려간 후, 다시 엔진에 보내지는 것이다.

오래 전부터 이러한 방법은 전차의 엔진에도 널리 이용되었지만, 제2차 세계대전이 시작되자 여러 부적합 요소가 표면화되었다. 사막과 같은 장소에서는 냉각수의 조달·보급이 곤란하다거나, 라디에이터의 구조가 복잡해서 수고가 많이 드는 등의 문제가 있었다. 해결책의 하나로서 태어난 것이, 냉각수를 사용하지 않고 열이 대기 중으로 바로 빠져나가는 성질을 이용한 「공냉식」이다.

이 방법은 수냉식보다 냉각 효율이 낮지만, 구조가 단순해서 데미지에도 강하다는 장점이 있었다. 수냉식 엔진을 탑재한 전차는 피탄된 경우 냉각수가 흘러나와 오버히트하고 말 위험성이 있지만, 공냉식이라면 흘러나올 위험성이 애초에 없다.

하지만 냉각 효율의 관점에서 보면 수냉식 쪽이 뛰어나다. 전후에는 엔진출력을 증가시켜 발생하는 열도 커졌고 또한 라디에이터 등의 기계적 신뢰성이 향상되기도 하여 수냉식 엔진 전차가 주류가 되었다.

엔진의 냉각 방법

냉각용 액체를 엔진 주위로 순환시켜 열을 빼앗는 「수냉식」과 팬을 돌려 열을 공기 중으로 발산시키는 「공냉식」이 있다.

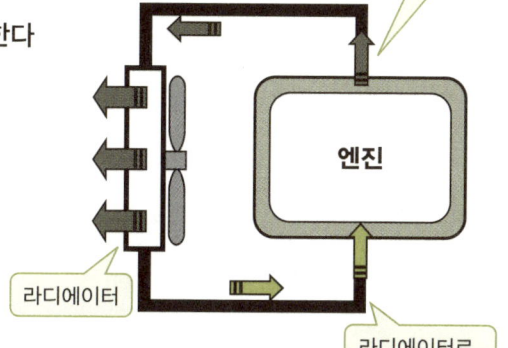

수냉식

· 액체를 이용해서 냉각한다
· 구조가 복잡
· 냉각용 액체가 필요
· 냉각 효율은 높다

뜨거워진 물

엔진

라디에이터

라디에이터로 냉각시킨 물은 다시 엔진으로

※한랭지에서 차가워진 엔진은 시동을 걸 수가 없게 되는 탓에, 다른 차량의 라디에이터에서 온수를 끌어와 덥히는 경우도.

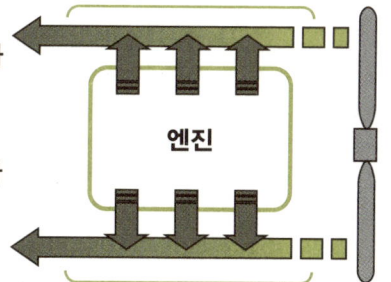

공냉식

· 팬으로 공기를 돌려 냉각시킨다
· 구조가 단순해서 고장이 적다
· 냉각수가 불필요
· 냉각 효율이 수냉식보다 약하다

엔진

엔진을 노출시켜 배치할 수 있는 바이크나 장갑을 두를 필요가 없는 승용차 같은 것이라면 몰라도, 밀폐된 장갑 안에 엔진을 배치해야하는 전차에서는 공기가 흐르는 통로를 만들 필요가 있다.

원포인트 잡학

제2차 세계대전 당시의 일본 전차도 공냉식 디젤 엔진을 채용했는데, 이것은 만주에서 냉각수 조달이 어려웠다는 점도 염두해 둔 것이었다.

전차의 엔진에는 디젤식이 최적?

제2차 세계대전 중이나 냉전기에는 전차의 엔진으로 디젤 엔진과 가솔린 엔진이 병행되었다. 하지만 현대 최신 전차에는 일부를 제외하고 디젤 엔진이 주류를 이루고 있다.

● 전투 차량의 동력으로서는 디젤이 적합

전차의 엔진으로는 당초 가솔린 엔진이 널리 사용되었다. 제1차 세계대전 이후, 프랑스의 『르노FT』도, **전격전**에 투입된 독일의 『III호 전차』도 모두 가솔린식이었다. 휘발유는 휘발성이 강하고 쉽게 인화·폭발하는 위험성이 있었지만, 당시의 내연기관으로 사이즈를 적게 하면서 출력은 크며 진동이 적고 정비도 간단하다는 조건을 갖춘 것은 이것밖에 없었다.

1930년대가 되면서 전차용 디젤 엔진이 등장했다. 디젤식은 휘발유보다 저품질의 연료인 경유를 사용할 수 있어 연비가 좋아지는 특징이 있다. 연료의 소비율이 낮아지고 같은 양이라도 멀리까지 이동할 수 있게 되었다. 제2차 세계대전 당시 디젤식을 많이 채용한 것은 소련과 일본의 전차였는데, 커버할 수 없을 정도로 거리(국토)가 넓은 소련이나 자원이 없는 일본에 있어 디젤 엔진은 적합했다고 할 수 있다.

경유는 휘발유보다 발화점이 낮은 점도 빼놓을 수 없다. 적탄이 명중한 경우, 휘발유 연료는 인화하여 폭발할 위험성이 있지만, 디젤식이라면 단순히 타버리는 정도이다. 한눈에 봐서 똑같다고 생각되지만 「폭발」과 「화재」 중에는 역시 후자 쪽의 생존율이 높다. 하지만 디젤 엔진은 실린더 내부의 압력을 높이기 위해서 엔진 블록을 튼튼하게 만들 필요가 있기 때문에, 가솔린식과 같은 수준의 사이즈에서는 출력을 낼 수가 없고 같은 파워를 내고자하면 무거워진다. 더욱이 소음과 진동이 커지는 단점도 있다.

대전 중, 미국이나 영국에서도 디젤 전차가 만들어지지 않은 것은 아니었지만, 주력은 역시 가솔린식. 일부 생산된 디젤 차량은 훈련에 사용되거나 소련에 공여되거나 했다. 독일 전차가 가솔린식이었기 때문에 프랑스로 침공할 때까지는 좋았지만, 소련 침공시에는 빼앗은 소련 차량의 연료(경유)를 사용할 수 없어서 곤란했다.

가솔린 vs 디젤

제2차 세계대전 당시, 많은 나라는 가솔린 엔진을 채용하고 있었다

장점 · 소형으로 하이 파워
· 정비가 편리
(이제 막 실용화된 디젤 엔진보다 기술이 성숙되어 있었기 때문)
단점 · 피탄시에 폭발하기 쉽다

가솔린 엔진

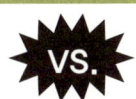

VS.

디젤 엔진

하지만 소련이나 일본의 전차는 디젤 엔진을 탑재하고 있었다

장점 · 연비가 좋다
· 경유 이외의 중유, 등유, 휘발유, 알코올 등으로도 움직인다
(전후 「다연료엔진」 등으로도 불리었다)

단점 · 소음이나 진동이 격렬하다

그리하여 현재는……

전후 전차에는 트랜스미션 등이
일체화된 「파워팩」식 디젤 엔진이
주류가 되었다.

엔진
(디젤식)

트랜스미션

냉각계

파워팩 방식 디젤 엔진

· 저연비&저인화성
· 패키지식이라 정비가 편리하다

원포인트 잡학

각종 전차에서 제2차 세계대전 당시에 사용된 엔진은, 영국·독일이 「수냉 가솔린」, 미국이 「공냉 가솔린」, 소련이 「수냉
디젤」, 일본은 「공냉 디젤」이었다.

제트 엔진으로 움직이는 전차가 있다?

가스터빈 엔진은 원리적으로 「항공기용 제트 엔진」과 동일한 것이다. 디젤 엔진보다 저온에서도 시동성이 좋고 소형으로 큰 파워를 낼 수 있지만, 저속 회전시에도 연료를 다량 소모한다는 단점이 있다.

● 제트로 터빈을 회전시킨다

이라크전쟁에서도 활약한 미국의 『M1 에이브럼스』 시리즈나 소련(러시아)의 『T-80』이 동력원으로 삼고 있는 것이, 항공기용의 제트 엔진과 같은 구조로 되어 있는 「가스터빈 엔진」이다.

통상, 전투 차량에 쓰이는 엔진은 가솔린이라도 디젤이라도 「피스톤 기관」이라고 불리는 구조이기 때문에, 연료를 압축해서 간헐적으로 폭발시키는 것을 반복해 내장된 피스톤이 상하로 움직이는 것을 회전 운동으로 변환시키고 있다. 이에 비해 가스터빈 엔진에서는 연속되는 폭발을 일으켜―압축된 연료를 태워 그 배기를 터빈블레이드에 부딪히게 해서 회전축을 돌린다.

즉 "제트기가 날아가기 위해 노즐에서 분사되는 가스"를 풍차처럼 부딪히게 해서 궤도의 축을 회전시키는 구조이다. 구조적으로는 「압축기」, 「연소실」, 「배기터빈」을 늘어놓기만 하면 되기 때문에 피스톤 기관보다 간단하고 사이즈도 컴팩트하다. 소형경량·대출력, 정비도 간단하고 신뢰성도 높은 장점 투성이인 엔진이다.

그렇게 뛰어난 엔진이 어째서 세계의 주류가 되지 못하는가? 그 이유는 「연비가 극단적으로 나쁘다」는 것에서 기인한다. 애초에 전차라는 것은 리터당 1km조차 달릴 수 없을 정도로 연비가 나쁜 무기이지만, 가스터빈 엔진은 이동시나 전투시뿐 아니라 공회전시의 연비까지도 어마어마하게 나쁘다. 자동차든 뭐든 엔진은 달릴 때보다 공회전시의 연비가 좋지만, 가스터빈식은 순항시의 연비가 좋을 정도다. 또한 제트기의 경우 고공을 날기 때문에 그다지 문제가 되지 않지만, 전차는 흙이나 먼지가 많은 지면을 달리기 때문에 구동에 필요한 대량의 공기를 흡수하기 위한 흡배기계의 구조를 연구할 필요가 있다. 연비가 나쁜 탓에 보조용 증가 연료탱크의 공간도 필요하여 엔진 소형화의 이점이 그다지 없다.

부자가 싸우기 위한 엔진

가스터빈 엔진

장점 · 구조가 단순하고 사이즈도 컴팩트
· 애초에 항공기나 고속정용 엔진이라 차량용으로서는 꽤나 대출력

단점 · 연비가 극단적으로 나쁘다

이 단점이야 말로 「전투 차량의 엔진으로서 일반화 되지 않는」 최대의 요인

가스터빈 엔진에는 충실한 후방 지원이 필수

가스터빈 전차를 운용하는 데에는

① 단순히 연료비가 많이 든다
② 대량의 연료를 신속하고 끊임 없이 운반할 필요가 있어 보급부대의 부담이 크다
③ 흙먼지에 약하기 때문에 정비부대도 열심히 일해야 한다
④ 타국 부대와 연료의 융통도 어렵다

즉…

결국 가스터빈 전차를 보유하는 것은 미국이나 구소련 등, 막대한 군사비를 가진 나라에 한정된다.

한국제 M1이라고 불리는 『K1』전차에도 동력을 가스터빈이 아니라 디젤 엔진으로 변환해서 장착하고 있다.

원포인트 잡학

스웨덴의 『S전차』는 전투시에 부스트용으로 가스터빈 엔진을 탑재하고 있다.

전차의 엔진은 어디에 실려있나?

엔진의 동력을 트랜스미션을 통해 차축이나 궤도에 전달하여 그 회전으로 지상을 달린다. 그런 의미에서 전차와 자동차의 구조는 본질적으로 동일하다. 하지만 엔진의 설치 위치에 있어서는 자동차만큼 자유롭지 않다.

● 엔진은 안전한 후방에

　자동차의 엔진은 기본적으로 앞에 배치되어 있다. 연료를 태우기 위한 흡기나 배기, 냉각용 공기흡기구는 주행시 바람을 받기 쉬운 앞부분 쪽에 있는 것이 편하기 때문이다. 하지만 전차의 경우, 공기취입구=장갑의 구멍—즉 약점이 된다. 이런 약점을 일부러 적탄이 집중되는 앞부분에 설치할 수는 없다. 이 때문에 전차의 엔진은, 비교적 포탄이 날아오지 않는 차체 후방에 배치되어 있는 것이다.

　엔진을 후방에 두는 것은 좋았지만 여기에 트랜스미션(변속기)를 맞추게 되면 후방 공간에서도 상당한 면적을 차지하게 되어, 포탑을 자체 중앙에 설치할 수가 없다. 소련의 『T-34』는 아예 이 레이아웃을 채용하여, 제2차 세계대전 당시의 일반적인 전차와 비교해 "포탑이 앞쪽으로 나와있다"는 독특한 실루엣을 갖게 되었지만, 다른 나라 대부분은 전차 차체 전방에 트랜스미션을 배치하여 바닥에 뻗은 트랙와 같은 연결봉을 이용해 동력을 전달하는 방식을 채용하고 있었다.

　현대에는 기계적 기술력이 향상되었기 때문에, 엔진·트랜스미션·냉각계를 하나로 모은 「파워팩」을 차체 후부의 기관실에 격납하는 형식이 되었다. 엔진의 출력은 트랜스미션에서 직접 **기동륜**으로 전달되기 때문에 프로펠러 샤프트를 통할 때와 같은 동력 손실도 없고 구조도 단순해졌다. 파워팩 방식의 동력을 가진 차량은 기동륜의 위치와 엔진의 위치가 일치하기 때문에 밖에서 "톱니바퀴 같은 모양을 한" 기동륜의 위치를 확인하면 엔진 위치를 알 수 있다. 이스라엘의 **MBT** 『메르카바』는 현대 전차 중에서도 희귀한, 기동륜이 전방에 배치된—즉 프론트 엔진 형태의 전차인데 이것은 피탄당해 행동 불능에 **빠지더**라도 엔진이 방패가 되어 승무원이 살아남을 수 있다는 방어적인 발상에서 생겨난 것이다.

전차의 엔진 배치

제2차 세계대전 당시의 전차에서는……

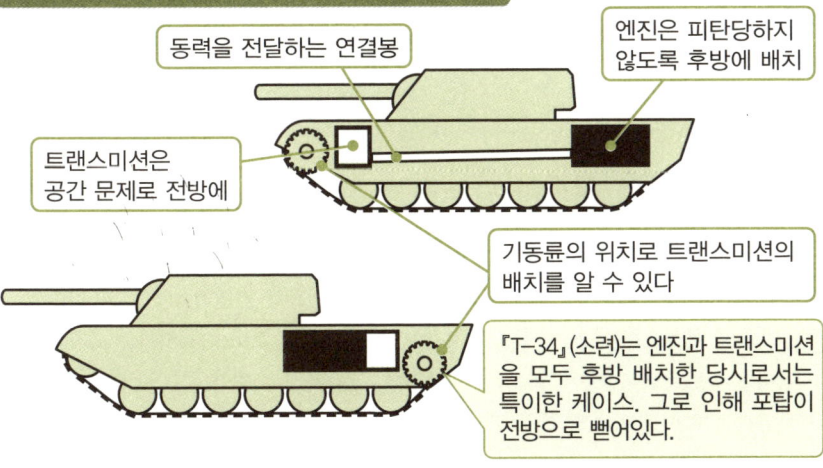

동력을 전달하는 연결봉

엔진은 피탄당하지 않도록 후방에 배치

트랜스미션은 공간 문제로 전방에

기동륜의 위치로 트랜스미션의 배치를 알 수 있다

『T-34』(소련)는 엔진과 트랜스미션을 모두 후방 배치한 당시로서는 특이한 케이스. 그로 인해 포탑이 전방으로 뻗어있다.

전후 전차에서는 이렇게

전후의 MBT에서는 트랜스미션이 소형화되었기 때문에 『파워팩』으로 후방배치하는 것이 가능해졌다.

이런 예외도

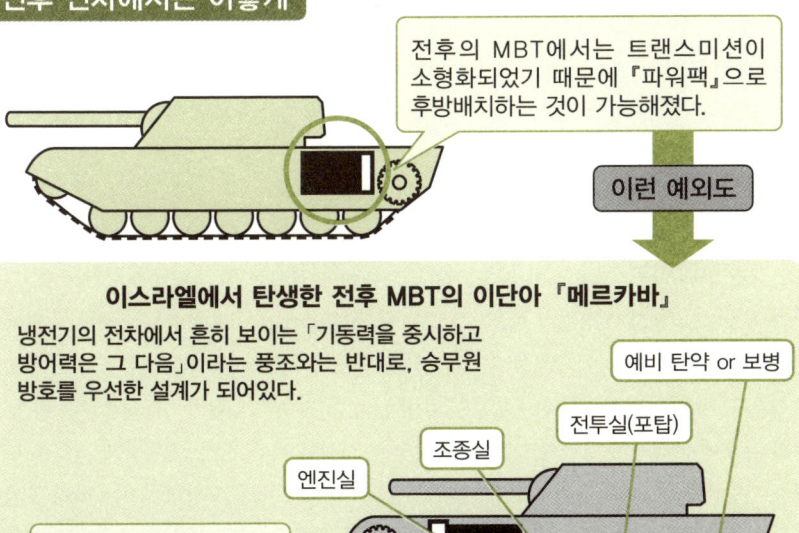

이스라엘에서 탄생한 전후 MBT의 이단아 『메르카바』

냉전기의 전차에서 흔히 보이는 「기동력을 중시하고 방어력은 그 다음」이라는 풍조와는 반대로, 승무원 방호를 우선한 설계가 되어있다.

예비 탄약 or 보병

전투실(포탑)

조종실

엔진실

엔진까지도 방어 기재로서 전방 배치하는 철처함

예비 탄약 or 보병

앞부분에 엔진을 싣고 있는 전차는 소수파지만, 뒷부분의 공간에 무장한 병력을 태우는 장갑차(APC) 등은 엔진을 프론트 배치한 케이스가 많다.

옛날 전차는 어떻게 조종했나?

통상, 전차의 조종수는 1명으로 차체 앞부분의 조종석에 배치되어있다. 전차가 「장갑을 강화한 자동차의 일종」인 이상, 그것을 운전하는 자는 가능한 한 자신의 눈으로 전진 방향이나 노면의 상황을 파악하는 편이 좋을 것이다.

● 2개의 레버로 궤도의 속도를 조절

제2차 세계대전 당시의 전차는 불도저나 포크레인과 같이 레버로 조종했다. 조종 레버는 좌석 양측에 1개씩 있어, 이것이 그대로 좌우의 궤도에 연결되어 있었다. 전차에 따라서 세세한 차이는 있지만, 대강 앞으로 밀면 엔진에서 동력이 연결되어 궤도가 회전하고 잡아당기면 동력이 커트되어 회전이 멈춘다. 오른쪽으로 회전하고 싶은 경우에는 오른쪽 궤도의 회전을 멈추고, 왼쪽 궤도가 앞으로 나아가려는 힘을 이용해 차체를 회전시키는 것이다.

바닥에는 오른쪽부터 「엑셀」, 「브레이크」, 「클러치」로, 자동차와 마찬가지 배열로 3개의 페달이 늘어서있다. 액셀을 밟으면 가속, 클러치를 밟으면서 시프트 레버를 움직이면 기어 변경, 브레이크를 밟으면 정지된다. 물론, 타이어로 달리는 것이 아니기 때문에 운전 감각은 자동차와 크게 다르고, 궤도의 저항이 크기 때문에 통상 운전시에 브레이크는 그다지 사용하지 않는다.

조종석은 좌석의 높이가 위아래로 조절 가능하게 되어 있어, 조종수는 차내에 틀어박힌 상태가 아니라 해치에서 머리를 내미는 상태로도 조종할 수 있다. 이것은 비전투시나 후방으로 이동시에는 조종수가 직접 주변을 보면서 조종하는 편이 시계가 넓어지고, 무엇보다 심신의 피로가 적어지기 때문. 물론 전투 중에는 적탄이나 파편이나 폭풍이 무자비하게 몰아닥치기 때문에 확실히 해치를 닫고, 진로나 외부의 상황은 **페리스코프** 등으로 확인한다. 상황에 따라서는 완전히 시계가 없는 경우도 있기 때문에, 이 때는 전차장의 지시와 유도에 따라서 조종한다. 조종수는 이러한 지시에 따라 신속·정확하게 전차를 조종하는 기량은 물론, 전차장의 의도를 캐치하여 스스로도 지형을 교묘하게 이용하여 조금이라도 공격당하기 어려운 주로를 선정하는 판단력을 필요로 한다. 또한 조종사가 전사하거나 부상당할 경우에 대비해, 다른 승무원도 최저한의 조종은 할 수 있도록 훈련해야한다.

WWⅡ 전차의 조종은 레버식

『판터』의 조종석   「클러치」, 「브레이크」, 「액셀」의 기능은 기본적으로 자동차와 동일

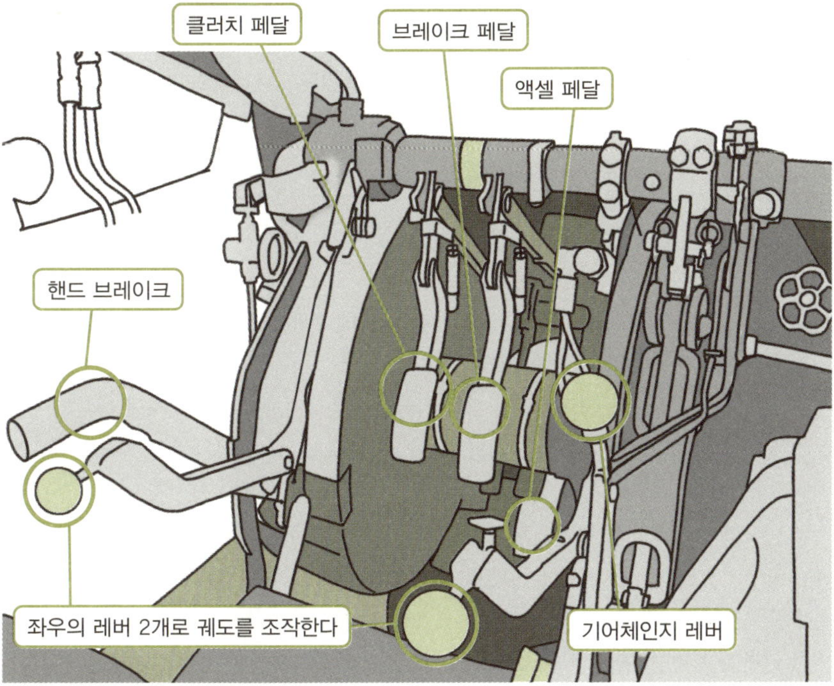

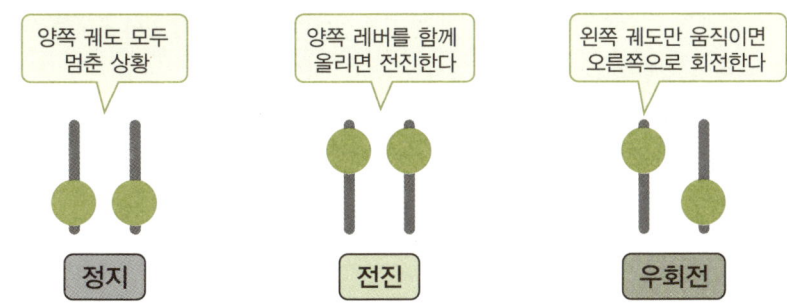

- 클러치 페달
- 브레이크 페달
- 액셀 페달
- 핸드 브레이크
- 좌우의 레버 2개로 궤도를 조작한다
- 기어체인지 레버

레버식 조향 장치의 조작

양쪽 궤도 모두 멈춘 상황	양쪽 레버를 함께 올리면 전진한다	왼쪽 궤도만 움직이면 오른쪽으로 회전한다
정지	전진	우회전

※제2차 세계대전 당시의 전차라도, 일부에는 「티이거Ⅰ」과 같이
  핸들식(그것도 파워핸들식)도 존재했다.

원포인트 잡학

당시의 전차는 원래 기어 변환이 어렵고 일본 전차는 엔진 정지가 발생하지 않도록 하기 위해서 예술적인 클러치 조작이
필요했지만, 소련 전차는 레버가 딱딱하고 기어 변환에 망치가 필요할 정도였다는 이야기도 전해져온다.

현대 전차의 조종은 자동차와 똑같다?

제3세대 MBT의 조종은 수동변환기와 기계식 클러치를 이용하던 구식 전차와 크게 다르다. 승용차로 치자면 오토와 수동의 차이 같은 것으로, 유압 클러치식의 자동 변속(전진 4~5단, 후진 1~2단)이 기본이다.

● 조종은 핸들, 페달은 2개

현대 MBT의 운전석은 좁다. 세계대전 당시 전차의 경우 그 정도는 아니었지만, 현대의 전차는 포탑이 커진만큼 차체 부분이 낮아졌다. 그렇기 때문에, 운전수는 스포츠카의 드라이빙 시트나 해수욕장의 썬탠 의자와 같이 크게 후방으로 기대는 시트에 몸을 묻고 거의 누운 상태로 전차를 조종해야 한다.

구세대의 전차는 불도저와 같이 2개의 레버로 조종했지만, 전후 제2세대 이후의 전차는 자동차나 바이크처럼 핸들식이 되었기 때문에 변속기어나 클러치 등도 자동차에서 말하는 「오토차」처럼 되어있다. 변속기의 구조는 전진 5단, 후진 1단인 것이 일반적으로, 특히 미국과 서독은 이른 단계에서 오토매틱 방식을 채용하고 있어 조종사가 해야만 하는 것이 극단적으로 적어졌다(특히 "자동차 필수 사회"인 미국은 민간차의 오토율이 높아 조종수의 육성이 쉽다는 점도 컸다). 반면에 소련 전차는 이런 분야의 기술 혁신이 늦어져, 얼마 전까지 주력전차였던 『T-72』조차도 매뉴얼(수동)식이었다.

시동은 스타터 스위치를 온으로 하고 기어를 저속에 넣으며 사이드브레이크를 해제한다. 이렇게 하고 액셀을 밟으면 전차가 달려가며, 기본적으로는 자동차와 비슷한 순서이다. 물론 큰 차이가 없다고 해도, 자동차 면허만 있다면 전차도 문제 없이 조종할 수 있는 것은 아니다. 승용차와 트럭의 운전 감각이 다른 것처럼, 중량이 무거운 전차를 생각대로 조종하기 위해서는 전문적인 훈련을 필요로 한다. 특히 코너링 감각은 타이어 차량과 완전히 달라 회전하는 것 자체는 핸들을 돌리는 것으로 레버식보다 간단하지만, 궤도의 저항이 있기 때문에 액셀 페달에서 발을 떼면 차체가 전후로 그릉그릉 격렬하게 요동치고 만다.

현대 전차는 클러치 조작과 연이 없다

『레오파르트 II』의 드라이버 섹션

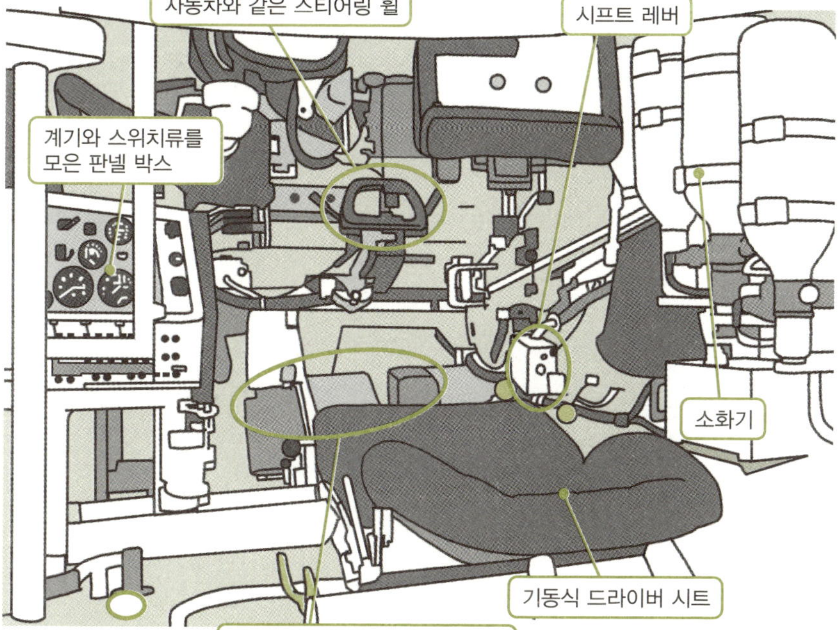

자동차와 같은 스티어링 휠

시프트 레버

계기와 스위치류를
모은 판넬 박스

소화기

기동식 드라이버 시트

오토매틱식이기 때문에 페달은
액셀과 브레이크뿐

제3세대 MBT의 대부분
은 차체의 높이가 극단적
으로 낮기 때문에, 이런
자세로 조종

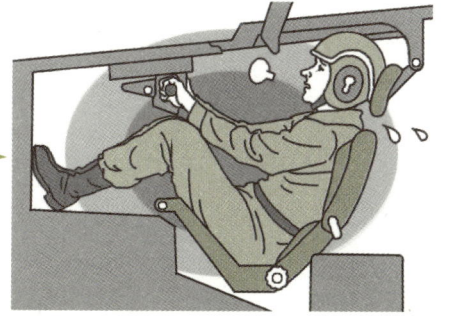

원포인트 잡학

영국군의 오토매틱식 신형 MBT『챌린저』와 구형『치프틴』을 비교할 경우, 조종사의 훈련에 드는 시간이 절반으로
줄어든다고 한다.

차체의 방향을 바꾸기 위해서는 어떻게?

전차에는 자동차와 같이 「좌우로 방향을 바꾸는 바퀴」가 존재하지 않는다. 궤도도 보기륜도, 자동차의 타이어와 같이 방향을 바꾸지 않는다. 전차의 진행 방향을 컨트롤하기 위해서는 어떻게 하면 좋을까?

● 좌우 궤도의 속도를 바꾼다

일반적인 자동차라면 「스티어링 휠」이라는 조향 장치를 꺾어서 앞바퀴가 향하는 방향을 바꿔, 차체의 진행 방향을 바꾸는 것이 가능하다. 하지만 전차의 경우 궤도도 **보기륜**도 좌우 방향을 바꾸는 것은 불가능하고 단지 앞으로 나아갈 뿐이다.

전차가 좌우로 방향을 바꾸기 위해서는 어떻게 해야 할까? 전차는 그 등장시부터 방향을 전환할 방법을 가지고 있었다. 그것은 "한쪽의 궤도에 브레이크를 밟는" 기술이다. 자동차의 경우를 예로 들면, 오른쪽으로 돌려고 핸들을 돌리면 오른쪽 타이어에만 브레이크가 걸리게 되는 것이다. 그러면 멈춘 타이어를 축으로 왼쪽의 타이어가 앞으로 나아가고, 컴파스로 원을 그리듯이 선회할 수 있는 원리이다.

하지만 좌우로 돌 때마다 브레이크를 사용한다면 에너지 낭비도 크고 궤도에 부담이 가해져 끊어지거나 벗겨지기 쉽다. 그래서 브레이크를 걸지 않더라도, 좌우의 궤도 속도를 차동差動 장치에 의해 조절하는 방법으로 부드럽게 선회할 수 있다.

브레이크나 차동 장치에 의해 한쪽의 궤도를 멈추고 그것을 중심으로 컴파스처럼 회전하는 것을 「신지선회」라고 하는데, 이 방법을 사용한다면 선회하는 자동차의 스티어링 조작과 마찬가지로 어쩔 수 없이 일정한 공간이 필요하게 된다. 그래서 차동 장치를 개량하여 좌우의 궤도를 역방향으로 회전시켜 그 장소에서 그대로 1회전하는 것도 가능해졌다.

이 「초신지선회」라는 특징적인 기동은 항상 상대의 차체 정면을 향해 전투하는 것이 기본인 전차에게 있어 중요한 기능이지만, 신지선회 이상으로 궤도에 부담이 크기 때문에 급격하게 행하면 궤도가 끊어지거나 벗겨지기도 하고 지면의 상태에 따라 차체가 뒤집힐 수도 있다.

전차의 선회 방법

타이어 차량(장륜 차량)의 선회

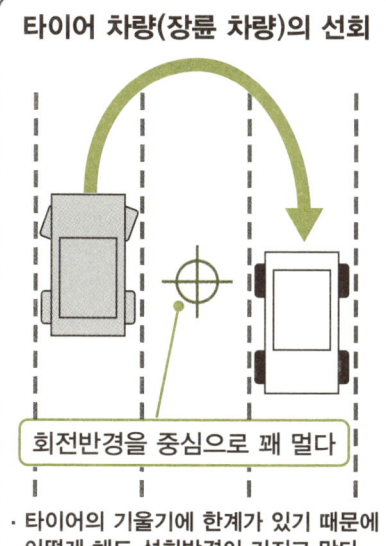

회전반경을 중심으로 꽤 멀다

· 타이어의 기울기에 한계가 있기 때문에 어떻게 해도 선회반경이 커지고 만다.

신지선회

한쪽 궤도를 정지

· 정지한 궤도를 축으로 하여, 차폭의 반 정도로 방향 전환이 가능.
· 궤도를 완전히 멈추지 않으면 타이어 차량처럼 큰 반경으로 도는 것도 가능.

궤도 차량의 특권 「초신지선회」

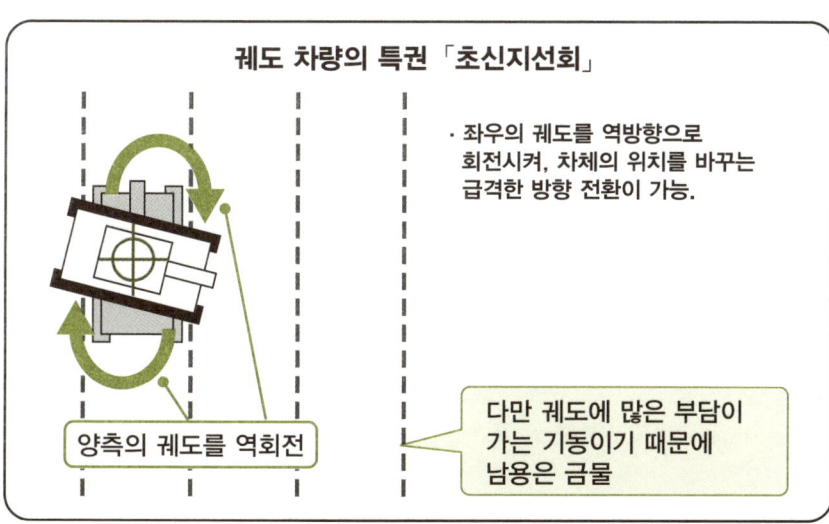

· 좌우의 궤도를 역방향으로 회전시켜, 차체의 위치를 바꾸는 급격한 방향 전환이 가능.

양측의 궤도를 역회전

다만 궤도에 많은 부담이 가는 기동이기 때문에 남용은 금물

원포인트 잡학

오래된 전차에서는 기술상의 문제로 「좌우의 궤도를 역방향으로 회전시킨다」는 것이 불가능해서, 초신지선회를 할 수 없는 경우도 있다.

전차는 다리를 건널 수 없다?

전차는 「호」나 「구덩이」 같은 도랑도 궤도 덕분에 극복할 수 있지만, 그래도 역시 한계가 있다. 표준적인 전차가 넘을 수 있는 호의 폭은 2~3m 정도로, 그 이상이 되면 다리를 찾아서 건널 수밖에 없다.

● 전차가 건널 수 있는 전용 다리

전차는 궤도 덕분에 포장되지 않은 열악한 길도 신경쓰지 않고 달리는 것이 가능하지만, 전차 그 자체의 중량이 줄지 않는 이상 작은 다리 등을 건너려고 하면 무게 때문에 다리가 무너지고 만다. 많은(특히 교통량이 적은 교외의) 다리는 전차의 큰 중량을 지탱할 수 있도록 만들어지지 않았고, 또한 전차를 멈추게 하기 위해 적이 다리를 파괴하는 경우도 많다.

이런 경우에 이용되는 것이 「교량전차」이다(무장은 없기 때문에 전차의 정의에서는 벗어나지만, 전차의 차체를 사용하여 만드는 경우가 많기 때문에 "전차"라고 불린다). 이것은 차체 위에 「전차가 건널 수 있는 거대한 경합금 다리」를 짊어지고 있는 차량으로, 유압을 이용해 즉석에서 다리를 만들 수 있다.

전개 방식은 두 개의 접힌 교량을 들어 펼치는 「시저스(가위) 방식」이나, 위아래로 겹쳐진 교량을 수평으로 밀어내는 「칸티레버 방식」 등이 있다. 다리의 길이는 모델에 따라 다르며, 각국의 교량전차는 자국의 하천 폭을 염두에 두고 개발된다.

일반적인 교량전차는 10~20m 정도 폭까지 다리를 놓을 수 있지만, 그걸로는 모자란 넓은 하천도 적지 않다. 대부분의 전차는 수심 1.5m(도하장비를 사용하면 4m 정도)까지는 심수도하가 가능하지만, 강바닥의 상태는 잠수하기 전에는 알 수 없어서 연약한 지반에서는 완전히 움직일 수 없게 될 위험성이 높다. 그럴 때 「부교」라는 것을 이용한다.

이것은 부낭(뜨는 주머니)이나 가설차 등을 지지점으로 해서 물 위에 뜨는 다리를 가리키는 것으로 특수한 방법으로 연결하여 전차가 통행 가능한 다리를 단시간에 하천에 건설하는 것이 가능하다. 또한 건너고 싶은 전차의 수가 적을 때는 페리처럼 직접 물을 건너 전차를 수송할 수도 있다(중량급의 전차는 부교를 연결해서 운반한다).

교량전차와 부교

교량전차

전차가 건널 수 없는 도랑이나 구덩이에 다리를 만든다.
교량전차의 차체는 기본적으로 MBT를 개조한 것이다.

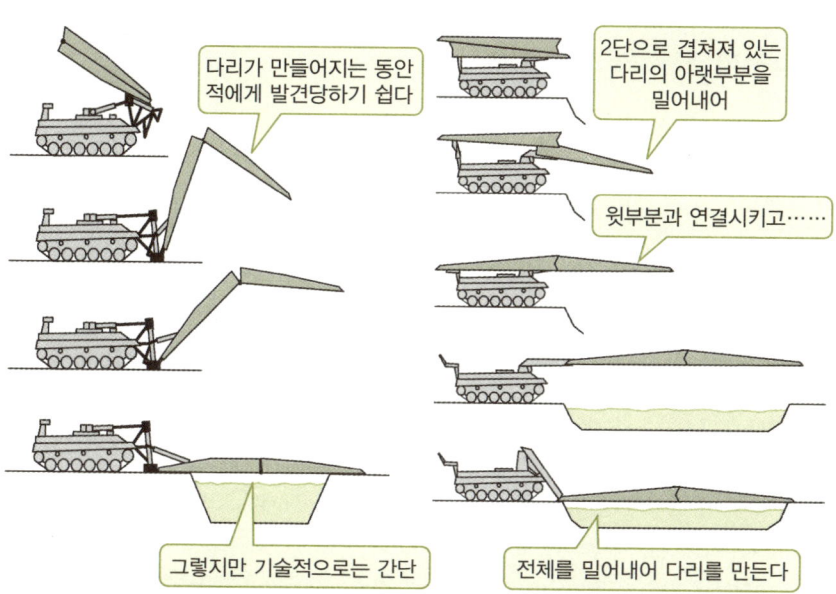

시저스 방식

전후 제1세대 전차의 대표적인 방식.

다리가 만들어지는 동안 적에게 발견당하기 쉽다

그렇지만 기술적으로는 간단

칸티레버 방식

현재 주류로 사용하는 가교 방식.

2단으로 겹쳐져 있는 다리의 아랫부분을 밀어내어

윗부분과 연결시키고……

전체를 밀어내어 다리를 만든다

부교

물에 뜨는 차량을 이용하여 다리를 연결하거나 페리처럼 사용.

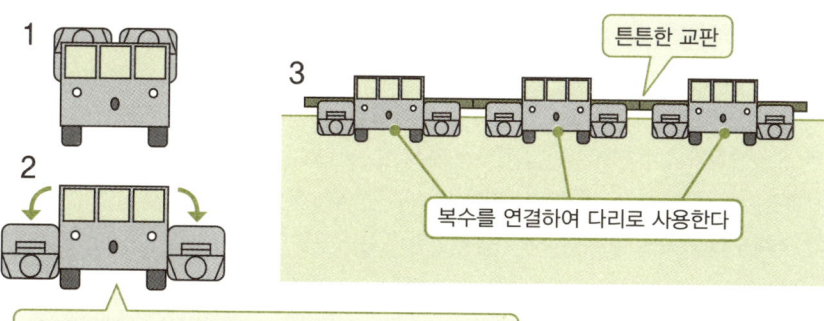

1

2

이 상태에서도 전차를 태워 수송선처럼 사용할 수 있다

3

튼튼한 교판

복수를 연결하여 다리로 사용한다

원포인트 잡학

육상자위대에서는 교량전차를 「전차교」라고 부른다.

전차는 리터당 1km를 달릴 수 없다?

전차의 연비는 지상을 달리는 차량 중에서도 최악의 부류에 들어간다. 그 원인은 엔진 성능이 나쁜 것보다도 「포나 장갑의 무게」나 「궤도에 의한 동력의 손실」 같은 측면에서 기인하며, 그것은 현재의 MBT에 있어서도 변함이 없다.

● 전차의 연비와 항속거리

연료 1리터를 사용하여 달리는 거리—흔히 말하는 「연비」는 군용 차량의 기동성을 이야기하는데 중요한 수치이다. 연비가 나쁘면 몇 번이나 보급을 받아야만 해서, 비용도 수고도 증가하기 때문이다. 리터당 10km의 연비를 갖는 자동차에 50리터가 들어가는 연료 탱크가 실려있는 경우, 무보급으로 500km를 달릴 수 있다는 계산이 나오는데 이것을 「항속거리」라고 한다.

연비가 나쁘면 당연히 항속거리도 짧아진다. 제2차 세계대전 당시의 가솔린 전차 중에서 미국의 『M4 셔먼(A4형)』은 리터당 약 260m, 독일의 『IV호 전차(H형)』는 리터당 약 450m밖에 갈 수 없었다. 더욱 무거운 『티이거 I』의 경우에는 리터당 187m에 불과하다(그것도 어느 정도 정비된 도로 위에서의 수치로, 험지에서는 112m밖에 되지 않는다).

소련의 『T-34/76』은 연비가 뛰어난 디젤 엔진을 탑재하고 있었기 때문에 리터당 628m의 항속거리를 자랑하며, 표준 장비인 예비 연료 탱크와 진흙탕에서도 나아가는 광폭궤도 덕분에 신출귀몰하게 싸울 수 있었다. 항속거리가 길수록 보급을 받는 횟수가 줄어들기 때문에, 보급부대와 합류하거나 같이 다니거나 하는 수고를 할 필요 없이 광범위한 작전 행동이 가능하다. 가솔린 연료는 휘발성이 높고 피탄당하면 폭발할 위험성이 높다는 이유도 있어, 전후에는 이러한 디젤식이 주류가 되었다.

현대 전차의 중심이라 할 수 있는 제2~제3세대의 디젤 전차는 엔진 성능이 향상되고 마력도 2~3배까지 뛰어올랐지만 그에 맞춰 차체의 사이즈도 증가했기 때문에 연비가 나쁜 것은 마찬가지이다. 하지만 전차라는 것은 애초에 포나 장갑에 의해 몇십 톤이나 되는 차체를, 저항이 큰 탓에 에너지의 전달 로스도 큰 궤도에 의해 움직이는 차량이다. 전차가 전차인 이상, 연료를 엄청나게 사용해야만 하는 것은 어쩔 수 없는 일이라고 여겨진다.

연료가 떨어질 때까지 달릴 수 있는 거리는……

항속거리(행동거리)

전차가 보급 없이 어느 정도의 거리를 주행할 수 있는지 나타내는 수치.
정비된 길과 야산에서의 연비는 다르기 때문에 「노상 / 험지」와 같이
구별하여 적는 경우도 있다.

항속거리와 같은 수치를 「행동 반경」이라고 하는 경우도 있는데, 이것은
전차가 행동할 수 있는 범위를 원으로 표시하고 그 반지름을 적는 방식.

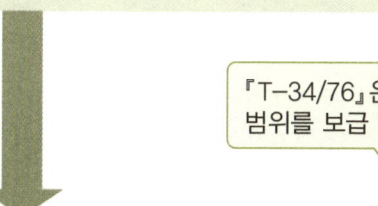

『T-34/76』은 반경 448km의
범위를 보급 없이 행동할 수 있다

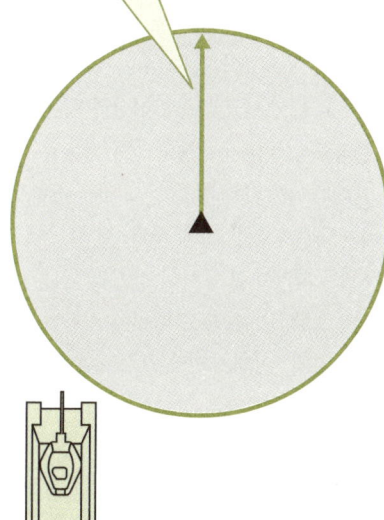

『티이거Ⅰ』의 행동 반경은 겨우
반경 100km의 원 내부

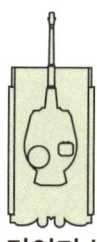

티이거 Ⅰ
연료탑재량 534리터
항속거리 약 100km(리터 당 187m)

T-34/76 (초기형)
연료탑재량 673+예비 연료 탱크 40리터
항속거리 약 448km(리터당 628m)

미국 · 영국 등의 연합군 가솔린 전차는 보급선이 확실했기 때문에 괜찮았지만
독일 전차는 연료가 떨어져 행동에 지장이 생겼다.

원포인트 잡학

전차는 연비가 너무 나쁘기 때문에 전문적으로는 「리터당 주행 거리」가 아니라 「킬로미터당 소비 연료」로 계산한다.

전차로 멀리 나가는 건 금물?

전차는 스스로 움직일 수 있지만, 후방의 기지에서 전선까지 스스로 달려간다면 궤도에 타격이 있고 승무원도 피곤해지고 만다. 그래서는 막 전장까지 도착하자마자 궤도가 벗겨지거나 연료가 떨어지거나 하는 사태가 일어나 만족스럽게 싸울 수 없다.

● 먼 전장으로는 어떻게 이동할까?

전차의 기동력을 생각할 경우,; 전장에서 얼마나 장소를 가리지 않고 신속하게 긴 거리를 이동할 수 있느냐는 「전술적 기동성」만이 부각되지만, 먼 전장까지 얼마나 빠르게 이동할 수 있느냐는 「전략적 기동성」도 잊어서는 안 되는 중요한 요소이다. 즉 필요한 전장에 신속히 최소한의 보급으로 전력을 집결시킬 수 있는지도 중요한 능력이다.

전차는 스스로의 힘으로 장거리 이동이 불가능한 것은 아니지만, 그것도 연료가 남아 있을 때의 이야기이다. 그리고 전차의 연비는 장륜 차량(타이어식 차량)과 비교할 경우 엄청나게 나빠서, 대강 10배 이상의 차이가 있다. 물론 연료는 보급하면 되지만, 한두 대라면 몰라도 대부대가 이동할 경우에는 수고도 많이 필요하고 돈도 막대하게 들어간다. 애초에 연비가 나쁘다는 것을 알고 있는 전차로 그런 쓸데없는 행동을 하는 것보다는 처음부터 연비가 좋은 「운반 전용 차량」에 실어서 장거리 수송하는 게 효율이 좋다.

제2차 세계대전 당시의 장거리 이동은 철도 수송이 주류였다. 육상에서의 고속 대량 수송 기관으로서는 현재도 이것에 비할만한 것이 없다. 전차를 화차에 적재해서 전장 근처까지 이동시켜, 거기서부터 스스로 주행해서 전장으로 달려가는 것이었다.

대전 후, 한동안은 전차의 사이즈가 철도 규격에 맞춰서 제작되었지만, 결국 전차가 대형화됨에 따라 철도 수송이 어려워져 트레일러에 의한 육상 수송이 일반적인 방법이 되었다. 이 트레일러는 타이어가 지네처럼 늘어서있는, 소위 중륜重輪 타입이 주류로서 「탱크 트랜스포터」라고 불린다. 신형 전차가 개발되면 대부분 구형 차량보다 사이즈도 중량도 커지는 것이 보통이기 때문에 신형차를 탑재 운반할 수 있는 전용 트랜스포터가 만들어진다. 또한 주요 고속도로의 요금소 게이트 폭이나 도로망의 인프라 등도 이러한 트랜스포터가 통과할 수 있도록 되어 있다.

전차의 장거리 이동

전차가 기지나 격납고에서 직접 전장까지 스스로 이동하는 것은 논외

장거리 직접 이동의 문제점

· 고장이나 부품 소모
→ 수리 · 회수에 시간이 걸려 전장 도달이 늦어지거나 도착하지 못하기도 한다.
· 승무원의 피로
· 전차의 연료가 떨어짐

장거리 이동은 「운반 전용 차량」에 실어서!

한때의 주류는 「철도 수송」
제2차 세계대전 중의 독일 전차는 고성능이었지만, 중량이나 사이즈면에서 철도 수송에 맞지 않았다.

탱크 트랜스포터

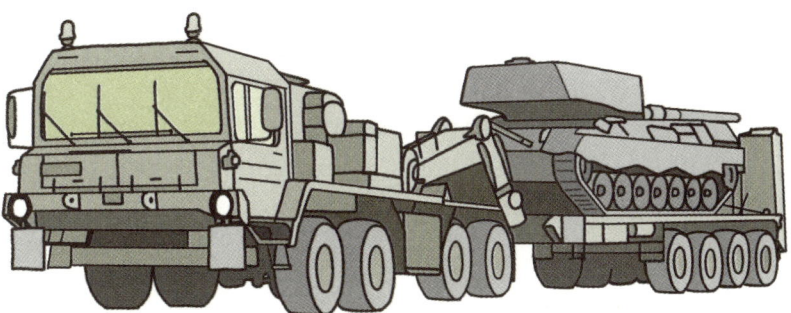

전차의 사이즈가 철도 규격을 큰 폭으로 오버하고 있는 현재는, 발달된 도로망을 사용한 차량 수송이 중심으로.

적의 수송 · 보급 루트를 단절시키는 것이 기본인 근대전에서, 수송 열차나 트랜스포터는 종종 공격 목표가 된다.

원포인트 잡학

제2차 세계대전의 스탈린그라드 전투에서는, 트랙터 공장에서 생산된 전차를 공장 직원이 직접 운전하여 전장까지 수송한 일화가 있었지만, 이것은 공장 주변이 이미 전장으로 변해있었던 이상 사태였기 때문이었다.

적외선 투광기는 얼마나 유효한가?

해가 지면 전투 중지, 서로 진지로 돌아가 쉬자……고 정해져 있다면 편하겠지만 실제로는 행군, 야습 등, 어두워진 다음에도 활동해야 한다. 백주 대낮의 전차전이 드물었던 베트남전쟁에서는 특히 이러한 경향 이 강했다.

● 「눈에 보이지 않는 빛」으로 목표를 쏜다

야간의 이동이나 전투에는 조명 장치가 필수불가결하다. 초기의 전차는 야간 행군에 는 자동차와 마찬가지로 헤드라이트를, 야간 전투에는 서치라이트를 사용하여 대응했는 데, 빛을 받는 측에서는 자연스레 「우선 라이트를 깨자」고 생각하게 되어 전투가 시작되 면 조명은 가장 먼저 깨져버린다.

제2차 세계대전 말기의 독일은 "라이트가 적의 표적이 된다면, 빛을 적의 눈에 보이지 않도록 하면 된다"는 생각에서 적외선을 광원으로 하는 방법을 고안해냈다. 이것은 보통 의 라이트(흔히 말하는 백색광)에 특수한 필터를 붙인 것으로, 빛을 적외선으로 변환시킨 다. 적외선은 눈에 보이지 않기 때문에 적은 비춰지는 것을 눈치채지 못하지만, 이쪽은 적 외선을 감지할 수 있는 특수한 장치를 이용해 적외선의 반사를 볼 수 있다. 적이 없는 후 방에서는 적외선 필터를 벗겨내고 보통의 라이트를 사용할 수 있다.

이러한 「액티브 적외선식 투광기」는 실용화되었을 뿐이고, 대전 중에는 널리 사용되 지 못했다. 이것이 전차의 표준 장비가 된 것은 전쟁이 끝난 이후부터였다. 전후 MBT는 조종용의 소형 라이트와 전투용의 대형 서치라이트를 장비하고, 필요에 따라 가시광·적 외선을 변환하여 사용하였다. 대형 라이트는 포탑 위에 설치되어, 차체 방향과는 관계없 이 전 방향을 비추는 것이 가능했다.

하지만 이러한 투광기가 사용된 것은 제2세대 전차까지이다. 적외선광 그 자체를 보 는 것이 가능한 장치가 보급되면서 결국 보통 라이트와 마찬가지로, 일부러 이쪽의 위치 를 적에게 가르쳐주는 꼴이 되고 말았다. 제3세대 전차에는 「스타라이트 스코프」라고 불 리는 미광증폭식의 영상 강화 장치나 스스로 적외선을 비추지 않고 목표가 발산하는 적 외선을 증폭시키는 「열 영상 장치」 등의 패시브(수동적) 장치가 탑재되어 야간 행동에 대 응할 수 있도록 되어 있다.

지금은 시대에 뒤쳐진 장비

밤에도 싸워야 하기 때문에 「빛」이 반드시 필요

하지만 보통의 조명으로는 적에게 이쪽의 위치가 들키고 만다!

눈에 보이지 않는 적외선을 이용한 조명 장치를 개발

『판터(D형)』의 암시 장치

독일군이 실용화 한 적외선 조사식의 암시 장치였지만,
대규모 실전 투입에는 이르지 못했다.

냉전기(전후 제2세대 전차)에는 일반화 되지만……

 서로가 「적외선 라이트」와 「그 감지 장치」를 보급하였기 때문에
"자신만 보인다"는 우위성을 상실하고 말았다.

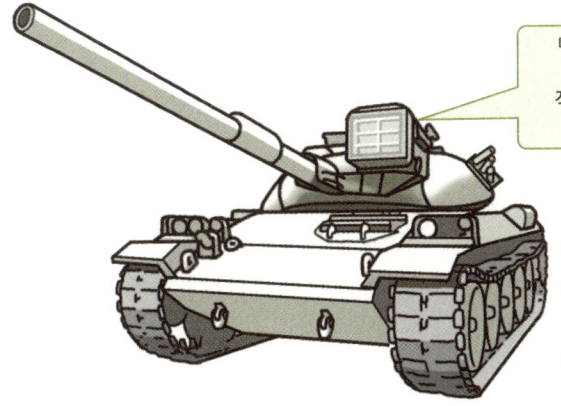

『74식 전차』(일본)의
적외선 투광기.
적외선과 가시광선의
변환이 가능.

 **「액티브식 적외선 투광기」는 시대에 뒤쳐져,
현재의 제3세대 MBT에는 장비되지 않게 되었다.**

원포인트 잡학

「상대가 적외선 투광기를 갖고 있지 않는 게릴라」 등에게는 아직도 쓸만한 장비이지만, 게릴라를 상대로 전차를 투입하는
케이스는 그다지 없다.

전차는 금새 고장난다?

시대별로 최신의 기술이 집약되어 투입되는 전차라는 무기는, 육전 병기 중에서도 가장 복잡하고 고도화된 물건이다. 특히 현대 MBT에서는 기계의 신뢰성이 향상되는 한편, 복잡, 고도화, 자동화로 탑승원에 의한 정비에 한계가 발생하고 있다.

● 옛날에는 현장에서 정비. 지금은……

전차란 예나 지금이나, 꽤나 손이 많이 가는 무기이다. 특히 거대한 중량을 지지하는 바퀴 근처나 엔진은 움직이는 것만으로도 상당한 부하가 걸리고, 사전·사후의 점검과 정비를 게을리 하면 곧장 치명적으로 돌아온다. 항공기나 군함과 같이 트러블=추락이나 표류와 같은 사태가 일어나는 것은 아니지만, 전선에서 움직이지 못하게 된 전차는 그 중량이나 사이즈에서 "방해물" 이외에는 아무 것도 아니고, 부대의 전개나 이동에 커다란 장해가 되는 것임에 틀림 없다.

그렇게 되지 않도록 전문 정비부대가 항상 정비·수리를 행하고 있지만, 전선에서는 조종수 스스로가 (다른 승무원의 손을 빌려서) 정비를 행해야 한다. 조종수는 지형을 읽는 능력뿐만이 아니라, 숙달된 정비사로서의 기능도 겸해야 한다. 특히 중요한 것은 「이상을 조기에 발견한다」는 것으로 엔진음의 이상이나 궤도의 상태 등, 위화감을 느끼면 바로 점검·정비를 행하고 큰일이 나기 전에 대응해야 한다.

제2차 세계대전 무렵에는 이것으로 어떻게든 넘길 수 있었지만, 전후 MBT가 서서히 세대를 더해가면서 성능이나 구조가 복잡, 고도화 되어감에 따라 승무원이 스스로 정비하는 것은 점점 어려워졌다. 엔진이나 트랜스미션은 「파워팩」으로 일체화가 진행되어 세밀한 정비가 불필요해졌지만, 그것은 동시에 중요 부분이 블랙박스화 되어버렸다는 의미로써 고장난 경우에는 대용 부품이 도착할 때까지 완전히 손을 놓고 있을 수밖에 없다. 이것은 컴퓨터 링크 되어있는 정보 통신 장치나 FCS 등의 조준 장치에 관련되어서도 마찬가지로, 미국 수준의 충분한 병참 지원을 하지 못하는 군대에게는 아주 중요한 문제가 될 가능성이 있다. 또한 **자동 장전 장치**를 채용하여 승무원이 3명으로 줄어든 『90식 전차』와 같이, 현장의 인원 부족도 어떤 의미로는 부담이 된다. 무겁고 커다란 전차라는 무기를 현장에서 정비하는 데에는 아무래도 일손이 필요하다.

현장에서 신경쓰는 일

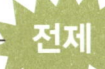 **전제** ── 전차란 굉장히 손이 많이 가는 전투 차량이다

복잡한 주행 장치
서스펜션의 불량 등을 내버려두면 연쇄적으로 다른 부분에 불량이 생긴다

엔진	포탄의 적재
신경써서 시동 전·정지 후의 점검	크고 무겁기 때문에 중노동

궤도	연료의 보급
한랭지에서는 진흙이나 눈이 달라붙는 것이 큰일	전차는 연료를 많이 먹기 때문에 횟수도 양도 무시할 수 없다

사이즈도 중량도 크기 때문에, 어떻게 해도 시간이나 일손이 많이 요구된다

험지를 달리는 전차는, 자동차 등과 비교할 수 없을 정도로 엔진이나 주향 장치에 걸리는 부담이 크다. 차의 중량을 지지하는 궤도도, 무리한 힘이 실리면 간단히 끊어지거나 벗겨져버린다.

노상 주행시에도 안심할 수 없어, 목적지에 도달 전에 「기계 고장에 의한 탈락 차량」이 많이 발생한다.

현대의 전차에는……

FCS로 대표되는 고도의 컴퓨터 장치나 블랙박스화 된 파워팩 방식 엔진 등, 승무원 스스로가 해결할 수 없는 요소가 증가하고 있다.
전차의 능력을 100% 발휘하기 위해서는 정비부대나 예비 부품, 연료와 탄약 운반차, 야전 수리 공장이나 회수차 등의 지원 체제를 충실히 하는 것이 필수적이다.

원포인트 잡학

전차는 차내에 공구함과 지레, 햄머, 기중기, 견인 와이어를 연결하기 위한 걸쇠 등 많은 공구를 싣고 있다. 또한 위장이나 제설에 필요한 삽이나 도끼나 곡괭이 등의 대형 장비품은 차외에 묶어둔다.

173

구난전차란 어떤 차량?

전차는 공격을 받아 전투 불능에 빠지더라도, 폭발하여 화염에 휩싸이지 않는 이상은 수리해서 사용한다. 그를 위해 연료가 떨어지는 등의 사정이 없다면 방치하지 않고 차량을 파견하여 회수하지만, 경우에 따라서는 그 자리에서 수리해서 전선 복귀시킨다.

● 전차의 렉카

구난전차(구난장갑차)는 전선에서 움직일 수 없게 된 전차를, 후방의 수리 공장까지 끌고 가기 위해 회수하는 차량이다. 많은 경우 포나 포탑 등을 떼어낸 전차의 차체에 윈치나 크레인 등의 회수 장치를 붙인 야전 작업차로, 상황에 따라서는 탄이 날아오는 전장에서 작업을 강행하기도 한다. 차체나 엔진, 서스펜션 등이 동일하기 때문에 기동력상 전차와 그다지 능력의 차이가 없어서, 전차부대와 행동을 함께 하기 용이하다.

이러한 전차 전용의 구난전차는 제2차 세계대전 무렵부터 존재했지만, 당시의 전차는 후방의 공장이 아니면 수리할 수 없었기 때문에 그저 전차의 「회수·견인 차량」으로써 이용되었다. 대전 중기 이후 대형화 되어가는 전차를 회수할 때, 통상의 견인차로는 너무 부담이 커서 독일의 『티이거 I』등은 움직이지 못하게 된 차체를 끄는데 18톤 견인차를 3대나 연결해야만 했다. 전차를 개조한 구난전차는 전차와 동급의 마력과 차체 중량을 가지고 있기 때문에 부담이 적었다.

초기의 구난전차는 전차에서 포탑을 떼어내는 것만으로 간단하게 만들어졌지만, 결국 윈치나 크레인 등 작업에 편리한 장비를 탑재하게 되었다. 독일뿐 아니라 소련이나 미국·영국 등도 마찬가지로 유사한 차량을 제조하여, 전후에도 「전차 차체를 유용한 구난전차」라는 흐름은 계속되고 있다.

엔진·트랜스미션·냉각 계통을 하나로 모은 파워팩 방식의 현대 전차는 고장난 엔진을 빨리 교환하는 것이 가능해졌다. 엔진에만 고장이 생겼음에도 불구하고 멀쩡한 트랜스미션이나 냉각계까지 전부 한꺼번에 교환하는 건 비효율적이라고 생각되지만, 교환에 드는 시간이나 조절의 수고를 생각하면 효율적이라고 할 수 있다. 현대의 구난전차는 이 파워팩의 교환을 공장이 아니라 현장에서 할 수 있는 것도 등장했다.

가동율의 요점

구난전차란 「전차용 렉카」

전차를 견인하는(끌어당기는) 데는 같은 급 이상의 차량이 아니면 역부족.

전차의 차체를 이용한 같은 계열의 차량으로서 설계되었다.

회수방법

윈치로 끌어올린다	크레인으로 들어올린다
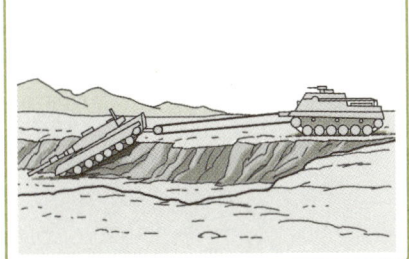	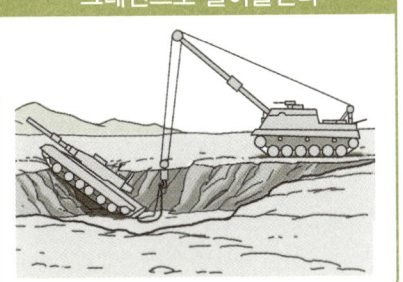

현재의 MBT 구난전차는 전선에서도 고장난 전차를 복귀시킬 수 있다

현재의 MBT는
엔진과 냉각계 등을
일체화 시킨 파워팩 방식.

전장에서 전차의 엔진이 고장.

구난전차에 실려있는
예비 파워팩과 교환.

전선 복귀.

시간이나 수고를 절약하여
효율적으로 수리할 수 있다

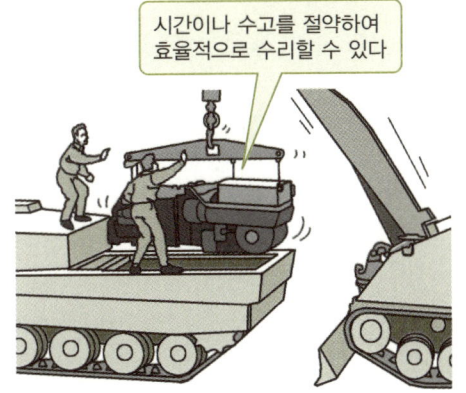

원포인트 잡학

구난전차는 고장난 전차를 후방으로 견인하는 역할이지만, 수리를 할 필요도 없을 정도로 완전히 격파된 전차는 노상을
점령하여 후속 부대의 방해가 되기 때문에 길밖으로 밀어내버린다.

괴수 영화나 로보트 애니메이션의 전차는 왜 그렇게 약한가?

일본에서는 전투기나 전투함에 비해 "전차가 눈에 띌 기회"는 적다. 전쟁 영화나 대전 시의 기록 영화, 군대(자위대)의 훈련 등을 제외하면 남은 출연은 괴수 영화나 로보트 애니메이션 정도이다. 이러한 픽션 세계의 전차라면 특수 촬영이나 영상 효과를 구사하여 현실에서는 불가능한 레벨의 활약을 보여줄 것이라고 기대하는 것이 사람 마음이지만, 실제로 "활약"은커녕 완전히 "어리바리"한 모습을 하고 있다. 자랑스러운 포탄은 거대 괴수의 피부를 뚫지 못하고, 짓밟히는 일도 다반사다. 로보트를 상대할 때에는 「수수께끼의 방어막」과 「엄청난 기동성」 등으로 인해 이쪽의 공격은 전혀 들어먹지가 않는 데다가, 점프하거나 하늘을 날거나 해서 상대에게 아무것도 할 수 없게 되어버린다.

어째서 이런 가공 세계에 등장하는 전차는 약한 것일까. 역설적이지만, 이러한 현상은 오히려 전차가 「강하다」는 것에서 기인한다. 괴수 영화의 주역은 괴수이고, 로보트가 활약하지 않는 로보트 애니메이션 따위는 존재할 가치가 없다. 그리고 괴수나 로보트는 강해야 한다. 하지만 그저 단순히 「무적의 존재」라고 하면 설득력이 없다. 현실미가 없는 괴수나 로보트를 이야기할 때는 더욱더 그러하다.

거기서 희생양이 되는 것이 전차이다. 현실 세계에서 「최강의 육상병기」인 전차를 상대함으로써, 시청자는 존재하지 않는 괴수나 로보트의 강함을 인식하게 된다. 「제트기보다도 빠르게 나는 슈퍼맨」의 예에서도 알 수 있듯이, 비교할 역할의 능력이 뛰어날수록 비교 대상은 대단하게 보인다. 소년 만화에서는 「싸움을 통해 동료가 된 라이벌이 새로운 적에게 엉망진창으로 당한다」는 패턴도 많고, 최근의 할리우드 영화에서도 「외계인에게 핵공격은 통하지 않는다」는 전개 역시 이러한 효과를 노린 것이다.

그렇다. 가공 세계에서 전차란, 괴수나 로봇의 강함을 알기 쉽게 표현하기 위해 필요한 「강함의 기준치」 역할을 하고 있는 것이다. 전차에게 있어서는 이러한 작품에 등장한 시점에서 그 운명은 결정된 것과 마찬가지이다. 쉽게 말해 「호러 영화에서 샤워를 하고 있는 여성은 반드시 습격당한다」라든지 「전쟁 영화에서 작전 종료 후에 결혼을 준비하는 남자는 살아서 돌아갈 수 없다」와 같은 것이라고 하는 사람도 있지만, 가공 세계를 표현하는 이상 그러한 역할을 부여받은 것은 오히려 명예라고 생각하고 싶다. 전차는 강력한 전차포, 튼튼한 장갑, 거기에 궤도 주행의 박력이나 중량감 등, 누가 보아도 일목요연하게 "어른부터 어린이까지 모두가 「강력한 무기」라고 인식할 수 있는" 강함의 상징이다. 그 전차가 왜 무참하게, 무력하게, 저항 같은 저항도 하지 못한채 유린당하는 것에는 그런 의미가 있는 것이다.

전차가 어정쩡하게 강했다면 이러한 임팩트를 얻을 수 없다. 괴수나 로보트라는 정체를 모르는 존재는, 최강의 무기·전차를 쓰러트린 다음에야 처음으로 그 포지션을 확립할 수 있는 것이다.

제 5 장
대전차 전술과
특수 전차

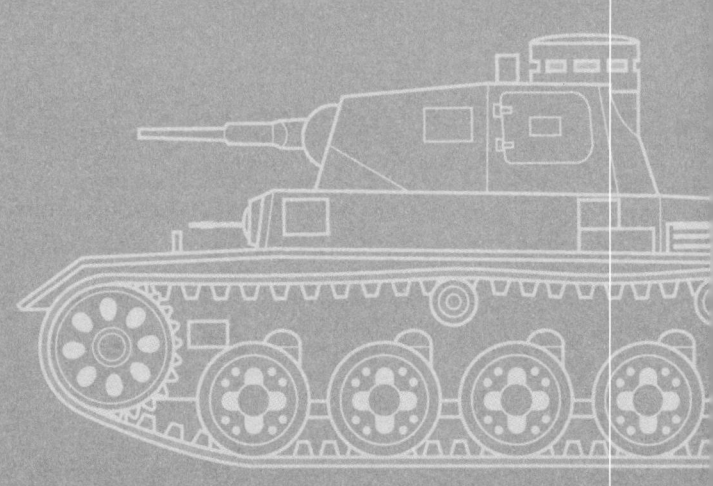

전차 vs. 전차의 전투

전차전이 일상화된 제2차 세계대전 이후, 동급의 전차가 싸운다면 최초의 1발을 명중시킨 쪽이 압도적으로 유리해진다. 전차포의 성능이 향상되어, 일격으로 치명적인 피해를 줄 수 있게 되었기 때문이다.

● 먼저 상대를 발견한 쪽이 압도적으로 유리

전차 vs. 전차의 싸움에 있어서 가장 중요한 것은 「먼저 상대를 발견한다」는 것이다. 장해물이 적은 대양이나 공중에서는 레이더에 의해 목표를 탐지할 수 있고, 수중의 잠수함이라면 소나를 사용해서 위치를 찾을 수 있다. 하지만 장해물이 많고 교전 거리도 하늘이나 바다에 비해 비교적 가까운 지상전에서는 이러한 장치를 싣고 다녀봐야 소용이 없다. 전차가 적을 발견하는 것은 예나 지금이나 시각―승무원의 눈에 의지할 수밖에 없다.

먼저 적을 발견하면 승무원에게 아주 잠깐이나마 여유가 생겨난다. 포수는 침착하게 약점을 노릴 수 있고, 가능하다면 조종수에게 맞서고 있는 적의 측면이나 후면으로 돌아가도록 지시해서 더욱 유리한 위치에서 포탄을 퍼부어줄 수 있을지도 모른다.

초탄(전투에 있어서 최초의 한 발)을 명중시키는 것의 중요성은, 조준 장치나 포의 성능이 눈부시게 발전한 현대의 전차전에서는 더욱 증가했다. 특히 **제3세대 MBT**에서는 「조준이나 발사까지 필요한 시간」이 제2차 세계대전 중의 전차나 구세대의 MBT에 비해 압도적으로 짧아졌고, 초탄이 빗나가게 되면 맨 처음에 노린 적의 전차를 격파할 수 있다고 해도 주포 발사시의 섬광이나 연기를 발견한 적의 다른 전차에게서 곧바로 응사가 날아온다. 전차가 단독으로는 행동할 수 없고, 2대 이상의 집단으로 이동이나 전투를 행하는 것은 상식이다. 1발 쏘고 즉각 이동(히트&어웨이)은 제2차 세계대전 당시뿐 아니라, 현대에도 중요한 전법이다.

이러한 회피시에도, 될 수 있는 한 차체의 측면이나 후면을 노출시키지 않고 이동하는 것이 이상적이다. **경사장갑**이나 **복합장갑**의 은혜를 받은 것은 주포 **방패**나 포탑의 일부, 차체 전면이나 측면의 일부뿐이다. 어떤 전차라도 전면 이외의 장갑은 얇기 때문에, 적에게 측면이나 뒷면을 보이게 되면 압도적으로 불리해진다.

전차끼리의 싸움에서 중요한 것

그 첫번째 〉 **먼저 상대를 발견한다**

· 우선은 침착하게 심호흡.
· 전차장은 상황(상대가 이쪽을 발견하였는지)을 분석.
· 곧바로 공격할 것인가 더욱 유리한 포지션으로 이동할 것인가?

전차장용 커멘더스 큐폴라가 포탑의 가장 높은 위치에, 눈에 띄는 것을 알면서도 설치된 것은 무엇보다도 「시계를 확보」하기 위해서이다. 전차장의 책임은 특히 커서, 주위의 상황을 냉정하게 판단하여 승무원에게 적합한 지시를 내려야만 한다.

그 두번째 〉 **먼저 한 발을 먹인다**

· 대구경의 전차포는 한 발로 적 전차에게 큰 피해를 준다.
· 조준이 빗나가지 않도록 신중하게.
· 가능하다면 측면이나 뒷면 등 장갑이 얇은 부분을 노린다.

특히 현대의 전차전에서는 고성능화된 FCS 등에 의해 경이적인 명중률로 초탄을 발사할 수 있기 때문에 그 시점에서 상대 전차의 전투력을 크게 감소시킬 수 있다.

그 세번째 〉 **발포한 다음은 바로 회피!**

· 같은 장소에서 머뭇거리고 있으면 적의 반격을 받는다.
· 도망칠 때에도 장갑이 약한 부분은 가린다.
· 상황에 따라 연막 등을 펼쳐 모습을 감춘다.

여기서 중요한 것은 조종수의 기량이다. 전차장이 지시하는 후퇴 위치까지, 무겁고 다루기 어려운 전차를 빠르고 확실하게 움직여야만 한다. 구멍에 빠지거나 바위에 올라나거나 해서 발이 묶여 버리면 모든 게 소용 없어진다.

현대에는 컴퓨터를 이용한 데이터 링크를 통해 아군의 전차나 정찰부대, 사령부 등에서 정보를 받을 수 있는 시스템도 존재하지만, 아직 일부 선진국의 제3세대 MBT에 탑재되어 있을 뿐이다.

원포인트 잡학

그렇지만 여기에서 해설한 원칙도 다수의 적 전차가 무리를 이루고 있거나 「경전차 vs. 중전차(重戰車)」와 같이 피아의 능력차가 압도적인 경우라면 반대로 작용할 수도 있다.

전차부대의 연계

아군 전차와의 연락 수단을 확보하는 것은, 전술상 지극히 중요한 요소이다. 또한 단순히 부대 레벨의 통신 뿐만 아니라 후방 사령부와의 의사 소통을 고려하여 연계하는 것도 잊어서는 안 된다. 이런 부대 간의 정보 전달은 기본적으로 무선통신을 통해 이루어진다.

● 통신 장치의 유무는 부대의 전투력을 좌우한다

전차부대가 행동할 때, 차량 간에 정보의 전달은 중요한 문제이다. 적의 위치나 진격 루트의 상태뿐 아니라, 적과 조우한 경우의 대응 등 신속한 임기응변에 의사 소통이 필요한 경우는 다수 존재한다.

무선통신 기술은 제1차 세계대전 무렵에 이미 실용화 되어있었지만 무전기를 갖고 있던 것은 부대의 사령부나 대장 차량뿐이었고, 많은 차량은 수기신호나 수신호, 신호탄 등으로 의사 전달을 진행했다. 하지만 이런 방식의 경우 대장 차량(지휘 차량)을 항상 주시하지 않으면 명령을 놓치게 될 가능성이 있고, 사막이나 삼림, 야간, 비나 눈이나 안개나 연막 등에서는 신호를 확인하기 어려웠다. 또한 전투 중에는 해치를 크게 열어제칠 수 없기도 해서, 아군과 멀리 떨어지게 되면 두손을 드는 수밖에 없었다. 비상시에 전령을 보내 연락하게 했지만, 이걸로는 애초에 유기적이고 기동적인 연계는 불가능했다.

제2차 세계대전이 시작되고 전차가 대규모로 집단 운용되기 시작하면서 무장 대신에 무전장치 일체와 작전실을 갖춘 「지휘전차」가 출현하여 부대를 묶는 중추가 되었다. 지휘전차는 상급부대나 사령부로부터 통신을 받아 지휘하의 전차가 싣고있는 수신기에 일제 송신한다. 이윽고 무전 장치가 컴팩트해져 모든 전차가 송수신이 가능해지자, 지휘하의 전차는 명령을 받는 것뿐만이 아니라 "전선의 전황"을 지휘 차량에 전달할 수 있게 되어 더욱 고도의 연계가 가능해졌다.

제2차 세계대전에서 소련에 침공한 독일군이, 성능에서 뒤지던 『III호 전차』나 『IV호 전차』를 사용하여 소련의 『T-34』와 어떻게든 호각으로 싸울 수 있었던 것은 전차병의 숙련도뿐 아니라 "무전기에 의한 연계"가 성공했다는 부분이 크다. 당시의 소련 전차는 통신 장치가 충분치않아, 독일 전차의 잠복이나 기습에 대해 대처할 기술을 지니지 못했던 것이다.

전차 운용의 혁명 「무전기의 대량 도입」

의사소통에는 무전기가 편리

하지만……

· 「무전기를 이용한 고도의 연계」따위 전차전에는 필요하지 않다고
  여겨졌다.
· 장치가 더해지면 탑재할 무장을 떼어낼 필요가 있었다.

1920년대 후반~30년대에 걸쳐 무전기의 소형화가 이루어졌지만, 그래도
각국은(기술적인 문제가 아니라 전술적인 이유로) 무전기를 탑재할 필요를
느끼지 못했다.

제2차 세계대전 개전

전격전이 시작될 무렵, 독일 전차와 타국 전차의 차이점

독일군	부대나 차량 간의 연계를 중시하여, 모든 전차에 무전기를 표준 장비(I호, II호 전차는 수신기만). 상급부대나 지원부대와 지휘전차를 통해 정보를 교환하고, 고도의 네트워크를 구축했다.
영국군 소련군	효과적인 무전기의 운용은 행해지지 않았고 수기 신호나 전령을 이용했다. 무전 탑재 전차가 아주 없었던 건 아니지만, 전투시의 연계 등에는 거의 사용되지 않았다.

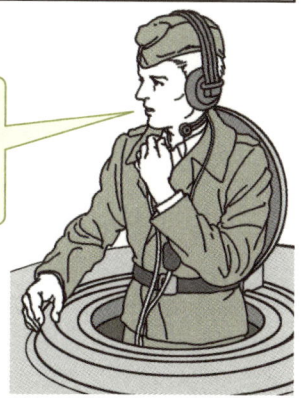

통신에는 헤드폰과 성대 마이크가 일체화된 「헤드셋」
이라는 장치가 사용되었다. 성대 마이크는 전차내의
소음으로 소리가 지워지는 일이 없도록 목 부분에
직결시켜 성대의 진동에서 소리를 뽑아내는 특수한
마이크를 말한다.

헤드셋 방식의 송수화 장비는 헬멧이나 보호 모자와
조합되는 형태로 현재도 이용되고 있다.

원포인트 잡학

적에게 도청당하지 않도록 무선을 사용하지 않는 「무선봉쇄」가 이루어지고 있는 경우, 무전 탑재형 전차라도 신호탄
등으로 지휘하의 전차나 보병에게 지시를 내리기도 한다.

보병부대 비장의 카드 ~대전차포~

대전차포란 포병이 사용하는 「캐논포」를 보병용의 대전차무기로서 개조한 것이다. 캐논포가 전차에 탑재되면 「전차포」로 이름이 바뀌지만, 보병이 전차를 향해 사용할 때는 「대전차포」라고 불리게 된다.

● 보병이 사용하는 「전차포」

　제2차 세계대전에서 전차와 전차의 싸움은 드문 것이 아니었지만, 항상 아군 전차가 있어줄 수는 없었다. 아군 전차의 부재시에 적이 습격해 온 경우, 수류탄이나 **대전차지뢰**를 던지는 이상의 방어수단으로서 준비된 것이 「대포를 수평 사격으로 직접 전차를 겨냥해 쏘는」 방법이다.

　대전차공격용의 화포를 위해 딱히 새로운 기술이 개발된 것은 아니고, 대공포나 전차포에도 사용되는 「**캐논포**」가 이용되었다. 캐논포는 **유탄포**와 같이 탄도가 곡선을 그리지 않기 때문에 전차와 같은 목표를 "저격"하기에 알맞다. 그리고 포신이 길기 때문에 초구탄속(포탄이 포구를 떠날 때의 속도)이 빠르고, 장갑을 두른 상대에게도 피해를 주는 것이 가능했다. 바퀴를 붙인 화차에 실린 대전차포는 트럭 등의 차량으로 견인되어 보병과 함께 이동하는 것이 가능했다.

　포의 구경은 나라에 따라 달랐지만, 대전 초기에는 「대전차포」라는 무기의 중요성은 그다지 높지 않다고 평가되어 37~47mm급의 소구경포가 주류였다. 그러나 점차 튼튼한 영국 보병전차에 고전한 독일군이나 진화를 계속하는 독일 전차에 대항할 필요가 있었던 소련군을 선두로 대전차포의 대구경화가 이루어져, 결국 75~88mm급으로까지 확대되었다. 이것은 이미 중전차^{重戰車}에 탑재되는 레벨의 캐논포로서 실제로 8.8cm대공포 『Flak(플래크)18』을 개량한 『Flak36』은 『티이거Ⅰ』에, 대전차포형의 『Pak(팍)43』은 『티이거Ⅱ』의 주포로서 사용되었다.

　대전차포 중 다수는 포안정용의 개각식 포가와 포방패를 장비하고 있었지만, 방패는 소총탄이나 포탄 파편에 대한 방어를 목적으로 한 것이라 전차포의 직격을 받으면 산산조각이 났다. 그렇기 때문에 사격 위치를 발각당하지 않도록 교묘하게 숨어서, 사정거리에 들어오는 것을 기다려 일제히 집중해서 공격할 필요가 있었다.

다른 국가보다 뛰어났던 독일 · 소련의 대전차포

> ### 적 전차의 습격이다. 하지만 아군의 전차가 없다……
> ### 「대포를 수평 발사하여 전차를 저격해라!」

8.8cm대공포 『Flak18』(독일)

영국의 보병전차 『마틸다』를 처치하기 위해 독일의 롬멜 장군이 대전차 전투에 투입. 이후, 대전차포의 대명사가 된다.

포를 조작하는 병사가 몸을 지키기 위한 방패. 전차포의 직격에는 견디지 못한다.

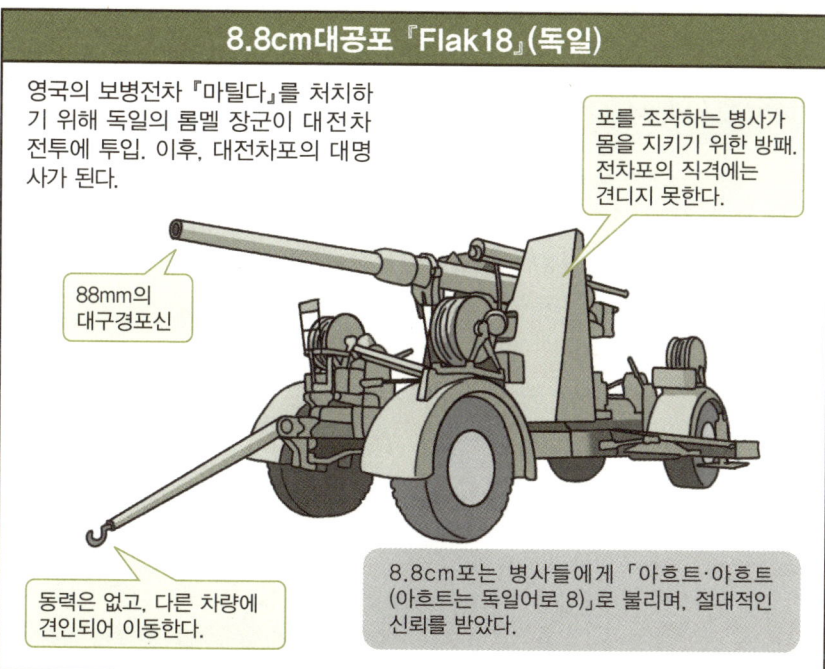

88mm의 대구경포신

동력은 없고, 다른 차량에 견인되어 이동한다.

8.8cm포는 병사들에게 「아흐트·아흐트(아흐트는 독일어로 8)」로 불리며, 절대적인 신뢰를 받았다.

이런 무기는 결국 보병의 대전차무기로서 일반화

보병용 대전차포의 특징

● 대구경의 캐논포이다(특히 독일 · 소련)
  8.8cm대공포 『Flak36』 = 후에 『티이거 I』의 주포로
  8.8cm대전차포 『Flak43』 = 후에 『티이거 II』의 주포로
● 복수의 인원으로 조작
● 자주포가 아닌 「견인식」이 많다
  견인식포는 자주포보다 싼값으로 수를 늘릴 수 있기 때문에 전후에도 소련에서 많이 이용되었고, 중국이나 인도, 이집트, 베트남 등에도 공여되었다.

원포인트 잡학

미국이나 영국의 대전차포는 57mm급이지만, 바주카 등의 휴대식 대전차무기를 대량으로 투입해 보충했다. 일본이나 이탈리아에는 그러한 장비가 거의 없었고, 대전차포도 47mm급이었다.

보병호위용 장갑차량 ~돌격포~

돌격포는 주로 「보병의 화력지원」을 행하는 장갑차량이다. 적의 진지나 방어거점으로 돌격하는 보병을, 예전의 쐐기형 전차처럼 호위하는 역할이다. 다만 그 운용은, 보병부대도 전차부대도 아닌 포병부대가 담당한다.

● 보병지원에서 대전차전투까지

　돌격포가 공격하는 목표는 전차가 아니라, 보병이 진격할 때 방해되는 진지나 토치카 및 각종 화포, 장갑차나 트럭, 또는 적 보병 그 자체이다. 즉, 제1차 세계대전에서의 쐐기형 전차나 그 후 영국의 **보병전차**와 같은 역할을 하는 차량으로, 제2차 세계대전 당시 독일이 운용했다. 당시의 독일 전차부대는 「보병의 원호」 역할을 하지 않게 되었기 때문에, 보병이나 포병이 독자적으로 이러한 차량을 보유할 필요가 있었다.

　무장은 단포신의 **캐논포**를 탑재하고 있지만, 포탑이 아니라 차체에 포를 직접 붙이는 설계가 되어 있었다. 돌격포는 기본적으로는 "보병의 방패"로서 돌격부대의 맨앞에 배치되었지, 전장을 종횡무진으로 달리는 성격의 병기가 아니었다. 진행 방향=전방 이외에 포를 돌릴 필요가 없었기 때문에, 포탑이 없어도 문제는 없었다.

　보병부대가 적의 전차와 조우한 경우, 아군의 전차가 구원으로 오지 않는다면 자신의 대전차포 등을 꺼내서 대항하게 되지만, **대전차포**는 트럭이나 장갑차가 견인하지 않으면 이동할 수 없다. 어디까지나 불시에 습격하거나 잠복시키는 무기였다. 게다가 적 입장에서는 당연히 이쪽의 대전차무기를 가장 먼저 파괴할 것이다. 장갑이 없는 대전차포는 적의 포격에 견딜 수 없다.

　돌격포는 단포신이라고는 하지만 캐논포를 탑재하고, 전면 부분만이라고는 하지만 당시로서는 두꺼운 장갑을 장비하고 있었기 때문에 적의 공격에 대해 (그럭저럭) 대항할 수 있었다. 또한 포탑이 없는 캐논포 탑재의 장갑전투 차량으로서는 극단적이라고 할 정도로 차고가 낮고, 그만큼 적에게 잘 발견되지 않았다. 그리하여 돌격포는 부족한 전차의 수를 보충하고, 장포신의 캐논포를 탑재하여 전문 영역 이외의 대전차전투에 투입되는 경우도 있었다.

본래는 진지공격용의 지원 무기

돌격포 (Sturm geschutz)
_{슈트롬} _{게슈츠}

제2차 세계대전 당시 독일군이 이용한 보병지원용의 장갑차량.
보병부대의 맨앞에 서서(방패가 되어) 적진에 "돌격"한다.

Ⅲ호 돌격포(독일)

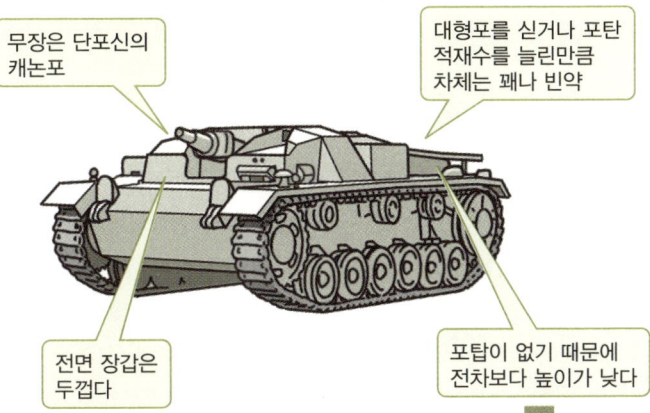

무장은 단포신의 캐논포

대형포를 싣거나 포탄 적재수를 늘린만큼 차체는 꽤나 빈약

전면 장갑은 두껍다

포탑이 없기 때문에 전차보다 높이가 낮다

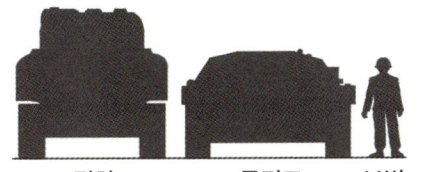

전차　　　돌격포　　　보병

그래도 「보병이 숨는 장소」로서는 충분하여, 돌격포의 유무는 보병부대의 사기를 크게 좌우했다.

대전 말기에는……

전차가 부족했던 독일군은, 돌격포를 장포신 타입으로 개량해서 대전차전투에 투입했다.

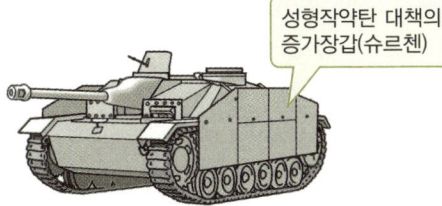

성형작약탄 대책의 증가장갑(슈르첸)

원포인트 잡학

돌격포가 "전차와 싸우는 것이 가능"하다고는 하지만, 대전 중기 이후에 등장한 소련의 「T-34」나 미국의 「M4 셔먼(장포신형)」과 같은 전차에 대해서는 능력 부족이었다.

스스로 달리는 대전차무기 ~전차구축차~

대전차포는 전차에 대해서 유효한 대항수단이었지만, 그 대부분은 트럭, 말이나 인력으로 움직이는 「견인식」이었다. 전차가 기동전의 주력으로서 운용되는 한편, 대전차포도 기동력을 향상시키기 위해 자주화가 진행되었다.

● 대전차포의 자주화가 극단적으로 행해지면……

제2차 세계대전 초기, 독일에서는 주역 전차인 『III호 전차』나 『IV호 전차』의 공격력 부족이 문제가 되었다. **전격전**의 성공에 의해 순조롭게 승리하고 있었긴 하지만, 독일 전차의 탑재포는 영국이나 프랑스의 **보병전차**나 소련의 신예 전차에게 대항할 수 있는 물건이 아니었던 것이다. 주력 전차의 무장 강화 계획을 진행하였지만, 그것이 궤도에 오르기까지는 어떻게 해서든 「기동력을 가진 대전차화기」를 전선에 투입할 필요가 있었다.

이 문제에 대해 독일은 동시기에 대구경화가 계획되고 대량 생산이 가능했던 신형 견인식 **대전차포**와, 화력 부족으로 전차전에 대응할 수 없었던 『II호 전차』나 체코, 프랑스에서 노획한 전차의 차체를 합체시키는 것으로 해결하려고 했다. 이러한 차량은 대부분 급조된 성격이 강해, 장갑도 정면을 제외하고는 미안하다 싶을 정도로 빈약했고 천장도 없었다. 하지만 생산성이 좋았고 구식 전차의 차체를 유효하게 이용할 수 있다는 점에서, 공업력의 저하로 부족했던 전차의 대체전력으로서 종전까지 널리 운용되었다.

미국은 『M4 셔먼(75mm포)』의 차체를 베이스로 하여, 장포신 76.2mm포를 탑재한 전차구축차를 개발했다. 『M10』이라고 명명된 이 전차구축차는 지원받는 측의 병사들에게는 평판이 좋았지만, 타고 싸우는 병사들로부터는 역시 방어력 부족이 문제시되었다. 포탑에 천장이 없었기 때문에 머리 위에서 작렬하는 폭탄 파편에서 몸을 지킬 수 없었고, 근접방어용 부무장도 기관총 1정밖에 없었다. 독일이나 소련의 자주대전차포는 서서히 장갑이 두꺼워져 정면에서라면 전차와도 싸울 수 있는 것이 가능한 「구축전차」로 발전해갔지만, 미국에서는 그런 경향에 따르지 않고 셔먼의 탑재포를 강화시키는 것으로 대응했다. 전문성이 높은 차량의 개발·생산에 국력을 쏟기보다 범용성이 높은 **중전차**中戰車를 대량 생산하는 쪽이 더 낫다고 생각했기 때문이다.

전차의 차체를 베이스로 대전차포를 탑재

전차구축차 (Tank destroyer)
_{탱크   디스트로이어}

제2차 세계대전 시기에 발전했던, 대전차화력을 우선한 전투 차량.

『M10』 전차구축차(미국)

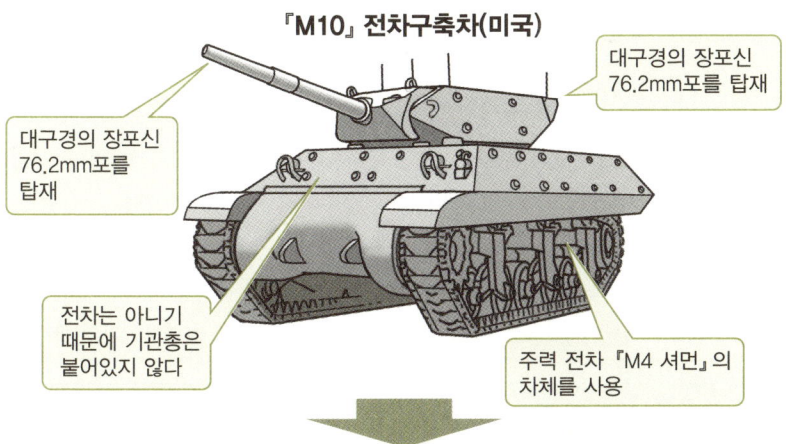

대구경의 장포신
76.2mm포를 탑재

대구경의 장포신
76.2mm포를
탑재

전차는 아니기
때문에 기관총은
붙어있지 않다

주력 전차 『M4 셔먼』의
차체를 사용

이런 차량은 화력 우선이기 때문에, 장갑방어가 불안

독일이나 소련에서는 전차구축
차의 장갑을 전차급으로 강화한
「구축전차」로 변화

미국에서는 전차의 탑재포를
전차구축차급으로 파워업하는
것을 선택했다

현대의 전차구축차

전후에는 지프나 장갑차 등에 「무반동포」,
「대전차미사일」 등을 탑재한 것이 주류가
되었다.
쉽게 말해 「기동성을 지닌 대전차보병」
이라는 접근 방식으로 "이것으로 쓰러트릴
수 없는 상대에게는 빨리 MBT로
대응한다"는 발상이다.

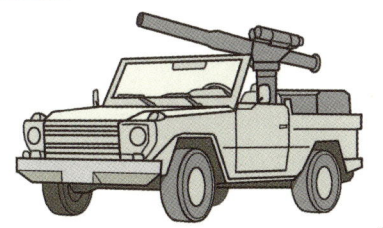

원포인트 잡학

『M10』은 공여처인 영국군에게는 「울버린*」, 영국제 17파운드포로 변경한 타입은 「아킬레스(그리스 신화에 등장하는
영웅의 이름)」라는 별명을 부여받았다.

                               * 족제비과의 대형 포유류. 곰과 생김새가 닮았다

정면에서는 전차보다 강하다? ~구축전차~

전차구축차는 일반적인 전차보다 위력이 강한 포를 갖고 있기 때문에, 장갑 방어가 열악하다는 치명적인 약점을 지니고 있었다. 독일이나 소련은 이러한 문제를 해결하기 위해, 전차에 필적하는 장갑을 갖는 「구축전차」를 개발하여 전선에 투입했다.

● 신예 전차까지도 구축전차화

「구축전차」라는 것은 제2차 세계대전 중기~말기에 독일이나 소련이 개발한 자주대전차포를 말한다. 대형에 위력이 큰 **대전차포**를 탑재한 점에서는 **전차구축차**와 마찬가지이지만, 승무원의 탑승하는 전투실이 오픈 톱(천장이 없는 개방식)이 아니라 **돌격포**와 같은 밀폐식이며 포도 차체에 직접 붙어있는 것이 특징이다. 특히 장갑방어 측면에서는 다른 **자주포**나 전차구축차에 한 획을 그을 정도로, **피탄경시**를 고려한 전면장갑판의 방어력은 동급의 전차를 상회한다.

차체를 전차와 공용으로 사용하기 때문에 생산성이 높고, 전차보다도 낮은 코스트로 생산할 수 있다는 장점이 있다. 독일은 당초 「포탑 사이즈의 문제로 이 이상 대형 사이즈의 포를 실을 수 없는 구식 전차를 재전력화한다」는 콘셉트에서 구축전차의 개발·생산을 행하였지만, 결국 수리를 위해 공장에 보내진 전차나 생산 도중의 전차 등을 구축전차로 개조하여, 수가 부족했던 전차부대의 정수를 채워넣었다.

소련도 이런 류의 차량을 대량으로 생산했지만, 이쪽은 독일처럼 주력 전차 대용이 아니라 「전차의 생산 속도를 유지하면서 저코스트를 살린 대전차차량도 생산한다」는 성실한 생각에서 대량의 차량을 전선에 투입했다.

대전 말기에는 상당한 수의 구축전차가 전선에서 싸웠지만, 그 공격적인 명칭과는 반대로 "적 전차에게 당당히 포격전을 거는"것은 무리였다. 포탑이 없는 구축전차는, 적이 정면에서 벗어나면 차체를 돌리지 않는 이상 포격을 계속할 수 없었기 때문이다. 그렇기 때문에 포의 위력과 정면 방어력의 강함을 유효하게 사용한 잠복 전술이나 기습이 전법의 주류가 되어, 용병적으로는 "공격해오는 적 전차에 대한 방어적인 수단" 쪽으로 능력을 발휘할 수 있었다.

독일과 소련의 「전차 킬러」

구축전차 (Jagd panzer)
아크트 판처

제2차 세계대전 중기~말기의 자주 대전차포.
충분한 장갑방어를 고려한 대전차차량으로서 개발되었다.

헷처(독일)

한 단계 위의 포를 탑재하여 화력을 강화

화력과 장갑은 충분하지만, 포탑이 없기 때문에 근거리 전은 힘들다

정면장갑의 방어력은 전차급

포탑이 없는 밀폐형의 장갑을 두르고 있다

베이스 전차를 이용한 차체

38(t)전차

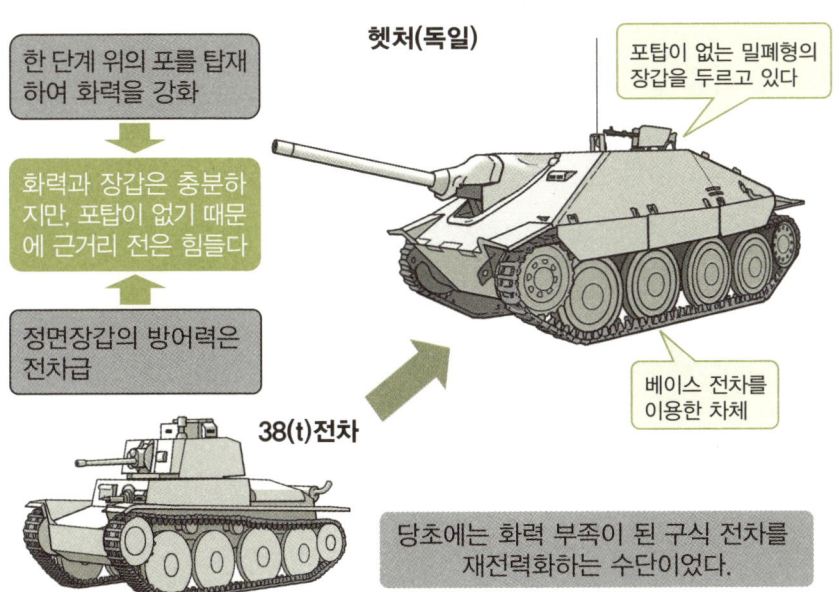

당초에는 화력 부족이 된 구식 전차를 재전력화하는 수단이었다.

그리하여 「티이거」나 「판터」 등의 주력급 전차가 개조되어 「야크트 티이거」나 「야크트 판처」가 태어났다.

「T-34」 베이스의 대전차자주포 「SU-122」

「구축전차」와 같은 용맹한 이름이 부여되지는 않았지만, 소련에서도 같은 콘셉트의 차량이 대량생산되어 독일군을 공격하였다.

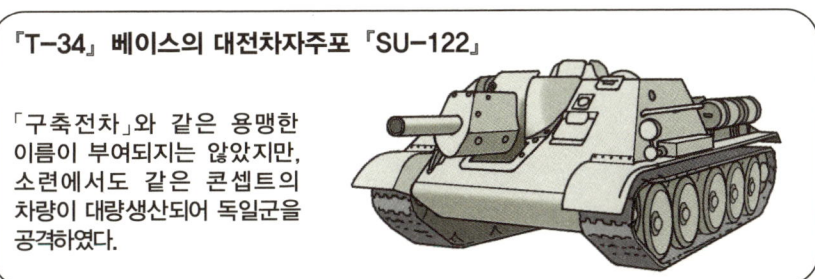

원포인트 잡학

소련에서는 그 외에도 『JS-2 스탈린』 중전차(重戰車)를 베이스로 한 『JSU-152』 중돌격포를 개발했는데, 이것은 많은 독일 전차(판터나 티이거)를 물리쳤기 때문에 소련의 매스컴에서 「맹수 킬러」라고 불리며 칭찬받았다.

하늘에서의 자객 ~대전차공격기~

전차의 상부장갑은 얇다. 왜냐하면 적 전차의 포격에 의해 그 부분이 공격받을 위험이 없기 때문이다. 하지만 항공기에 대형 기관포를 탑재하고 상공에서 전차를 노리는 것은 제2차 세계대전 당시부터 시작된 것이다.

● 머리 위를 돌아다니며 마음대로 골라잡기

항공기는 전차와 마찬가지로, 제1차 세계대전 무렵에 무기로서 데뷔했다. 그리고 전차와 마찬가지로 제2차 세계대전이 시작될 무렵에는 성능적으로 굉장한 향상을 달성하여, 지상부대의 운용과 연계하여 효과적으로 이용되는 레벨이 되었다. 이것을 전술의 열쇠로서 이용한 것이 독일군으로, 대전 초기의 **전격전**에서는 「융커스 Ju87 스투카」의 철저한 대지공격이 작전에 성패를 가르는 중요한 요소가 되었다.

이윽고 독일은 바르바롯사 작전을 발동하여 소련을 침공했는데, 거기에는 자신들이 하늘에서의 자객으로 인해 고민하게 되었다. 「날아다니는 전차」라는 이명을 가지고 있는 『일류신 Il-2 스투르모빅』이 37mm의 장포신 기관포로 독일 전차의 윗면이나 기관부 등을 노리고 사격하는 것이다. 전차의 장갑은 적 전차의 공격에 버티는데—즉 지상전에 맞춰져 있다. 정면장갑은 나름대로 두껍지만, 전차포에 사격당할 가능성이 없는 윗면장갑은 (차체 무게의 경감을 위해서라도) 얇아질 수밖에 없고, 기관부에는 방열 그릴을 설치하였기 때문에 항공기에게는 절호의 먹잇감이 된다.

이러한 「야보(야크트 봄버의 약칭. 독일어로는 전차공격기)」는 아프리카 전선에서도 독일군을 괴롭혔다. 미국의 『리퍼블릭 P-47 썬더볼트』나 영국의 『호커 허리케인』, 『호커 타이푼』 등이 대표적으로, 기관포나 로켓탄 등으로 전차를 공격했다. 물론 독일에서도 스투카에 37mm대전차포를 탑재한 전차공격기(Ju87G)를 생산하여 연합군 전차를 공격했지만, 이미 제공권을 빼앗기 어려운 전황이었기 때문에 충분한 전과를 올릴 수는 없었다.

전후에도 대전차(대지) 공격 능력을 가진 공격기는 각국에서 개발을 계속하고 있지만, **대전차 헬리콥터**의 등장에 의해 주류에서 밀려나게 되었다.

항공기는 전차의 천적

상공에서는 「전차의 약점」을 노리는 것도 간단

제2차 세계대전 당시, 공지합동의 전격전으로 유럽을 석권했던 독일군이었지만……

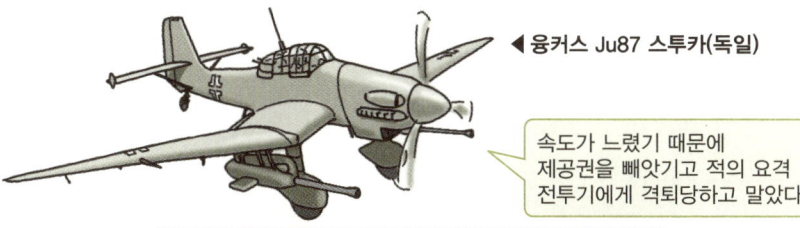

◀ 융커스 Ju87 스투카(독일)

> 속도가 느렸기 때문에 제공권을 빼앗기고 적의 요격 전투기에게 격퇴당하고 말았다

"하늘에서 공격"하는 주도권을 빼앗기고 만다

일류신 II-2 스투르모빅(소련)

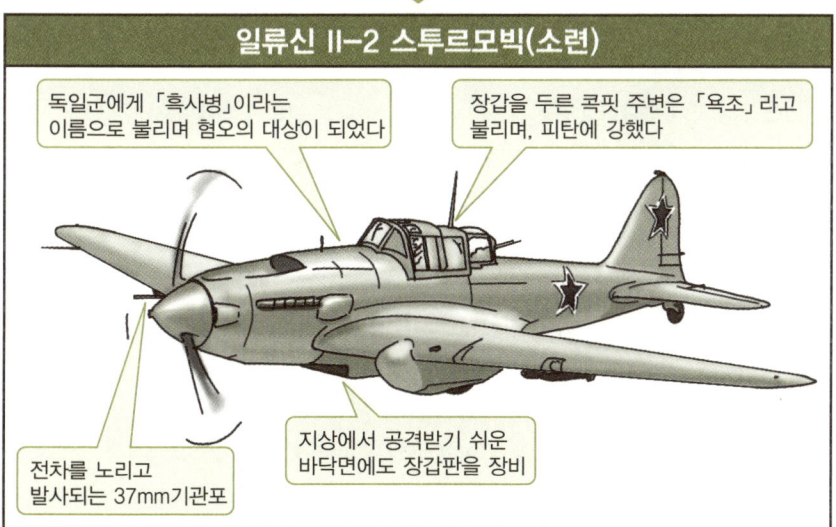

> 독일군에게 「흑사병」이라는 이름으로 불리며 혐오의 대상이 되었다

> 장갑을 두른 콕핏 주변은 「욕조」라고 불리며, 피탄에 강했다

> 전차를 노리고 발사되는 37mm기관포

> 지상에서 공격받기 쉬운 바닥면에도 장갑판을 장비

전후의 공격기

냉전이 계속되며 대전차공격용 항공기의 주류는 헬리콥터로 바뀌었다. 하지만 미국의 『페어차일드 A-10 썬더볼트Ⅱ』와 같이 퇴역이 가까워졌던 무렵에 걸프전쟁에 투입되어, 그 유효성이 재인식된 예도 있다.

원포인트 잡학

『스투르모빅』이나 『스투카』는 단순히 러시아어의 "습격자"를 의미하는 단어라든가 독일어의 "급강하폭격기"의 단축형으로, 「썬더볼트」와 같은 고유의 모델명이 아니다.

전후 태어난 새로운 적 ~대전차공격 헬기~

헬리콥터는 대형의 회전익에 의해 수직 상승과 강하, 전진·후퇴는 당연, 공중에서 한 곳에 정지하는 것도 가능하다. 그렇기에 대전차미사일이나 로켓탄을 탑재하여, 대전차공격에 유효한 수단으로서 투입되었다.

● 수에서 밀리는 서방 전차를 공중에서 지원

「공격(어택) 헬리콥터」라고 불리는 전투용의 회전익기(헬리콥터)가 태어난 것은 베트남전쟁 무렵이다. 미군은 전선의 병사를 수송하거나 회수하기 위해서 헬리콥터를 이용한 「헬리본 전술」을 취했지만, 착륙 전후로 습격하는 정글의 베트남병을 토벌하기 위해 호위기가 필요해졌다. 이러한 역할은 당초, 보통 헬리콥터에 로켓탄이나 기관총을 실은 「무장 헬리콥터」가 담당했지만, 결국 「벨 AH-1 코브라」와 같은 전투전문으로 설계된 기체가 등장했다.

코브라는 폭이 극단적으로 좁은 상자 모양의 바디라 적의 공격에 쉽사리 당하지 않았고, 조종석도 장갑화되어 있었다. 기수 부분에는 선회 가능한 기관포를, 좌우에 붙인 작은 날개(스폰손sponson)에 로켓탄이나 미사일을 탑재했다. 베트남전쟁이 끝난 후에는 "동구권에서 내세우는 대★전차군단에 비해 수적으로 열세인 서방 측의 전차 병력을 공중에서 지원"하는 역할을 부여하여, 대전차무기의 공중 플랫폼=「대전차공격 헬리콥터」가 되었다.

대전차 헬리콥터는 **대전차공격기**와 마찬가지로 "전차의 약점을 상공에서 공격한다"는 탑 어택 전법을 기본으로 하지만, 활주로가 필요없고 선회나 공중 정지가 간단한 헬리콥터의 성능은 적 전차를 기다렸다가 습격하는 것에 적합했다. 정찰 담당인 아군 헬리콥터(스카우트 헬기)에게서 정보를 얻고 바위 틈이나 계곡 등의 엄폐물을 이용하여 초저공으로 접근, 적 전차를 사정거리에 포착하면서 상승하여 **대전차미사일**을 발사, 전차포의 사선에 들어가지 않도록 몸을 숨기듯이 이동하여 다음 목표를 공격하는 것이다. 설령 잠복에 실패했어도 전차포가 노릴 수 있는 높이(앙각)에는 한계가 있기 때문에, 급상승하여 공격을 회피하면서 기관부나 포탑 윗면을 로켓탄이나 기관포로 공격하는 방식으로 전차에 대해 압도적으로 유리한 위치에서 전투를 벌일 수 있다.

대전차무기의 플랫폼

> ### 공중 정지나 방향 전환이 용이한 헬리콥터는 「대전차무기의 플랫폼」으로서 유효했다

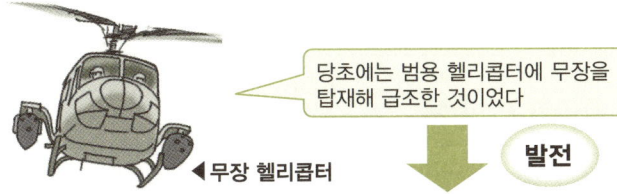

당초에는 범용 헬리콥터에 무장을 탑재해 급조한 것이었다

◀무장 헬리콥터

발전

벨 Ah-1 코브라(미국)

신규 설계된 전투용 헬리콥터

적에게 보이는 면적을 줄이기 위해 동체가 가로로 좁다

기체의 양옆에 대전차미사일이나 로켓탄 포드를 탑재

기수 부분에 기관포를 탑재

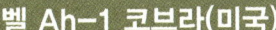

공중에서의 급정지나 방향 변환 등을 중시한 공격 헬리콥터는 속도를 너무 내게 되는 유선형을 피해 저항을 크게 한 울퉁불퉁한 디자인으로 만들어지는데, 그것을 대출력 엔진 파워로 억지로 띄우는 방법을 취하고 있다.

대전차미사일을 사용한 「탑 어택」

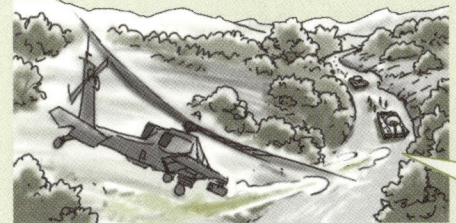

공격헬리콥터의 기본 전법. 헬리콥터는 착륙할 수 있는 장소가 많다보니 신출귀몰.

상공, 그것도 전차포의 사정거리 밖에서 대전차미사일을 발사!

원포인트 잡학

현재, 전차전의 경험이 가장 풍부한 이스라엘군의 연구에 따르면, 공격 헬리콥터 1기에 대해 전차의 손실 비율은 16에서 20이라고도 한다.

탄막을 쳐서 항공기를 격추 ~대공전차~

전차는 포탑 위에 대공방어용의 기관총을 탑재하고 있지만, 사정거리나 명중률의 문제가 있어 위안 정도 밖에 되지 않았다. 전후에는 항공기의 속도가 증가하고 장사정 대전차 미사일이 이용되면서 더더욱 그런 경향이 강해졌다.

● 전차와 대공기관포를 합체

제2차 세계대전의 초기부터 전차에게는 대전차공격기라는 적이 하늘에서 습격해오게 되었다. 전후가 되자 이것에 대전차미사일을 탑재한 공격 헬리콥터가 추가되었다. 하지만 상공에서의 공격을 방어하기 위해서 상부의 장갑을 두껍게 하면, 안그래도 무거운 차체가 더욱 무거워져 능력이 제한받게 된다.

이 문제에 대해 해결책은 전쟁 중부터 모색되었다. 그 중 하나가 "전용 대공차량을 부대에 함께 보내 항공기를 격추하자" 는 것이다. 항공기는 고속으로 비행하기 때문에 이쪽의 공격을 명중시키기 어렵지만, 전차나 장갑차와 달리 약간의 피해로도 치명상을 입는 경우가 많다. 그래서 대공차량에는 대포와 같은 일격필살 무기가 아니라, 대형 기관포탄을 기관총처럼 발사하는 「대공기관포」가 탑재되어 있다. 복수의 기관포를 일제히 발사하여 「탄막」을 펼쳐, 날아드는 공격기나 헬리콥터, 미사일 등을 떨어트리는 것이다.

이런 자주대공차량은 병력수송차나 트럭의 짐칸에 대공기관포를 싣고 다니는 정도에서 점차 장갑차나 전차의 차체를 베이스로 한 「대공전차」로 모습을 바꾸었다. 독일은 『IV호 전차』의 차체를 사용한 『빌베르빈트』나 『오스트빈트』 등 몇 종류의 대공차량을 전선에 투입하였는데, 여기에는 대전 말기에 제공권을 빼앗긴 것의 영향도 있었을지 모른다.

전후에는 항공기의 제트화가 진행됨에 따라 이러한 차량의 유용성에도 의문이 제기되었으나, 서독이나 소련에서 개발된 고성능의 대공전차는 컴퓨터화된 사격 장치에 의해 레이더를 통한 목표 탐색에서 추적·포착, 사격까지를 자동적으로 순식간에 행할 수 있어 나름 평가를 얻고 있다.

제공권이 없는 상태에서 전차부대를 움직이기 위한 차량

상공에서 습격해오는 항공기에 전차 자신은 거의 무력!

전차에는 상공을 공격하는 「대공 기관총」이 장비되어있지만, 고공을 고속으로 날아오는 항공기에는 도움이 되지 않았다

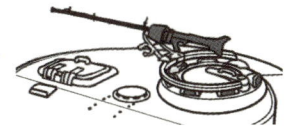

대공 공격 능력을 지닌 차량을 전차부대에 포함시킨다

독일의 대공전차 『빌베르빈트(질풍이라는 의미)』

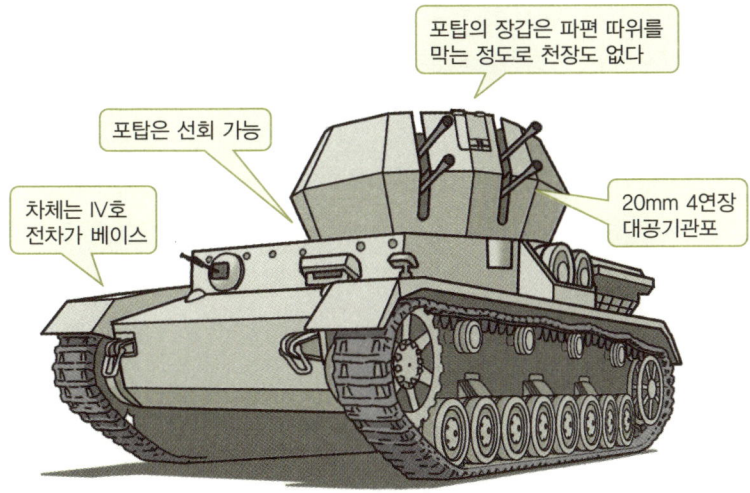

포탑의 장갑은 파편 따위를 막는 정도로 천장도 없다

포탑은 선회 가능

차체는 IV호 전차가 베이스

20mm 4연장 대공기관포

※전용 차량을 개발한 것은 「전차의 적은 전차」라는 원칙에서. 어떤 적에게도 대응할 수 있는 전차를 만들려고 하면, 결국 이도저도 아닌 것이 되어버린다.

전후의 대공전차

전후에도 소련이나 서독 등의 나라에서 전차를 베이스로 대공전차를 개발했다. 대부분은 컴퓨터에 의해 기관포와 각종 레이더를 연동 · 제어하는 하이테크 차량으로, 대전차기관포탄을 사용해 한정적인 대전차전투가 가능한 것도 존재한다.

원포인트 잡학

미국이나 영국, 프랑스 등은 「제공권이 없는 상태에서 전차를 사용하는 것이 나쁘다」고 생각하기 때문에 이러한 차량은 소수거나 아예 보유하지 않는다.

보병에 의한 대전차전투

전차는 보병에게 있어 위협이지만, 동시에 많은 약점을 끌어안고 있기도 하다. 전차의 특성을 숙지하고 잘 훈련받은 대전차보병에게는, 전차는 종종 이야기되듯 「저지 불가능한 불사신의 괴물」이 아니다.

● 전차의 워크 포인트

전차의 약점이라고 한다면 가장 알기 쉽고 유명한 것이 「궤도」이다. 이 부분은 약하고 부서지기 쉬워, 기와장이 끼어들거나 유사철선이 말려들어도 피해를 입을 가능성이 있다. 궤도를 파괴당한 전차는 완전히 움직일 수 없게 되어, 장갑으로 둘러쌓인 고정포대가 되어버린다. 전차포나 선회포탑을 사용하는 공격력 그 자체는 유지되지만, 이미 다리를 부상당해 움직일 수 없게 된 보병처럼 "그 장소에 묶여있어 쏘아댈 뿐"인 상태가 되고 만다는 것이다.

이렇게 되면 전차의 전투 능력은 반 이하로 줄어든다. 튼튼하게 보이는 장갑에도 방어력의 한계가 있어, 장소를 잘 고르면 보병용 대전차무기로도 충분히 격파가 가능하다(접근해서 쏘기 때문에 전차끼리의 포격전보다도 핀포인트의 공격이 가능해진다). 노리는 장소로는 「포탑과 차체의 경계면」이나 「차체 측면 및 후부」가 기본이지만 벼랑이나 경사면, 건조물 등의 높은 장소에 진을 치고 장갑이 얇은 윗면이나 해치 등을 노리는 방법도 효과가 크다.

이러한 약점을 공격할 때, 보병이 가장 우선적으로 취해야 할 것은 전차의 「시계가 나쁜 점」을 노리는 것이다. 전차는 장갑방어상의 약점을 줄이기 위해서 커멘더스 큐폴라나 시찰창 등 최저한의 감시장치밖에 갖고 있지 않다. 전투가 시작되어 해치를 닫게 되면 주위의 상황을 파악하기 어려워, 숨어있는 보병을 눈치채지 못하는 케이스가 많아진다. 전차의 시계는 먼 목표를 확인할 때에는 문제가 없지만, 10m 전후 라인까지 접근해오면 거의 발견할 수 없다. 쌍안경을 눈에 붙인 채로 걷고 있는 거나 마찬가지이기 때문에, 발아래를 볼 수 없는 것이다. 보병은 숨은 위치나 전차에 접근하는 루트를 고려할 때에, 이러한 사각을 머리 속에 넣고 있을 필요가 있다. 사전에 발견당하지 않는다면 전차에 접근할수록 안전해지고, 접근할 수 있다면 보병도 치명적인 일격을 날릴 수 있다.

보병이 전차와 싸울 때는

이러한 무기로 전차의 「약점」을 핀포인트 공격

· 전차포급의 위력을 가진 「대전차포」
· 성형작약탄을 발사하는 「로켓런처」
· 묶어서 폭발력을 증가시킨 「수류탄」
· 시한신관이 붙은 「지뢰·폭약·연료통」

이런 장비의 공통적인 점은
「전차의 장갑을 얼마나 관통할 수 있는가」
「전차를 행동 불능으로 만들 포탄이나 폭약을 명중시킬 수 있는가」
라는 것이다.

전차에서 노려야 하는 곳

전차 자신의 소음에 의해
외부의 소리는 일단 들리지 않는다.

장갑이 얇은 엔진그릴
폭발물이나 화염병에 의한 파괴는
여기가 적합

해치나 조시공
파괴하기만 하면 좁은
시계가 한층 더 좁아진다

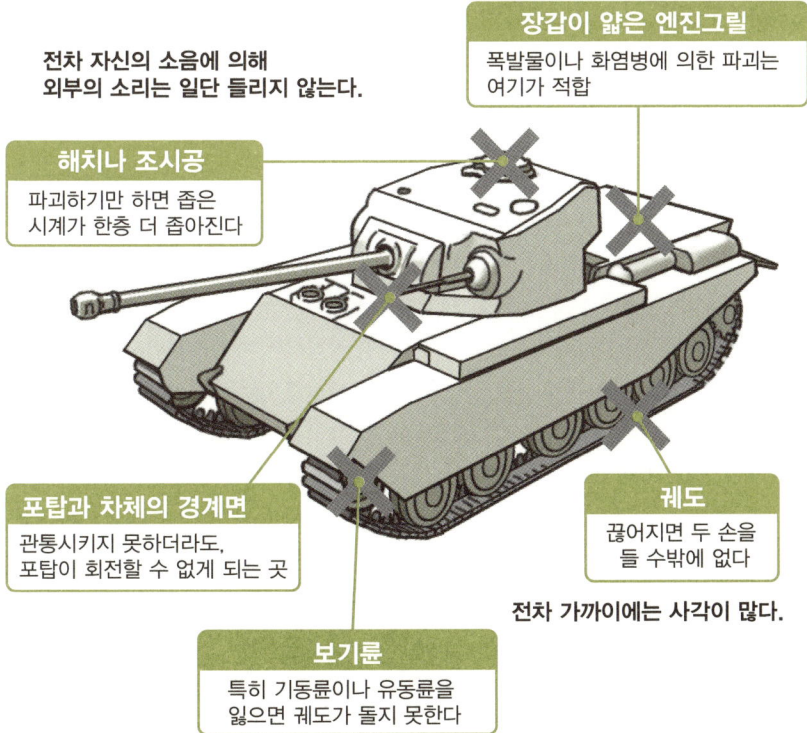

포탑과 차체의 경계면
관통시키지 못하더라도,
포탑이 회전할 수 없게 되는 곳

궤도
끊어지면 두 손을
들 수밖에 없다

전차 가까이에는 사각이 많다.

보기륜
특히 기동륜이나 유동륜을
잃으면 궤도가 돌지 못한다

원포인트 잡학

발연탄이나 발연통은 대전차공격에 있어 유효한 지원수단이다. 연막은 전차의 시계를 가려, 공격해오는 보병을 숨기는 효과가 있다.

보병용 로켓탄발사기 ~바주카~

대전차로켓탄을 발사하는 보병용 무기. 대전차포보다 간단히 들고 다닐 수 있고 지뢰나 수류탄을 던지는 것보다 적은 위험으로 전차를 공격할 수 있기 때문에, 제2차 세계대전 말기부터 냉전기에 이르기까지 대량으로 생산되었다.

● 대전차로켓탄발사기의 대명사

바주카는 소위 「로켓탄발사기(로켓런처)」라는 카테고리에 속해있는 무기이다. 포탄을 화약(장약)의 힘으로 발사하는 **캐논포**나 **유탄포** 등의 「화포」와 달리, 로켓 분사로 자력추진되는 포탄 = 로켓탄을 관에 넣고 발사하는 구조로 되어 있다. 「관과 방아쇠(점화장치)와 조준기」라는 단순한 구조로 저코스트 대량생산이 가능하고, 장갑관통력도 뛰어난 **성형작약탄**과의 조합에 의해 강력한 개인용 대전차무기가 되었다.

원조 "바주카"는 제2차 세계대전 중반에 미군이 개발한 60mm대전차 로켓런처 『M1』이다. 1980년대에 유행했던 로봇애니메이션의 영향으로 「굵고 큰 관에서 로켓탄을 발사하는 위력이 큰 무기」를 모두 바주카라고 부르는 경우가 많지만, 바주카는 본래 M1로켓런처(와 그 계열무기)의 별명이고, 이러한 류의 무기를 모두 바주카라 부르는 것은 휴대음악 플레이어를 전부 「워크맨」으로 부르는 것과 마찬가지다.

M1과 동시기의 로켓런처에는 독일의 『판처 슈렉』이 있지만, 당시에는 미국도 독일도 로켓탄의 기술이 미성숙했기 때문에 "발사시의 로켓분사가스가 사수를 직격한다"는 문제가 있었다. 미군은 당초 가스마스크 등의 장비를 장착시켜 이것을 넘어서려했지만 결국 가스의 성분을 조절하거나, 포신을 연장해서 끝을 나팔형으로 하는 등의 개량에 의해 마스크 없이도 사용할 수 있게 되었다. 이 타입의 바주카는 『M9』으로 불리며, 전후에는 구경을 89mm로 확대한 『M20』이 되었다.

수퍼바주카라는 별명을 가진 M20은 한국전쟁이나 베트남전쟁에도 투입되어 대전차 공격이나 토치카 등의 거점공격에 이용되었고, 일본의 자위대에도 경찰예비대 시대부터 공여되었다.

바주카는 미국제 로켓런처

> ### 로켓런처
> ### 자력추진으로 나가는 포탄(로켓탄)을 발사하는 발사기

원조 바주카 『M1』

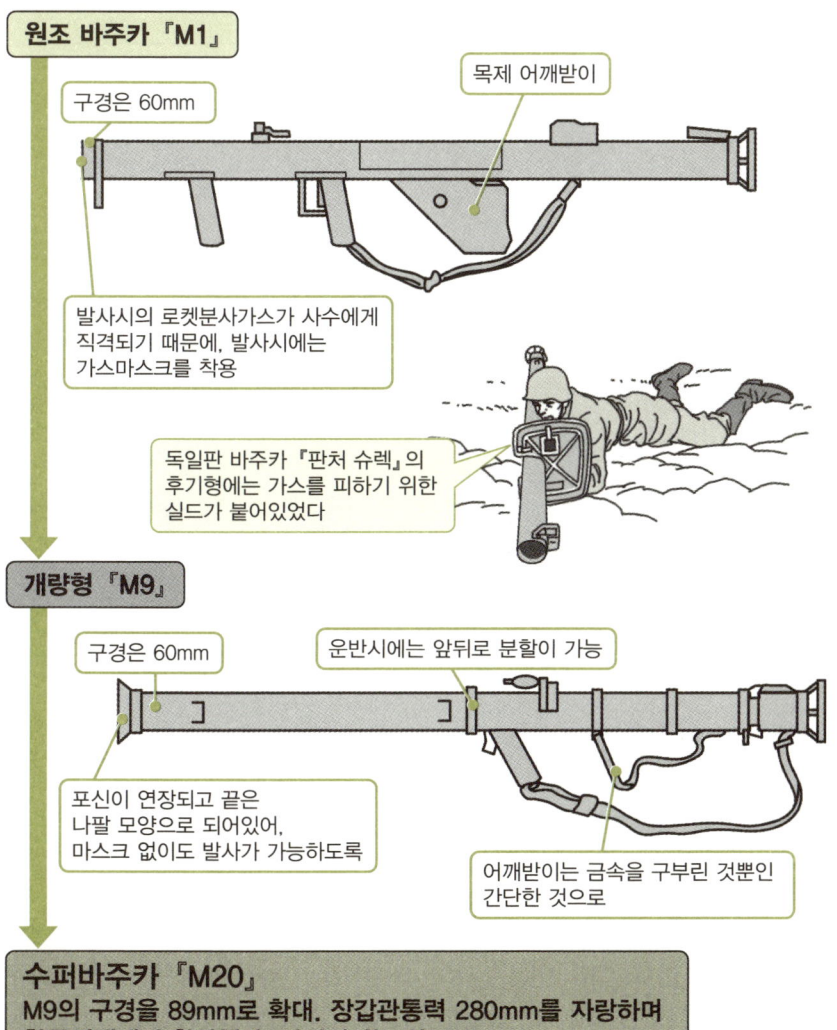

구경은 60mm

목제 어깨받이

발사시의 로켓분사가스가 사수에게
직격되기 때문에, 발사시에는
가스마스크를 착용

독일판 바주카 『판처 슈렉』의
후기형에는 가스를 피하기 위한
실드가 붙어있었다

개량형 『M9』

구경은 60mm

운반시에는 앞뒤로 분할이 가능

포신이 연장되고 끝은
나팔 모양으로 되어있어,
마스크 없이도 발사가 가능하도록

어깨받이는 금속을 구부린 것뿐인
간단한 것으로

수퍼바주카 『M20』
M9의 구경을 89mm로 확대. 장갑관통력 280mm를 자랑하며
한국전쟁에서 활약했다. 사정거리는 약 200m

원포인트 잡학

판처슈렉은 제식명인 「라케텐 판처 뷰크세」 외에 스토브 연통을 의미하는 「오펜롤」이라고도 불렸다.

사정거리가 짧지만 대구경 ～무반동포～

발사시의 연소가스를 후방으로 배출하여 반동을 상쇄하는 것으로, 대구경 포탄을 발사하는 간단한 포에서 발사되는 것. 통상형 화포와 로켓발사기의 중간적인 구조로, 포탄을 가속시키는 가스가 낭비되는 만큼 사정거리는 짧다.

●보병용의 포를 대구경으로

캐논포나 유탄포라고 하는 통상형 포는 구경사이즈도 발사시의 압력이나 반동이 비례하기 때문에, 대구경이 될수록 크고, 무겁고, 튼튼하게 만들 필요가 있었다.

보병이 전차에 맞서기 위한 「대전차포」도 캐논포의 일종인 이상, 적 전차의 중장갑화에 맞춰 대형화 되어감에 따라 한두 사람이 다룰 수 없는 무기가 되고 말았다. 포탄 발사시의 반동을 어딘가로 흘려버리는 것이 가능하면 포를 튼튼하게 만들 필요가 없어진다. 「발포와 동시에 후방으로도 포탄과 비슷한 질량의 "무언가"를 발사하여 반동을 상쇄할 수는 없을까?」……라는 콘셉트에서 만들어진 것이 무반동포이다.

최초의 무반동포는 「가스식」이란 것으로, 포구의 반대측에 다수의 가스공이 뚫려있었다. 포탄발사용 화약(장약)이 연소될 때, 압력의 대부분을 그곳으로 분출시켜 발사시에 발생하는 반동을 상쇄한 것이다. 포탄이 비실거리는 탄이 되지 않도록 반동을 줄이는 데에는 「전방 1 : 후방 4」의 비율로 장약을 연소시킬 필요가 있어, 통상에 비해 도합 5배의 장약량을 필요로 했다. 그래도 저반동의 대구경화기는 충분히 쓸만한 경우가 많아, 지프 등의 경차량에 탑재하거나 바주카 같은 모양을 한 개인휴대형의 무반동포도 만들어졌다.

대량의 장약을 사용한 가스식의 무반동포는 사수 후방 약 50m에 큰 후폭풍을 발생시키는 특성이 있어, 숨어있어도 순식간에 장소가 들켜버려 반격당할 위험이 있었다. 현재는 반동을 상쇄하기 위해 가스가 아니라, 유지나 납제의 추(밸러스트)를 쏘는 「질량식」 무반동포가 개발되어 있다. 이 타입은 휴대식 무반동포에 많고, 진지나 참호 등 좁은 장소에서도 사용할 수 있다.

어느 방식이라도 후방에서 발생되는 에너지가 무의미하게 쓰이기 때문에 유효사정거리는 짧아, 보통 사정거리가 아슬아슬하더라도 일정한 위력이 있는 성형작약탄이 사용된다.

무반동포의 원리

> 장점 → 포의 구조를 단순하게 만들 수 있다
> 단점 → 에너지 로스가 크고 대량의 장약(화약)이 필요

무반동포(가스식)

후방에 플라스틱 파편 등을 뿜어내는 「질량식」도 있다.

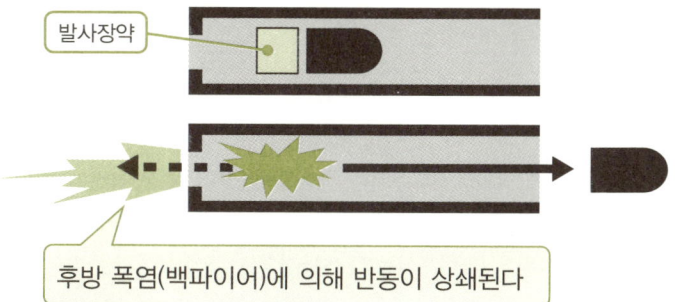

발사장약

후방 폭염(백파이어)에 의해 반동이 상쇄된다

통상의 화포

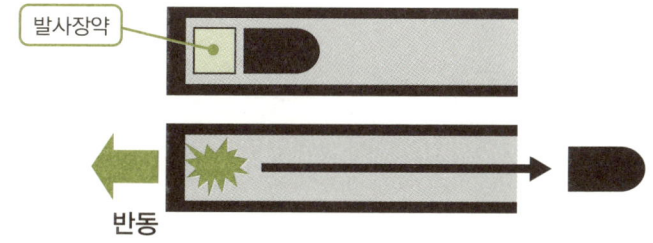

발사장약

반동

로켓탄발사기

바주카 등이 이 방식

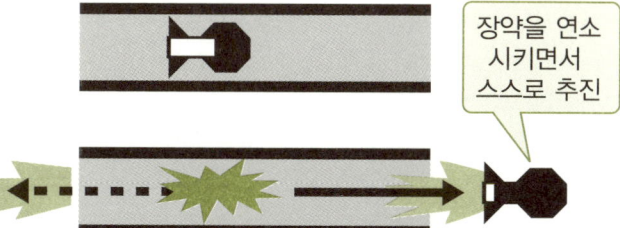

장약을 연소시키면서 스스로 추진

원포인트 잡학

제3세대 전차의 장갑에 이용되는 복합장갑은 무반동포가 사용하는 HEAT탄(성형작약탄)에 대해 방어력이 높기 때문에 대전차무기로서 무반동포의 가치는 떨어지고 있다.

대전차척탄발사기 ~판처 파우스트~

성형작약탄을 발사하는 발사기(런처)의 대부분은 『바주카』와 같이 탄약을 재장전하는 것을 반복하여 사용하는 것이 가능하지만, 제2차 세계대전에서 독일군이 투입한 『판처 파우스트』는 단발을 쏘고 버리는 무기였다.

● 쓰고 버리는 휴대무반동포

독일군은 바주카형 대전차무기인 『판처 슈렉』을 전선에 배치하고 있었지만, 제2차 세계대전 말기가 되면서 쓰고버리는 간이형 척탄발사기(그레네이드 런처)『판처 파우스트』를 대량으로 생산하게 되었다. 이 무기는 제작이 단순하고 짧은 시간에, 싸고, 대량으로 생산할 수 있어, 필요한 장소에 재빨리 배치하는 것이 가능했다. 구조적으로는 **바주카**보다도 **무반동포**에 가까워, 쇠파이프처럼 간소한 관의 안쪽에 들어있는 발사약으로 탄두를 발사하는 구조이다.

사정거리는 최초에는 30m, 개량형이라도 100m 정도로 짧았지만, 경량으로 만들어졌기 때문에 보병이 편하게 들고다닐 수 있어서 시가전에서의 잠복공격에 크게 쓰였다. 후방폭풍 덕분에 "쏘고나면 눈에 띈다"는 것은 바주카나 무반동포와 마찬가지였는데, 판처 파우스트의 탄두는 로켓탄처럼 뒤에서 불을 뿜으며 날아가는 것은 아니지만, 각을 잘 맞춰서 발사할 필요가 있었다. 수평사격으로 확실히 명중시키려면 안그래도 짧은 사정거리에 더욱이 안쪽으로 접근할 필요가 있어, 어떤 의미에서는 「육박공격용」의 무기이기도 했다.

이 판처 파우스트에 많은 피해를 입은 소련은, 전후 『RPG』라는 무기를 개발했다. RPG란 러시아어로 휴대 대전차척탄발사기를 의미하는 「Ruchnoy Protivotankoviy Grana-tomet(혹은 로켓식 척탄발사기를 의미하는 「Rocket Propelled Grenade」)」의 머릿글자를 딴 것으로, 독일이 개발한 『판처 파우스트 250』을 베이스로 했다. 그중에도 『RPG-7』은 대형 성형작약탄두에 로켓추진장치를 붙여 유효사정거리가 500m까지 늘어나고, 발사기에도 정밀한 조준장치가 붙게 되었다. 휴대식 대전차무기의 결정판이라 할 수 있는 이 무기는 베트남이나 중동, 아프가니스탄 등을 비롯해서 현재도 세계 각지에서 쓰이고 있다.

판처 파우스트와 RPG

판처 파우스트 (강철의 주먹을 의미)
독일이 개발한 쓰고버리는 「성형작약탄 런처」

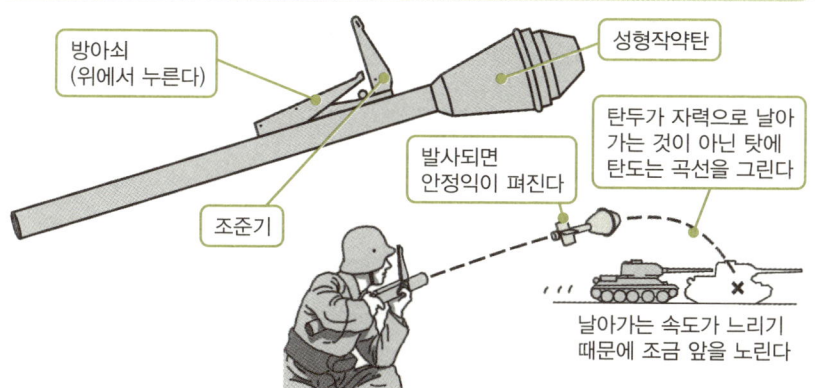

방아쇠
(위에서 누른다)

성형작약탄

탄두가 자력으로 날아가는 것이 아닌 탓에 탄도는 곡선을 그린다

발사되면 안정익이 펴진다

조준기

날아가는 속도가 느리기 때문에 조금 앞을 노린다

판처 파우스트의 배리에이션

30 (소) 크라인	사정거리 30m. 최초의 모델로 중량 1.5kg 정도.	
30 (대) 그로스	사정거리 30m. 탄두가 커지고 위력도 강화. 중량은 5kg 정도.	
60 100	사정거리 60/100m. 사정거리가 늘어나고 조준기도 개선되었다.	
150	사정거리 150m. 탄두의 형상이 개선되어 종전까지 생산된 타입.	

전후 소련이 개발한 「RPG」
(= Ruchnoy Protivotankoviy Granatomet. 휴대 대전차척탄발사기라는 뜻)

RPG-7
로켓 부스터가 붙은 대전차척탄을 발사하는 무반동포

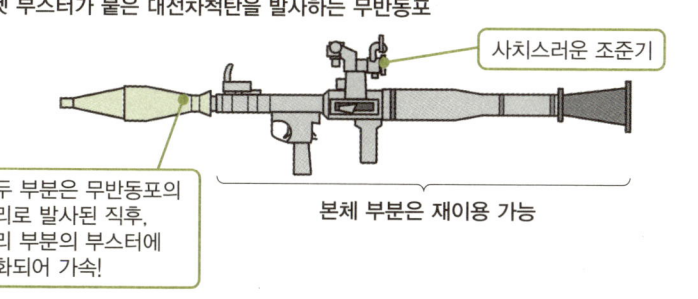

사치스러운 조준기

탄두 부분은 무반동포의 원리로 발사된 직후, 꼬리 부분의 부스터에 점화되어 가속!

본체 부분은 재이용 가능

원포인트 잡학

RPG 시리즈는 낙하산부대용으로 2분할된 『RPG-16』이나 바주카와 같은 외견을 갖는『RPG-29』등, 현재에 이르기까지도 많은 타입이 개발되고 있다.

유도식 장사정 무기 ~대전차 미사일~

「Anti Tank Missile」의 머릿글자를 따서 『ATM』이라고도 불리는 대전차무기로, 제2차 세계대전 후에 보급되었다. 장사정이고 유도식인 데다가 위력도 크기 때문에 많은 장점이 있지만, 1발당 단가가 높다는 치명적인 단점이 있다.

● 배기관으로 수류탄을 투척하던 시대가 아득하다

대전차미사일(ATM)은 유도식 성형작약로켓탄으로, 보병이 어깨에 걸거나 지면에 설치하여 사용하는 「개인휴대형」, 장갑차나 지프 등에 탑재하여 사용하는 「차량탑재형」, 공격헬리콥터 등의 항공기에 붙어있는 「항공기탑재형」이라는 종류가 있다. 같은 로켓탄이라도 **바주카**나 **RPG**의 탄두는 직진하는 것밖에 할 수 없지만, 나아가는 방향을 자유자재로 컨트롤 할 수 있는 대전차 미사일은 원거리에서 이동목표를 노릴 경우의 명중률을 극적으로 향상시켰다.

초기의 대전차미사일은 「유선식」이라는 방식으로 유도되었다. 이것은 미사일로부터 뻗어나온 낚시줄 같은 와이어를 통해 비행 코스 수정 신호를 보내 목표에 명중시키는 방식이었다. 유도는 사수 스스로가 게임기의 컨트롤러 같은 조이스틱을 사용하는 것과, 조준장치에 목표를 맞추면 자동으로 신호를 발신하는 두 가지 방법으로, 사정거리는 2~4km에 달했다. 어느쪽이든 사수가 명중할 때까지 발사지점에서 움직일 수 없다는 제약이 있지만, 기술적으로 고도의 것을 사용하는 것은 아니었기 때문에 선진국이 아니더라도 개발·생산이 가능하여, 베트남전쟁이나 중동전쟁, 이란·이라크전쟁 등에서도 많이 사용되었다.

80년대 종반이 되면 「레이저 유도식」의 대전차미사일이 등장한다. 레이저 조사기에서 목표에 조사된 레이저의 발사파를 미사일의 탐지기가 포착해서 궤도를 수정하는 「세미 액티브 레이저 유도」라는 방식으로, 명중률의 향상과 미사일 속도의 고속화에 공헌하였다. 또한 목표에 레이저를 쏘는 것은 사수가 아니라도 OK였기 때문에(조사기를 별개로 설치하거나 별동대가 레이저를 조사하거나), 적이 발사 위치를 찾기는 어려웠다.

최신형 대전차미사일은 레이저로 목표를 포착하여 미사일을 발사한 후, 적외선탐지기에 의해 자동적으로 목표까지 유도되는 「발사 후 내버려두는=파이어 앤드 포겟(쏘고 잊어버린다는 의미) 방식」을 사용하고 있다.

대전차 미사일의 유도 방식

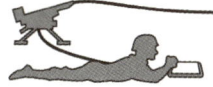
· 장사정으로 큰 위력
· 높은 명중률

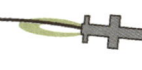
· 굉장히 높은 가격
· 많은 탄수를 쌓아둘 수 없다

유선유도식

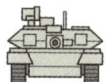

사수는 유선으로 미사일에 컨트롤 신호를 보내, 직접 목표에 명중시킨다.

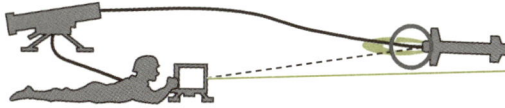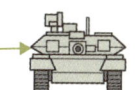

사수가 조준장치에 목표를 맞추면 유도장치가
미사일의 분사를 조종하여 조준선으로 궤도를 수정한다.

레이저 유도식

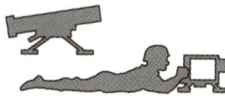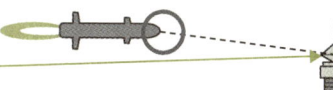

사수가 목표에 레이저를 맞추고 있으면 미사일이 자동으로 궤도를 수정한다.

발사 후 잊어버리는 방식

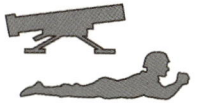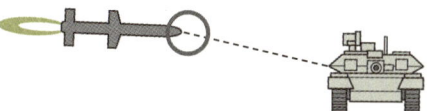

쏘고난 후 사수가 무엇을 하더라도, 미사일이 자동으로 궤도를 수정한다.

미사일이란……
본래 「투사물」 전반을 가리키는 것으로 화살이나 권총 탄환, 전차포의 포탄도 미사일의
일종이다. 하지만 현재는 스스로 불을 뿜으며 날아가는 「비약체」의 총칭으로 이용되며,
특히 무기의 분류에서는 「목표를 향해 유도할 수 있는 비약체」를 미사일이라고 부른다.

원포인트 잡학

미사일은 유도장치를 싣고 있기 때문에, 명중률이 높고 파괴력이 큰 특징이 있다. 「유도할 수 없는 비약체」는 미사일이라고
부르지 않고, 제2차 세계대전 용어인 「로켓탄」을 그대로 관습적으로 사용하고 있다.

전차를 멈춰라! ~대전차 장해물~

전차에서 기동력을 발휘하는 부분인 궤도라는 주항 장치도 결코 완벽한 힘지 주파 능력을 가진 것은 아니다. 역시 지상을 달리는 「차량」인 이상, 아무래도 어려워하는 장소나 상황이라는 것이 존재한다.

● 말뚝을 세우거나 구멍을 파거나

「싸우지 않고 이긴다」는 말이 있는데, 정면에서 싸워도 전차에게 이길 수 없는 상황이라면 전장까지 도착 못하게 하면 된다. 전차는 궤도 덕분에 길이 없는 곳을 달릴 수 있지만, 그래도 한도가 있다. 특히 진흙탕이나 모래에 빠져서 전차의 배가 지면에 닿게 되는 "돌밭에 누운 거북이" 같은 모양이 되고 만다. 나무를 자르고 기둥이나 기와장을 차체의 정면에 부숴서 뿌려놓아 어떻게든 넘어가더라도 궤도가 공회전을 하고 말면 탈출하는 것은 곤란하다.

이러한 상황을 인위적으로 만들어내고자 설치하는 것이 「대전차 장해물」이다. 대표적인 것이 요새나 방어진지의 전면에 나무 말뚝이나 콘크리트의 작은 기둥이나 철도 레일 등을 세운것으로, 제1차 세계대전 이래 전통적인 방법이다. 대부분의 전차는 높이 1m의 높이차를 극복할 수 없고, 이러한 장해는 전차의 진공을 막는데 크게 도움이 된다. 제2차 세계대전에서는 말뚝을 박는 것보다 간단히 설치할 수 있는 「H형 철골을 3개 묶은 모양의 장해물」이 다수 만들어졌다.

또한 전차는 스스로 궤도가 지면에 접하는 길이(접지면)의 30~45% 정도의 도랑 정도밖에 건널 수 없다. 그래서 커다란 구멍·대전차호를 파거나 전차를 지나가지 못하도록 하는 방법이 고안되었다. 이 방법은 "말뚝으로 막는" 것보다도 시간이 많이 들고, 전차가 이동하지 못할 사이즈의 구멍을 어느 정도의 범위에 파놓느냐는 점도 꽤나 큰일이다. 그것은 길막기 당하는 전차에게 있어서도 마찬가지로, 한 번 완성된 대전차호를 넘어가기 위해서는 공병부대를 부르거나 다리를 연결하거나 메꿔버리는 것 같은 작업을 필요로 했다.

교묘하게 배치된 대전차 장해물은 지뢰지대와 마찬가지로, 존재 자체가 전차의 행동에 제약을 주기 때문에 적의 진격 방향을 유도하여 함정에 빠트리는 것도 가능하다.

전차를 움직이지 못하게 하는 장치

둥글고 굵은 말뚝이나 철도 레일을 같은 간격으로 박는다

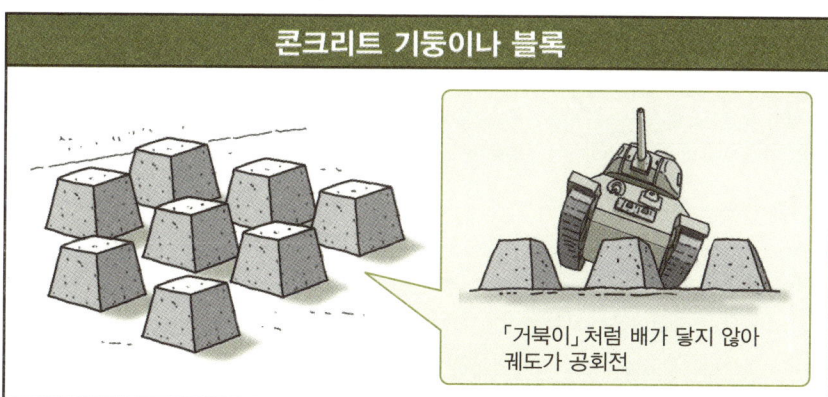

가늘어도 튼튼한
철사를 꼬아놓아 궤도에
말려들게 만드는 방법도

콘크리트 기둥이나 블록

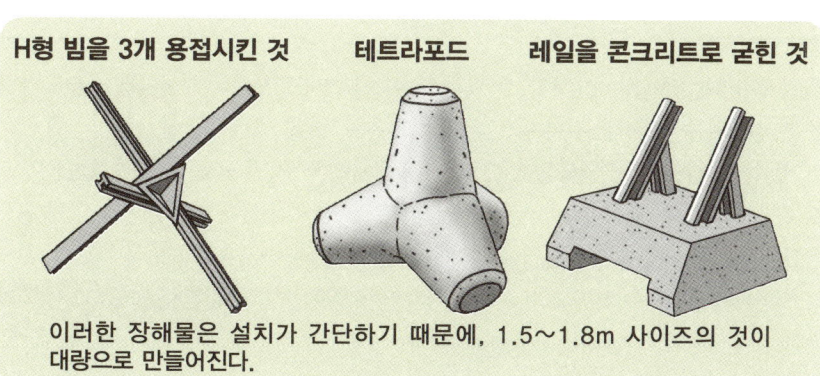

「거북이」처럼 배가 닿지 않아
궤도가 공회전

H형 빔을 3개 용접시킨 것　　**테트라포드**　　**레일을 콘크리트로 굳힌 것**

이러한 장해물은 설치가 간단하기 때문에, 1.5~1.8m 사이즈의 것이
대량으로 만들어진다.

원포인트 잡학

궤도의 그립력을 약하게 하기 위해 흙(연토)을 까는 경우도 있고, 부드러운 「배」를 노리기 쉽게 만들기 위해 전차를
지나가게 하는 토대를 만드는 방법도 넓은 의미에서는 대전차 장해물의 구축이라고 할 수 있다.

대전차지뢰와 지뢰처리전차

지뢰는 땅속에 얕게 묻어, 전차를 발 밑에서 파괴하는 무기이다. 대전차지뢰는 전차와 같은 중량물이 밟지 않으면 작동하지 않으며, 폭발하며 궤도나 장갑이 얇은 부분을 파괴하여 전차의 전투능력을 빼앗는다.

● 설치하는 쪽은 안전하지만 당하는 쪽은 처리가 큰일

지뢰란 감지 중량에 따라 대인용이나 대전차용 등의 종류가 있지만, 그중에도 전차에 대해 사용하는 지뢰를 「대전차지뢰」라고 부른다. 작동 방식도 전차가 밟으면 폭발하는 단순한 것부터, 전차의 진동이나 자기磁氣를 감지해서 작동하는 것, 로켓탄을 자동발사하는 타입 등 여러 가지다.

전차는 튼튼하게 만들어져있어, 조금의 폭발으로는 꿈쩍도 하지 않는다. 하지만 윗면과 마찬가지로, 전차의 바닥면은 가장 장갑이 얇은 장소이다. 지뢰의 폭발에 의해 바닥장갑을 파괴당하면 안의 승무원도 무사할 수는 없고, 피해가 얕다고 해도 바닥면에 달리기 위해 필요한 토션바나 전기계통의 배선, 드라이브 샤프트 등이 있어 이것이 파손되는 것만으로도 전차의 전투 능력은 크게 손상된다. 또한 궤도는 바닥면 이외의 약한 부분으로, 지뢰의 폭발에 의해 잘려나가게 되면 어떻게 할 수가 없다. 더욱이 지뢰지대는 적을 날려버리는 것뿐만 아니라, 그 자리를 막아서서 기동력을 빼앗는 효과도 있다. 지뢰를 수동적인 병기로 보기 쉽지만, 실은 전차에게 있어서 아주 미움받는 상대인 것이다.

전차의 지뢰대책이라고 한다면 바닥면의 장갑을 두껍게 하는 것밖에 없다. 이 경우 「상공에서 날아오는 항공기에 대비하여 윗면의 장갑을 두껍게 하는 것이 아니라, 대공전차를 동행시키는 것으로 대항한다」는 것과 마찬가지로, 공병부대나 지뢰처리 전용의 차량을 불러 지뢰를 처리하는 것이 일반적이다.

제2차 세계대전에서 영국군이 사용한 지뢰폭파전차 『셔먼 크랩』은 차체에서 전방으로 긴 두개의 암이 뻗어있다. 암 사이에 장비된 롤러에서는 굵은 쇠사슬이 몇십 개나 뻗어있어, 지뢰지대에 닿으면 롤러에 의해 롤러를 회전시켜 쇠사슬로 지면을 때린다. 쇠사슬에 얻어맞은 지뢰는 셔먼 크랩 본체의 한참 앞에서 폭발하고 그 뒤로는 전차가 통행 가능한 길이 생긴다.

조용한 살인자 「지뢰」

지 뢰

대인지뢰 폭풍이나 파편을 날려 보병을 살상한다.

대전차지뢰 대량의 작약을 이용하여 장갑차량을 파괴한다.

독일의 대전차지뢰 (T마인)

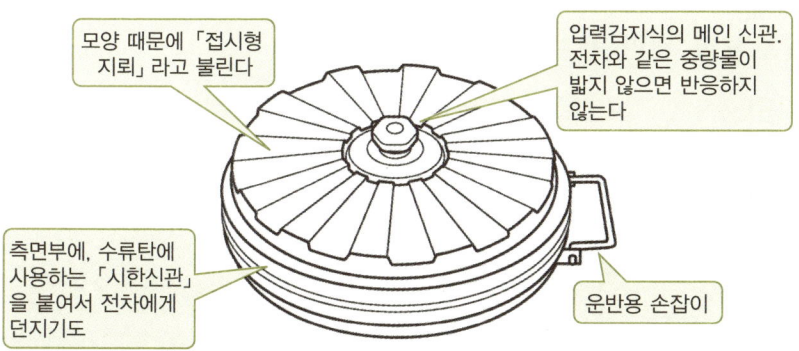

모양 때문에 「접시형 지뢰」라고 불린다

압력감지식의 메인 신관. 전차와 같은 중량물이 밟지 않으면 반응하지 않는다

측면부에, 수류탄에 사용하는 「시한신관」을 붙여서 전차에게 던지기도

운반용 손잡이

대전차지뢰는 효율적

대전차지뢰를 이용할 때의 비용 대비 효과는 발군이다. 1발당 10만원 정도 하는 지뢰로, 수십억원 단위의 전차를 무력화시킬 수 있기 때문에 굉장히 효율이 높다. 또한 지뢰는 「설치하는 측에게 있어는 거의 위험이 없는 무기」인 것으로도 이용 가치를 높이고 있다.

지뢰처리전차

영국의 지뢰폭파전차 「셔먼 크랩」

미국이 공여한 「M4 셔먼」의 개조차량. 영국은 프레일과 같은 지뢰처리 장치를 여러 가지 개발하여, 다양한 전차에 장착했다.

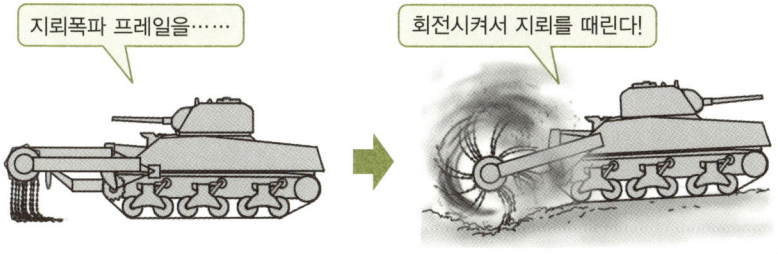

지뢰폭파 프레일을……

회전시켜서 지뢰를 때린다!

원포인트 잡학

현재도 거대롤러나 프라우(가래)와 같은 지뢰배제 시스템이 개발되어 있지만, 상황에 따라 원거리에서의 맹렬한 포·폭격을 통해 지뢰지대 그 자체를 날려버리는 방법도 이용된다.

전차와 보병의 연계 ~수반보병~

전차와 행동을 함께하는 보병을 「수반(隨伴)보병」이라고 한다. 전차의 앞에서 진격로를 정찰하거나, 숨어서 대기 중인 적의 대전차보병을 찾아내 토벌하거나, 지뢰지대나 대전차 장해물을 발견해서 회피하도록 유도하는 것이 임무이다.

● 보병에 의한 전차의 보조

전차에게 있어 피할 수 없는 약점 중 하나로 "시계의 제한"이 있는데, 적의 「적진」을 돌파할 때에는 이 문제가 크게 닥쳐온다. 전차는 철조망을 파괴하거나 참호를 타넘는 것은 가능하지만, 대전차무기를 손에 쥔 적 보병을 발견하는 것은 어렵다. 물론 전차에는 적 보병에 대한 **방어무기**로서 기관총이나 대인무기가 장비되어 있지만, 전차의 사각에 숨어든 채로 **대전차포**나 **바주카**를 발사하게 되면 안 된다. 그러한 적을 조기에 발견하여 공격을 하고 전차를 보조하는 것이 수반보병의 중요한 역할이다.

삼림이나 시가지 등 시야가 나쁜 장소에서는 적의 공격에서 전차를 방어하기 위해 보병의 존재가 반드시 필요하다. 적의 공격에 의해 보병부대와 분단되거나, 전차가 보병을 내버려두고 진출하거나, 처음부터 수반보병이 없거나 한다면 어떠한 이유라도 「단독 투입된 전차」는 극단적으로 약한 존재가 된다.

제2차 세계대전 중의 소련에서 시행했던 것이 「전차과승(탱크데상트)」이다. 소련의 전차부대는 독일 보병이 엄청나게 쏘아대는 **판처 파우스트**에 고민하고 있었는데, 이를 발견해서 토벌하는 역할의 소련 보병을 태운 탱크는 독일의 대반격이 일어날 것에 대비하여 물자수송에 집중되었다. 거기서 "전차 그 자체를 수반보병의 이동수단으로서 사용한다"는 독특한 전술이 생겨난 것이다.

보병(탱크데상트병)은 전차의 포탑이나 차체에 붙어 있는 손잡이를 잡고 전장으로 이동한다. 거기서 전투가 일어나면 전차에서 뛰어내려, 적병에게 육박하여 소총이나 기관총에 의한 접근전을 펼친다. 하지만 전차는 이동시에도 전투시에도 적의 목표가 되기 쉬워, 집중공격을 받거나 포·폭격의 폭풍이나 파편에 의해 순식간에 전멸될 위험도 많았다.

수반보병의 중요성

전차는 시계가 좁기 때문에 바깥의 상태를 확인하기 어렵다

· 보병은 포 · 폭격의 폭연이나 소음 속에서, 전차병이 눈치채지 못하게 접근한다.
· 복수의 적 보병이 연계하면, 기관총이나 대인무기로 대처하는 데도 한계가 있다.

아군의 보병을 전차에 수반시킨다

보병에 「적병의 처리」를 맡기면, 전차는 안심하고 적진의 돌파나 적 전차와의 전투에 집중할 수 있다.

예를 들면……

· 적 보병을 발견하면 배제한다
· 숨어있는 대전차무기를 발견하고 배제한다
· 전차의 진로나 주위의 이상이 없는지를 확인한다

탱크데상트
전차과승

수반보병의 이동수단으로서 전차를 이용하는 전술

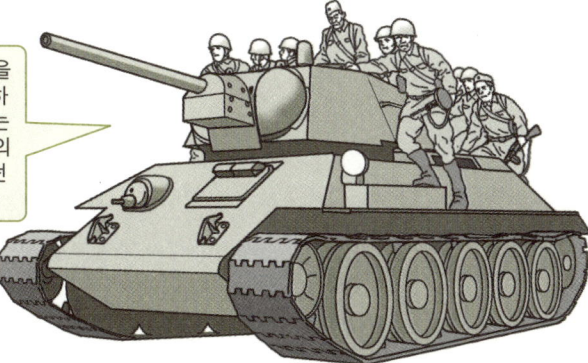

반드시 「전차가 보병을 태운 채 적에게 돌격하는」 전법을 가리키는 것은 아니지만, 병사의 생명이 경시되었던 당시의 소련에서는……

제2차 세계대전 무렵에는 전차와 보병의 의사 소통이 곤란했다. 수신호나 신호탄, 예광탄 신호에 의지하였고, 특히 보병 측에서 전차에게 어프로치 할 수 있는 수단이 적었다 (일부의 전차는 외부에 차내로 통화할 수 있는 전화를 장비하고 있었다).

원포인트 잡학

대전차전투에는 우선 전차와 수반보병을 분리시키고, 그 뒤에 대전차포 등에 의한 집중포화를 행하는 것이 원칙이다.

장갑병력수송차와 보병전투차

전차는 수반보병에게 도움을 받을 때야말로 진가를 발휘하지만, 양자를 세트로 운용할 때에는 보병의 낮은 방어력이 문제가 된다. 작렬하는 폭풍이나 포탄 파편으로부터 피해를 받지 않도록, 보병은 장갑차량으로 전장까지 이동하게 되었다.

● 보병은 장갑차에 탑승하여

시가전에 있어서도 진지돌파에 있어서도, 전차는 그 결점을 보완하도록 보병과 공동으로 운용될 때야말로 진가를 발휘할 수 있다. 제2차 세계대전 무렵의 보병은 도보나 트럭, 혹은 전차 그 위에 올라타서 이동했지만, 전후에는 「장갑병력수송차」에 타게 되었다.

이것은 장갑+병력수송차라고 하는 이름이 나타내듯이, 병사를 운반하는 수송차를 장갑화한 차량이다. 궤도 등의 주행 장치를 장비하고, "전차가 달리는 곳을 함께 이동할 수 있는" 기동력을 지니고 있는 것이 특징이다. 장갑은 전차 정도로 튼튼하지는 않아 포탄에 직격당하면 한방감이지만, 도보나 트럭으로 이동할 때와 비교하면 「보병의 안전도는 비약적으로 향상되었다」고 생각되며, 그다지 문제시되지 않는다.

장갑병력수송차의 발전형이라 할 수 있는 것이 「보병전투차」이다. 전차에 필적하는 기동력과 수반보병의 수용능력에 더해, 전방위 선회 가능한 포탑과 대구경의 기관포를 탑재하여 공격력을 강화하고 있다. 역시 전차와 싸우는데는 역부족이지만, 장갑차나 트럭을 상대하는 데에는 전혀 문제가 없고, **대전차 헬리콥터**와 같은 상대에 대해서는 오히려 전차포보다 유리하다고 할 수 있다.

애초에 장갑병력수송차나 보병전투차의 임무는 "보병을 필요한 장소로 조속히 수송하여 적 보병을 제압한다"는 것으로, 전차와 싸울 능력을 가질 필요는 없다. 보병전투차가 전차포가 아닌 기관포를 탑재한 것도, 연사성이 높아 적의 보병이나 대전차보병을 압도할 수 있는 효과를 노리는 것이다.

마찬가지 이유로, 최근에는 장갑보병수송차와 같은 차량에도 연속발사가 가능한 「유탄발사기(그레네이드런처)」를 장비하여 화력을 강화하는 케이스가 늘고 있다. 유탄이란 수류탄과 같이 폭발하여 광범위하게 피해를 줄 수 있는 탄약으로, 기관총보다도 효과적으로 적 보병을 일소할 수 있다.

보병에 기동력과 장갑을

기계화보병
도보가 아니라, 장갑차 등에 탑승하고 모든 부대가 동시에 이동하는 보병부대

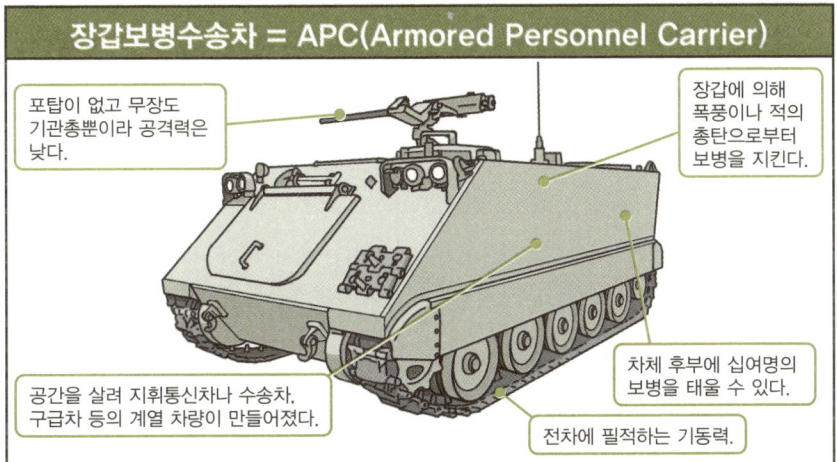

장갑보병수송차 = APC(Armored Personnel Carrier)

포탑이 없고 무장도 기관총뿐이라 공격력은 낮다.

장갑에 의해 폭풍이나 적의 총탄으로부터 보병을 지킨다.

공간을 살려 지휘통신차나 수송차, 구급차 등의 계열 차량이 만들어졌다.

차체 후부에 십여명의 보병을 태울 수 있다.

전차에 필적하는 기동력.

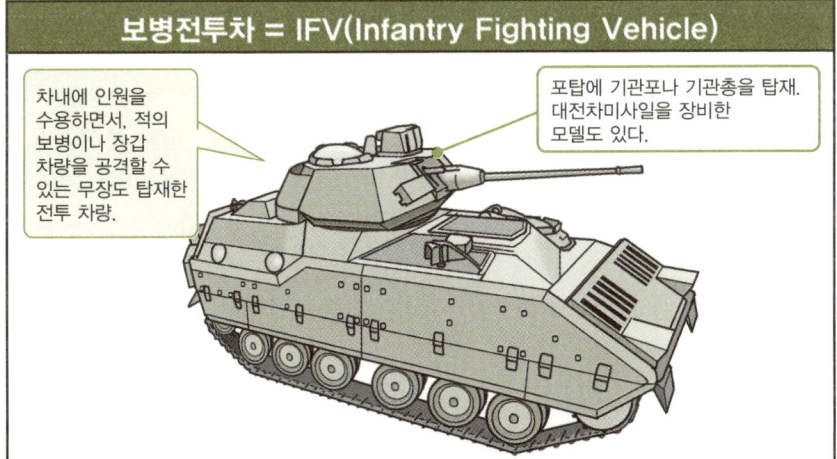

보병전투차 = IFV(Infantry Fighting Vehicle)

차내에 인원을 수용하면서, 적의 보병이나 장갑 차량을 공격할 수 있는 무장도 탑재한 전투 차량.

포탑에 기관포나 기관총을 탑재. 대전차미사일을 장비한 모델도 있다.

전차의 기동성과 공격력을 손상시키지 않고 "수반" 가능한 그들은 전차와 팀을 이루며 공격지점까지 도착하면, 일제히 하차하여 적 보병이나 대전차화기를 제압한다.

원포인트 잡학

보병전투차 중에는 보병 수용 인원을 줄이고 정찰 기재나 탄약량을 증가시킨 「기병전투차」라는 것이 있어, 예전의 경전차처럼 운용되었다.

213

보병의 육박공격

보병에 의한 대전차공격은 적에게 발견되지 않도록 몸을 감추고, 대전차포나 바주카와 같이 멀리서 기습하는 것이 기본이다. 하지만 그러한 대전차무기가 손에 없을 때는, 보병은 얼마 안되는 무기로 전차에 육박해야 할 상황에 이른다.

● 최후의 무기는 수류탄이나 지뢰

보병용 **대전차미사일**이 고성능화 되어 몇 km나 앞에서 전차를 공격할 수 있게 된 현대전이라면 몰라도, 제2차 세계대전 무렵에 사용된 **바주카**나 **판처 파우스트**는 기껏해야 수백m의 사정거리밖에 되지 않았다. 그것도 지고 있는 측에서는 이러한 무기조차 부족하여, 결국은 보병 스스로가 전차에 달라붙어 공격하지 않으면 안될 상황이 되었다. 이러한 육박공격에 이용된 것은, 대부분이 수류탄이나 지뢰 등의 「폭발물」이다.

수류탄(핸드 그레네이드)은 그 이름이 가리키듯 핸드사이즈의 **유탄**(폭탄)으로, 핀이나 캡 등의 안전장치를 벗기면 몇 초 안에 폭발한다. 본래는 파편이나 폭풍으로 적병을 살상하는 무기이기 때문에 정면에서 전차에게 던져봐야 장갑에 막히고 말지만, 발치를 노려 궤도를 절단하거나, 엔진그릴이나 배기관 등의 배기장치에 던져넣어 엔진에 피해를 주는 사용법이 있다.

독일에서는 복수의 수류탄을 묶은 「결속수류탄」이나 손으로 던지는 식의 **성형작약탄**으로 「대전차 수류탄(대전차투척지뢰)」 등도 만들어내어, 그 나름의 효과를 올렸다. 또한 지뢰의 신관을 수류탄처럼 시한식으로 교환한 것이 대전차무기로서 이용되어, 특히 성형작약탄을 이용한 「흡착지뢰(자력지뢰)」는 자석에 의해 전차의 장갑에 달라붙을 수 있었다.

이러한 육박공격은, 역시 어떻게 생각해도 보병 쪽이 불리하다. 전차가 보병도 데리고 오지 않고 단독으로 행동하는 경우는 적고, 기관총이나 대인무기를 뚫고 전차까지 도착하는 것도 쉽지 않다. 발연탄이나 가스탄, 화염병 등은 육박공격시의 위험을 조금이나마 경감시켜주기 위해 쓰인다. 피어오르는 연기는 시계를 빼앗아 보병의 접근을 눈치채지 못하게 하고 화염병의 불꽃은 내부의 전차병에게 큰 심리적 위압을 주는 것이 가능하다.

지근거리용 대전차무기

방망이 모양 수류탄

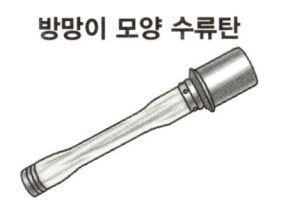

부츠나 벨트에 달아두는 것이 기본.

결속수류탄 (Geballteladung)

게발트 라둔크

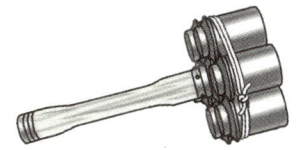

여러 개를 묶어 대전차공격에
사용했다. 집속수류탄이라고도 함.

대전차수류탄 (Panzerwurfmine)

판처 베르프미네

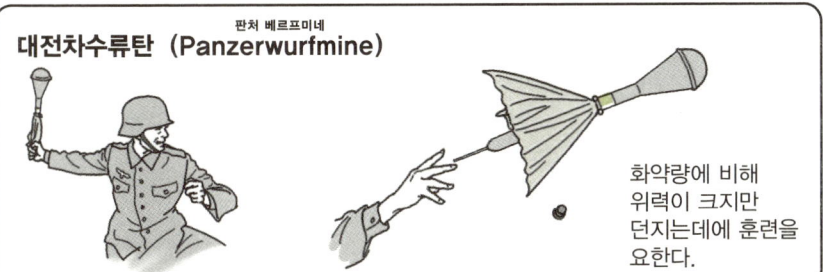

화약량에 비해
위력이 크지만
던지는데에 훈련을
요한다.

흡착지뢰

3개의 자석으로
전차의 장갑에
달라붙어 수동으로
신관을 작동시킨다.

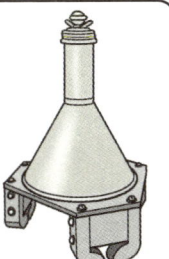

99식 파갑폭뢰

거북이와 같은 모양을
한 일본의 대전차무기.
「다리」에 해당하는
4개의 돌기 부분에
장치된 자석으로
장갑에 달라붙는다.

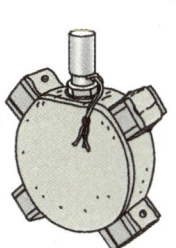

화염병

몰로토프 칵테일

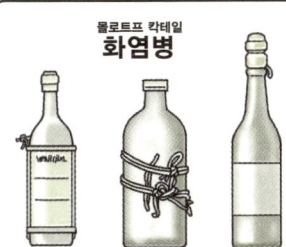

소련제　　영국제　　일본제

1930년의 스페인 내전 이래, 현재까지 사용되고
있는 대전차무기. 휘발유를 채워넣은 유리병(사이다,
우유 등의 병이 많이 쓰인다)을, 열로 뜨거워진 적
전차의 기관부나 조시공 등에 던져넣는다. 타는
연료가 전차의 표면을 "흘러내리며" 끝나지 않도록,
중유나 라텍스와 같은 유액 등을 섞어 점성을
높였다.

원포인트 잡학

대전차무기에 의하지 않은 육박공격 수단으로서, 공병용의 폭약을 배낭이나 군장(등에 짊어지는 군용 가방)에 넣고
던지거나, 통나무를 궤도에 쑤셔넣는 방법도 사용되었다.

숨어 있는 보병을…… ~화염방사전차~

화염방사기란 적에게 불꽃을 발사하여 공포에 떨게 하거나 태워죽이는 무기이다. 휘발유 등의 연료를 고압가스에 의해 안개 형태로 분사하거나 젤리 형태의 네이팜액을 방사하거나 해서 착화시켜, 사정거리 수십 m의 방사화염을 형성한다.

● 대용량화염방사기를 전차에 탑재

화염방사기는 대부분 참호나 토치카에 숨어있는 적병을 향해 이용되었다. 총격이나 포탄 파편을 막아내는 흙벽이나 콘크리트도, 크고 넓게 퍼지는 화염에는 도움이 되지 않았다. 맨몸의 보병에게 "불꽃을 퍼붓는" 심리적인 공포도 커서, 단순한 살상 능력 이상의 효과를 지녔다.

이 자비심 없는 무기를 탑재한 전차가 「화염방사전차」이다. 화염방사기를 등에 짊어진 보병은 적의 우선 공격 목표가 되기 쉽지만, 튼튼한 장갑을 지닌 전차라면 그럴 위험을 줄일 수 있다. 방사화염을 만드는 구조는 보병용의 배낭식 화염방사기와 동일하지만, 차량에 적재하는 고전압 전기 장비를 착화시스템으로 사용하기 때문에 종종 "불발"을 일으키는 휴대식에 비해 작동불량이 적었다. 방사장치는 포탑이나 차체에 바깥 쪽에 붙이는 타입 외에, 주포나 차량 적재기총과 교환하여 사용하는 것도 있었다.

화염방사전차가 많이 사용된 것은 제2차 세계대전으로, 독일에서는 『III호 전차』 이전의 구식전차를, 소련에서는 『T-34』 등이 화염방사전차로 개조되었다. 연료에는 첨가제가 들어간 휘발유(이 분야에서는 연합군제가 뛰어나, 막대기 모양으로 뻗는 불꽃을 멀리까지 날려보낼 수 있었다)가 많이 이용되어, 전용 탱크를 탑재한 것과 영국의 『처칠·크로커다일』과 같이 연료 트레일러를 견인하는 것도 있었다.

미군은 『M4 셔먼』을 개조한 화염방사전차를 이오지마나 오키나와 전투에 투입하여 철저항전을 외치던 일본병에게 사용하였다. 항복권고에 응하지 않는 병사에게는 용서없이 방사화염이 뿌려졌는데, 동굴과 같은 폐쇄 공간에서는 불꽃에 의한 피해로 움직일 수 없게 되는 것보다 "급격한 불꽃의 연소로 인한 산소 결핍"으로 질식하는 쪽이 더 빨랐다고 한다.

안전한 장갑 안에서 화염을 방사!

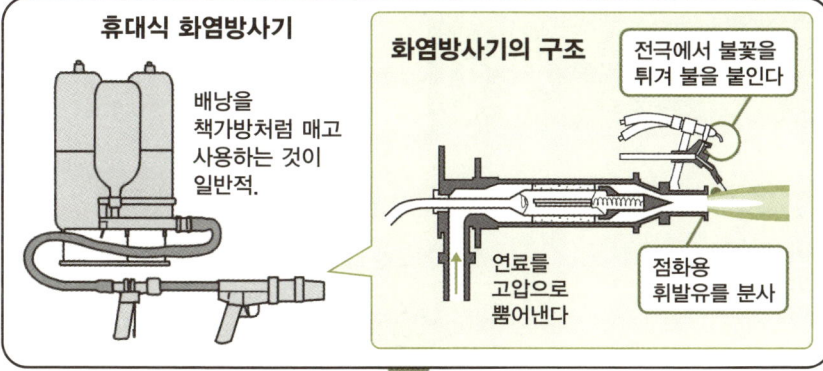

휴대식 화염방사기

배낭을 책가방처럼 매고 사용하는 것이 일반적.

화염방사기의 구조

전극에서 불꽃을 튀겨 불을 붙인다

연료를 고압으로 뿜어낸다

점화용 휘발유를 분사

스스로는 당하지 않고 일방적으로 불꽃을 뒤집어 씌우고 싶다.

화염방사전차의 등장

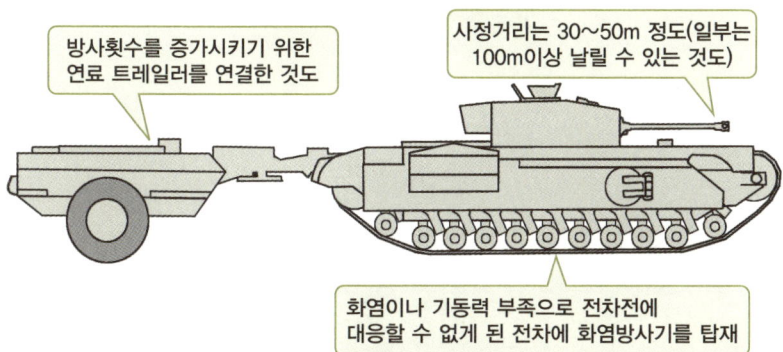

방사횟수를 증가시키기 위한 연료 트레일러를 연결한 것도

사정거리는 30~50m 정도(일부는 100m이상 날릴 수 있는 것도)

화염이나 기동력 부족으로 전차전에 대응할 수 없게 된 전차에 화염방사기를 탑재

화염방사기의 탑재 위치는⋯⋯?

화염방사기의 탑재 위치는⋯⋯?

· 전방기관총과 교환하여 탑재한다
· 차체에 바깥쪽에 붙인다
· 포신 내부에 내장시킨다(전차포는 사용할 수 없게 된다)

전방기총과 교환하는 타입은 「화염방사와 포격전의 양쪽으로 대응」한다고 선전했지만, 화염방사기를 사용할만한 전장에서는 포격전이 일어난 케이스가 적었기 때문에 병사에게는 전차포에 내장되는 타입의 방사기가 더 선호되었다.

원포인트 잡학

「화염방사기」라는 무기는 전후에 각국의 군대에서 사용되었지만, 그것을 다시 전차에 탑재하려 흐름은 현재까지는 그다지 보이지 않는다.

217

색인

〈영 · 숫자〉

17파운드포	224
3.5세대 전차	33
AEV	224
AFV	224
AP	56
APC	→장갑보병수송차
APC(피모가 붙은 철갑탄)	57
APDS	57
APFSDS	57
ATM	204
CATV	21
CE	224
ERA	114
Flac	182
HEAT	59
HEP	55
HESH	55
IFV	→보병전투차
MBT	28
MP 포트	224
NBC 방호	123
OVM	43
Pak	182
Pz.Kpfw	224
RPG	202
RPG-7	202
S마인	126
T-34 쇼크	224
WW II	224

〈가〉

가솔린 엔진	152
가스터빈엔진	154
가스터빈전차	155
각개격파	224
각개전진	224
간접사격	70
강선	60
강선포	60
강판장갑	94
강행정찰	224
개	224
거리측정기	70
건 런처	225
건 포트	127, 224
건너	→ 포수
걸쇠	43
게페크카스텐	42
결속수류탄	214
경사장갑	104
경전차	14
계열	38
고리아테	225
곡사탄도	49
공냉식엔진	150
교량전차	164
교차사격	71
구경	51
구경장	51
구난장갑차	→ 전차회수차
구난전차	174
구동륜	139
구축전차	188
궤도	134
궤도	225
근대화개수	38
근접방어무기	126
기갑과	225
기계화보병	213
기관총	124
기관총 사수 해치	117
기동 방어	26
기동륜	138

기병전차 225
기병전투차 213
끼워넣기식 보기륜 141

〈나〉
노이만 효과 58
노우즈 콘 225
노획 225
능선사격 68

〈다〉
다리 225
다목적대전차고폭탄 58
다연료엔진 225
대공기관총 46, 124
대공식별마크 225
대공전차 194
대인무기 47, 127
대전차 라이플 88
대전차고폭탄 58
대전차공격기 190
대전차공격헬기 192
대전차미사일 204
대전차수류탄 214
대전차자주포 92
대전차장해물 208
대전차지뢰 208
대전차포 182
대전차호 206
대조국전쟁 225
더그잉 69
더블핀식 147
도어노커 225
도저 블레이드 225
돌격포 184
돌파력 8
동축기관총 124
드라이버 → 조종수
드라이버스 해치 → 조종수해치
드라이브 스프로켓 호일 → 기동륜

디젤 엔진 152

〈라〉
라디에이터 150
라이트탱크 → 경전차
라인메탈 225
레오파르트 츠보우 225
레이저 거리측정기 71
렌드리스 →렌드리스법
렌드리스법 225
로더 → 탄약수
로더스 해치 →탄약수 해치
로드호일 →보기륜
로켓런처 198
리벳접합 98
리액티브 아머 114

〈마〉
마디오 오퍼레이터 →무전수
마킹 226
머신거너 → 전방기관총 사수
머신거너스 해치 →기 총수 해치
머즐브레이크 52
먼로 효과 58
메인테넌스 226
메인테넌스 해치 117
메탈제트 →성형작약탄
모노코크 98
모듈장갑 36, 226
모로트프카크텔 215
무반동포 200
무전수 40
무한궤도 134
미디엄 탱크 → 중전차(中戰車)

〈바〉
바스켓 → 포탑 바스켓
바주카 198
발연탄발사기 128

밥 반스 226
방어무장 46
방패 106
배연기 →에바큐에이터
배토판 → 도저블레이드
베트로닉스 226
병과 226
병접 → 리벳접합
보급선 226
보기륜 138
보병전차 16
보병전투차 212
보조 보기륜 138
보조엔진 226
복합장갑 110
볼마운트 124
볼트(&너트)접합 98
부각 226
부교 164
부무장 46
부자용 엔진 155
분리장전탄약 226
붉은 스팀롤러 227
비트만 64
비하이브 30
빈터케텐 226

〈사〉
사각편제 226
사격통제장치 72
사보 226
사보 57
사보트 → 사보
사이드 스커트 112
삼각대형 226
삼각편제 226
상부지지륜 139
생산제원 →스펙
생산 코스트 226
서멀 스리브 53
서멀 재킷 52

서스펜션 143
서포트 롤러 → 보조 보기륜
선회포탑 →포탑
성능요목 → 스펙
성형작약탄 58
소진탄피 86
소프트 스킨 227
쇼트 트래프 107
수냉식엔진 150
수동륜 139
수류탄 214
수반보병 210
순항전차 16
슈르첸 112
스노켈 148
스모크 디스차저 128
스모크 캔들 128
스무스 보아 →활강포
스윙암 143
스타라이트 스코프 170
스테레오 측정기 71
스페이스드 아머 → 중공장갑
스펙 226
스폰송 11
시저스식 165
시틀러 227
신지선회 162
십자포화 227
싱글핀식 147
쐐기꼴대형 →삼각대형
쐐기모양 전차 10

〈아〉
아레나 227
아료나 →아레나
아웃 레인지 227
아이들러 호일 →유동륜
아하트 아하트 183
압연강판 94
액세스도어 117
액티브 적외선 투광기 170

야보	190, 227	장갑차	227
야크트	227	장궤차량	137
야키마 훈련장	227	장륜차량	137
약진사	227	장탄관	57
양동	227	장탄관이 붙은 날개안정 철갑탄	57
어택 헬리콥터	→공격 헬리콥터	장탄관이 붙은 철갑탄	57
엄체	24	적외선 투광기	170
업 그레이드	→ 근대화개수	적외선영상장치	170
에바큐에이터	52	전격전	24
에스케이프 해치	→ 탈출해치	전기 용접	100
에이스	227	전략	228
연막장치	128	전략적후퇴	228
예광철갑탄	57	전방기관총	46, 124
예비병력	227	전방기관총 사수	40
예비탄약	85	전술	228
오스트케텐	227	전진	228
오픈 탑	228	전차과승	→ 탱크데상트
용접장갑	100	전차교	165
용접접합	100	전차구축차	186
위력정찰	228	전차장	40, 64
유동륜	138	전차장해치	117
유병	228	전차포	46
유탄	54, 228	점착유탄	55
유탄포	48	접시형 지뢰	209
육상전함	10	접지압	140
이판	147	정면투영면적	103
인펜토리 탱크	→ 보병전차	제1세대	32
일렬종대	228	제2세대	32
일렬횡대	228	제3세대	32
일어서는 속도	67	제공권	228
		제병과연합	34
		제식	228

〈자〉

자동 장전 장치	82	제퇴기	→머즐브레이크
자력지뢰	→ 흡착지뢰	조시공	118
자우코프	107	조종수	40
자주대공기관포	→ 대공전차	조종수해치	117
자주대공차량	→ 대공전차	주력전차	29
자주포	92	주전투전차	29
잠수전차	148	주조장갑	96
장갑병력수송차	212	주퇴기	80
장갑셔터	119	주포 안정화 장치	74

주포동축기관총 46
주포방패 → 방패
주행보기륜 139
중공장갑 108
중전차(中戰車) 14
중전차(重戰車) 14
즉시사용 탄약 85
증가장갑 112
지그재그식 보기륜 141
지뢰처리전차 208
지뢰폭파 프레일 209
지휘전차 180
직사탄도 49
직접사격 70
진지 방어 27

〈차〉

차체총 → 전방기관총
참호 228
척탄 212
철갑탄 54
철도수송 168
철조망 229
체인 커튼 109
초구탄속 229
초기불량 229
초밤 아머 110
초밤 연구소 110
초신지선회 162
초중전차 15
초토작전 229
축차투입 229
출력중량비 144
측원기 70
치메리트 코팅 229

〈카〉

카리우스 64
칸티레버식 165
캄프피스토레 229

캐논포 48
캐니스터 탄 30
커닝 타워 148
커맨더 → 전차장
커맨더스 해치 → 전차장 해치
커밴더스 큐폴라 120
컨바인드 암즈 →제병과연합
케로신 229
코스트 →생산코스트
코일스프링 143
콤포지트 아머 110
쾌속전차 229
큐폴라 → 커맨더스 큐폴라
크라페 229
크루저 탱크 → 순항전차
크리닝 로드 43
크리스티식 서스펜션 142
킬마크 229

〈타〉

탄약수 40, 78
탄약수 해치 117
탈출해치 116, 130
탑 어택 193
탠덤탄두 115
탱크 데상트 210
탱크 트랜스포터 168
터렛 229
터렛 링 → 터렛
토션바 서스펜션 142
토치카 229
트라벨 클램프 229
트랜스미션 230
티이거 피벨 230

〈파〉

파갑폭뢰 215
파워 웨이트레시오 → 출력중량비
파워팩 153, 156
판처 카일 230

판처 파우스트	202
팔크	→Flak
패키지 장갑	→ 모듈장갑
팩	→ Pak
페리스코프	119
폐쇄기	81, 228
포미	81
포수	40
포신피관	→ 서멀재킷
포전차	92
포탑	62
포탑링	62
포탑바스켓	62
폭발반응장갑	→ 리엑티브 아머
프레세트탄	30
피모가 붙은 철갑탄	57
피스톨 포트	126
피탄경시	104
핀포인트 폭격	229

〈하〉

항속거리	166
핸드그레네이드	→ 구류탄
행동반경	167
헐다운	68
헤드셋	181
헤비탱크	→ 중전차(重戰車)
헤쉬	→ HESH
헵	→ HEP
현가장치	143
화염방사전차	216
화염병	214
활강포	60
회수전차	→구난전차
후좌	80
흡착지뢰	214
히트탄	→ HEAT

주요 단어와 관련용어

영·숫자

■ 17파운드 포
제2차 세계대전 당시 영국군이 사용한 대전차포로, 60구경장 76.2mm의 포신을 지님. 당시의 영국군에게 있어 유일하게 독일 전차의 장갑에 대항할 수 있는 포였기 때문에, 미군으로부터 공여 받은 전차나 전차구축차에 탑재포를 모두 17파운드포로 교환하여 『셔먼 파이어 플라이』나 『M10 아킬레스』를 만들어냈다.

■ 1개·2개·3개
부대를 세는 단위. 한 개의 부대를 「1개 부대」, 1개 부대가 3개 모이면 「3개 부대」가 된다. 통상은 부대의 수와 내용을 가리켜 「1개 사단」, 「3개 전차연대」 등으로 부른다.

■ AEV
「Armored Engineering Vehicle」의 약자로 공병부대가 운용하는 장갑공병차량을 가리킴.

■ AFV
「Armored Fighting Vehicle」의 약자. 장갑의 전투용 차량전반을 가리키는 단어로, 전차도 여기에 포함됨. 한국어로는 「장갑전투 차량」

■ Ambush
기습을 일컬음. 우리말로는 「매복 공격」으로 표기하는 경우도 있다.

■ CE
「Chemical Energy」의 약자. 성형작약탄과 같은 「화학에너지 탄」을 가리킴

■ KE
「Kinetic Energy」의 약자로 철갑탄과 같은 「운동 에너지 탄」을 가리킴

■ MP포트
독일 전차의 장갑에 뚫린 뚜껑이 달린 작은 구멍. 전차병이 밖의 적병을 노리고 쏘는 「권총 포트」와 같은 것이지만 독일의 기관단총이 「머신 피스톨(MP)」로 불리기 때문에 자료에 따라서는 이렇게 적기도 한다.

■ Pz.Kpfw.
Panzer Kanpf wagen=판처 캄프바겐 (장갑전투차량). 의미로서는 장갑을 두른 전투용 차량 전반에 해당하지만, 그 중에서도 특히 전차를 지칭. 단순히 「판처」라고도 하는 경우도 많지만, 이 경우는 전차 전반을 가리킴.

■ T-34쇼크
제2차 세계대전 당시, 소련을 쳐들어간 독일군 앞에 나타난 『T-34』가 공격력·방어력·기동력의 삼박자 모두(강력한 전차포, 피탄경시가 뛰어난 경사장갑, 넓은 폭의 궤도)를 갖추고 있어 독일전차가 엄청난 열세에 놓이게 되었던 일을 표현한 단어. 독일 전차의 개발진이 받은 쇼크는 엄청났고, 신형 전차 『판터』는 T-34의 영향을 강하게 받은 물건이 되었다.

■ WWⅡ
「World War Ⅱ」의 약어로 제2차 세계대전을 가리킴. 전차의 스타일과 운용법에 커다란 영향을 끼친 전쟁이다.

〈가〉

■ 각개격파
적의 집단을 어떠한 수단으로 분산시켜, 각각을 개별적인 싸움으로 격파하는 것. 「자신들은 집단인 채로, 적을 분단시켜 각개격파한다」는 것은 전술의 기본이다.

■ 각개전진
지휘관에 의해 통제되지 않고 각자가 각각 전진하는 것.

■ 강행정찰
적 세력하에 돌입하여 상황을 정찰하는 것. 다소의 위험을 각오하고서라도 행해지는 정찰행동이기 때문에 숨어서 정보를 얻는 통상의 「정찰」에 비해 은밀성은 낮다. 적과 조우한 경우, 전투는 피하고 전선을 이탈하게 된다.

■ 건 런처
유탄과 대전차미사일을 발사하는 것이 가능한 특수한 전차포. 미국의 『M60A2』나 공정전차 『쉐리단』 등에 탑재되었지만 불량이 다발하여 주류가 되지는 못했다.

■ 건 포트
장갑병력수송차량이나 보병전투차 등의 장갑에 뚫려있는, 뚜껑이 달린 작은 구멍. 냉전 당시의 차량

에 많이 장비되어있었지만, 그다지 도움이 안 되는 데다가 장갑방어상 약점이 되었기 때문에 현재는 폐지되거나 증가장갑으로 막혀있다.

■ 궤도

캐터필러. 작은 금속판을 연결하여 띠 모양으로 만든 것이지만 형태나 연결방법에 따라 「철컥철컥」이라든지 「부잉」 등 주행음의 차이가 있다.

■ 고리아테

제2차 세계대전 중 독일이 개발한 리모컨 전차. 놀이공원에 있는 범퍼카 사이즈의 무포탑 전차로, 100kg의 폭약을 싣고 대전차장해물의 폭파나 지뢰지대 돌파에 이용되었다. 컨트롤은 유선을 이용하며 케이블 길이는 800m.

■ 기갑과

육상자위대에서 「전차부대(기갑부대)」를 가리키는 말.

■ 기병전차

프랑스에 있어 「순항전차」와 같은 카테고리의 전차.

〈나〉

■ 노우즈 콘

성형작약탄의 끝에 배치되어 있는 튀어나온 부분. 장갑판과의 간격을 벌려 격발시키는 「스탠드오프 거리」를 확보하기 위한 것.

■ 노획

적이 방치한 무기나 탄약·자재 등을 포획하는 것. 피해가 적은 가동 가능한 무기는 「노획병기」로서 사용된 경우가 많다.

〈다〉

■ 다리

항속거리나 행동거리의 범위를 나타내는 용어. 「다리가 길다」는 항속거리가 길다=보다 멀리까지 갈 수 있는 것을 가리킴.

■ 다연료엔진

디젤엔진을 가리킴. 경유를 비롯해서 가솔린, 중유, 케로신이나 알코올류 등 여러 연료를 사용할 수 있는 특수성을 강조한 것이지만, 경유 이외의 연료를 사용하는 것은 어디까지나 비상시로, 조정도 필요하다.

■ 대공식별마크

전차의 포탑 상부나 엔진 그릴 위에 커다랗게 페인트칠된 「십자」나 「별 모양」 표시. 아군의 지상공격기에 오폭당하지 않기 위한 목적이기 때문에 지고 있는 군대=제공권이 없는 측에서는 그다지 보이지 않는다.

■ 대조국전쟁

소비에트 연방의 「제2차 세계대전에 있어 대독일전(독소전)」을 부르는 호칭.

■ 도어노커

독일의 3.7cm 대전차포 『Pak35/36』을 가리킴. 1930년대까지는 각국의 카피품이 만들어진 우수한 포였지만, 40년경에는 위력이 부족해져, 장갑을 노크하기만 하고 관통하지 못한다는 것에서부터 붙여진 참 고맙지 않은 별명.

■ 도저 블레이드

불도저의 정면에 장비된, 흙을 밀고 가는 거대한 금속판(「도저 플레이드」라고 부르는 경우도). 대부분의 전투공작차나 구난전차에 장비되어 있으며, 전차의 옵션으로 장착되는 경우도 많다. 공병에게 있어서는 굉장히 고마운 "방탄판".

■ 돈좌(교좌擱座)

전차 등의 육상무기가 전투에 의한 데미지나 구동계의 고장, 주행 장치가 구덩이에 빠지는 등 행동 불능이 되는 것. 「각좌(擱座)」라고 표기하는 경우도 있다.

〈라〉

■ 라인메탈

독일의 군수제조사. 철강·기계 제조사이며, 서방 제3세대 MBT의 주포인 120mm활강포는 이 회사의 제품.

■ 레오파르트 츠보우

『레오파르트Ⅱ』의 독일어 발음. Ⅱ를 의미하는 「츠바이」가 Ⅲ를 의미하는 「드라이」로 오해받기 쉽기 때문에 이렇게 읽는다.

■ 렌드리스 법

제2차 세계대전의 초기에는 중립 입장이었던 미국이 「전쟁에 개입하지 않지만, 전략상 중요한 국가에게 원조해도 좋다」고 결정한 법률. 영국이나 소련 등에 적용되어, 많은 무기나 자재, 자금 등이 공여되었다.

〈마〉

■ 마킹
전차나 장갑차 등에 실시되는 식별용 마크. 국적이나 차량 등록 넘버, 부대 마크 등이 일반적으로, 그 위치나 형태에는 나라에 따라 세세하게 규정되어 있다.

■ 메인테넌스
기계 등을 정비·점검하는 일. 고장의 조기 발견이나 기능의 유지에 중요한 역할을 한다.

■ 모듈 장갑
프레임상에 블록 모양으로 구조재를 장착하여 장갑으로 삼는 방어 방식. 피해를 받은 장갑을 부분적으로 교환할 수 있는 장점과 구조 중량이 증가하는 단점이 있다. 「패키지 장갑」이라고도 부른다.

■ 무포탑
포탑을 갖지 않고 포를 차체에 직접 붙인 형식의 전투 차량. 대형포를 탑재할 수 있는 반면, 전차를 상대로 하는 기동전에는 맞지 않다.

〈바〉

■ 밥 반스
미국의 인기 코메디언이자 뮤지션. 제2차 세계대전의 신병기 『M1로켓런쳐』의 모양이 그의 무대나 라디오 방송 「아칸소 트러벨러」에서 사용되던 개조 트럼본과 비슷했기 때문에 「바주카」라고 불리게 되었다.

■ 베트로닉스
차량(Vehicle)과 전자기기(Eleectronics)를 합성한 조어로 통신장치, 관제·식별·화기 제어 등을 모두 포함한 종합적인 전자시스템 장치. 항공기의 「아비오닉스(avionics)」와 유사한 용어로 우리말로는 「차량적재 전자장치」.

■ 병과
군대를 「보병」이나 「포병」, 「공병」과 같이 분야별로 구분한 것. 여러 병과가 유기적으로 협력하는 것을 「제병과연합」이라고도 한다.

■ 보급선
전선(전투지역)에 무기나 탄약, 식료 등 필요한 물자를 보내기 위한 루트나 수단. 보급부대를 습격하거나 도로나 항만 공항 등을 파괴하여 보급을 불가능하게 하는 것을 「보급선을 끊는다」라고 한다.

■ 보조엔진
메인엔진과는 다른 계통으로 탑재된 30~40마력급의 엔진. 유압계에 압력을 가하거나, 모터나 전자기기에 전력을 공급하기 위해 사용된다. 모든 MBT가 보조엔진을 갖는 것은 아니지만, 미국의 『M1 에이브람스』 등 가스터빈 구동의 전차에는 필수인 장비.

■ 부각
전차포를 수평보다 아래로 향하게 하여 포신과 수평선이 형성되는 각도.

■ 분리장전탄약
탄두 부분과 장약 부분(약첩 등 발사용의 화약이 모여있는 부분)이 각각으로 나뉘어져 있는 탄약으로 「분리장약」이라고도 부름. 탄두와 발사화약을 각각 장전하는 것으로 수고스럽긴 하지만 한 개 분량의 중량이 가벼워진다는 장점이 있다. 제2차 세계대전 당시에는 독일의 『야크트 티이거』나 소련의 『IS-2』가, 전후에는 영국의 제3세대 MBT 『챌린저2』가 이 방식.

■ 빈터케텐(WinterKetten)
독일 전차의 궤도에 장착되는 동계용 부착물. 궤도의 끝에 붙여서 폭을 넓히는 앤드 커넥터로 러시아의 겨울에 달리기 위해서 필요했다.

〈사〉

■ 사각편제
4개의 부대를 가지고 상위의 부대 1개를 편제되는 체제를 가리킴.

■ 사보
「APDS」나 「APFSDS」와 같은 철갑탄의 통칭.

■ 삼각대형
부대를 "삼각형"으로 배치하는 것으로 「쐐기꼴 대형」 등. 일반적인 전투시에 기본대형이기도 하며, 삼각형의 정점에 위치한 차량을 양 옆의 차량이 서포트한다.

■ 삼각편제
3개의 부대를 묶어 상위의 부대 1개로 편제하는 체제를 가리킨다.

■ 생산 코스트
어떠한 것을 생산할 때 필요한 「비용」이나 「재료」나 「수고」나 「시간」 등을 가리킴. "코스트가 높다"나 "낮은 코스트" 등과 같이 표현된다. 코스트가 낮게 억제되면 대량 생산이 가능하지만 "싼 게 비지떡"이 되기 쉽다.

■ 소프트 스킨

전차나 장갑차와 같이 "장갑"을 갖지 않는 것. 트럭이나 지프 같은 비장갑 차량을 「소프트 스킨 차량」이라고 한다.

■ 시틀러

소련의 『T-80』 등에 탑재된 대전차 미사일 방어 시스템. 발연탄을 발사하여 시계를 가리는 것과 동시에 「잼머」라고 하는 장치로 적 미사일에 적외선을 쏘아 유도 기능을 마비시킨다.

■ 스팀 롤러

압도적인 물량과 인해전술로 전선을 압도하는 모습. 제2차 세계대전 말기, 반격체 제로 전환된 소련군이 베를린을 향해 진공하는 모습이 "붉은 스팀 롤러"라는 평을 받았다.

■ 스펙

무기의 성능표. 사이즈나 무장, 중량, 엔진 출력 등을 일목요연하게 알 수 있는 것으로 다른 무기와 비교하여 "어느 정도 레벨인가"를 판단하는 재료가 되지만, 병기의 성능에는 수치화 될 수 없는 것도 많기 때문에 주의가 필요. 영어로 specification. 「성능 제원」, 「성능 항목」 등.

■ 십자포화

적을 전후좌우에서 틈을 주지 않고 포격하는 것. 전차는 측면이나 후방의 장갑이 약하기 때문에, 이것을 당하면 굉장히 위험하다.

〈아〉

■ 아레나(Арена)

러시아의 대전차 미사일 방어 시스템. 접근하는 미사일을 탐지하면 포탑 주위에 배치되어 있는 산탄 패널이 폭발하여 명중직전에 미사일을 파괴하는 것. 「아리나」라고도 함.

■ 아웃 레인지(Out range)

사정거리 밖에서 일방적으로 행해지는 공격을 가리킴 「아웃레인지 공격」, 「아웃레인지 전법」 등과 함께 쓰이고 있다.

■ 알파벳 C

제2차 세계대전의 영국 순항전차 머릿글자(크루세이더, 캐벌리어, 크롬웰, 센츄리온 등).

■ 야보

독일어의 「야크트 범버」의 약칭으로서 흔히 말하는 지상공격기. 제2차 세계대전 말기에 제공권을 잃은 독일군에게 있어, 야보는 전차의 이동을 방해하는 천적이었다.

■ 야키마 훈련장

미국의 워싱턴 주에 있는 훈련장. 자위대의 『90식 전차』나 공격 헬리콥터, 다연장 로켓시스템(MLRS) 등은 국내의 훈련장이 좁고 제대로 된 실탄 사격 훈련이 불가능하기 때문에 정기적으로 미국으로 건너가 훈련을 행한다.

■ 야크트

「맹수」를 의미하는 독일어. 「야크트」라고 표기함.

■ 약진사

전차가 이동하면서 목표를 포착하여 차체를 정지시킴과 동시에 발포, 곧바로 이동을 재개하는 것.

■ 양동

적의 판단을 흐트러트리기 위해, 적의 주의를 끌도록 "그럴 듯 하게, 더 노골적으로" 행동하는 것.

■ 억각(抑角)

전차포를 수평보다 높게 치켜들 때, 포신과 수평선이 형성하는 각도를 가리킴.

■ 엄폐호

야전에서 몸을 감추기 위해 판 구멍으로 「엄체호」, 「엄호」 등으로도 불린다. 일반적으로는 보병용의 "개인호"를 가리키지만 전차나 화포에도 사용된다. 영어로는 「Bunker」.

■ 에이스

일반적으로는 "적기를 5기 이상 격추시킨 전투기 파일럿"을 가리키지만, 전차병에 대해서도 사용하였다. 전의고양을 위해서 대대적으로 선전된 경우도 많고, 제2차 세계대전 말기의 독일은 많은 전차 에이스를 배출했다.

■ 예비병력

부대의 소모나 예상 외의 방향에서 공격을 받을 경우에 대비해서 새로이 준비된 일정 규모의 부대전력. 위기일 때 투입되는 성격상, 예비라고는 하지만 표준부대와 동등하거나 그 이상의 전력으로 구성된다.

■ 오스트 케텐

독일 전차에 장착된 폭이 넓은 궤도. 「동방용 궤도」로 포기되는 것.

■ 오픈 탑

천장이 없는 차량. 사이즈가 큰 포를 탑재하기 위해 생산하기 쉬우며 장점은 많았지만, 실제로 타고 있는 병사들로부터는 굉장히 평판이 나쁘다. 오픈 탑 차량은 원거리공격이 주임무로 장갑방어는 2차적인 것이었다. 「자주포」 등에 많지만, 소형 차체에 대형포를 무리하게 탑재한 초기 독일군 「전차구축차」나 미군의 「포대식 전차구축차」 등도 이 방식이었다.

■ 유병

임무나 역할을 부여받지 못하고 그저 거기에 있을 뿐인 군대. 또는 무언가의 이유에 의해 임무나 역할을 이루는 것이 불가능한 상태에 있는 병사. 흔히 말하는 "전력 낭비"를 만들게 되기 때문에 유병을 만드는 용병은 어리석다고 여겨진다.

■ 유탄

공중의 탄체를 둔 작약의 폭발에 의해 목표를 파괴하는 포탄. 주로 대지공격에 사용되어, 폭발시의 폭풍과 파편 효과로 데미지를 준다. 탄체가 크고 작은 파편으로 쪼개지는 모양이 석류 같다고 해서 이러한 명칭이 되었다(=석류탄). 착탄과 동시에 폭발하는 것이나 시간차로 폭발하는 것 등, 여러 타입이 있다. HE탄(High Explosive) 등.

■ 위력정찰

적의 세력하에 돌입시, 적군과 교전하면서 전력이나 배치를 탐색하는 것. "싸워봐서 상대의 역량을 측정"하는 행위이기 때문에 위력 정찰부대에는 일정 이상의 전투력과 기동력이 요구된다.

■ 이동사격

전차가 달리면서 사격하는 것. 「이동간 사격」이라고도 한다. 고도의 FCS나 주포안정화 장치를 장비하지 않으면 명중률이 극단적으로 저하되지만, 이쪽도 적의 포탄에는 맞지 않는다.

■ 일렬횡대

부대의 "횡대로 늘어서기" 배치. 전차부대의 경우, 능선을 넘거나 할 때 이용되는 대형으로 정면방향에 화력을 집중시킬 수 있다.

■ 일렬종대

부대를 "종대로 늘어서기" 배치시키는 것. 행진시나 시계가 나쁜 경우에 이용되는 일이 많다. 차량의 행렬은 일렬이라도 포탑이 향하는 방향은 차량마다 전후좌우로 나누어 주위의 상황에 대응한다.

〈자〉

■ 장갑차

장갑으로 두른 군용차량의 총칭. 원래는 "방탄판을 댄 장갑자동차"를 가리키는 말이었지만, 현재에는 전차 이외의 장갑군용차량을 의미하는 용어로 사용되고 있다. 장갑이나 무장의 레벨은 전차보다 낮아, 포탄의 파편이나 보병의 소총탄을 방어하는 정도.

■ 전략

전술에 비해 "더욱 거대한 싸움"에 승리하기 위한 작전이나 수단. 전술의 상위에 위치하는 개념으로 전쟁에 승리하기 위한 대국적인 군사력을 운용하는 방책이나 기술을 가리킴.

■ 전략적 후퇴

이 위치에서의 승패에 구애 받지 않고 대국적으로(전략적 시점에서) 아군이 우위에 있는 상황을 만들어 내기 위해 후퇴하는 것.

■ 전술

하나의 전투·전장에서 승리하기 위한 작전이나 수단을 가리킴. 상황에 따라서 "임무 달성"에 가장 유리하도록 부대를 운용하는 기술을 가리킴.

■ 전진(轉進)

다른 전장으로 이동하는 것. 패배를 암시하는 「퇴각」, 「후퇴」라는 단어의 다른 표현으로 사용됨.

■ 제공권

어느 공중 영역에 있어 아군의 항공전력(전투기나 폭격기 등이) 적에게 방해 받지 않고 자유롭게 날아다닐 수 있는 상태를 가리킴. 더욱이 절대적인 우세상태는 아니지만 "적의 방해를 잘 받지 않는 상태"를 가리켜서 「항공 우세」라고 한다.

■ 제식

군용으로 결정되어 채용된 무기를 가리킴. 채용된 것을 "제식화"라고 하는데, 이것을 경쟁하는 기업이나 연구소 사이에서 경합이 벌어지는 경우가 많다.

〈차〉

■ 차체

전차의 포탑을 뺀 「차체 부분」을 가리킨다.

■ 참호

보병이 평평한 장소에 적과 맞서 싸우기 위해 지

면에 판 가늘고 긴 구덩이. 병사는 이 구덩이에 숨어서 적의 포격이나 총격에서 몸을 지킨다. 광범위하게 연결된 참호를 「참호선」이라고도 한다.

■ 철조망

보병의 돌격을 저지하기 위해 유사철선을 그물모양으로 만든 것. 참호·기관총·철조망은 제1차 세계대전 당시 진지의 표준세트로, 이것을 돌파할 목적으로 전차가 만들어졌다.

■ 초구탄속

포탄이 포신의 끝(포구)에서 발사되는 순간의 속도. 초구탄속이 빠르면 빠를수록 멀리까지 날아갈 뿐만 아니라, 장갑의 관통력도 커진다.

■ 초기불량

정해진 시간에 맞추기 위해서 개발을 서두른 결과, 충분한 체크나 테스트를 행하지 않아 기계적인 결함이 발생하는 것. 전시의 무기는 작전상의 상황에 따라 이러한 사태가 잘 발생했는데, 최근에는 일본의 고성능 게임기에서도 보이고 있다. 공통적인 부분은 어느 쪽도 불량의 존재를 인정하면서도 "책임은 지지 않는다"는 것.

■ 초토작전

침공하는 적군에 대해서 "음료나 가옥" 등 물자 보급의 대상이 되는 것을 모두 가지고 피하거나 태워버리고 파괴하는 작전을 가리킴. 적군의 보급이나 현지 조달을 하지 못하게 하는 목적으로 제2차 세계대전 당시에 소련령에서 행해진 것이 유명. 청야(淸野)전술이라고도 불린다.

■ 축차투입

전력을 필요(하다고 생각되는)수로 분할해서 몇 차례에 걸쳐 전장에 투입하는 것. 전력의 보존을 목적으로 하는 경우가 많지만, 전력 차이로 인해 적에게 오히려 「각개격파의 기회」를 주게 된다.

■ 측후방

측면이나 후방을 가리킴. 공격력이나 방어력은 적과 부딪히는 전방에 집중되어 있는 경우가 많기 때문에 측후방을 찔리게 되면(공격받게 되면) 커다란 타격을 입기 쉽다.

■ 치메리트 코팅

제2차 세계대전 당시에 독일 전차가 흡착지뢰 대책으로 실시한 장갑방어. 흡착지뢰의 자력을 무효화 하기 위해서 장갑 표면에 수지나 시멘트를 발랐지만, 적이 그다지 흡착지뢰를 사용하지 않았기 대문에 대전 말기에는 사용되지 않았다. 치메리트란 개발을 담당한 회사명으로 「친메리트」라고 표기되

는 경우도 있다.

〈카〉

■ 캄프피스토레(Kampfpistole)

제2차 세계대전 당시에 독일이 개발한 단발 중절식 권총형 발사장치. 애초에는 신호탄사용 권총으로부터 「대전차 그레네이드(소형유탄)」을 발사할 수 있도록 한 것이었지만, 명중 정밀도가 나쁘고 위력도 어중간했다.

■ 케로신

가스터빈 엔진의 연료. 흔히 말하는 제트 연료로 등유에 가까운 성질을 지닌다.

■ 쾌속전차

소련에서 「순항전차」와 같이 운용되는 전차. 『T-34』중전차의 출현 이래, 이 카테고리의 전차는 모습을 감추었다.

■ 크라페

독일 전차의 감시구멍. 방탄 유리가 끼워져있거나, 장갑 셔터가 붙어있다.

■ 킬 마크

전차병이 격파한 적의 수를 포신이나 포탑에 기록하는 것. 비공식적인 「마킹」의 한 종류이기도 하지만, 전의고양을 위한 효과가 있었다.

〈타〉

■ 타(夕)탄

타(夕)탄의 타(夕)는 대전차(対戰車 = 타이센샤(タイセンシャ)의 타(夕). 동맹국 독일의 기술공여에 의해 개발된 일본제 성형작약탄.

■ 터렛

전차의 「포탑 부분」을 가리킴. 포탑과 차체의 접합 부분을 「터렛링」이라고 하며 그 사이즈에 따라 탑재포의 사이즈 상한이 결정된다.

■ 토치카

콘크리트 벽으로 방어되는 진지로, 많은 경우 대포나 기관총이 설치되어 있다. 러시아어로 「점」을 의미하는 단어에서 유래.

■ 트레벨 클램프

전차가 이동 중에 포신을 고정시키는 장치. 지

지대에 의해 차체의 포를 고정시키는 것과 포탑 내부에서 고정시키는 것이 있다. 「트레블링 클램프」라고도 한다.

■ 트랜스미션
변속기. 엔진의 회전을 차축(전차의 경우는 기동륜)에 전달하는 장치.

■ 티이거 피벨
독일군이 진지하게 제작한 티이거의 운용 매뉴얼이지만, 전문화 해설서의 원조로 평가되는 것으로(대단한 점은 일본에서도 「전문서의 부록」으로 입수가 가능), 비슷한 책으로 「판터 피벨」이 있다.

〈파〉

■ 판처 카일
제2차 세계대전 당시 독일군이 이용한 전투대형으로 「전차의 쐐기」를 의미한다. 대형적으로는 쐐기 모양(삼각형) 대형이었지만, 선두(쐐기의 정점)에 「티이거 I」과 같은 중전차(重戰車)를 배치하여 적의 공격을 끌어들이는 점이 특징. 더욱이 중전차(中戰車)나 경전차, 장갑차까지도 거대한 쐐기가 되어 적에게 돌격했다.

■ 팩 프론트
하나의 목표에 복수의 대전차포를 발사하는 전법으로, 전선진지를 돌파하는 적 전차를 「후방에 배치된 대전차포에서 십자포화」를 통해 격파한다. 본래는 독일이 짜낸 전술이라고 하지만 쿠르스크 전투에서는 소련군이 이것을 효율적으로 사용해 대규모로 방어진지를 구축하여 독일부대에 큰 타격을 주었다.

■ 페네트레이더
포탄의 관철체. 철갑탄의 탄심. 주로 「탄화 텅스텐」이나 「열화 우라늄」 등, 딱딱하고 무거운 물질로 만든다.

■ 폐쇄기
대포으로 탄을 쏜 뒤, 발사시의 압력이 빠져나가지 못하도록 덮는 뚜껑을 가리킴. 근대 이후의 대포는 포신 뒤에서 탄을 넣는 「후장포」이기 때문에, 포이 뒷부분을 「포미」라고 한다.

■ 핀포인트 폭격
파괴 목표만을 노려서 폭탄을 떨어트리거나 미사일을 발사하는 것. 이에 대비되는 것이 「무차별폭격」이나 「융단폭격」이다.

참고 문헌 · 자료 일람

「세계의 전차」월드 포트브레스 저 光文社

「전차 수수께끼 해설 대백과」齋木伸生 光文社

「이형전차 알아보기 대백과」齋木伸生 光文社

「독일전차발달사」齋木伸生 光文社

「현대병기사전」三野正洋、深川孝行 朝日ソノラマ

「사용된 병기 사용되지 않은 병기 ≪상・하≫」河畑謙介 並木書房

「병기메카니즘 도감」出射忠明 グランプリ出版

「병기도감」小橋良夫 池田書店

「전차메카니즘 도감」上田信 グランプリ出版

「현대의 병기총집」高野弘 湖書房

「무기」다이아그램 그룹 저 田島優、北村孝一 역 マール社

「제2차 세계대전 전작전도와 전황」피터 영 저 戦史刊行会 역・편 白金書房

「최신병기전투 매뉴얼」坂本明 グリーンアロー出版社

「판처 타크티크」볼프강 슈나이더 岡崎涼子 역 大日本絵画

「돌격포」W. J. 슈필베르거 高橋慶史 역 大日本絵画

「중구축전차」W. J. 슈필베르거 木村義明 역 大日本絵画

「경구축전차」W. J. 슈필베르거 高橋慶史 역 大日本絵画

「티이거 전차」W. J. 슈필베르거 律久部茂明 역 大日本絵画

「판터 전차」W. J. 슈필베르거 高橋慶史 역 大日本絵画

「쿠빙카 전차박물관 콜렉션 러시아전차편」モデルアート社

「쿠빙카 전차박물관 콜렉션 독일・제외국편」モデルアート社

「세계AFV도면집〈1〉 1916~1945」アルゴノート社

「세계의 전차 1915~1945」피터 체임벌린 크리스 에리스 大日本絵画

「도해 소련전차군단」上田信 그림 齋木伸生 글 並木書房

「도해 독일장갑사단」上田信 그림 高貫布士 글 並木書房

「도해 독일공군」小泉和明 그림 菊池孝一 글 並木書房

「소비에트 러시아 전투 차량대계 ≪상・하≫」ガリレオ出版

「제2차 세계대전 소련군육전병기」ガリレオ出版

「전차명감 1939~45」望月陸一 저 光栄

「전차명감 현용편」田中義夫 저 光栄

「병기진화론」野木恵一 イカロス出版

「무기와 폭약」小林源文 大日本絵画

「레오파르트 전차」浜田一穂 原書房

「M1/M-1A1전차 대도해」坂本明 グリーンアロー出版社

「세계의 MBT시리즈 '1 레오파르트 1&2」サンデーアート社

「세계의 MBT시리즈 '2 M-1 전차」サンデーアート社

「[역사군상] W.W.Ⅱ 유럽전사 시리즈 Vol.1 폴란드 전격전」学習研究社

「[역사군상] W.W.Ⅱ 유럽전사 시리즈 Vol.2 서방전격전」学習研究社

「[역사군상] W.W.Ⅱ 유럽전사 시리즈 Vol.4 바르바로사 작전」学習研究社

「[역사군상] W.W.Ⅱ 유럽전사 시리즈 Vol.5 북아프리카 전선」学習研究社

「[역사군상] W.W.Ⅱ 유럽전사 시리즈 Vol.7 쿠르스쿠 기갑전」学習研究社

「[역사군상] W.W.Ⅱ 유럽전사 시리즈 Vol.8 노르망디 상륙작전」学習研究社

「[역사군상] W.W.Ⅱ 유럽전사 시리즈 Vol.9 아르덴 공세」学習研究社

「[역사군상] W.W.Ⅱ 유럽전사 시리즈 Vol.10 베를린 공방전」学習研究社

「[역사군상] W.W.Ⅱ 유럽전사 시리즈 Vol.11 독일 장갑부대전사 I」学習研究社

「[역사군상] W.W.Ⅱ 유럽전사 시리즈 Vol.12 독일 장갑부대전사 II」学習研究社

「[역사군상] W.W.Ⅱ 유럽전사 시리즈 Vol.13 독일 장갑부대전사 III」学習研究社

「[역사군상] W.W.Ⅱ 유럽전사 시리즈 V특별편집 도해 유럽 지상전대전」学習研究社

「PANZER GRENADIER DIVISION GROSSDEUTSCHLAND」SCHIBERT/CULVER Squadron/Signal Publications

「TANK」Marksey/Batchelor BALLANTINE BOOKS

「역사군상」각호 学習研究社

「PANZER」각호 アルゴノート社

「J그랜드」각호 イカロス出版

「주간 월드 웨폰」각호 デアゴスティーニ

「주간 에어크래프트」각호 同朋舎出版

AK Trivia Book No. 9

도해 전차

초판 1쇄 인쇄 2011년 7월 20일
초판 3쇄 발행 2019년 2월 25일

저자 : 오나미 아츠시
디자인 : 스페이스 와이
디자인·DTP : 주식회사 메이쇼도
커버 일러스트 : 하라다 타카시
본문 일러스트 : 코다마 토시노리
번역 : 문우성

펴낸이 : 이동섭
편집 : 이민규, 서찬웅, 탁승규
디자인 : 조세연, 백승주, 김현승
영업·마케팅 : 송정환
e-BOOK : 홍인표, 김영빈, 유재학, 최정수, 이현주
관리 : 이윤미

㈜에이케이커뮤니케이션즈
등록 1996년 7월 9일(제302-1996-00026호)
주소 : 04002 서울 마포구 동교로 17안길 28, 2층
TEL : 02-702-7963~5 FAX : 02-702-7988
http://www.amusementkorea.co.kr

ISBN 978-89-6407-147-2 13830

図解 戦車
"ZUKAI SENSHA" by Atsushi Ohnami
Text ⓒ Atsushi Ohnami 2008.
Cover Illustration ⓒ Kyoshi Harada 2008.
Text Illustration ⓒ Tomonori Kodama 2008.
All right reserved
Originally published in Japan by Shinkigensha Co.,LTD., Tokyo.

This Korean edition published by arrangement with Shinkigensha Co.,LTD., Tokyo
in care of Tuttle-Mori agency, Inc., Tokyo